JN307413

二見文庫

この恋がおわるまでは

ジョアンナ・リンジー／小林さゆり＝訳

Marriage Most Scandalous
by
Johanna Lindsey

Copyright © 2005 by Johanna Lindsey
All rights reserved.

Published by arrangement
with the original publisher,
Gallery Books,
a Division of Simon & Schuster,Inc.
through Japan UNI Agency,Inc.,Tokyo

ラリーとジェニファーへ
愛を手に入れたふたりがいつまでも幸せでありますように

この恋がおわるまでは

登　場　人　物　紹　介

マーガレット・ランドー	伯爵令嬢
セバスチャン・タウンゼント	伯爵家の長男。探偵。 別名ヘンリー・レイヴン
ダグラス・タウンゼント	セバスチャンの父親。エッジウッド伯爵。 マーガレットの元後見人
デントン・タウンゼント	セバスチャンの弟
ジュリエット・タウンゼント	デントンの妻。ジャイルズの元妻。 セバスチャンの一夜の恋人
アビゲイル・タウンゼント	ダグラスの母親
ジャイルズ・ウィームズ	セバスチャンの親友
セシル・ウィームズ	ジャイルズの父親。ダグラスの元親友
エレノア・ランドー	マーガレットの姉。 ジャイルズの元婚約者。故人
ピエール	ジュリエットの兄
ジョージ・ランドー	マーガレットの父親。故人
ハリエット	マーガレットの母方の遠縁
ジョン・リチャーズ	セバスチャンの近侍
ティモシー・チャールズ	セバスチャンの子分
レオポルド・バウム	公爵
エドナ	マーガレットの召使
オリヴァー	マーガレットの召使

プロローグ

一八〇八年、イングランド

彼らは夜明けに落ち合った。そこは木立のなかのせまい空き地で、森の小道からすこしはずれているが、地元ではよく知られた場所だった。そこには古い大きな石がある。茂みにいくらか隠れているものの、ひとまわりが六十センチほどあり、古戦場跡の目印として有名だった。この場所はいま〈石の決闘場〉と呼ばれている。

確認されている果たし合いは少なくとも七つあるが、もっとあったのではないかという噂もささやかれている。もちろん、対立した者同士がけりをつける場所はイングランド南部にはほかにもあるが、〈石の決闘場〉ほどよく知られた場所はない。ケントのこの地でおのれの名誉を守ろうと、はるばるロンドンから出向く者もいた。

セバスチャン・タウンゼントと親友のジャイルズは幼少のころにこのあたりを探検し、いかにも少年らしく、誇り高き男たちの血塗られた逸話に夢中になったものだった。〈石の決闘場〉は両家の北側に広がる森に位置していた。

ジャイルズがここを決着の場に指定したのは自然の流れだった。「まさか売春婦と結婚したのか？」とセバスチャンが言った直後に。

当然ながらセバスチャンはジャイルズに殴られた。暴言を吐くべきではなかった。弁解の余地があるとすれば、仰天のあまり口がすべったといったところか。知らなかったとはいえ、ベッドをともにした相手がじつはジャイルズの新妻だったと聞かされたのだから。

そんなことわかりっこないだろう？　彼女はロンドンで夜会になど顔を出すべきでなかった――それもひとりで。ジュリエットとだけ名乗って、口説かれるのを待つようなそぶりも見せるべきではなかった。しかも、それだけではなかった。ジュリエットは露骨に科《しな》をつくり、もっと深く知り合うためにふたりだけで会ってはどうかとほのめかしてきたのだ。セバスチャンは嬉々とした。ジュリエットは社交界の見目麗《みめうるわ》しい新顔で、自分がなにを望んでいるか心得ており、それを追い求める世慣れた女性だった。セバスチャンは喜んで彼女の願いを叶えてやった。ふるまいを見ても、まさか人妻だとは思いもしなかった。

ジャイルズにしては、ずいぶんとせわしない結婚だった。彼らしからぬことに。そもそも、すでに婚約者がいたのだ。美しい女性相続人のエレノア・ランドーと結婚の約束を取りかわしていた。そのため、別の女性に鞍替えしたと父親に知らせるのがためらわれ、花嫁をロンドンに残したまま、どう説明すればいいのか考えあぐねていたという。ジュリエットはあの夜会に夫の同伴なしで出席するべきではなかったのだ。

　ジャイルズはタウンゼント家に乗り込んできて、セバスチャンを非難した。隠しきれない罪悪感に苛まれた新妻が、涙ながらに洗いざらい告白したのだという。彼女はなにもかもセバスチャンのせいにした。セバスチャンに誘惑されたとさえ夫に訴えた。まるっきり事実に反することだったが。怒り狂ったジャイルズは、セバスチャンの弁明に耳を貸そうとしなかった。

「夜明けに〈石の決闘場〉で」と言い捨てて、猛然と部屋をあとにした。

　セバスチャンが階下に下りていくやいなや、タウンゼント家が先祖代々暮らすエッジウッド館の玄関広間に非難の言葉が響いた。間の悪いことに、セバスチャンの父ダグラスが怒号を聞きつけて書斎から出てきて、セバスチャンを糾弾するジャイルズの言葉をあらかた耳に入れてしまったのだ。ダグラスは怒ってはいなかった。それでも、後継ぎである長男に失望したのは明らかであり、それがセバスチャンの胸にこたえた。物心ついてから、恥ずかしいと父に思われたことは一度もなかった――いまのいままでは。

　第八代エッジウッド伯爵、ダグラス・タウンゼントは早婚だったので、まだ四十三歳だ。長身で黒髪、琥珀《こはく》色の目をした美男子だが、男女の仲を取り持ちたがる者たちの期待には背いていた。妻に先立たれてから、再婚してはどうかと縁談を持ちかけられても、拒みつづけている。

　端整な顔立ちと群を抜く背の高さはふたりの息子、セバスチャンとデントンに受け継がれていた。長男のセバスチャンは二十二歳で、弟のデントンとはひとつちがいなので、ふつうなら兄弟仲がよくてあたりまえだが、実際はそうではなかった。デントンとよりも、友人のジャイルズ・ウィームズとのほうがずっと親しかった。弟が好きではないということではなかった。しかし、デントンは生まれながらに嫉妬深く、ずいぶん前から嫉妬心を隠そうともしなくなっていた。年を追うごとにそうした気質は色濃くなり、しょせん次男だから爵位は継げないのだという恨みがましさから、つい深酒をするひねくれた若者になってしまった。そしてセバスチャンとはちがい、しょっちゅう父ダグラスの不評を買っていた。

そのダグラスがため息をついた。「相手の女性がジャイルズの妻だとは知らなかったということか」

「もちろんですよ。デントンとフランスに旅行中だったのに、まさかそのあいだに結婚したとは。デントンすらその事実を知らなかった。あるいは、秘密にしてくれと頼まれていたのか。フランスから帰国したふたりとロンドンで会ったとき、ジャイルズの結婚についてデントンからひと言もありませんでしたから。ジャイルズもなにも報告してこなかった。自分の家族にさえまだ打ち明けていないというありさまですよ。どうやらイングランドに戻ってきてから新妻をロンドンに匿《かくま》っていたようです。エレノアの耳にはいる前に婚約を解消するための時間稼ぎだったのでしょう。女性がそもそも既婚者だったとは本当に知らなかったんですよ、父上。よりによって親友の妻だったとは」

「だが、その女性と関係を持ったのだろう？」

セバスチャンは赤面した。否定できればよかったが、それはかなわぬことだった。「ええ」

「ならば、ジャイルズのあとを追って、自分の立場を説明し、誠心誠意詫びを入れてこい。だが、決闘はだめだ。それは許さない。ジャイルズはただの知り合いじゃない。おまえたちは子どものころからの親友同士だ。セシルとわたしがそうであるように。しかも、ジャイルズはセシルのひとり息子だ」

セバスチャンもまさにそうするつもりだった。それはジャイルズを兄弟同然に大切に思っているからというだけではない。ジャイルズを捜しに行く前に父がまさしく言い当てていた。

「おまえのことはよくわかっている、セバスチャン。ジャイルズを傷つけることになりでもしたら、おまえは一生、自分を責めることになる」

残念ながら、すでに傷つけてしまっている。なかったことにすることも、言い逃れることもできない。時間がたつにつれ、それははっきりとしてきた。どうすれば親友に償うことができるのか、セバスチャンは必死に考えた。釈明してもジャイルズの怒りをさらにかき立てただけだった。ジャイルズはもう耳を貸してくれる状態ではなかった。セバスチャンを信じようが信じまいが、たとえわざとではなかったにせよ、結局は自分の妻を抱いたという一点に行きついてしまう。

翌朝、夜が明けても空は薄暗いままだった。数時間前から降りはじめた雨がまだやまず、あがる気配もなかった。セバスチャンの介添人であるセオドア・プーリーは天候を理由に決闘が中止になるのではないかと期待をかけていた。セオドアはあくまでも中立的な立場の知人にすぎないが、雨がすぐにやまなければ、逃げ出しそうな様子だった。雷鳴まで轟く空模様にすっかりびくびくしていた。

不安をまぎらわすようにセオドアがあれこれ話しかけてきても、セバスチャンはなんとも返事をしなかった。なにもかもどうでもよくなっていた。まんじりともせず夜を明かし、償うために自分にできるただひとつのことをするしかないと心に決めていた。死ぬつもりで決闘に赴く者はこれまでにもいたはずだ。

ジャイルズは夜が明けても姿を見せなかった。もう帰ってしまおうとセオドアが言いはじめたころに、ようやく介添人と一緒に現われた。その介添人にセバスチャンは見憶えがなかった。

「雨で道に迷った」とジャイルズは説明した。

セオドアはこの期におよんでまだ雨を理由に逃げ腰になっていて、遅れてきたふたりにこう持ちかけた。「中止にしたほうがいいんじゃないか？　天気のいい朝が来るまで延期したらどうだ？」

「この時期に？」と相手方の介添人が切り返した。その話し方にはどこの訛りかわからないが、わずかに訛りがあった。「天気のいい朝なんて、いつになったら来る？」

「決闘はいまだ。さもなければ、こいつを殺す」ジャイルズがぴしゃりと言った。

ひと晩眠れば、許してやろうという気持ちも芽生えるのではないか。少なくともわざと寝取ったわけではないとわかってくれるのではないか、とセバスチャンは淡い期待をいだいていたが、それもあきらめるしかない。前日と変わらず、ジャイルズの怒りはすこしも鎮まっていないようだった。

セオドアは咳払いをして言った。「わかったよ、では、予定どおり行なうとしよう」

ジャイルズのピストルが点検のためセバスチャンに差し出された。セバスチャンはあらためなくてけっこうと手を振った。セバスチャンのピストルも同じようにジャイルズにいったん引き渡された。ジャイルズは薬室に弾丸が装塡されているかということだけ確かめたいよりもうだった。こちらに殺意はないとジャイルズはわかったのではないか、とセバスチャンは察した。

「お二方、準備をしてくれ」

ふたりは背中合わせに立った。口をきくべきではなかったが、セバスチャンは良心の呵《か》責《しゃく》に苛まれ、嘘偽りのない言葉が口をついて出た。「すまなかった」

ジャイルズは無言のままだった。セバスチャンの声が聞こえたかどうかもわからない。手順の説明のあと、数がかぞえられはじめた。雨はあがらず、雷も鳴りやまなかった。数分ごとに雷鳴が轟いていたが、日が昇り、かろうじて木々のあいだから薄日が差していた。どうにか見通しが効き、決闘を行なっても支障がない明るさだった。

両者は手にしたピストルの先を地面に向け、所定の歩数を進んだ。数がかぞえられつづけていたが、やがて振り向き、狙いを定めるよう命じられ……。

セバスチャンは銃口を空に向けた。決めごととして発砲しなければならないが、まちがってもジャイルズに銃弾があたらないようにするつもりだった。だがジャイルズは、撃てという合図が出た瞬間に発砲し、引き金を引こうとしていたセバスチャンの腕の内側を銃弾がかすめた。ジャイルズは射撃の名手だ。これだけの近距離なら、急所にあたっても不思議ではなかった。ほんのかすり傷だったが、撃たれたはずみでセバスチャンの腕が下がった。セバスチャンのピストルから弾丸が飛び出し、発砲音が雷鳴とともに木立に反響した。的を大きくはずして当然だったが、ジャイルズの胸に命中してしまった。

セバスチャンが見ている前で、ジャイルズが地面に崩れ落ちた。倒れ込んだ友の顔に浮かんだ驚きの表情は一生、脳裏から消えないだろう。衝撃のあまり、セバスチャンはその場を動けずにいたが、ジャイルズの介添人が身をかがめ、様子を確かめた。そして、セバスチャンのほうを見て、首を振った。

「ジャイルズの父上にはわたしから知らせる」と介添人は言った。「おたくのほうは自分で報告をよろしく」

そばにいたセオドアが言った。「的をはずすんじゃなかったのか？　どうして気が変わった?」いったん口をつぐみ、セバスチャンの腕から流れている血に気がついた。「ああ、そういうわけか。なんとも不運だな。いや、見方によっては、驚くべき強運と呼ぶべきか」セバスチャンはなんとも返事をしなかった。セオドアの言葉はまったく耳にはいっていなかった。親友を殺したと気づいた瞬間に感じた気持ちはひと言では言いつくせない。悲しみ、恐怖、怒り——それらがないまぜになり、息苦しさを覚えた。そして、罪悪感もあった。激烈なまでの罪の意識は胸に根を張り、いつまでも立ち消えそうにない。その上、命令に背いたと父に告げなければならない。みずからの死をもって清算しようとした計画が裏目に出てしまったということも。

冷えびえとした薄暗い朝、〈石の決闘場〉で死ぬべきだったのだ。セバスチャンとしては、もう死んだも同然だったが。

1

町であれ村であれオーストリアのいたるところでよく見られるように、フェルブルクでもバロック建築様式で教会や広場、噴水がつくられている。華やかさではウィーンにおよばないが、静かで平和な町である。セバスチャン・タウンゼントがアルプスの丘陵地帯をとおった折り、フェルブルクで一夜の宿を求めたのもそれが理由だった。

片づけたばかりの仕事にはいらいらさせられどおしだった。フランスからイタリアに出向き、いったんフランスに戻ったあと今度はハンガリーに向かい、最後はウィーンにまで足をのばす破目になった。盗まれた何冊かの本を取り戻してほしいと依頼されたのだ。本は依頼人の妻が持ち逃げした稀覯《きこう》本だった。妻を連れ戻してほしいとは頼まれず、本だけを取り返してくれればけっこうとの要望だった。本はいまセバスチャンの手もとにある。依頼人の妻が協力的ではなかったので、彼としては盗みを働くしかなかった。

後味の悪い仕事だったが、故郷を離れてからの年月《としつき》に請け負ってきた仕事で何度か経験した嫌悪感を味わうほどではなかった。何年ものあいだ、仕事のえり好みはしなかった。なにもかもどうでもいいという気持ちだったのだ。父親から勘当され、家族と縁を切られ、認めたくないものの、自分は侮られてもいい男ではないという苦々しい思いを胸の奥にかかえていた。人生に重きを置くには生きがいがないといけない。セバスチャンは自分の人生をさして大事に思っているわけではなかった。

以前はそうではなかった。富も爵位もあり、よき友人たちに囲まれ、家族もいた。順風《じゅんぷう》満帆《まんぱん》の人生といってもよかった。容姿にも恵まれ、長身で身体つきもたくましく、目鼻立ちも人並み以上に整い、いたって健康でもある。すべてを兼ね備えていた。だがそれもこれも、決闘で親友を死なせてしまい、二度とイングランドの地を踏むなと父から言い渡されるまでの話だ。

一度も帰国しなかったし、今後も戻ることはぜったいにない。かつての故郷にはつらい思い出しかなかった。根無し草の暮らしをかれこれ十一年つづけ、セバスチャンはもう三十三歳になったが、この先も終わりは見えない。

強いて言えばヨーロッパを故郷と呼べないこともなかったが、とりたてて好きな場所があるわけでもない。各国を訪ね、ヨーロッパの向こうにも何カ国か足を伸ばした。おもな言語はひととおり話せるし、あまり知られていない言語も必要に迫られていくつか身につけたので、すべて合わせると六つの外国語を操れた。住む家を買う金銭的な余裕もあった。祖国をあとにしたときは一文無しだったが、請け負う仕事の実入りはよく、金のつかい道もなかったので、かなり裕福になっていた。けれど、〝故郷〟といえば、どうしても自分が生まれ育ったかつてのわが家を思い出してしまうので、ひとところに定住して、そこを第二の故郷にすることは避けてきた。そもそも、ひとつの場所に腰を落ちつけることはめったになかった。宿屋で寝泊まりし、仕事にかかっているときは野宿することもしょっちゅうだった。

それでもフランス北部に家を構えたが、場合によっては便利なのではないかと思ったからだった。崩れかけた廃屋のような古城で、とてもわが家と呼べる代物ではなかった。傷みもせずに残っているのは地下牢だけだったが、そこもドアのないがらんとした房が並んでいるだけで、わざわざ改修しようとは思わなかった。そんな廃墟をなぜ買い取ったかといえば、仕事を頼みに来る連中がこちらを見つけやすい場所をもうけたいというのがおもな理由だったからだ。管理をまかせている門番に来客が伝言を残せるようにもしたかった。それに、廃墟の主となるのはセバスチャンの好みに合っていたし、生き方に通じるものもあった。

旅には道連れがいた。妙な話だが、国外に追放されたとき、近侍《きんじ》がみずからついてきた。その近侍、ジョン・リチャーズはじつは冒険好きな男で、あらたな役割を喜んでこなしていた。いまでもセバスチャンの近侍役を務めているが、情報を仕入れる役目も果たしていた。初めての町に到着すると、ジョンはすぐに姿を消し、その土地と要人について有益な情報をあますところなく集めて戻ってくる。セバスチャンよりもさらにふたつも多い外国語に通じ、どれも流暢《りゅうちょう》とまではいかないものの言葉に困ることはない。セバスチャンの仕事にはなくてはならない存在になっていた。そして、たがいにけっして認めようとしないが、ふたりは友人同士でもあった。ジョンはどれだけ有能であろうとも、あくまでも召使いという立場を貫くことに自負心をいだいていた。

セバスチャンのまわりには近ごろもうひとり仲間がいる。ティモシー・チャールズという十歳の活発な少年だ。イングランドの出身だが、パリで孤児として生活していた。セバスチャンからスリを働こうとして失敗に終わったのが出会いのきっかけで、昨年のことだった。セバスジョンは故郷が懐かしくなり、寄る辺のない身の上で異国に暮らしているティモシーに同情した。結局、引き取ってくれる家庭が見つかるまで、セバスチャンたちが面倒を見てやることになった。近いうちに受け入れ先を探してやらないといけない。

「大鴉《レイヴン》と呼ばれているんだったな？」

セバスチャンはその日の宿の食堂でオーストリア産のワインを楽しんでいるところだった。テーブルに近づいてきたその身なりのよい男は、使いの者という風情を醸していた。背の高い中年男性で、服装に一分の隙もない。うしろに控えているふたりの男たちはどうやら護衛のようだ。地味な服装のせいではなく、背恰好からそう見えたわけでもない。ふたりともどちらかというと、背は低いほうだ。セバスチャンのみならず、食堂に居合わせた全員に向けた油断のない視線のせいだった。

セバスチャンは表情も変えずに黒い眉を上げ、背の高い男にそっけなく言った。「いろいろな呼び方をされている。そいつはそのなかのひとつだ」

意図したわけではなく、いつのまにか広まってしまったのだが、セバスチャンは金さえ払えば仕事に応じ、無理な依頼もやり遂げるという評判を取っていた。言うまでもなく、ジョンが噂を吹き込んでいるせいでもある。レイヴンという異名を取るようになった経緯はセバスチャンもよくわからない。黒髪で、黄金色が入りまじった猫のような目をした凄味のある風貌ということもあるだろう。呼び名についてもジョンの仕業だったとしても、驚くにはあたらない。ジョンは行く先々で、レイヴンが来たと関係筋に知らせることも怠らない。そのおかげで仕事が舞い込むこともよくあった。

「仕事を請け負っているんだろう?」

「たいていは――報酬が折り合えば」

男はうなずき、きっぱりとした口調でセバスチャンに言った。「おたくのような腕の立つ人物なら高額を要求するのも当然だ。それは承知の上だから問題にはならない。うちのご主人さまは気前のいい方でね。おたくの希望を下回ることはない。引き受けるだろう?」

「引き受けるって、なにをだ?　内容のわからない仕事は引き受けない」

「ああ、もちろんそうだろう。だが、いたって簡単な仕事だ。時間がかかるだけで、たいした労力はいらない」

「だったら、おれに頼まなくてもいいだろう。じゃあな」

男は断られて驚いたようだった。セバスチャンは立ち上がり、ワインを飲み干した。依頼主が大物だろうと、他人の言いなりになるような輩《やから》と取引きをするのは好きではない。それに、誰にでもできる簡単な仕事にはまったく興味がない。しかし、かの有名なレイヴンに仕事を請け負わせた、と友人たちに自慢したいがために雇いたがる金持ちに遭遇するのはよくあることだった。

テーブルから立ち去ろうとした。ふたりの護衛がやにわに動き、行く手を阻んだ。セバスチャンはにやりともしなかった。いまはもうなにかをおもしろがって笑うこともない。自分で認めはしないが、苦悩が深すぎて、ユーモアを楽しむ余裕は残されていなかった。とはいえ、依頼を断るだけでよけいな手間をかけさせられるのはうんざりだ。

荒っぽい事態になる前に、使いの男は言った。「ぜひとも考え直してほしい。公爵はおたくを雇えるものと思っている。公爵の期待に背くことは許されない」

セバスチャンはさすがにいささか笑いがこみ上げたが、それでも笑わなかった。引き留めにかかったふたりの護衛の頭をそれぞれつかんでかち合わせ、あっという間に片づけた。護衛たちは足もとに倒れ、セバスチャンは使いの男にちらりと視線を戻した。

「わかったか?」

男は床でのびている護衛のふたりをまじまじと見た。愛想をつかしたようだった。無理もない、とセバスチャンは思った。優秀な護衛は得難いものだ。

使いの男はため息をついたあと、またセバスチャンに目を向けた。「ああ、よくわかった。非礼を詫びる。さっきの説明は軽率だった。一見、簡単そうだが、実際はまったくちがう。これまで送り込んだ者たちはことごとくしくじった。五年ものあいだ失敗に次ぐ失敗だ。そう聞いて、興味は湧いたか？」

「いや。だが、すこしなら話を聞いてもいい」とセバスチャンは言って、またテーブルに戻り、椅子に腰をおろした。手を振って、男にも座るよう勧めた。「手短に。ただし、今度はきちんと説明してくれ」

男は椅子に腰かけ、咳払いをした。「わたしが仕えている方はレオポルド・バウム公爵。ご存じないかもしれないが、この町は公爵のお膝下《ひざもと》だ。察しがつくかと思うが、公爵という立場にいると、敵をつくりやすい。避けられないことだ。問題は、ここでいう敵が公爵の奥方だということだ」

「結婚前からか？」

「いや、そうじゃないが、敵になるまで時間はかからなかった」

セバスチャンは眉を上げた。「公爵はそんなにつきあいづらい性格なのか？」

「いや、ちがう、そういうわけじゃない」男はご主人さまを断固としてかばった。「しかし、公爵夫人はそう思ったのかもしれない。実際に起きたことからすると。五年前、公爵夫人は誘拐された。少なくともそのように思われた。身代金が要求され、金は届けられたが、公爵夫人は帰ってこなかった。殺害されたのだろうと考えられた。当然ながら公爵は激怒した。大がかりな捜索に乗り出したが、手がかりはまったくつかめなかった」

「ということは」セバスチャンは冷ややかに言った。「公爵夫人は狂言誘拐をくわだて、まとまった金をせしめ、勝手気ままに暮らしていると？」

男は顔を紅潮させた。「おそらくそうだろう。身代金が支払われて数カ月後、公爵夫人が旅行をする姿が目撃された。着飾って、ヨーロッパを遊び歩いていた。捜索隊が送り出され、行方を追った。さらに手がかりがいくつか見つかったが、肝心の夫人は見つからなかった」

「それで、公爵の望みはなんだ？　奥方か、金か、それとも両方か？」

「金はどうでもいい」

「それなら、なぜもっと捜索に金をかけないんだ？　公爵が本気で奥方を連れ戻したいのか怪しいものだな」

「正直なところ、その意見に同意せざるをえない」と男は打ち明けた。「仮に自分の妻だとしたら、わたしならもっと必死になって捜す。後継ぎをもうけないといけないのだから」

セバスチャンはいささか驚いて、椅子の背にもたれたが、顔色は変えなかった。どういうことか、さらなる説明を待った。相手はここに来てわずかながら神経質になっているようだった。

「捜索がおざなりだったというわけではない。だが、公爵は忙しい方だ。奥方捜しに何年もかかりきりとはいかない。ところが最近になって躍起になりはじめた。見つけ出して離縁すれば、再婚できるからだ」

「なるほど、ようやく本題にはいったか」

男は赤面し、うっかりすると見逃すほどかすかにうなずいた。なぜぴりぴりしているのかこれでわかった。ご主人さまが明かされたくないと思っていることを明かしているからだ。

「おたくが町に来ているという噂に、公爵はおおいに希望をいだいた。どれほど厄介な仕事でも首尾よくこなすというおたくの評判を聞きつけていたからだ。おたくなら夫人を見つけ出し、連れ戻してくれるものと公爵は信じて疑わない」

「おれが仕事を引き受けたら、の話だろう」

「いや、ぜひ引き受けてもらわないと！」男はまた強く迫ったが、すぐに方針を変えた。「それとも、歯が立たないような気がするのか、さすがのおたくでも？」

セバスチャンは挑発に乗らなかった。「女性がからむ仕事はあまり引き受けたくない。それに、やりかけの仕事があって、フランスに戻る途中だ」

「それなら問題ない」男は安堵の色を浮かべてさらに説得にかかった。「この仕事もそっちの方向だ。すこしまわり道になるが、差し支えない程度だろう」

「公爵夫人が最後に目撃されたのがフランスなのか？」

「足取りをたどってフランスに行きついたが、フランスからも出国した。公爵は捜索の手を広げている。夫人はとにかくオーストリアから離れるだけ離れようとして逃亡生活を送っているようだ」

「アメリカ大陸に向かったのか?」

「いや、そうではないことを願うばかりだ。フランスで目撃された当時、公爵夫人によく似た女性がイングランド南部の港町ポーツマス行きの船に乗った。われわれのもとに届いた最後の調査報告によれば、夫人はもう一度船に乗ったが、イングランドの海岸線をたどる航路だった。乗船できる船はほかにもあった。北アメリカ行きの船だ。しかし、夫人はそっちには乗らなかった。そこで、夫人は偽名を使ってイングランドに身を落ちつけることにしたのだろうとわれわれは判断した。いまのところ続報はない。夫人を捜しにイングランドに送り込まれた者は誰ひとりとして帰ってこない」そこで男は声をひそめた。「おそらく公爵に合わせる顔がないからだろうな、失敗の報告しかできないのなら」

じゅうぶん聞いたので、セバスチャンは席を立った。「悪いが、やっぱり断らせてもらう」冷淡な口調になっていた。「イングランドだけには行かないことにしている。それじゃ」

もう一度引き留めにかかるのではないかと思ったが、男はそうはしなかった。おそらくなにを言っても無駄だと悟ったのだろう。これでよし、と。女性がからむ仕事は面倒くさいものだ。女性と関わりを持つと、決まってこちらの気を引こうとしてくるからだ。

ジョンはそれをたいそうおかしがり、セバスチャンが助っ人稼業のわりに色男だからだと言い立てた。セバスチャンとしては、それはちがうと思っている。仕事の評判とレイヴンという陰のある仮の姿と、女性に無関心な態度のせいでごたごたを招くのだ。こっちは楽しみよりも仕事を優先する主義だ。しかし、女性たちの考え方はちがう。興味をそそられ、仕事が完了するのを待ちきれず、親密になろうとする。そうなると、ことはややこしくなる。

セバスチャンは責任感が強く、だからこそ自分で選んだ道で成功をおさめている。仕事の妨げになることは避けなければならない。気が散ることもだめだ。誘いをかけてくる女性はまちがいなく注意散漫のもとだ。イングランドの男とはもう呼べないとしても、男であることは変わらない。だから、公爵の仕事を引き受けることができなくてよかったのだ。

2

頭が痛い。目覚めたとき、真っ先に意識にのぼったのがそれだった。つぎに気づいたのは、さらに不穏なことに、まわりの状況だ。ゆうべ眠りについた宿の居心地のよい部屋ではなく、暗く、黴《かび》臭い地下牢だった。セバスチャンは独房にいた。木戸についた鉄格子の小さな窓越しに松明《たいまつ》の光がよぎり、硬い土間が映し出された。片すみには空のおまるがあり、石壁に虫が這いずり、ひびに出はいりしている。

風通しが悪く、古めかしい部屋だったが、セバスチャンの自邸の地下牢よりはまだましな状態だった。つまり、ここはよく使われているということだ。牢獄に入れられたことは何度かあるが、近代的な建物で、本格的な地下牢ではなかった。フェルブルクを見渡す丘に立つ古い要塞は目にしていたので、自分がいまどこにいるのかはわかった。

「ちくしょう」

ぼそりとつぶやいただけだったが、牢のなかは静まり返っているので、まるで叫んだかのように声は響き、すぐさま反応が返ってきた。「旦那さま?」ジョンが声を上げたが、どこから聞こえてきたのかセバスチャンはよくわからなかった。

木戸のほうへ向かったが、返事をする間もなくティモシーの怯えた声が左端から聞こえてきた。「レイヴン、ここ、いやだよ。ほんとにいやだ。すぐ出られる?」

ぼうずもか? とんだことになったな。なぜ自分がここにいるのか、セバスチャンはわかっていた。無理やり仕事を引き受けさせようとする人物はこれまでにもいた。前回、独房に入れられたときも同じ理由だった。ろくでなしはどいつも同じことを考えるものだ。

「乱暴はされなかったか、ティモシー?」

「うん、たいしたことはなかったよ」少年は、今度は強がったような声で応えた。「口になにか詰められた。しばられて、ここに連れてこられたんだ。ひと晩じゅう起きてたよ」

「おまえはどうだった、ジョン?」とセバスチャンは尋ねた。

「頭に小さなこぶができましたけど」ジョンの声は右側から聞こえてきた。「なんともありません」

なんともないことはない。自分が怪我をするぶんにはかまわないが、自分をとらえようとする輩に手の者たちが痛めつけられたとなると……。

セバスチャンはめったなことでは怒らないが、今度ばかりは腹が立った。うしろにさがり、足を上げ、目の前の木戸に蹴りを入れた。埃は舞い上がったが、戸はびくともしなかった。戸が取りつけられた石壁ほどは古くないのだろう。

房のなかをさらにじっくりと調べてみた。台があり、ブリキの水差しと椀が載っている。一段だけの棚には手ぬぐいが一枚たたんで置いてあった。水は古くなかった。せまい寝台の寝具は清潔で、しかも上質な麻だった。木戸の下から差し入れられた食事は、虫たちに先を越されなければ食欲をそそられただろう。卵料理にソーセージ、バターつきのパン。バターはもう溶けてしまったが。それに菓子パンもいくつか盛りつけられていた。

命を奪おうというよりも、引き留めようとしているだけのようだ。強制連行された客人というわけか。だが、いつまでつづくのだろう？ 行方不明の公爵夫人を捜し出しましょうと仕事を引き受けるまで？ 引き受けようが引き受けまいが、この地下牢を出たとたん、こちらが姿をくらまさないともかぎらないのに。

つぎの食事を運んできた男は口がきけなかった。あるいは、口がきけないふりをしていたのか。ひと言も話そうとせず、こちらの問いかけにひとつも返事をしようとしなかった。長く、退屈な一日がだらだらと過ぎていった。セバスチャンは身体を動かし、レオポルド・バウムの首に手をかける場面を思い描きながら時を過ごした。ジョンとティモシーは言葉遊びをしていた。地下牢の両端に分かれていたので、ほどなくふたりとも声を枯らしてしまったが。

夕食が届けられるころになっても、三人を監禁する主からはなんの音沙汰もなかった。ダンプリングと仔牛のカツレツにチーズのクリームソース添えはオーストリアの郷土料理で、じつに食欲をそそられ、食べごたえもあった。ケーキのようなものと上等なワインもひと瓶ついてきた。デザートは虫たちに残してやり、ワインを寝酒にした。

つぎの日も同じで、そのつぎの日もそうだった。ということは、公爵の要求をのまなかったらどういう目にあわされるのか、これまで前例がなかったということだろうか。強制されてこちらが仕事を請け負うと、公爵は本気で思っているのか？

監禁されて五日めの朝早く、レオポルド・バウムが姿を現わした。用心に用心を重ねていた。ピストルを手にした四人の巨漢を護衛にして先を歩かせ、房にはいってきた。護衛のひとりがセバスチャンの両手をうしろでしばり、そのあいだ残りの三人はセバスチャンに銃口を向けていた。四隅に護衛が立つと、ただでさえせまい房がさらに手狭になった。

公爵は年恰好だけではなく、ほかにも意外な面があった。もっと若いのかとセバスチャンは思っていたのだが、見たところ、五十に手が届きそうだ。濃いブロンドの髪は当世風に短く整えられていた。セバスチャンは髪を長く伸ばし、ふだんはうしろで束ねていたが、それはジョンに髪を切らせるととんでもないことになるからだった。旅に出ることが多いので、腕のいい床屋に通うのも無理だ。公爵はとびきり腕の立つ理髪師をかかえているようだった。

眼光の鋭い青い目は知性を宿している。あるいは、そのように見えた。百八十センチはないだろうが、背は高い。身体つきはがっしりとしているが、やや肥満気味だ。短いながらびっしりと生えたひげに隠れて目立たないものの、顎はたるみはじめている。それでも堂々たる容貌を保ち、いかにも上流階級の大物然とした風格を漂わせていた。

乗馬をしてきたのだろうか。あるいは、毎朝の日課なのかもしれない。公爵は翡翠《ひすい》色の上着に淡褐色の乗馬ズボンというでたちで、手にした鞭を、よく磨かれた膝までの黒いブーツに軽くたたきつけていた。

じつににこやかな表情を浮かべている。まるでセバスチャンが本当に客人であるかのように。四挺のピストルの銃口を向けられ、独房に閉じ込められているのではなく。「泊まり心地には満足いただいているかな?」

セバスチャンは眉ひとつ動かさなかった。「床を板の間にしてもいいと思うが、あとは問題ない。休暇を満喫している」

公爵はにやりとした。「それならよかった。すぐに折り合いがつかなかったのは残念だが、そろそろ引き受ける気になったんじゃないかね」

「勝手な憶測はやめてくれ」

公爵は顔色も変えず、笑みを顔に貼りつけていた。優位に立っているという自信があるようだった。どうしてなのか、セバスチャンには理解できなかった。牢に監禁したままでは仕事にかからせることはできない。牢から出したら出したで、それでも仕事をさせることはできない。

セバスチャンは問題を指摘した。「依頼を拒んだという理由で監禁するのは違法行為だ」

「だが、投獄した理由はそういうことではない」と公爵は愉快そうに言った。「きみが犯した犯罪はいくらでも思いつく。処刑も可能だが、それでもきみに揺さぶりをかけることはできないだろうな。でも、もういいだろう、大げさな話はやめにしよう。きみを客人として迎えて――」

「囚人だ」とセバスチャンは口をはさんだ。

「いや、客人だ」と公爵は言い張った。「囚人なら、ここまでのもてなしはしない。それは断言できる。だが、訪ねるのが早すぎたようだな。来週になったらまた様子を見に来ることにしよう、きみが休暇とやらに飽きたかどうか」

セバスチャンはしばらくたってから眉を上げて言った。「だったら、再来週にまた来ることになるだろう。そのまたつぎの週にも。こんなことをしても、あんたの奥方は見つからないんじゃないか？」

公爵は驚いたようだった。「そんなに強情を張るのか？　なぜだ？」

「あんたの手下にも言ったが、この仕事は場所が場所だけに引き受けられない。イングランドには二度と戻らないと誓いを立てた。金ほしさにその誓いを破るつもりはない」

「なぜそんな誓いを？」

「あんたの知ったことじゃない」

「なるほど」公爵は思案をめぐらすように言った。「となると、情けに訴えるしかないか」

「やるだけ無駄だ」とセバスチャンは言った。「こういう商売をしている男に情けなどない」

公爵は笑った。「むろんそうだろう――表面的には。だが、とにかく最後まで聞いてくれ。話はそれからだ」

公爵は考えをまとめながら独房のなかを行ったり来たりしはじめた。そもそもかぎられた空間で、大柄な護衛が四人もいて、それだけで場所の大半を占めていたので、公爵はすぐに歩きまわるのをあきらめ、またじっとたたずんだ。セバスチャンは、これから聞かされる話は事実なのだろうか、と訝《いぶか》しんだ。それともこっちの情けとやらに揺さぶりをかけるための作り話なのか。

「わたしは真剣な気持ちで妻と結婚した。しかし、たがいにすぐ気づいたのだが、不幸にも相性が悪かった。妻は離婚しようと思えば離婚できたのだ。離婚を申し出るだけでよかった。だが、そうではなく、逃げ出すことを選んだ。不自由のない暮らしができる金を手にするために、誘拐を偽装して」

「全部知っているさ、そういう――」

「いや、なにもわかっていない！」公爵は話を遮って言った。意に反して語気が強くなったようだった。

その一瞬だけ、生身の姿が垣間見られた。癇癪持ちの独裁者の姿が。実際にそうであるにしろないにしろ、おのれに無限の力があると思い込んでいる人物はきわめて危険だ。自分が置かれたこの状況を考え直したほうがいいのかもしれない、とセバスチャンは思った。

「なぜイングランド政府に協力を求めて、夫人を捜してもらわないんだ？　その種の調べを得意とする部署がある。手を打つなら、それがいちばんだ」

「わたしはオーストリアの公爵だ」見下すような口調に苛立ちが入りまじっていた。「他国の政府に借りをつくる立場に身を置くことはできない。これまでに手の者を何人も送り込んだ。それで事足りるはずだった」

セバスチャンは鼻で笑いそうになるのをぐっとこらえた。「最後に送り込んだのはいつだ？」

公爵は顔をしかめた。答えを探そうとするかのように目が泳いだ。実際のところそうだった。思い出せなかったのだ。

「去年――いや、一昨年だ」しばらくして、ようやくそう言った。

セバスチャンは首を振った。うんざりだという気持ちが抑えようもなく目に浮かんだ。

「おれはここでなにをしているんだ？　どう考えてもあんたは奥方を連れ戻したいとは思っていない」

公爵は身をこわばらせ、ひらき直って言った。「匙《さじ》を投げたんだ！　死亡宣告の手続きをしようとしていた。だが、恋人のマリアが結婚に応じてくれないのだ、妻が死んだと証明されないか、離婚しないかぎり。先妻がいつか戻ってきたら、わが子が非嫡出子にされてしまうから、後継ぎをもうけるのを怖がっている」

利口な娘だ、とセバスチャンは心のなかでつぶやいた。いや、そうでもないか、とすぐに思い直した。この御仁と結婚する気があるかぎり、利口とは言えない。もちろん、公爵は〝恋人〟を相手にしているときには人柄もがらりと変わるのかもしれないが。

公爵は話をつづけた。「きみのような者たちの存在を知っていたら、問題はとうに解決していただろう。きみがこの町に来て、わたしは希望を持ち直した。噂では、きみは仕事で失敗したことがなく、いつでも成功裏《せいこうり》に終わらせているという。そういう輝かしい経歴があるなら、わたしの依頼のような挑戦を受けてもいいんじゃないか？　それとも、どこのまぬけでもできる単純な仕事ばかり請け負って経歴を築いてきたのか？」

「なにを言っても無駄だ」とセバスチャンは言った。「侮辱されてもこっちは痛くもかゆくもない。さっきも説明した理由で返事をした。あんたの力になりたいかなりたくないかという問題じゃない。奥方の居場所が問題で、それが決め手だ」

「では、その決め手とやらをあらたに提案しよう」公爵は冷ややかな声でそう言って、出入り口に近い護衛に目をやった。「向こうの男を殺せ——いや、待て。あの男はレイヴンの仕事に役立つかもしれないな。子どもを殺せ」

セバスチャンは身体をこわばらせ、耳を疑った。残念ながら、公爵の要求をのまなければ、ものの数分でティモシーの命は奪われることに疑いの余地はない。この男のような独裁者にしてみれば、殺人も暴行もどうということはない。こういう手合いにこれまで出くわしたことがなければ、ただのはったりではないかと疑ったり、そう口にさえしていたかもしれない。けれど、この男が相手ではそうはいかない。

感情を抑え、セバスチャンはなにげない口調で言った。「わかった。あいつには手を出すな」

公爵はうなずき、護衛を呼び戻した。また笑みを浮かべ、勝ち誇った顔になった。無理やり同意させられた仕事をこちらがまっとうすると、公爵は信じているのだろうか。

「どういうことだろうな」公爵はレイヴンを従わせることに成功したと思い込んでおり、晴れ晴れとした声で言った。「親戚の子どもでもないのに。少なくとも、きみとはまったく似ていないと聞いた。なぜあの子のために誓いを破ろうと？」

「引き取ってくれる家庭を見つけてやるまで、責任を持って面倒を見ることにしたからだ。あの子は孤児だ」

「見上げたものだ」と公爵は言った。「さて、めでたく合意に達したわけだから、きみにこれを見てもらわないと」ポケットから小型の肖像画を取り出し、セバスチャンが座っている寝台にほうった。「偽名を使っているはずだが、容姿は変えようがない」

そうともかぎらないが、セバスチャンはよけいなことは言わなかった。「肖像画だけじゃだめだ。どういう女性なんだ？」

「癇癪持ちで──」

セバスチャンは話を遮り、訊きたいことをはっきりさせた。「あんたにではなく、ほかの人にとって、という意味だ」

「妻は相手が誰でも癇癪を起こしていた」と公爵は言い張った。「うぬぼれが強く、強欲で、恩着せがましく、甘やかされている。裕福な一族の出だ」

「なぜ家出などしないで、実家に帰らないんだ？」

公爵はわずかに顔を紅潮させ、打ち明け話をした。「妻はわたしとの結婚を家族に反対された。実際にわたしと結婚すると、家族の縁を切られた。妻はもう向こうの身内とは思われていない」

身につまされる話だ。セバスチャンの胸に公爵夫人への同情の念がこれまで湧いていなかったとしても、いまはちがった。

「それから、これは訊いておかないと」とセバスチャンは言った。「イングランドに送り込まれた者たちは夫人に殺されたと思うか？　それとも、空手であんたのところにおいそれとは戻れなかったからか？　成功しなかったらただではすまないという脅しでもあったのか？」

公爵はかっとなり、また赤面したが、くだらないとばかりに手を振った。「あったかもしれないが、騒ぐほどのことではない」

「それはどうかな。警戒するべきか、知っておかないと」

「きみのような商売をしていたら、警戒は当然なんじゃないか？」

それはそうだとセバスチャンもしぶしぶ認めた。する気のない仕事の質問はもうじゅうぶんだった。「朝になったら出発する」そう公爵に言った。

「よかろう」公爵は護衛たちに視線を向けた。「レイヴンと部下を宿泊先までお連れしろ」

セバスチャンのほうへ向き直り、こうつけ加えた。「言うまでもなく、子どもには残ってもらう」

セバスチャンは顔の筋ひとつ動かさず、ひと言だけ言った。「だめだ」

「ああ、そうとも。地下牢にではない。もうそんな必要はない。しかし、とにかくあの子はこっちに残る。まさかきみをここから解放すると思ったのか――万が一の対策も取らずに？妻を連れ戻したら、あの子を返してやる。報酬もそのときに払う」

ちくしょう。逆の立場ならセバスチャンも子どもを手もとに置いておくだろうが、公爵はそこまで機転がきかないと望みをかけていたのだった。

「あの子のことは心配しなくていい」公爵はそう請け合った。「屋敷の女中たちに世話をまかせるつもりだ。思いきり甘やかされるだろうな、本人が帰りたくなくなるほど。目下のところ、あの子を痛めつけるいわれはない。原因になるようなことはしないでくれ」

公爵の意図はこの上なくはっきりしていた。独房から立ち去り際に、微笑みもした。しかし、護衛がセバスチャンの拘束を解きはじめると、公爵は出入り口で立ち止まった。
うしろを振り返り、興味深げに尋ねた。「なぜ大鴉《レイヴン》と呼ばれているんだ？　豹《パンサー》ではなく？
あるいは虎《タイガー》でもなく。どちらかというと、猫科の動物の目をしているのに」
セバスチャンは公爵をまっすぐに見て、なんの感情もまじえずに言った。「殺し屋の目だ」
いったん口をつぐみ、自分の拘束の縄がすっかりほどかれるのを待った。「これは想定して
おくべきだったな」すばやく房を突っきり、公爵の首根っこを押さえて、わずかにひねった
だけで首の骨を折れる体勢をとった。
護衛たちはすぐに反応し、ピストルを抜いたが、主人のほうに発砲するのをためらったよ
うだった。セバスチャンは間髪をいれずに公爵を自分の前に立たせた。「さもないと、おまえたち
「武器を捨てろ」護衛のひとりひとりと順繰りに目を合わせた。「さもないと、おまえたち
のご主人さまの首の骨をいますぐへし折る」
護衛たちは優位な立場をあきらめきれず、ためらいを見せた。
公爵は怒鳴り声を上げた。「捨てろ！」
ほぼいっせいにピストルが堅い土間にほうり捨てられた。一挺が暴発した。銃弾がしばら
くのあいだ跳ね飛び、最後に護衛の脚に当たった。その護衛は痛みのためというよりも驚い
て叫んだようで、床に倒れ込んだ。見たところ、怪我は軽傷だった。動脈ははずれていた。
しかし、別の護衛が身をかがめ、助けようとした。

「傷口をしばっておけ」とセバスチャンは、仲間のかたわらに膝をついた男に声を掛けた。「おれに使った縄を拾って、それでしばればいい。あとのふたりはシャツを脱げ。さっさとだ。脱いだらそのシャツでたがいにしばり上げろ。結び目はあとで確認する。ひとつでもゆるかったら、おまえたちを撃つ。放置せずに」

十分後、まだしばられていない護衛が両の手首とシャツの切れ端を公爵に差し出した。手を自由に動かせる者はほかにいなかったからだ。セバスチャンは公爵の首にまわしていた腕をわずかにゆるめ、世話を焼けるようにしてやった。最後の護衛の手をしばるべきか公爵は考えあぐねたが、結局しばることにした。

護衛の手首がしばられると、セバスチャンは公爵に言った。「どちらがいいか決めさせてやろう。あんたの頭を壁にたたきつけて、しばらく身体の自由を奪い、ほかの連中と一緒にしばり上げるか、それとも手っとり早くあんたの首をへし折るという手もある。二度とかかわらないですむようにな。どっちにする？」

「そんなことをしても、生きてここから出られまい」公爵は言い返した。

「そうかい、じゃあ、こっちで決める」セバスチャンは壁際に移動した。

「やめろ！」公爵は叫んだ。

セバスチャンもあとを追われる理由はあたえたくなかった。寝台に公爵を引きずっていき、うつ伏せに横たわらせ、裂いたシャツの切れ端で手首をしばった。

「ウィーンにおれのような男がいて、仕事を探している。ときどき行き合うやつだ。コルブリッジという名前だ。〝情け〟をかけてやるとしても、これが精いっぱいだ。あんたにここまでしてやる筋合いはないが」

拘束の具合をすべて確かめてから、独房を出て鍵をかけた。公爵に手首をしばられた護衛の拘束がゆるいことに気づいたときには、思わず笑ってしまいそうになった。そのあとすぐに、ジョンとティモシーをそれぞれ房から解放した。

「公爵を殺したんですか？」とジョンが尋ねた。三人は急ぎ足で地下牢をあとにしようとしていた。石段をのぼりきったところに護衛がいた。殴って気絶させるしかなかった。

「いいや」セバスチャンは護衛を殴り倒したこぶしをさすりながら言った。「だが、殺すべきだったのかもしれない。人助けのためにも」

「じゃあ、追ってはこないと？」

「ああ。この手の仕事をしているやつはおれひとりじゃない。それは公爵ももうわかっている。じつは、コルブリッジを勧めておいた。ウィーンにいる仕事のできない男で、しくじりようのない仕事でもしくじるやつだ。公爵がおれに固執したのは、おれがこの町にいて、すぐに仕事にかかれたからにすぎない――やる気があれば。公爵夫人にはぜひとも逃げおおせてほしいものだ。離婚でごたごたするくらいなら公爵は夫人を殺してしまう気がする」

3

台所は生活するのに悪い場所ではない。いいにおいが――たいていは――しているし、石造りの古い建物は底冷えするものだが、ここでは暖が取れる。廃墟と化した城の奥まったところにあり、セバスチャンが改装した唯一の部屋だった。廃墟の東側にある昔の武器庫は羽目板を張り、家具を配し、三つの部屋に分けて、寝室として使われている。

フランスに戻ってきて、ほぼ一週間だった。近所に住んでいる農夫の母親であるル・カレ夫人が毎日通ってきては食事を用意してくれる。使用人は門番の老モーリスがいるだけで、崩れかけた外壁に接して唯一無傷で残っている櫓《やぐら》に住んでいた。数年前には女中を雇って部屋の掃除をさせようとしたこともあったが、どの女中も二週間と持たなかった。廃墟で働きたがる女などこのあたりには誰もいなかった。

戻ってきてから、ジョンはほとんど温室にこもりきりだった。自分で建てた温室に。いつものことだが、留守のあいだに花はしなびてしまっていた。モーリスは留守中に花の世話をしようとしないので、せめて冬場は花が全滅しないように、金で釣って火鉢の管理を頼むしかなかった。とにかく世話を怠ったせいでたくさんの花が枯れてしまった。一緒に暮らすようになってから、ティモシーが馬の世話を引き受けていた。馬は、大広間として使われていた部屋で飼っていた。わずかながら天井が残っているので、馬たちが雨や雪をしのぐにはじゅうぶんだった。ティモシーは廃墟が好きではなく、そこで寝起きするあいだはいつもどことなくふさぎ込んでいた。またしてもセバスチャンにろくにかまってもらえず、ふくれっ面をしていた。

オーストリアでティモシーの命が危険にさらされたときには、さすがにセバスチャンも行動を起こしたが、皮肉なことにふだんは見向きもしなかった。ジョンはティモシーを好きになってきたが、セバスチャンは近くにいてもほとんど相手にしなかった。それでも、ティモシーの保護者になると進んで決めたことであり、きちんと責任を取ってもいた。つまり、セバスチャンの保護下にあるあいだ、身の安全は守られるということだ。オーストリアでの出来事は責任感が足りなかったせいで起きたのだとセバスチャンは反省し、子どものころに教え込まれた家族に対する義務感をあらためて思い返した。

ジョンは人間関係をもっと淡泊に考えていた。きょうだいはなく、父ひとり子ひとりのこじんまりした家庭の出だった。父は長年ウィームズ家で執事を務め、ジョンにも執事の仕事を仕込んでいたが、ジョンとしてはもっと身近で主人に仕えるほうが性に合っていた。本音を言えば、執事が背負う重責や権威が苦手だったのだ。

ウィームズ家はタウンゼント家と深く親交を結んでいた。両家の長男同士は親友で、父親たちもそうだった。使用人というのはとかく噂好きなものであり、セバスチャンの近侍がやめたとジョンはいち早く聞きつけ、後釜に座る機会に飛びついた。まさかこんな冒険が待ち受けているとは夢にも思わなかったが、この道を選んだことを後悔したことは一瞬もない。

タウンゼント家の屋敷で働き、充実した日々を送り、一年あまり過ぎたところでセバスチャンがイングランドを離れることになった。国外追放についてきてくれと頼まれたわけではなく、ジョンがみずから志願したのだった。若い主人に敬愛の念をいだき、家族のように思っていたので、世話をする供もつけずに屋敷を出ていく主人を黙って見送ることはできなかった。

だが、ふたを開けてみれば、あらたに始めることになった第二の仕事に関する筋がよかった。充実感もふんだんにあり、自然にのめり込んでいったのである。人と知り合うのが得意で、相手の心をひらかせ、まだ世間に広まっていない話をうまく引き出す才能があった。その特技をフェルブルクでへたに発揮して、地下牢に監禁されるようなことにならなければよかった、とジョンは思い返した。あの町にはひと晩泊まって休養するだけだったのだから、よけいなことをした自分の落ち度だ。

ジョンたちは馬を駆って、町から脱出した。「公爵が追っ手を送り出すことはないだろうが、それを確かめに戻りたくはない」セバスチャンは最終的にそう判断したのだった。

ジョンはもっと現実的だった。「依頼を引き受けておけば、あらたな敵をつくり、仕事をする国をひとつ減らす事態は避けられたはずですよ。こうなったらもうオーストリアには出入りできない。ひょっとしたら通常より三倍の報酬を引き出すこともできたでしょうに」

「イングランドに行けばよかったと？　それはない」

そっけない返事はジョンの予想どおりだった。言うだけ言ってみただけだ。これだけの年月のあいだ、セバスチャンがイングランドに帰りたがったことはただの一度もない。父親と弟がどうしているのか、まだふたりとも健在か、確認しようともしなかった。家族に縁を切られたとき、セバスチャンのほうからも家族と絶縁したのだった。

ティモシーは昼時になっても台所に姿を見せなかった。大人ふたりは待たずに先に食べはじめた。

「ここにいるあいだ、すこし改装しますか？」ル・カレ夫人が自宅に帰っていったとたんに、ジョンがそう尋ねた。

セバスチャンは眉を吊り上げた。「なぜここに戻るたびに同じことを訊く？」

「なぜって、ほら、ここは広いけれど、台所と寝室しかまともに使えない状態ですよ」

「ああ、たしかに。ここにいるあいだ、寝る場所と食べる場所があれば、ほかになにが必要だ？　べつに長く住むわけじゃない」

「でも、ここは改装し甲斐がある」

「どうしようもない廃墟さ」とセバスチャンは言い捨てた。「このままでいい」

ジョンはため息をついた。用事が見つかれば、オーストリアをあとにしてから陥っている鬱屈した気分をセバスチャンも払拭《ふっしょく》し、物思いにばかりふけるのはやめるのではないかと期待したのだが。あいにく、イングランドのことが話題にのぼるたびに、セバスチャンはむっつりとするのだが、フェルブルクに滞在中にそういうことが頻繁にありすぎたのだった。仕事を頼めないかという伝言を三件もモーリスは預かっていたが、セバスチャンはまだ検討さえしていない。

ジョンは廃墟の裏手にある温室に戻り、作業をつづけた。午後も半ばになったころ、セバスチャンがブランデーのグラスを手にしてぶらりと現われた。よくない兆しだ、ブランデーは。さらに物思いに沈んでいる証拠だ。

「なあ、ジョン、この何年ものあいだ、おれにツキがあったのか、それともただの偶然だろうか」とセバスチャンは尋ねた。退屈しのぎに訊いてみたという口ぶりだった。

「なんのことですか？」

「仕事のことさ、もちろん。死んでもおかしくなかったことをかぞえたら片手では足りない。あるいは、死なないまでも、一生治らない大怪我をしても不思議じゃなかったが、かすり傷程度ですんでいる。武器を向けられたことは何度もあるというのに。それに、仕事もだ。変わった仕事や不可能に思える仕事でも、いつもなんとかやり遂げている。たいていは、たいして骨を折りもせず。だから忌憚《きたん》のない意見を聞かせてくれ、運なのか、驚くべき偶然なのか」

「選んだ仕事をこなす上での腕前も考慮に入れないと」とジョンが指摘した。

セバスチャンは鼻で笑った。「おれの腕前なんて十人並みさ。ピストルを撃ってもせいぜい――」

「命中させられる」とジョンは遮って言った。

セバスチャンは否定するように手を振り、先をつづけた。「敵からの銃撃に持ちこたえるのが――」

ジョンはまた口をはさんだ。「顔面にこぶしをたたきつけたあと、気の毒な相手の顔を見たことは？」

「たいした取り柄でもない」セバスチャンは面倒くさそうに言った。「たまたまだ、腕前には関係ない」

ジョンは考えあぐねたように顔をしかめ、こう尋ねた。「しばらく前から考えごとをしているようですが、どうかしたんですか？」

「オーストリアで、あのいまいましい公爵をとらえるために、四挺のピストルに発砲される危険を冒した。しかも至近距離で。こっちが標的にたどりつくより早く、少なくとも護衛のひとりに発砲されていたかもしれない。おれの強運は十一年もつづいている。それが不安になってきた。そろそろ潮目が変わるころじゃないか？　永遠にツキに恵まれるわけはない」

「廃業を考えているんですか？」とジョンが尋ねた。「たしかにこの仕事はいつまでもつづける必要はない。そろそろ家庭を持ってもいいかもしれないですね」

「家庭だって？」セバスチャンはかすかに眉をひそめた。「いや、それはまちがっても願わない。だが、試してみようかとは思っていた」

「試すというと？」

「この悪運の強さを、だ」

なんと、今回はそこまで憂鬱になっておられたのか。ジョンはそう気づいて心配になった。セバスチャンの心の片すみには死にたいという気持ちがある。イングランドを去ってからずっとそうした死への願望を抱《かか》えているのだ。友人のジャイルズの代わりに自分が死ぬべきだったとセバスチャンは長年思いつづけており、その気持ちが変わるようなことはなにも起きなかった。〈石の決闘場〉であの日、道義心を守ることができず、名誉は汚された。

「どうやって悪運を試すんですか？」ジョンは不安になって尋ねた。

セバスチャンが返事をする間もなく、モーリスが知らせを告げに来た。「お客ですよ、旦那《ムッシュー》。ご婦人の。台所におとおししますかね？」

忍び笑いが洩れていた。レイヴンほどの裕福な有名人が台所で暮らしているのが門番にしてみれば、おかしくてたまらないのだ。

セバスチャンはモーリスの口調を聞き流した。あるいは、聞き流すことにしたのだろう。「ご婦人?」と彼は言った。「それとも、賭けに勝つ気でいる酒場の女給か? あの女たちのこともたしかご婦人と呼んでいたな」

モーリスは顔を赤らめた。ジョンはにやりとしそうになったが、なんとか笑みを押し殺した。酒場のきれいどころが三人も訪ねてきたあの日はじつに愉快だった。三人は賭けをしていたのだ、誰がセバスチャンを誘惑して味見をさせることができるか。セバスチャンは賭けに乗ってもよかったが——三人ともなかなかの美女だった——結局その日は賭けに勝った者は誰もいなかった。セバスチャンをめぐる戦いになってしまったからだ。文字どおり。

女たちが帰ったあと、台所は何カ所も修繕が必要になった。酒場に戻ったあとも女たちの小競り合いはつづいていたので、その賭けの話は地元ではレイヴンその人に負けず劣らず有名になっていた。もはや三者のあいだだけの賭けではなかった。町の半数が、いや、いまでは半数以上が賭けに参加していた。

「きょうのお客は、身なりが本物のご婦人のようですよ」とモーリスは断言した。「それに旦那と同郷のイングランドのお方だ」

ジョンはうめき声を洩らした。モーリスの思いちがいということもある。その女はイングランドから来たわけではないかもしれない。けれど、それはどうでもいい。祖国のことが話題にのぼったいま、セバスチャンはさらにまたくよくよと思い悩む。その女がなぜここに来たのか訊きもせずに追い返すことだろう。

案の定、セバスチャンは声を荒げて言った。「台所は使えないと言ってやれ。いまもこの先も立ち入り禁止だ——その女には」

モーリスは困った顔をしてジョンのほうを見た。「さて、どうするかね？」

訪問客が誰なのかセバスチャンはまったく興味がないかもしれないが、ジョンはあった。

「もういいよ、モーリス。ぼくが応対する」

4

マーガレット・ランドーは崩れかけた石の建物をしげしげと見つめた。時間を無駄にしているのだろうか。その廃墟の前はすでに三度とおっていた。どう見てもここは目当ての場所ではないと見切りをつけたが、この界隈にほかに廃墟はなかった。結局、町に戻ろうとして四度めにとおりかかったとき、廃墟に男性がいるのが見えて、馬車を止めたのだった。

信じられないことに、ここここそレイヴンの住みかだった。それでマーガレットの胸に疑念が湧いたのだ。なにしろ華々しい武勇伝の数々を噂に聞き、目が飛び出るほど高額の報酬を要求されると言われていたものだから、なぜ彼がこんなところに住もうと思うのか想像もつかなかったのだ――レイヴンにまつわる噂がすべて嘘だったのでなければ。

もちろん、それもありうることだ。もしかしたらこのあたりの人々はイングランドから来る旅行者をご当地の英雄譚で驚かせようとするのかもしれない。けれど、町じゅうで嘘に加担している？　それはありえない。

それに、レイヴンが帰館したというだけで町では噂の的だった。しょっちゅう家を空け、仕事で外国へ出向いているのは明らかだ。つまり、在宅でなければ、レイヴンの噂を耳にすることもなかったかもしれない。

マーガレットは女中と従僕を供に旅をしていた。エドナとオリヴァーは夫婦者で、マーガレットが生まれるずいぶん前からランドー家で働いていた。エドナはコーンウォールの出身で、ランドー家の子どもたちの子守として雇われた。まずはエレノアの面倒を見、つぎはマーガレットの面倒を見た。茶色の髪にきれいな青い目をしたエドナはホワイトオークス館で働きはじめてわずか半年でオリヴァーと結婚したのだった。

一方オリヴァーは、ミルライト伯爵家の屋敷であるホワイトオークス館で生まれ育った。ちなみに現在の所有者はマーガレットだ。オリヴァーの父親もホワイトオークス館の従僕だった。父親の前は祖父がそうであり、さらに言えば、曾祖母も第二代ミルライト伯爵に仕えた。背が高く、がっしりとした身体つきのオリヴァーはちょっとした力仕事に重宝されている。

エドナとオリヴァーはどちらも中年になり、マーガレットの買い物旅行にもってこいの付添い役だった。目当ての品物はドイツのレースやイタリアの絹織物、補充用のワイン、庭に植えるユリの株で、マーガレットが大陸に渡るのは初めてだったので、観光もすこし日程に盛り込まれていた。しかし、ヨーロッパにくり出した本当の理由は買い物でも物見遊山でもなかった。それは単なる口実だった。かつて隣人だった男性を見つけ出して故郷に連れ戻し、た。

そこで起きている不審な出来事を調べてもらうためだった。

レイヴンが廃墟のすみから現われた。瓦礫《がれき》が庭に散乱しているせいか、足もとに目を伏せていた。けれど、なかなか気さくそうに見えた。中背で、髪と目は茶色、歳のころは四十だろうか。神経質になることはない。疑ってかかるのもマーガレットはいやだった。

「本当になさるおつもりですか、マギーお嬢さま？」エドナが馬車から身を乗り出して尋ねた。

おかしなことに、女中も二の足を踏んでいるようだった。廃墟から男が出てきたとマーガレットに知らせた張本人のくせに。「もちろん本当よ」マーガレットはエドナのためにできるかぎり自信たっぷりに言った。「あなたは正しかったわ。一度はわたしもあきらめて、家に帰ろうとした。手詰まりになったから。でも、いまは最後の手段がある。腕のいい人に頼むのがいちばんでしょう？」

「そういうことなら、どうぞ」とエドナは促した。「ここに長いことといないでしょうから。町の人たちの話では、ここには身を落ちつけないようですからね」

マーガレットはため息をつき、廃墟から出てきた男性のほうに歩いていった。切羽詰まって切り札に頼るのは好きではないが、だめでもともとだろう。昨年、ロンドンでこの手の男性をふたり、難なく雇った。勧められて雇ったのだが、どちらも期待はずれに終わった。あれはひどい無駄づかいだった。今度の人はもっと見込みがありそうだ——噂が事実なら。これまでは失敗つづきだった。ヨーロッパに渡って四カ月が過ぎたが、行方不明の隣人がどこにいるのか、手がかりはさっぱりつかめない。

「こんにちは」マーガレットは相手の近くまで歩み寄り、そう話しかけた。「あなたを雇うために来たの」

相手は微笑んでいた。フランス人にしてはなかなか温かな笑みだ。マーガレットの迷いは消えた。この人は仕事を引き受けてくれるだろう。あとは詳細を打ち合わせるだけでいい。

「ぼくは雇えないよ」

そう言われてマーガレットは思わず面食らったが、すぐに立ち直った。「よかったら、話を聞くだけ聞いて」

「でも、ぼくはきみが会いに来た人物じゃない。ジョン・リチャーズだ。ただの部下さ」

「そうなの？」マーガレットはいささか気まずい気持ちになった。この人はフランス人でもない。話し方も自分と同じだった。「ごめんなさい。思い込みはよくないわね。レイヴンのところに案内してもらえないかしら？」

笑みが消えてしまった。悲しげな口調でジョンはこう言った。「案内しても無駄だろうな、お嬢さん。きみの依頼は引き受けてもらえない」

「どうして？」

「きみが女性だからだ」

マーガレットはまたしても面食らった。そして不愉快な気持ちにもなった。男性の依頼人に劣らぬ金額を払う用意はある。「おかしな話ね。もっとましな理由を聞くまでは帰らないわ。さあ、彼のところに案内してちょうだい。ううん、いいわ、自分で探すから」

ぐずぐずして制止されるようなまねはしなかった。にやりと笑ったジョンの顔にも気づかなかった。もっと言えば、ジョンの望みどおりのことをしているとは思いもしなかった。

レイヴンの住む廃墟の入口には玄関扉がなかった。何歩か進むと、城の大広間と思しい場所に足を踏み入れていた。あるいは、大広間の跡地とでもいおうか。実際のところ、ほとんど跡形もなかった。大きな石が周囲にごろごろと転がる低い壁が何方かにあり、暖炉は崩れかけていた。部屋のすみには天井板らしき残骸が落ちていた。おそらく城が建てられて百年か二百年たってから取りつけられたのだろう。

そこに少年と三頭の馬がいた。マーガレットには馬を見る目があるが、少年が世話をしている黒い馬は、これまでに目にしたどの馬にも劣らぬ上質な馬だった。少年はマーガレットを見て、物怖じせずににやりと笑いかけてきた。マーガレットがまじまじと見ると、少年はウィンクさえ送ってよこした。

思いもかけない反応に、マーガレットは噴き出してしまった。生意気な坊やだこと。髪はブロンドで、目は青く、身なりはみすぼらしい。せいぜい十歳くらいにしか見えないが、早くも大胆な悪漢じみた風情を醸していた。

「どこに行けば、レイヴンに会えるかしら？」とマーガレットは尋ねた。いらいらした気持ちが少年のおかげでいくらかやわらいでいた。

「台所にいるよ、たぶん」

「食事をしているの？　こんな時間に？」

「ちがうよ。そこで暮らしているんだ」

そう聞いたらふつうは驚くものだろうが、マーガレットは別段、驚きもしなかった。なんといっても、廃墟に住んでいる人なのだから。あきれたように目をまわしもしなかった。それはたぶんそういう反応を期待されていると思ったからで、実際にそうだった。少年はさらに顔をにやにやさせていた。

「台所はどっちか、指を差して教えてくれる？」少年は教えてくれた。マーガレットは少年に微笑みかけた。「ありがとう」

「どういたしまして、お嬢さん《ミス》」

「レディよ」とマーガレットは訂正した。

「へえ、ほんとに？」

　少年は本当にびっくりしたようだった。貴族に会ったことはないのだろうか。あるいは、貴族階級の女性に会うのが初めてなのかもしれない。たぶんそうなのだろう。レイヴンは女性からの依頼は相手にしようとしないのだから。

そう思い、苛立ちがぶり返してきた。マーガレットはわかったという合図にうなずき、少年が指差したほうに向かった。

せまい石敷きの廊下を横切ると、ドアがあった。ドアを開けると、そこはまさしく台所だったが、昔の古くさい台所ではなかった。とても広い部屋で、壁にはオーク材がはめられ、新しく見える焜炉《こんろ》が据えられ、りっぱなお屋敷の台所にあるような家具が備えられていた。驚いたことに、テーブルにはビロード張りの椅子が六脚並び、暖炉には火がはいっている。暖炉の両側にはそれぞれ窓があり、廃墟の裏手の温室らしき建物に面していた。たしかに、レイヴンの住まいの台所は居心地がよさそうだ。

そして、彼本人はやっぱりそこにいた。

実際に会い、まじまじと観察したあとで、人ちがいならいいのに、とマーガレットは思った。なんというか、どんな人物かひと言で言い表わすとしたら、威圧感がある、という言葉がぴったりだろう。さっき会った男性よりも背が高く、若く、髪は黒く、危険そうな顔つきをしている。

でも、それはいいことでしょう。マーガレットはそう自分に言い聞かせようとした。仕事ができる男性に見える。それこそこちらが求めていることだ。この人がだめなら、もうあきらめるしかない。これまでに何人か雇った。自分でやろうともしてみた。打てる手はすべて打った。この人は折紙つきだ。失敗したことは一度もない。そう世間で噂されている。それよりすばらしい推薦の言葉は考えられない。仕事を果たしてもらうためにこちらが事前に提供できる情報はじつに乏しいという状況が状況だけに。

迷いが出ないうちに、とばかりにマーガレットは台所の奥へはいっていった。レイヴンは目を上げもしない。ブランデーのグラスを手に、なにやら物思いにふけっているようだった。部屋に人がはいってきたことに気づいているのかよくわからない。

マーガレットは咳払いをした。しかし、彼は聞こえなかったのか、わざと無視しているかのどちらかだ。そういうわけで、マーガレットは丁重に声を掛けた。「ちょっとよろしいですか?」

どういうことかわかった。わからなければよかったが。レイヴンの黄金色の瞳は色あざやかで、捕食動物のような目だった――しかも、獲物を探し求めているときのような。瞳も魅惑的だが、面差しも文句なく端整だった。いかに端整な顔立ちか、初めはマーガレットも気づかなかった。彼がまとう威嚇するような雰囲気にまず気を取られていたのだ。それでも、あのぎょっとするような黄金色の瞳以外の部分にもマーガレットはすぐに気づいた。

なめらかな頬、がっしりとした顎、迷惑そうにきゅっと結んだ唇。鼻筋はとおり、頬骨は鋭く、黒い眉は薄くもなく、濃くもなく、ほぼまっすぐに伸びていた。漆黒の髪はかなり短く、前髪は真ん中で分けて左右のこめかみへ流してあり、何本かの髪がひたいにほつれていた。右の頬にはひと房長い髪が垂れさがっており、彼は慣れた手つきで耳のうしろにかけた。

それを見て、髪は短いわけではなく、うなじのあたりでひとつに結んでいるのだとマーガレットは気づいた。

あの黄金色の瞳が向けられ、吟味するようにゆっくりとマーガレットの身体に視線が動いた。「賭けに挑戦しに来た酒場の女給ではないようだな」

マーガレットはどうにか顔を赤らめないように平静を装った。なにをほのめかされているのかちゃんと知っていた。賭けのことをエドナが地元の人たちから聞かされ、マーガレットはそれをエドナから聞かされていたのだ。フランスのこのあたりではレイヴン本人と同じくらい有名な賭けのようだった。

「どう考えてもね」マーガレットは精いっぱい気位の高い声で言った。

レイヴンは肩をすくめた。マーガレットへの興味は失ったようだった。「やっぱりな。さあ、いい子にして、帰ってくれ。不法侵入だぞ」

肩をすくめたしぐさのせいだった。そっぽを向いて、顔の角度が変わったせいでもあった。それでマーガレットは信じられない気持ちになった。帰れと言われたからではなく、彼に見憶えがあると、ついに気づいたからだった。驚きのあまり、言葉を失った。驚きすぎて、マーガレットは笑いだしていた。

5

彼を最後に見かけてから十二年になる。姉の婚約祝いのパーティでのことだった。当時、マーガレットはまだ十一歳で、出席者の若い男性たちに興味はなかった――彼が現れるまでは。昔からすてきだとは思っていた。ハンサムで、魅力的で、近所の独身男性のなかでは誰よりも理想的な結婚相手だった。たいていの女性は老いも若きも彼に魅了された。けれど、その夜、彼と遭遇し、ロマンティックな理想像として心に刻みつけられ、それ以来困ったことに、男性と出会うたびに彼とくらべてしまうようになっていた。もっとも、彼が誰なのかすぐにわからなくても驚きではなかった。無礼で、威圧的で、この人は長年にわたってマーガレットを夢中にさせてきた魅力的な若い男性とは似ても似つかなかった。

彼はいま、頭のおかしな女を見るような目でマーガレットをじろじろと見ている。それを責めることはできない。驚きと喜びが入りまじったまま、マーガレットはなぜ笑ったのか説明した。「これはかなりおかしなことよ。ある男の人を捜してほしいとあなたに頼みに来たら、あなたがいたなんてね、その捜してほしい人が」

「なんだって？」

「こうやって身を隠していたのね、セバスチャン？　このレイヴンという人物になりすまして？」

「きみはいったい誰だ？」

「マーガレット・ランドーよ。父は第六代ミルライト伯ジョージ・ランドー。父のことは憶えているんじゃないかしら。姉は――」

セバスチャンは話を遮った。「なんと、きみはあのおちびちゃんか、マギー・ランドーだね？」

「もうおちびちゃんじゃないわ」

「ああ、見ればわかる」

突然、セバスチャンはマーガレットの全身に視線を走らせた。マーガレットは顔を赤らめたが、そっけなく言った。「そういうのはやめて。あなたが色男だったことは知っているわ、悲劇が起きる前は」

驚きが醒めると、セバスチャンはまた態度を硬化させ、マーガレットをにらみつけた。あの悲劇的な事件のことに触れたからだろうか。

「ご主人とここに来たのか？」とセバスチャンは尋ねた。

「まだ結婚していないわ」

「じゃあ、父上と？」

「六年前に亡くなったの。わたしに同行していそうな家族をあなたがこれ以上思いつく前に、近況を説明させて。わたしはいま、ひとりで暮らしているの、ひとり暮らしができるくらい大人になってから」

「お姉さんはどうしたんだ？　結婚したのか？」

「ええと、そうよ——結婚したけれど、亡くなったの。その話もこれからするわ」

エレノアが死んだのはセバスチャンのせいだ。その話を出さずにセバスチャンと交渉できればと思っていたのだが、どうなるのかマーガレットもわからなくなった。いまのセバスチャンは、思い出のなかの魅力的な若者とはまるでちがう。

マーガレットは先をつづけた。「わたしには後見人がいたの。その後見人に勧められたのよ、ひとり立ちしたらどうか、と。わたしは笑い飛ばしたわ。それならわたしと結婚したらどうかしらと勧めたら、今度は後見人に笑い飛ばされた。わたしたちはとても仲がいいの。彼のことは後見人というよりも、友人とみなすようになっていた。わたしはいま二十三歳で、彼はもう正式には後見人ではない。でも、わたしの父が亡くなってから四年間、彼の家で暮らしていたわ。いまでもときどき訪ねていくし、もてなし役が必要になると、女主人役を務めてあげることもある。そういうことに関して、義理の娘はあてにならないから」

「後見人の話を聞かせているのはなにか理由があるのか、それともただ自分の話をするのが好きなだけか？」

「つまらない人になったのね」マーガレットは冷ややかに言った。

セバスチャンはマーガレットをじっと見たまま答えを待っていた。

「わたしの後見人はあなたのお父さまだったのよ」

「ちくしょう」悪態をついた。「家族の話はもう口にするな、わかったか？　ひと言もだ！」

マーガレットは舌打ちをし、セバスチャンの顔に浮かんだ脅しをかけるような表情は無視した。「ちゃんと聞いてもらうわよ、セバスチャン。わたしがここに来た理由にかかわるのだから。ねえ、わたしはあなたのお父さまが本当に好きなのだけれど、じつはお父さまの身を案じている。あなたの弟夫婦は爵位の継承を待ちきれなくなったんじゃないかと思うの」

テーブルの向かい側からセバスチャンは手を伸ばし、マーガレットの胸ぐらをつかんで引っぱり、自分の顔と十センチも離れていないところまで顔を近づけさせた。「ひと言も口にするなと言ったはずだ。その言葉のどこがわからないんだ？」

マーガレットは震え上がった。恐れを知らぬ気性ゆえに、怯《ひる》むことはめったになかったが、黄金色の目を光らせたセバスチャンはじつに恐ろしげに見えた。それでも、マーガレットは深く息を吸い、相手が何者で、自分が何者か、自分の胸に言い聞かせた。落ちついて――少なくとも落ちついて見えるように願いながら――上着の前をつかんでいるセバスチャンの手を引き離した。

「こういうことは二度としないで」とだけマーガレットは言った。

「そろそろ帰ったらどうだね、レディ・マーガレット」

「いいえ、あなたこそ、そろそろ話を聞いたらどうなの？　まったくあきれたものね、生死にかかわる話だっていうのに！　すこしは高貴な生まれらしいところを見せて――」

マーガレットは口をつぐんだ。信じられない。セバスチャンは立ち去ろうとしている！　脅しが通じないのならとばかりに、挨拶のひとつもなくぷいと台所から出ていこうとしている。ほうり出されるよりましだろう、とマーガレットも思ったが、それでもやっぱり我慢ならなかった。

「臆病者」

セバスチャンはぴたりと足を止めた。背中をマーガレットに向けたまま、分厚い金属のように身体をこわばらせている。マーガレットはそんな言葉を口にしたことを即座に悔やみ、言い直そうとした。「だから、つまり――」

またしても、最後までつづかなかった。セバスチャンは振り返り、マーガレットをにらみつけた。マーガレットはいつのまにか息を止めていた。

「ここで問題なのは」くだけた口調を装って彼は言った。「縁を切られた家族のことをおれが気にかけている、ときみが思いこんでいることだ、おれにそんな気はないのに」

「嘘でしょう？　血のつながりは血のつながりだわ。それに以前のあなたはお父さまと結びつきがとても――」

「それは昔のことだ。いまはなんの関係もない」

「お父さまは過剰に反応してしまったのよ。そうじゃないかと考えたことはないの?」

「本人からそう聞いたのか?」

マーガレットはうめき声を洩らしそうになるのをこらえ、しぶしぶ認めた。「うーん、そうじゃないけれど。一緒に暮らしていたあいだ、お父さまからあなたの話が出たことはなかった」

セバスチャンはまたうしろを向き、立ち去ろうとした。まったく関心を示してくれないことに、マーガレットは愕然とした。まだ問題の核心にも触れていないというのに。

セバスチャンが台所から出ていってしまう前に気を引こうとし、マーガレットは早口でまくし立てた。「同居していたときに、ふたりが言い争うのを聞いたことがあるの、あなたの弟夫婦が。話をすべて聞いたわけじゃないけれど、ところどころ聞こえてきた。あなたの話が出て、〝友だち〟という言葉も出てきたわ。でも、デントンがこう言ったのははっきりと聞こえた。『彼を殺さなくてもよかった』とね。ぎょっとしたわ。でも、耳をすましてみたけれど、誰の話かわからなかった。デントンたちが誰かを殺したと決めてかかりはしなかったわ。それはちがう。わたしが聞いた部分は脈絡がなかった。だからふたりが話していたのは誰であってもおかしくない。自分たちのことではなくて。でも、それ以来ずっと気になっていたわ。だからそれからはふたりのことに気をつけるようになったの」

これがうまくいった！　セバスチャンは振り返り、こう尋ねてきた。「それで、なにを突き止めた？」

「あのふたりは夫婦仲がよくないの。なぜ結婚したのかさっぱりわからないわ」

「デントンは誰と結婚したんだ？」

「ジュリエットよ、ジャイルズの未亡人の。さっき言ったと思ったけど」

「いや、聞いていない！」

セバスチャンが声を荒げ、マーガレットはたじろいだ。ほんの一瞬だけ、激昂した彼の姿を目のあたりにした。けれど、またたく間に怒りは鎮まり、目の錯覚だったのだろうかとマーガレットは不思議に思ったほどだ。

「なぜいまになっておれを捜そうとしたんだ？」セバスチャンはただ単にそっけない口調になっていた。「なぜさっさと行動に出なかった？　最初に疑いをいだいたときに」

「どういうことか漠然としていたからよ。ただなんとなく不安だっただけで。事故が起きはじめるまでは」

「事故って？」

「あなたのお父さまが事故にあっているの。でも、もっと早くあなたを捜し出そうとしてはいたのよ。去年、人を雇って、あなたの居場所を突き止めようとしたわ。何人も雇って、大金をつかったけれど、結局すでにこちらが推測していることを報告されただけだった――イングランドを離れてヨーロッパに渡っただろう、とね。それで自分で捜すことにしたの。四カ月前からヨーロッパに来て、あなたを捜していたのよ。でも、じつはあきらめて、帰途についたときに、レイヴンの噂を聞きつけたの。最後の手段としてここに来たというわけ」

セバスチャンは首を振った。驚愕のあまりにではない。そうではない。帰ってくれ、ともう一度言われるのだろう。彼の顔にそう書いてあったわけではない。なにを考えているのか、傍《はた》からはまったく読み取れなかった。けれど、直感でわかったのだ。事実を知らせても彼の心は動かなかった。もしかしたら、罪悪感を刺激すれば……。

「はっきり言わせてもらうわ、セバスチャン。あなたのことは好きじゃないの。もしあなたに殺されなかったら、ジャイルズもいずれ正気に戻って、あのふしだらなフランス人女性を離縁して、もともとの約束どおり、わたしの姉と結ばれたと思うの。ジャイルズが死んだのはあなたのせいよ。エレノアが駆け落ちして、貧しい農夫と結婚したのもあなたのせいだし、お産で命を落として――」

「おいおい、そこまでおれのせいにする気か？」セバスチャンは怒鳴り声を上げた。

「ジャイルズに死なれて姉がどうなったか、あなたはもういなかったから知らないのよ。姉はジャイルズを心から愛していたわ、それはあなたも知っているでしょう。家を出ていくまで、姉は喪に服していた。めそめそしていたかと思えば怒り出し、それをずっとくり返していた。たいていは悲しみに暮れていたわ。ジュリエットに出くわすたびに怒っていたけれど。でも、あなたにジャイルズを殺されてから、来る日も来る日も泣いていた。はっきり言うと、わが家は毎日がお通夜のようだった。だから、じつはほっとしたのよ、姉が出ていったときは。そんなふうに思ったことに、罪の意識を覚えるけれど。父も同じように思ったんじゃないかという気がするわ。姉がいなくなってせいせいしたわけじゃないの。気まずい気持ちにはなったもの」

「エレノアはどこに行ったんだ？」

「しばらくはわからなかった。姉は置き手紙を残していったけれど、涙で滲んで、判読できなかった。姉の居どころがつかめなくて、わたしたちは倒れそうなほど心配したわ。父の身体が衰弱した一因はそれだったと思う。数年後に亡くなったの」

「父上の死もおれのせいだと？」セバスチャンは皮肉っぽく言った。

マーガレットは彼をにらんだ。「あなたのせいにしようと思えばできるわ。結局、すべてはつながっているんだもの。でも、あなたのせいにはしない」

「きみの姉さんが死んだこととの罪だって背負うつもりはない」セバスチャンはそう突っぱねた。

「それを聞いても驚かないわ。重要な責任のいっさいから逃げているようだものね」マーガレットは嘲笑うように言った。「とにかく、さっきのつづきだけれど、しばらくしてからエレノアはようやく手紙をよこしたの。家族と一緒に住むことはもう耐えられなかったと書いてあったわ。ジャイルズの家と近いから、姉は彼のお墓に毎日通っていた。それでつらくてたまらなくなったと」

「そうか。でも、エレノアはどこに行ったんだ？」

「それほど遠くではなかったわ。スコットランドに住んでいる母方の遠縁の女性のところに身を寄せていたの。ハリエットという人で、なんて言ったらいいか、ちょっとつかみどころのない人なの。身分の低い男性と結婚したのだけど、当時の風潮では世間を騒がせることだった。だから父はハリエットと没交渉にして、自分の死期が近づくと、わたしに後見人をつけたの。父はご存じのとおり、あなたのお父さまを敬服していたから。とにかく、ハリエットはエレノアによくない影響をあたえたのは確かね。エレノアも格下の相手と結婚し、出産のときに亡くなったのだから。難産に対処できるお医者さまが近くにいなかったせいで」

「どこにいようと、どういう理由でそこにいようと、そういうことが起きるときは起きる」

「そうね、でも、姉がそこにいたのは、愛した男性をあなたに殺されたからよ」

「すでに別の女と結婚していた男だろうが」セバスチャンは指摘した。「なんだってジャイルズじゃなくて、おれが責められるんだ？」

「なぜならジャイルズはそのうち正気に戻ったはずだから」

「憶測だ」

「そんなことはないわ」マーガレットはそっけなく言った。「あなたはジュリエットと不義を働いた、忘れているといけないから言っておくけれど。妻の密通を知ったあともジャイルズは結婚生活をつづけたと本気で思うの？　仮に決闘で生き延びたとして」

マーガレットは容赦なく責め立てた。顔色が変わったところから察するに、セバスチャンを怒らせることに成功したようだ。こんなひどい人にはこれくらいの仕打ちは当然だが。どうして彼はこれほど片意地を張っているのだろう？　実家で必要とされていると、これ以上ないほどはっきりと伝えているのに。

マーガレットは筋道立てて主張したというのに、セバスチャンはまだ言い返していた。

「地元の治安官に相談すればいい」

「どういう証拠を持って？」とマーガレットは切り返した。「ただの疑いだけで？　でも、あなたのお父さまはロンドンで馬車に轢《ひ》かれそうになったり、一時間近くも崖から宙づりになって、ようやく人に見つけてもらったり、そのほかにも挙げればきりがないほど危険な目にあっているけれど、ただの事故だと思っているの」

「そうかもしれないだろう。すっかり長居をしているな。そもそもこっちは招き入れてもいないのに」セバスチャンは冷ややかな口調でさらにこう言った。「家族とは縁を切っている。どうしておれがずっとイングランドを離れていると思っているんだ？」

「事故が本当に事故なのか、悪意が潜んでいるのか明らかにしてほしいの。調べてもらうにはあなたを雇わないといけないのかしら？」

「十万ポンドだ」とセバスチャンは言った。

マーガレットは歯ぎしりをした。雇えないと証明したいがために法外な金額を吹っかけてきた。それはわかりきっている。うまく逃げようったって、そうはいかないわ。

「了解」マーガレットは淡々とした口調で返事をした。「出発は明朝でいい？」

「ちょっと待ってくれ。本気で言ったわけじゃない」

「おあいにくさま。わたしは本気よ。いまさら断りでもしたら、あなたの評判に傷がつくわね。レイヴンは信用できないという噂があっという間に広まるでしょうよ」

「後悔することになるぞ」セバスチャンは脅すように言った。

「いいえ、後悔するのはそっちでしょう。こちらが警告しているのに、なにも手を打たなかったら。あなたの弟夫婦はいがみ合っているかもしれないけれど、エッジウッド館を自分たちのものにしようという点で意見が一致している恐れもあるわ。死人が出る前に、事故がもう起こらないようにしないといけない。それができるのはあなたしかいないんじゃないかしら」

「家族になにが起きようと、自業自得だ」

「ジュリエットが決闘をけしかけて、あなたを引っぱり出したのだとしても？」

6

ジュリエットが決闘をけしかけて、おれを引っぱり出したのだとしても、だって？　そうとも考えられると聞かされたとたん、セバスチャンはその考えを振り払うことができなくなった。はめられたのか？　そんなに先の状況まで操れるものだろうか。夫を死に至らしめる決闘を引き起こすよう、計画的に誘惑する？　そんなことはありそうもない。ジュリエットはジャイルズと結婚したばかりだった。たとえ夫選びに失敗したと後悔したのだとしても、もっと簡単な別れ方があるだろうに。

セバスチャンはブランデーの壜を手に提げて、台所のなかを行ったり来たりしていた。ジョンは椅子に座り、黙って様子をうかがっている。これまでの経験で、断られるとわかっているはずだが、さっきはグラスを勧めてきた。こういうことはしょっちゅうではないが、怒りに駆られると、セバスチャンは貴族らしいふるまいができなくなるのだった。

ジョンは待ちかまえていた。なにか早まったことをしやしないか心配なのだろう。台所にはいってきたときのジョンは嬉しそうだった。ドアの前で話を聞いていて、祖国に帰ることをすでに知っていたとしても驚きではない。ジョンもセバスチャンと同じように望郷の念をいだいていた。ジョンはなにも言わないが、帰れるものなら帰りたいと思っている。それはセバスチャンもわかっていた。帰りたいとは自分では思わないが。

長年のあいだに身につけた鉄のような自制心を乱されることはめったにない。仕事柄必要なことだった。けれど、きょうレディ・マーガレットが粘り強く説得してきたときは、気をしっかり持たなければならなかった。いまいましいほど押しの強い、頭の切れる娘だ。賭けてもいいが、きっと乗馬も得意だろう。身につけていた乗馬服は新しく、紳士物のように見えた。賭けごとも好きなのかもしれない。おそらく射撃の名手だ。男と張り合わずにはいられない女はいるものだ。なぜなのかセバスチャンにはわからなかったが、とにかく実際にいる。マーガレット・ランドーもそのひとりにちがいない。

彼女に会って、故郷のことを思い出した。やれやれ、まさしくそうだった。かの地で過ごした最後の数日間がまざまざと脳裏によみがえった。ジュリエットがジャイルズの新妻だと知ってさえいたら。いや、それを言うなら、誰の妻であれ、結婚しているのだと知っていれば。そして、彼女が誰とでも寝るような女でさえなかったら。ジャイルズもそうとわかれば、ジュリエットと結婚しなかっただろう。セバスチャンも事前に知っていれば、誘惑に負けなかった。人妻と火遊びなどしない。

実際はどうだったかといえば、自分のことを運のいい男だとあのとき思ったのだ。皮肉なことに。ジュリエットはこの上なく美しく、いきいきとしていた。ふだんの好みからすると、すこし派手すぎたが、とても魅力的で、拒むことなどできなかった。女性とのつきあいは昔から楽しんでいたし、ジュリエットの申し出のようなあからさまな誘いをはねつけたことはない。密会の約束をしてパーティを抜け出したことも初めてではなかった。

ただし、それは最後になったわけだが……。

ジュリエットが決闘をけしかけて、おれを引っぱり出したのだとしても？

いったいどういうわけでだ？　そうすれば、おれと結婚できるから？　ジュリエットの目論見だったのか？　すでに誘惑していたのだから、うまく言いくるめて結婚に持ち込む自信が彼女にはあったのかもしれない——ジャイルズが片づけば。もしかしたら、離婚した女性とは結婚しないのではないか、とジュリエットに思われたのかもしれない。上流階級はまだそういうことにうるさいものだ。だが、未亡人なら再婚も許される。しかし、親友の命を奪ったあとで、その親友の未亡人を娶《めと》るとジュリエットは本気で考えただろうか。

自分ならそうは思わない。だからこそ、はめられた可能性もあるという考えは一度も頭に浮かばなかったのだ。けれども、ジュリエットはそうは考えなかったのかもしれない。あるいは、自分の魅力をあてにして、セバスチャンを意のままに操れると思ったということもありうるだろう。

そういう計画だったとするなら、決闘が原因で父親から勘当され、イングランドを追われることになった時点で、その計画は失敗に終わったということだ。だから、代わりにデントンで手を打った？　ひょっとしたらデントンはジュリエットのたくらみに気づいている？　ふたりはしょっちゅう言い争いをしている、とマーガレットは言った。けんかの原因はそういうことだとも考えられる。

「荷造りをしたほうがいいですか？」

もう一度同じことを尋ねたジョンの言葉がようやく耳に届き、セバスチャンはジョンがついているテーブルのところに来て、椅子に腰をおろした。「ということは立ち聞きしたんだな？」

「もちろん」ジョンはにやりと笑った。「仕事の一環として」

「まあ、そうだな。明朝、出発だ。戻ってきたら、ここを改装してもいいだろう。レディ・マーガレットからもらう金のつかい道がないとな」

ジョンは笑い出した。「ほんとに金を請求するおつもりで？」

セバスチャンは眉を上げた。「無理やり引き受けさせられたんだぞ、言うならば。おれがうっかり口をすべらせたからマーガレットはうまくいっただけで、オーストリアの独裁者がやろうとしていたこととなんら変わりない。向こうが策を弄さなければ、どちらの仕事も引き受けなかった。だからマーガレットからたっぷり金をせしめてやる」

「仕事とは呼べないんじゃないですか、ご実家で起きていることを調べるんですから」

「それもそうだが、仕事とみなさないなら、向こうには行かない。ただそれだけのことだ」とセバスチャンは言って、さらにこうつけ加えた。「ヨーロッパじゅうにおれの悪口を言いふらされたって、痛くもかゆくもない」

怒りもせずにそう言ったが、怒りはあるにはあった。セバスチャンのことをよく知らなければ、かぎわけられないだろう。そして肩をすくめた。

「マーガレットをひやかして、おれも悪いことをした。あんなとんでもない金額に同意するつもりはなかったはずだが、マーガレットはその条件をのんだ。だから、おれとしても仕事を引き受けざるをえないというわけだ」

「子どものころのレディ・マーガレットは思い出せないな」とジョンがざっくばらんな口調で言った。「ずいぶんりりしい女性になったんですね」

セバスチャンはどうとでも取れるようなうめき声を洩らした。おちびちゃんだったマギー・ランドーのことは憶えている。怖いもの知らずの大人びた少女で、姉エレノアの婚約パーティで姉さんの友人たちの様子を見てまわり、そのなかのひとりとセバスチャンがキスをしているときに現われてじゃまをした――あれはわざとにちがいない。こんなに美しい娘に成長するような兆しはなかった。薄茶色の髪はとくに目を惹くわけでもないが、印象的なこげ茶色の目はほとんど黒と呼んでもよかった。豪華な黒貂《クロテン》の毛皮を連想させた。肌は象牙色ではないが、雪のように白いクリーム色だった。夏でもあまり日焼けしないのだろう。化粧はしていなかった。教養のある女性たちの多くがそうであるように、彼女も化粧を不自然だと思っているのかもしれない。とはいえ、マーガレットに化粧は必要なかった。黒い睫毛はそのままでも濃くて長い。黒い眉は細く、優美な曲線を描いていた。唇は紅を差さずともバラ色に染まり、ふっくらとして、味見をしてとせがむようだ……。

マーガレットは小柄で、頭がセバスチャンの肩にかろうじて届く程度だ。しかし、痩せっぽちではなかった。コルセットと格闘しないですむよう、絶食する女性もいる。マーガレットはそういうことはしていないようだった。けっして太っているわけではないが、肉づきがよく、出るところは出ていた……そう、ちゃんと出ていた。抱きしめたら折れてしまうのではないか、と心配する必要はない。

じつに魅力的な容姿だった。マーガレットが用事を切りだす前の刹那、賭けを勝ち取りに来た酒場の女給だったらいいのにと期待してしまったほどだ。なぜなら、彼女ならまちがいなく賭けの勝者になったはずだからだ。あんなに頑固そうな顎をしていて残念だ。あの顎はまさに彼女の気質を言いあてている。

なぜ結婚していないのだろう、とセバスチャンは不思議に思った。彼女は最高の花嫁候補だ。容姿端麗な伯爵令嬢、それにおそらく金持ちだ。十万ポンドも浪費できるのなら。いまいましいことに、こっちの言い値に怯みもしなかった。

とはいえ、セバスチャンはほかのことにも思いをめぐらせた。彼女の胸は見た目どおり張りがあるのだろうか。スペンサー・ジャケットのビロードの生地を押し上げていたけれど。おそらくそうだろう。さらに想像をふくらませると、彼女はセバスチャンのベッドのシーツにくるまったらしっくりくるような気がした。

なんてことだ！ とうとうブランデーが効いてきたにちがいない。マーガレット・ランドーにはほとほと腹が立つ。自分のベッドに身を横たえているマーガレットの姿だけは見たくもない。

7

マーガレットは馬車のなかで待っていた。火鉢の熱と厚手の膝掛けのおかげで馬車のなかはほどよく暖かかった。朝早いということもあり、向かいの席ではエドナが居眠りをしていた。いつものようにオリヴァーが馬車の手綱を握っていた。もともとはマーガレットの父の馬車で、一家の紋章がつけられている。快適な乗り心地なので、この馬車に乗らずに旅をすることはとても考えられず、船に載せてヨーロッパに運び入れたのである。

事前に申告していなかったため、これだけ大きな積み荷の許可がおりるまでイングランドで二日も足止めを食ったのだが、マーガレットの決心は固く、とにかく待ったのだった。帰国の船には待たずに載せてもらえることを願うばかりだ。帰路はセバスチャンと旅をともにするのだからなおのこと。

昨夜レイヴンが何者なのか知らされたエドナとオリヴァーは見るからにほっとしていた。金のためならなんでも引き受ける見も知らぬ恐ろしげな外国人ではなく、たとえ家名を汚した伯爵家の息子であろうとも、少なくとも知り合いなのだから、はるかに安心してマーガレットに同行させられるというものだ。

廃墟から明かりはいっさい見えなかったが、仮にランプが灯《とも》されていたとしても明かりは洩れてこないのかもしれない。人が生活できる部屋の窓は家の正面を向いていないのだから。もうじき夜明けを迎えるところだった。マーガレットがこんなに早起きすることはめったにないが、遅刻を理由に約束を反故にされたくなかった。

海岸に通じる道も、ル・アーヴルにある最寄りの港もセバスチャンの廃墟に近い。どこで落ち合うか取り決めていなかったので、彼を迎えに来ることにしたのだった。大広間に馬がいるのがかろうじてわかったので、行きちがいになっていないことは確かだ。セバスチャンは家のなかにいる。まだ寝ているのでなければいいのだけれど。オリヴァーに呼びに行かせるのは、あと二十分待ってからにしよう。

二十分たっても、廃墟のなかで人が起き出した気配はなかった。見込みはずれになる可能性をマーガレットも考えはじめた。なにしろ、ひと晩考える猶予を彼にあたえてしまったのだ。気が変わったということもありうる。ぶらりと出てきて、やっぱり帰れとぬけぬけと言ってくるかもしれない。

そう思っていると、少年がおとなしそうな牝馬を引いて、表に出てきた。馬車のほうに手を振り、にこっと笑いかけてきたので、マーガレットもつられて微笑んだ。人好きのする子だ。どうしてセバスチャン・タウンゼントのような気難しい男性と暮らしているのかしら。

馬丁として雇われたにしてはいくぶん幼いが、それくらいの仕事ならこなせないこともないのだろう。

ジョン・リチャーズが少年のあとから出てきた。彼も馬を引いている。いったん足を止め、手綱を調整した。荷物は見あたらない。何着か着替えくらいの旅支度はあるだろうに——それとも、彼らは一緒に来ないのかもしれない。

実際に話をするまではセバスチャンの気が変わったのか確かめようがない。結局は無理強いをしてしまったのだ。話を打ちきるためにわざと吹っかけた法外な報酬額はともあれ、彼には仕事を引き受けるつもりなど端《はな》からなかった。マーガレットもマーガレットで一時的に冷静さを失い、あの金額をのんでしまった。ぽんと払えるほどお金がありあまっているわけではないのに。かき集めて払ったら、生活に困窮する破目になる。

断られたときに素直に引き下がり、帰国するべきだった。かれこれ四カ月も旅に出ていた。ことによると、留守中にまた事故が起きているかもしれない。ダグラスはすでに亡くなったかもしれない……。

そんな考えが浮かび、マーガレットは青くなった。いやだわ、そんなことになっていなければいいのだけれど。けれど、皮肉なことに、貧乏になるだけなって、ただのくたびれ儲けに終わるかもしれない。父親がすでに他界したとわかっても、支払いを免除する気づかいを見せてくれるとは思えない。昔のセバスチャンはもっと礼儀正しい人だった。魅力的な若者で、人柄も誠実で、模範的な人物で、結婚相手としても理想的だった。伯爵家の後継ぎであり、お金持ちで、とびきりの美男で、上流社会の人気者だった。

もちろん、当時のマーガレットはそんなことはなにも知らなかった。彼がイングランドを去る以前は、そういうことに興味を持つ年ごろではなかったのだ。すべてはことが起きたあとで聞いた話だ。セバスチャンがいなくなって寂しがる淑女たちの嘆きも、親戚の娘さんと縁組をさせて一族に迎え入れたかったという年配の既婚夫人たちの嘆きも。

けれど、マーガレットもセバスチャンに魅了されていた。自邸の裏庭で彼の様子を盗み見た夜のことは忘れられなかった。テラスは明かりが灯されていたが、その向こう側の庭は明かりもなく、暗かった。そこでセバスチャンはエレノアの友人と密会していたのだ。マーガレットがそこまであとをつけたのは、セバスチャンがパーティに現われてから会場の片すみで彼のことをこっそり目で追っていたからだった。

生け垣をまわり込んだときには、まさかセバスチャンと連れのご婦人にぶつかりそうになるとは思いもしなかった。ふたりはもうキスをしていた！　そこまで展開が早いということは、そこで落ち合うや、すぐにお相手の唇を奪ったのだろう。ふたりはキスに夢中になっていて、足音は聞こえなかったようだ。マーガレットは生け垣のうしろにあわてて戻った。最初はどぎまぎしたものの、やがて好奇心に負け、ふたりの様子を見ようと生け垣の角から頭を突き出した。

それまでに木の梢から洩れる月明かりに目が慣れていた。ふたりは庭の東屋にいた。真ん中に木が生え、その下にベンチがあり、まわりを花と生け垣に囲まれている。夏はよくそこで本を読んでいたものだ。あの夜以降、マーガレットはぱたりと東屋に足を向けなくなった。官能的な抱擁を交わすセバスチャンを見ていた記憶が生々しかったからだ。相手の淑女はセバスチャンに抱きしめられて身動きが取れなかったが、まったく意に介していないようだった。それとも、お尻を撫でまわされていることにも気づいていなかったのかもしれない。さわり心地を確かめるように胸もとで一瞬、手が止まったことにも。キスに夢中になり、それ以外のことは意識にのぼっていないようだった。とはいえ、セバスチャンはキスだけではなく、ほかにもいろいろなことをしていた。相手の身体のあらゆる場所に手を走らせていた。そして彼の身体は、ああ、なんというか、身体を使って刺激的な効果を生み出していた……。

いつも考えるのだが、もっとよく見ようとして体勢を崩し、小枝を折ってしまわなかったら、いったいどうなっていたのだろう。小枝が折れた音はやけに大きく響いた。平手打ちの音がそれにつづき、ご婦人は屋敷のほうに逃げ帰った。走り去るうしろ姿をマーガレットは見送っていたのだが、やがて振り返ると、セバスチャンの黄金色の瞳が自分に向けられていた。彼はうろたえているようには見えなかった。眉を上げた表情を見るかぎり、どちらかといえばおもしろがっているようだった。

「もう寝ている時間だろう？」とセバスチャンはマーガレットに尋ねた。

「そうよ」

「決まりを破るのが好きか？」

「ええ」

気のきいた返答ができなくてマーガレットは苛立ちを覚えたが、セバスチャンは愉快そうににやりと笑ってすぐそばまで近づいてきた。

「どうしてあの人はあなたを引っぱたいたの？」マーガレットは興味を惹かれてそう尋ねた。

セバスチャンは肩をすくめた。そんなことを訊かれてもすこしもいやそうな顔をしなかった。「ああするしかなかったんだろうな」と彼は言った。「暗がりでおませさんから覗かれていたと気づいたからには」そしてマーガレットの顎に手をあてて上に傾け、ウィンクした。

「いいか、お嬢さん、ひとつ言っておこう。あと二、三年もして大きくなったら、パーティをこっそり抜け出して、キスのひとつやふたつするようになる」

「あなたと？」

そう聞いて、セバスチャンは笑ったのだった。「そのころにはさすがにこっちも身を固めているかな、まあ、先のことはわからないけれど」そう言うだけ言うと、マーガレットをびっくりさせたことに気づきもせず、悠然と歩き去ったのだ。

セバスチャンはもはや伯爵家の跡取りではない。社交界の人気者でもない。礼儀正しさを求めるのは無理というものだろう。けれど、どう手を打てばいいのか心得ている。さもなければ、レイヴンの評価はこれほど高くなかったはずだ。

ようやくセバスチャンは廃墟から現われた――もう馬に乗っているわ！　黒い馬と黒い外套《がいとう》をまとったセバスチャンの織りなす姿は不吉な気配を漂わせていた。崩れかけた石垣に囲まれた廃墟の階段のところにたたずみ、背後には雲が垂れ込めた夜明けの空が広がっている。マーガレットは背すじがぞくりとした。彼と行動をともにしようとするなんて、頭がおかしくなったにちがいない。セバスチャンはもう昔の彼ではない。行方を突き止めようとしたときに思い浮かべていた人とは別人になっていた。いったいどんなことに首を突っ込むつもりなの？

セバスチャンは馬をゆっくりと馬車のほうに歩かせ、窓の横に馬をつけた。マーガレットはその窓を開けた。セバスチャンも荷物を積んでいなかった。やっぱり、帰れと命じるつもりかもしれない。

マーガレットは息を詰め、疑念が突如として現実になるのではないかと待ちかまえた。セバスチャンは眉を上げた。顔が青ざめたのかしら？　ふうっと音を立てて息を吐いた。きっと彼の耳にも届いただろう。

セバスチャンの口調にはからかうような気配も滲んでいた。「町で待っていてもおれが来ないと思ったか？」

否定しても意味はない。「ええ、じつを言うと、そうよ」

セバスチャンはしばらくまじまじとマーガレットを見つめたあと、ため息をつき、こう言った。「短いやりとりしかしなかったから、おれがいったん仕事を引き受けたら最後までやりとおす主義だときみには知りようがなかったんだな」

「じゃあ、町に向かうところだったの？」

「ああ」

「そう、それならよかったじゃない、手間が省けて」とマーガレットは小生意気に言い返したが、礼儀を思い出し、エドナをセバスチャンに紹介した。エドナは彼をひと目見て、目を丸くしていた。「それから、御者のオリヴァーはエドナの夫よ。荷物があって馬車に載せたければ、オリヴァーが手を貸すわ」

セバスチャンは首を振った。「荷物は門番がきのうのうちにル・アーヴルに運んだ」

マーガレットは驚いた。つまり、思い直したりはしなかったということ？

セバスチャンの気が変わらないうちにこう提案した。「出発しましょうか。急げば、午後の船に間に合うかもしれないわ」

「それは難しいだろうな」セバスチャンはからかうような気配を引っ込めて言った。「まあ、きみの好きにしてくれ」

馬の向きを変え、ジョンとティモシーをすぐうしろに従えて、道を進みはじめた。マーガレットはすこしだけ時間を割き、あっけにとられている女中をなだめることにした。

「もう口を閉じてもいいでしょう、エドナ」

エドナはふんと鼻を鳴らして、顔を赤らめた反応をごまかそうとした。「驚いたのなんのって、紹介されなければ、ご本人だとわからなかったでしょうよ。あの穏やかならぬ気配はただの想像だといいんですけれどね」

マーガレットはため息をついた。「あなたの想像じゃないわ。でも、威圧的な態度は予想のうちだわ、あの人の商売柄。それでも、セバスチャン・タウンゼントであることに変わりないの、それは忘れないで」

「ええ、なんといっても名門中の名門の家系ですからね。それに本当に端整な顔立ちだわ。まさか気づきませんでした？」

気づかなかったとしたら目が見えないことになるが、エドナの問いかけは聞こえなかったふりをして、マーガレットは窓の外の景色に目を凝らした。オリヴァーは前を行く三人に後れを取るまいとして何度か馬に鞭を入れ、午前中が過ぎていった。

道を進むあいだほぼずっと馬車はがたがた揺れていた。フランスはたいていどこでも道路がきちんと整備されているのだが、このあたりは管理が行き届いておらず、ル・アーヴルに通じる大通りに出るまでの道のりはひどいものだった。

しかし、フランス北部の古い港の波止場に到着すると、運が向いてきた。乗組員が前の晩に飲んで破目をはずしたせいで出港が遅れている船があった。遅れのために予定していた乗客も失い、マーガレット一行は喜んで乗船を許可されたのだった。馬車もただちに運び込まれた。そうしてあっという間に船は海峡に向けて出港していたのだった。

もう取引きをしてしまったのだから、どうなろうと後戻りはできない。ただ、セバスチャン・タウンゼントをイングランドに連れ戻したことを後悔するようなことになりませんように、とマーガレットは願うばかりだった。

8

最初は難しく思えても、引き受けた仕事はたいていたやすいものだとセバスチャンは思っていた。イングランド流の理論を少々応用し、場合によっては軍事的な手法も使う。そうすれば、仕事は無事完了。報酬をたっぷりといただくとあいなるわけだ。しかし、セバスチャンにとって海峡を渡ってイングランドの海域にはいるのはたやすいことではない。

故国に自分を連れ戻す船の甲板に立っていると、すべてが思い出された。親友を殺してしまったという慄然《りつぜん》たる思いも、地面にくずおれたときのジャイルズの顔に浮かんだ驚きも。いまだに鮮明に憶えている。人生を一変させたあの日のことを何度も夢に見てはうなされた。なにかちがった手を打てば、ああはならなかったのではないかと何度も思いをめぐらせた。

秋が終わりを迎え、冬の冷たさがすでに忍び寄っていた。海の上ではとくにそうだ。甲板を吹き渡る風にはためく外套のなかもじめじめと冷えていた。冬に旅をするのは好きではないが、この季節に廃墟にいるのも好きではない。

いつもなら冬場の数カ月は南フランスかイタリアに逗留していた。要求する報酬額が報酬額だけに、一年じゅう仕事をする必要はない。あと数日もすれば、北フランスを離れるところだったのだ。そうすれば、マーガレット・ランドーがレイヴンの噂を耳にすることもなかったかもしれない。実りのないまま帰路についたことだろう——向こうに帰りついたとき、どういう事態が待ち受けているのかわかったものではないが。

セバスチャンは顔をしかめ、甲板の遠くにいるマーガレットに目をやった。彼女も甲板にたたずみ、海を見ていた。西日が差し、明るい茶色の髪が金色に輝いている。その立ち姿の美しさに気づきたくなかった、とセバスチャンは思った。

さっきまでは帽子《ボンネット》をかぶっていたが、風に飛ばされ、甲板に転がり、反対側の手すりから落ちてしまったのだった。手の届かないところに吹き飛ばされていくボンネットを目で追うマーガレットの表情はおかしみがあった。身を切るような風に髪が乱れたが、別のボンネットを取りに行こうとはしなかった。

だんご状にまとめた髪がついにすっかりほつれ、長い髪が四方八方になびくと、髪をつかみ、胸もとでしっかりと押さえるだけですませていた。奇妙な光景に見えたのは、虚栄心に満ちた貴族のご婦人なら、たいていこんなふるまいはしないからだ。ほとんどのご婦人がたはいつでも見た目を気にするものだが、マーガレットはそういう類いの女性ではないらしい。

短い旅のあいだ、レディ・マーガレットと話をするのはできれば避けたいとセバスチャンは思っていた。向こうもそれで満足しているようだ。しかし、仕事について、帰郷の前に聞いておきたい情報があった。それに、こちらから知らせておくべき事柄もいくつかある。そこで、セバスチャンは用事を片づけておこうとマーガレットに近づいていった。

「きみの考えにはなかったかもしれないが」そう切り出してマーガレットの注意を引いた。「状況を確認するあいだの何日かはおれの存在は隠しておいたほうがいいだろう。それにはきみの家に滞在するしかない。おれが誰なのか使用人に気づかれる場合に備えて、他言無用を約束させて。おれたちを泊めてもだいじょうぶだな？」

話を聞き終えるころにはマーガレットは眉をひそめていた。泊めるつもりはなかったのだろう。ひょっとしたら、自分の役目は終わったと思っていたかもしれない。故郷に連れ帰ったら、あとはセバスチャンにまかせればいい、という具合に。

マーガレットはすぐにはなんとも返答しなかった。独身男性を自宅に寝泊まりさせるということはどういうことか、セバスチャンもわからないわけではない。けれど、驚いたことに、文句はひと言も出なかった。「もちろんだいじょうぶよ」とマーガレットは言った。「ホワイトオークス館は憶えているわね。姉の婚約パーティに来たのだから」

突然真っ赤になったマーガレットを見てセバスチャンは不思議に思ったが、やがて最後にそこで彼女を見かけたときのことを思い出した。「ああ」と彼は言った。「たしか、りっぱな庭があった」

マーガレットはさらに赤面し、目を三角にした。セバスチャンは思わず笑ってしまいそうになった。どうやら上品な大人に成長したマーガレット・ランドーは思いつきで行動した無作法な子どもも時代のことを思い出したくないらしい。それとも、いまでも決まりを破るのはやぶさかではないものの、それを人に知られたくないだけかもしれない。

助け舟を出してやろう。「それなりの距離を難なく置けるはずだ。これも憶えているが、たしかホワイトオークス館はエッジウッド館と同じくらい大きかったから」

「ホワイトオークス館のほうが大きいわ」マーガレットはまた口をひらき、得意げな笑みを浮かべた。またもや勝気な性格をのぞかせてこうつづけた。「エレノアが駆け落ちしたあと、父は家をすこし改修したの。それに、わたしは食堂のそばに温室をつくったわ。暖かい時期だけではなく、一年を通じて庭いじりをしたくなって」

「ここにも園芸好きがいたか」セバスチャンは目をぐるりとまわして言った。

マーガレットは眉を上げた。「あなたもお花が好きなの？」

「いや、まったく。でも、うちのジョンがそうだ」

「とても心がやすらぐのよ」とマーガレットは打ち明け話をするように言った。「あなたも試しにやってみればいいのに」

「おれが近づくと、花は枯れて寿命が尽きる」

マーガレットは目をぱちくりさせ、しかめ面をした。「その冗談はあまり笑えないわ」

「おれが笑っているか？」

マーガレットはふふんと笑った。「笑い方を忘れてしまったんでしょう？　ねえ、あれからずっとどうしてたの？　不可能としか思えない仕事をやり遂げてすばらしい評判を築き上げたことは別として。ナポレオンがわたしたちに苛立っていた状況でフランスに拠点を置くのは相当大変なことだったでしょうに」

今度はセバスチャンも無理やり笑いをこらえた。「苛立っていた？　あの小さな暴君のイギリス帝国に対する感情をずいぶん控えめに言い表わしたものだな。ナポレオンは征服したすべての国からイングランドを封じ込め、有無を言わせず同盟国にも同じ対応を強いた。イングランドへの侵攻ももくろんでいた。ロシア軍に悩まされなければ、実際にそうなっていただろう」

「そうね、わが国は貿易をじゃまされることにたまりかねて、とうとう戦争を仕掛けた。でも、あなたはかかわっていたの？」

セバスチャンは肩をすくめた。「多少は。半島戦争中は特技を活かせた。フランス語に不自由しないから、貢献できたってわけだ」

「諜報活動をしていたのね！」マーガレットはそう見当をつけた。

「鋭いね。でも、それほど長いあいだじゃなかった。戦争が終わりに近づいたころ、ナポレオンの兄のジョゼフをマドリードから亡命させたころだった。それに、ナポレオンが退位したあと、最後の兵力をかき集めて一八一五年に戻ってきたときにはおれはフランスにいなかった。その年はイタリアでいくつも仕事をかかえていて、王座に返り咲こうとした最後の悪あがきについては、ナポレオンがまた国外追放になってから噂を耳にした。だが、きみの質問に答えると、おれがあの廃墟を買ったのはほんの四年前、ナポレオンが流刑されたあとだ。だから、フランスで住まいを構えるのに苦労はしなかった」

「石を積み上げただけみたいなあの建物をほんとに住まいと呼ぶの?」

「揚げ足取りだな、レディ・マーガレット。たしかにきみの言うとおりだ。仕事を請け負うのに都合がいいというだけの場所だ。実際、しょっちゅうあそこにいるわけじゃない。一年のうちこの時期はめったにいない。近所で荷物を届ける仕事がなかったら、いまごろはイタリアに向かっていたところさ」

「わたしは運がよかったのね、だって――」

「おれは運が悪かった」セバスチャンは口をはさんだ。「さてと、話をもとに戻そうか。おれは十一年間ケントを離れていた。そのあいだになにが起きたか知っておきたい。注意すべき変化はあるか?」

〝運が悪かった〟と言われたときはマーガレットも顔を曇らせたが、すこしのあいだ取り合わず、訊かれたことを考えているようだった。午後の陽の光をたっぷりと浴びていても、その瞳は色が暗く、茶色にはほとんど見えない。いまもなお髪をしっかりとつかんでいるが、短い髪が何本かほつれ、頬にかかっていた。それを耳のうしろにかけてやったら、彼女は気づくだろうか。そんなことをセバスチャンはふと思ったが、おそらく気づかないだろう。それほど深く物思いにふけっているのだ。セバスチャンは衝動を抑えた。

髪をおろしている彼女はかわいらしい。乱れ髪が魅力的に見える女性はそうはいないものだが。マーガレットの場合、髪を上げているときとは印象が変わった――より近づきやすく見えると言おうか。実際のところ、きれいすぎるほどきれいだった。自分を魅力的に見せようともしていないのに。それはまるでちがう。どういうふうに見えるのか、意に介していないようで、それは女性として、じつにめずらしいことだった。あるいは、セバスチャンと一緒にいるときにそう思うのかもしれない。反感をいだいているなら、気を引く努力などするはずがない。

そんな彼女の態度を変わっているとセバスチャンは思った。女性に嫌われたことはただの一度もない。いっそ口説き落とそうか、という誘惑に駆られそうになる――いや、とんでもないことだ。

しばらくしてようやくマーガレットが口をひらいた。「ご近所で亡くなった人もいるし、赤ちゃんが生まれたりもしたけれど、それは置いといて――」

「祖母は?」セバスチャンは不安になって話を遮った。

「だいじょうぶ、アビゲイルは元気よ――元気だったわ。わたしがヨーロッパに出発する前は。でも、ほら、アビゲイルももう年だわ」

「ばかなことを――」

「ううん、ほんとにそうなの。目もあまりよくない。だからありもしないものが見えるのかもしれないけれど。わたしがエッジウッド館で暮らしていたとき、いつもわたしをつかまえては、屋敷に誰かが勝手にはいりこんでいると訴えたものだわ。それも声をひそめて言うの、その人たちに話を聞かれないように。そんな人は誰もいないのに」

セバスチャンはその場面を頭に思い浮かべてにやりとした。「なるほど、それならたしかに年だな。なんといってももう八十七歳だ。仕方ないだろう」

マーガレットは一瞬黙り込み、セバスチャンの口もとをじっと見ていた。それに気づき、セバスチャンは落ちつかない気分になった。にやりと笑ったことに自分で気づきもしないうちに笑みは消えていた。マーガレットはいくらか悔しそうに唇をゆがめ、先をつづけた。

「わたしはアビゲイルが大好きよ、でも、なかなか気に入ってもらえなかった」

「そんなはずないだろう。祖母は誰よりもやさしくて――」

「もうそうじゃないの」とマーガレットが話を遮って言った。「アビゲイルはあなたの肩を持ったでしょう。じつは、自分の息子とは、あなたのお父さまとはひと言も口をきいていないのよ、あなたが勘当されてから。わが子に話があるときは、誰か人をやって、伝言させているの」

セバスチャンは耳を疑った。決闘のあとで父と祖母が仲たがいするとは思いもしなかった。

ふたりは昔から気が合って、どんなことでも意見が一致していた――いわば一心同体だったのだ。まだ足りないのかといわんばかりに、罪悪感がセバスチャンの胸に広がった。

「でも、さっきも言ったように」マーガレットはまた話をつづけた。「アビーを味方につけるのは難しかった。庭いじりが大好きだと知って、あなたのお父さまが温室をわたしにまかせてくださるようになってからはとくにそうだった。ダグラスは喪に服しているわたしの力になろうとしたのだけれど、アビーはそうは取らなかった。アビーにしてみれば、温室は自分の領域だったから、わたしがずかずかと土足で踏み込んでいるように感じたのね。機嫌を損ねて、ずいぶん文句を言われたわ。けれどもそのうち、わたしのやっていることになにからなにまでケチをつけるのはやめて、助言をしてくれるようになった。でも、残念なことに、アビーはとても涙もろくなったわ。だから、同居をやめてからも、頻繁に会いに行って、元気づけているの」

「涙もろくなったって、どんなことに？」

「わからない？　あなたがいなくて寂しいのよ。それに、心の奥ではきっと、ご自分の息子に激怒して、ずっと口もきかないでいることを悩んでいるんじゃないかしら。ダグラスの事故のことをとても心配しているの。心配なんかしていないふりを本人には見せているけれど。でも、あなたならことの真相を突き止めて、事故を食い止めることができるのではないか、というようなことを一度ならず口にしているわ。それでわたしはあなたを捜そうと思い立ったの。それにセシルのこともある。もう会えなくなったとアビーは嘆いているわ。アビーにとって、セシルはわが子同然だったからでしょうね」

「亡くなったのか？」

マーガレットはあきれたような顔でセバスチャンを見た。「誰も彼ももうこの世にいないと決めつけたいの？　セシルはぴんぴんしているわ、わたしの知るかぎり。でも、決闘以降、セシルとあなたのお父さまは疎遠になったから、セシルはもうタウンゼント家を訪問していないの」

セバスチャンは衝撃を受けた。なんということだ、さらなる罪悪感が胸に植えつけられた。

「アビーはセシルがとても好きだったのでしょうね」とマーガレットはつけ加えた。「それに、セシルは子どものころ、自分の家にいるよりもエッジウッド館にいるほうが多かったそうね。お母さまが亡くなって、セシルはアビーになつき、アビーもセシルをかわいがるようになった。アビーから話を聞いて、きっとそうだったんじゃないかと勝手に思っただけど」

セバスチャンはため息をついた。「エッジウッド館には門前払いを食らうだろうな。父にもはっきりと言い渡されたのさ、二度と敷居はまたがせないと」

「たしかにそこが問題だわ」マーガレットは眉をひそめて同意した。「ダグラスと和解できないと思う？」

「ああ、できないだろう。いまきみから聞くまで、決闘のせいで父とセシルが疎遠になったとは知らなかった。おれが勘当されたのはセシルへの気づかいだったということだろう。おれが出ていったあとに親友と疎遠になったのだとしたら、父はさらにおれに怒り狂うだけだ」

「あるいは、正気に戻って、誰がより大切なのか気づいたということも考えられるわ」

セバスチャンは鼻を鳴らした。「父とセシルがどういう仲だったのかきみはわかっていない。ジャイルズとおれが親友だったように、あのふたりも親友同士だった。あれだけ深い友情を築くと、義理人情で結ばれる。父はおれを勘当するしかなかった。自分の息子が親友のひとり息子の命を奪ったのだから。しかも、相手に危害を加えてはいけないと、おれに命じていたというのに」

「だったら、どうして彼を殺したの？」

「おいおい、待ってくれよ、おれに殺意があったと本気で思っているのか？　あれはとんでもない事故だったんだ」

「わたしが思っているのは、あなたならどうにかして打つ手を見つけるだろうということ」とマーガレットはむきになって言い返した。「あなたがあの家に戻る方法はいくらでもあるでしょう。なにか考えて」

「考えたけど、方法なんかないさ。きみがなにか案を出してくれ」

マーガレットはセバスチャンをにらみつけた。「じゃあ、変装すればいいわね」そう促した。

セバスチャンは眉をつりあげた。「変装して、自分の家族の目を欺くのか？　たとえドレスを着たって、目で家族にばれる。さあ、やりなおしだ、レディ・マーガレット」

マーガレットは笑い出していた。「あなたが、ドレスを？　それ、傑作ね。どう頭をひねっても思い浮かばなかった案だわ」

「じゃあ、いまさら思い浮かべなくていい。ほんとに着るわけはないんだから」

「それはそうよ」マーガレットはくすりと笑った。「言うまでもなく。どっちみち無理よ。あなたほど大柄な女性なんて――」そこでまた声を上げて笑った。「いやだわ、今度はドレス姿のあなたが頭から離れない」

「だったら手を貸してやろうか？」セバスチャンはうなるように言った。冗談めかした気配は微塵もなく、マーガレットとの距離を詰め、腕に手を伸ばした。

マーガレットはセバスチャンの手から逃れるように、うしろに飛びのいた。「けっこうよ」そう言って、大まじめな顔でセバスチャンをにらみつけた。そして、ため息をついた。「わかったわ、ぜったいに確実な手段がある」

「ぜったいに確実だって？　そんなものはないさ」

「ううん、それがあるの。わたしたち、結婚したふりをすればいいのよ、しばらくのあいだ。

そうすれば、あなたは出入りを許される。わたしの夫ということなら、夫婦そろってエッジウッド館で歓迎されるはずよ」

「頭がおかしくなったのか？」

「まさか。わたしは四カ月旅に出ていたの。そのあいだに結婚したとしてもおかしくないわ。それに、ずっと結婚したままでいましょうとは提案していない。そうじゃないの。もっと言えば、実際に結婚しましょうという話でもない。そこまでする必要はぜんぜんない。わたしたちが結婚しているとも、していないとも、証明できる人は地元にはいないわ。結婚式はヨーロッパで挙げたということにすれば。もちろん、あとで離婚するふりもしないとね。あなたがお父さまの事故を誰が引き起こしているのか、どういう事情があるのか突き止めて、脅威を取り除いたらすぐに」

セバスチャンはマーガレットをしげしげと見つめた。彼女が考えをめぐらせた道すじに度胆を抜かれていた。

冷やかすようにこう言った。「なあ、マギー、ごくあたりまえの事実を見落としているよ。離婚が汚点になって、きみは人生を棒に振る。本当に離婚したのであれ、偽装であれ」

「ばかばかしい。なぜ身を犠牲にしたのか明らかになれば、りっぱな行ないをしたと褒められるでしょうよ」

犠牲。おれと結婚することが？　さすがのセバスチャンもこれには胸がちくりと痛んだ。

あいにく、そう言われても仕方ないかもしれないが。マーガレットの夫のふりをすれば、家族の懐に戻ることにはならないとしても、一度か二度、エッジウッド館にはいることはたぶん可能だ。それだけで事足りる。おそらく騒ぎが起きるだろうから——マーガレットの疑いが正しければ。

もっとも、マーガレットの評判に疵《きず》がつこうが、こっちの気がとがめることはない。セバスチャンはそう思い、マーガレットにこう言った。「そこまでする必要はないかもしれない。どういうことか調べるには、二、三日あればいい。とにかく、きみが提案しているのは大掛かりな芝居だ。じっくり考えたほうがいい」しかし、〝犠牲〟と言われたことがまだ心に引っかかっていたので、ちくりと嫌味を言ってやりたくなった。「たとえ偽装とはいえ、よくよく考えることだな、おれのような男と結婚したいかどうか」

マーガレットはどういうことかと問いかけるように眉を上げた。セバスチャンはさらにもう一歩近づき、こぶしを丸め、マーガレットの頬をそっと撫でた。「おれにのぼせているふりをしないとな」と彼は言った。「それに、おれにさわられたり、キスをされたりすることにも慣れないといけない。そもそもきみにそういう芝居が打てるのか、試してみるべきかもしれない」

なにを言われているのかのみ込むまで、すこし間が空き、やがてマーガレットは顔を真っ赤にした。「試してみる必要はないわ。お芝居をする必要だってないでしょう！　ねえ、これはまじめに言っているの、セバスチャン、あなただってよくわかっているでしょうに、結婚した男女はちょっとした愛情表現さえ、人目につかない部屋のなかでするものだと。そんなのばかげているとずっと思っていたけれど、いまはつくづくほっとしているわ、世の常識がそういうものでよかったって。あなたにのぼせているふりについては、なんとかがんばってみるわ、いざとなったらね」

9

昨晩のうちに港についているはずだったが、船長は新米で、雨が降り出し、視界が不良になってからは航行をつづける度胸がなかった。たしかに海峡を往き来する船舶は多いものの、熟練の船長ならばほかの船との衝突は難なく避けたことだろう。とはいえ、ドーヴァーの港につくのが何時になろうとかまわなかった。最終目的地はそこからすぐのところなのだから。マーガレットとしては、到着の遅れはかえってありがたかった。偽装結婚をするかもしれないということを、エドナに話しておきたかったからだ。そうすれば、エドナとオリヴァーは必要に応じて口裏を合わせてくれるだろう。こういう計画があると打ち明けても、エドナにはあきれられるまいとマーガレットは踏んでいた。

「お嬢さまには無理ですよ」とエドナは遠慮なく言った。

「無理じゃないわ」とマーガレットは言った。「あの人はセバスチャン・タウンゼントだということを忘れないで」

「まさにそこですよ、お嬢さまが親しくおつきあいしているご一家、タウンゼント家から勘当された子息でしょう。ふつうの状況で再会していたら、冷たくあしらっているところです。そんな相手と結婚だなんて理屈に合いませんよ」

セバスチャンと結婚しても不自然ではない、とエドナを納得する破目になるとは思いもしなかったが、マーガレットはいくつか理由をあげてみた。「これは誰にも話したことはないのだけどね。子どものころになんでも打ち明けたフローレンスにさえ黙っていたわ。じつは、セバスチャンに心を惹かれたことがあるの——もちろん、決闘が起きる前の話よ。それからずっと好意を持ちつづけ、再会を喜んだというのは無理がある話じゃないわ。自分ならセバスチャンと家族を仲直りさせられるかもしれないと思うのもそうでしょう。それに、あなたも言っていたわよね、セバスチャンが美男子だって。年ごろの娘を誰でも振り向かせられるほど端整な顔立ちだわ」

「お嬢さまは振り向きませんよ」エドナはむっつりとした顔をして言った。

「まあ、そうだけど。でも、話はわかったようね。どう考えても結婚相手にはふさわしくないけれど、恋に落ちて、彼と結婚しても不思議ではない。それに、結婚したふりをしないといけないか、それはまだ決まっていないの。でも、そうするのなら、彼の容姿はもっともな理由になるわ。そもそもなぜセバスチャンを捜しに行ったのか、それを忘れないでちょうだい」

しぶしぶながら、最後にはエドナも賛同し、今後どういうことになるか、オリヴァーに知らせに行った。とはいえ、その夜マーガレットは不安をいくつか胸にかかえていた。身体に触れたり、キスをしたりするとセバスチャンに釘を刺されたことを思い出してからは、なお迷いが生まれた。その手のことは耐えられないと彼に話しておこう。でも——いまのあの人は少女のころに憧れた男性とは別人だ。お金で人に雇われ、仕事のためならどんな手を使うことも厭わない。だとしたら、こちらが決めた制約を素直に守るだろうか。

不安なまま眠りについたが、目を覚ましたときには決意をあらたにした。ダグラスを危険から救い出すためならなんだってできる、と。セバスチャン・タウンゼントの妻のふりをしろというのなら仕方ない、そうするまでだ。

その日の朝、甲板に出ると、セバスチャンがいた。目に見えてきたイングランドの海岸線を、なにやら考え込むような目で見ていた。マーガレットは四カ月しか旅に出ていなかったが、それでも家に帰りたくてたまらなかった。セバスチャンは何年ものあいだ祖国を離れていたのだからもっとつらかったことだろう。それとも、きっぱりと言いきっていたように、もう未練などないのかもしれない。おそらくは。

外套のひだ飾りが風にはためいていた。こういう装飾のついた上着をほかの男性が着たら派手に見えるかもしれないが、セバスチャンがまとうと、どういうわけか凄味が増す。それでも彼は恐ろしいほどの美貌の持ち主であり、マーガレットは思わず息を呑んだ。姿を目にするたびにさらに強く惹かれていくようで、これは面倒のもとになりかねない。夢中になった昔の気持ちを思い出しただけなのだろうが、それでも……。

考えごとをじゃまするのは気が引けたが、手すりの前にたたずむセバスチャンに歩み寄った。暗い表情を浮かべていた。だから彼がいきなりこう口走ったときにはマーガレットも驚いた。「ヘンリー・レイヴン」

「なんですって?」

「きみの家にいるあいだ、おれが使う名前だ」

マーガレットは笑い出した。「ごめんなさい。でも、ヘンリーという顔じゃないわ。もっとしっくりくる名前は思いつかなかった?」

「どういうのを? ブラック・バートとか?」マーガレットの笑いがおさまらなかったので、セバスチャンはさらにつづけた。「言うまでもなく、ヘンリーというのは高貴な名前だ」

「王さまにぴったりだものね。いいわよ、なんならヘンリーで。エドナとオリヴァーに教えておくわね。わたしたちが夫婦のふりをするかもしれないともう言い渡してあるの」

「うまく受け入れられたんだろうな」セバスチャンは皮肉まじりに言った。

マーガレットは目をぐるりとまわした。「ええ、エドナはあきれていたけれど、ちゃんとした理由があってのことだから、と説得したわ。そういう手段を取る必要に迫られたら。だからどうするのかいまはまだ決めていないけれど、と」

セバスチャンも納得して言った。「おれが故郷に戻ったことを誰にも知られないうちに調べがついたら、きみの協力はいらない」

「わかったわ」

　午前中に波止場につき、乗客と馬たちは陸に降ろされた。セバスチャンの馬は船から降ろすのに、とりわけ手こずった。ジョンの馬はいつもと同じくおとなしかった。しかし、地面に降り立つと、セバスチャンの馬も落ちついた。

　セバスチャン自身はそうはいかなかった。イングランドの土を踏みしめたとたん、憂鬱な気分に襲われたのだ。いやはや、祖国に未練があったというわけか。案外と未練たっぷりだった。胸の奥深くにしまい込み、すっかり身体の一部になっていた苦い思いが黒い胆汁のようにせり上がり、胸が詰まった。

　故郷を去るべきではなかったのだ。父に縁を切られ、二度とイングランドに戻ってくるなと命じられたからといって、実際に出ていかなければならないわけではない。すでに父に逆らって、決闘に出向いていた。だったら、もうひとつ命に背いてもよかったのではないか。しかし、あのときはとてつもない罪悪感を背負っていた。はらわたを引きちぎられ、心臓が切り裂かれる思いを当時と変わらずに胸にかかえている。何年もたったいまもなお。

10

マーガレットはわが家が大好きだった。ホワイトオーク材を用いた三階建てで、花に囲まれている——自分で育てている花に。ひとつひとつ自分の手で種を蒔き、春が来ると、手塩にかけた花が咲き出すのをいまかと待ちわびる。

タウンゼント家の屋敷であるエッジウッド館は大邸宅で、いつまでも住んでいてかまわないという申し出も受けていたが、居心地がよかったのはダグラスとアビゲイルのことが好きだからだった。それでも選ぶとするなら、自分の家のほうが文句なしにいい。なんといってもわが家であり、使用人は自分のために働いている。屋敷の歴史も自分の一族の歴史だ。そして、どこを取ってもエッジウッド館に負けず劣らず豪奢だった。

そういうわけで、家に戻ってきてマーガレットはほっとしていた。使用人たちもマーガレットの不在を寂しがっていたようだ。何人かが玄関から飛び出してきて、マーガレットを出迎えた。料理係のガッシーは涙ぐんでさえいた。

「これでようやくうしろめたい気持ちにならなくてすみますよ、おいしい料理をつくってもお嬢さまが召し上がれないと」ガッシーはマーガレットにそう言ったあと、すこしとがめるようにつづけた。「長く留守にしすぎでしたよ、マーガレットさま」

「仕方なかったのよ、用事をすっかりすませるには」とマーガレットは言った。「向こうから送ったワインは無事についたかしら？」

「ええ、無事ですよ。ご帰館を祝して今夜、一本開けましょうか」

ガッシーが家のなかに戻っていくと、今度は馬丁が現われて、息を切らして叫んだ。「あ、よかった、お嬢さま。これでお嬢さまの獣《けもの》たちはまた行儀がよくなる」

マーガレットはくすりと笑った。馬丁は彼女の愛馬を獣と呼びたがるのだ。なぜなのかは想像もつかないが。スウィート・トゥース（甘党の意）はその名のとおり、気立てのやさしい牝《スウィート》馬だ——マーガレットがそばにいるときは。

「明日から日課に戻るわ」とマーガレットは馬丁に言った。「でも、きょうの午後、スウィート・トゥースの様子を見に行くわね」

「ありがとうございます、お嬢さま。あすの朝には鞍をつけて、用意しておきます」

しばらく時間を割いて、使用人ひとりひとりと話をした。誰のこともないがしろにはしなかった。玄関にたどりつかないうちに、全員が出てきて挨拶を交わした。女中頭のフローレンスは最後に出てきた。ホワイトオークス館で生まれ育ったのだが、使用人のなかではいちばんの新顔だ。五年前に母親が女中頭の仕事をやめたとき、フローレンスがあとを引き継いだ。エドナと同じく、ほかの使用人とは異なり、マーガレットとより親しい関係だった。マーガレットとフローレンスは子ども時代には一緒に遊ぶ仲だったのである。

使用人たちはみな、マーガレットが連れ帰った男性ふたりと少年を興味深げにちらちらと見ていたが、フローレンスだけがこう尋ねた。「今夜の食卓の用意を増やしましょうか？部屋の支度も？」

「ええ、両方お願い」とマーガレットは言った。「しばらくお客さまとしてお迎えすることになったの」

フローレンスはうなずいたあと、身体を寄せて声をひそめた。「あの人はわたしが思っている人？」

もちろん、フローレンスの視線の先にはセバスチャンがいた。まだ馬の背にまたがっていて、使用人たちがマーガレットを出迎える光景を見守っているが、なにを考えているのか、その表情からは読み取れない。それでも、あの禍々《まがまが》しい雰囲気を漂わせていた。とてもじゃないが話しかけづらく、逃げられるものならたいていの人が逃げていく雰囲気を。

どうしてセバスチャンはああいう人になったのだろう――近寄りがたい人に。マーガレットはけっして内気な性格ではないものの、セバスチャンが近くにいるとついびくびくしてしまうので、ほかの人たちが彼にどう反応するのか想像がついた。何度彼と話をしても、楽な気持ちにはならなかった。

マーガレットはフローレンスをわきに引っぱっていき、質問に答えた。「ええ、そうよ。でも、しばらくはここだけの話にして。戻ってきたことを、彼はまだ誰にも知られたくないの。だから、そこは希望どおりにしないとね」

「ご家族にも？」

「彼の家族にはとくによ」

「じゃあ、どうして戻ってきたの？」とフローレンスが尋ねた。

マーガレットはなんとも返答はしなかった。ただ、顔をじっと見ていると、フローレンスはとうとう察しをつけて、ふんと鼻を鳴らした。「なるほど。それは秘密ってわけね。べつにいいわよ。ほかの者たちには黙っているよう注意しておくわね、正体に気づくようなら。たぶん気づかないと思うけれど、わたしだってかろうじてわかったくらいだもの。驚いたわ、あの人、すっかり変わったわね」

変わったどころの騒ぎではないが、マーガレットは黙ってうなずいた。フローレンスに隠しごとをするのは心苦しかった。やめたほうがいいと言われるのはわかっていたので、ヨーロッパに行く本当の理由は友人のフローレンスにさえ話していなかった。隠しごとなどしたためしがなかったのに。そもそも隠しごとをする理由などなかったのだ。秘密主義はマーガレットの趣味ではない。それとは正反対の性格なのだから。もともと率直すぎるほど率直で、ときとして怖いもの知らずと言われるほど開けっぴろげだった。

まるでこっそりと帰館したような気がしたが、実際のところそれは否定できない。前世紀にエッジフォードはのどかな村から小さな町へと発展し、周辺の上流階級の人々の求めるものを提供するほど繁栄していた。ドーヴァーからホワイトオークス館に向かう途中にあり、その道すじに立つほかの屋敷を迂回したように、エッジフォード界隈に立ち入らないよう進路を選んだのだった。故郷が近づくにつれ、万が一、とおりすがりに誰かに気づかれることがないように馬車に乗ったらどうかと勧めたのだが、セバスチャンはマーガレットの勧めを断り、あとをついてきてくれとオリヴァーに指示しただけだった。最後の一キロ弱は道さえとおらずに屋敷に向かった。

「なあ、ティモシー、ちょっとひと働きしてきてくれないか」マーガレットが近づいていくと、セバスチャンがそう言う声が聞こえてきた。「ジョンとおれは身元がばれるが、おまえのことは誰も知らない。だから、ひとまわりして、おれの家族について調べてきてくれ」

マーガレットは一瞬、気色《けしき》ばんだ。この少年のことを気に入っていて、セバスチャンたちと暮らすようになったいきさつはジョンから聞いて知っていた。使い走りをさせられるのはどうかと思うが仕方ない。仕事をまかされるとティモシーは喜ぶのだと知らなければ、セバスチャンに調べに行かせていたかもしれない。

そういうわけでマーガレットはよけいな口出しはせず、こう言った。「まずはなかにはいりなさい。女中頭が部屋に案内するわ。それに、そろそろ夕食の時間だから、調査を始めるのは朝になってからにしたらどうかしら」

ティモシーはまずはセバスチャンをちらりと見てお伺いを立て、それから家のなかに走っていった。マーガレットが振り返ると、眉を上げたセバスチャンと目が合った。

「あいつには仕事がこなせないと思っているのか？」

「あなたの仕事を手伝うにはちょっと早すぎるんじゃない？」とマーガレットは言い返した。

「そんなことはない。確実に実行できそうな者に仕事を割り振ることもおれの仕事だ。今度の場合、このあたりで顔を知られていないのはおれたちのなかであいつだけだ。それに無邪気に詮索しても、子どもの好奇心としてすまされる。いいか、マギー、必要だとおれが判断すれば、きみにだって仕事をやらせるかもしれない」

よろしからぬ仕事という響きがしたが、そう思ったのはセバスチャンの言い方のせいだったのかもしれない。それでも、マーガレットはそそくさと家のなかにはいり、セバスチャンのそばを離れた。あの人と一緒にいると、神経が疲れる。つくづくそう感じる。心を惹かれてしまうからというだけではない。そういう気持ちはなんとか無視しようとしていた。それだけではなく、不安になり、気難しくなり、落ちつきがなくなるのだ。それでいて、警戒心が強くなり、理屈っぽくもなる。どうしたことだろう、とても感じのいい娘さんだと幾度となく言われてきたのに。けれど、セバスチャンの前ではいつもの自分ではなくなるのだった。

11

その日の夜、夕食に階下へ下りていくと、マーガレットはまたいつもの自分に戻った気がした。旅行用の衣服はしゃれてはいたものの、手入れに手間がかからない頑丈な分厚い生地で仕立てられていたので、着心地はあまりよくなかった。やわらかなピーチ色のビロードに身を包むと、罪深いほどに心地よく、すこし昼寝をして身体も休めたので、泊まり客たちの相手をしっかり務められそうなほど気分は一新していた。

三人とも食堂で待っているのかと思ったが、セバスチャンだけしかおらず、テーブルの上座についていた。ずうずうしくも！　しかも、夕食の席にふさわしい服装ではなかった。白いシャツを着ていたが、首巻き《クラヴァット》はなく、襟もとを開け、ゆったりと垂れる袖は手首のところで折り返されていた。いっそイヤリングをつけて、眼帯でもかければいい。そういう人物だとおそらく使用人たちに思われているのだから。

食堂の出入り口で控えている給仕係のデイヴィッドは見るからにおどおどしていた。すでに供されていた前菜の厚切りの肉を突き刺している刃渡りの長い物騒な短剣が一因であることは言うまでもない。使用人たちはきちんと心得があるので、マーガレットを待たずに料理を運びはじめるようなことはふつうならしない。セバスチャンに脅されて、やむなくしきたりを破ったのだろう。

マーガレットが食堂にはいっていくと、セバスチャンは席を立ち、右隣の椅子を引いた。それほど近くの席をマーガレットとしては選ぶつもりはなかったが、どうやら食事をとるのはふたりきりだ。わざわざ向こう端に座るのもお高くとまっているようであり、どんな会話をするにしても声を張りあげることになる。なにしろ長いテーブルだ。とにかく、セバスチャンが逗留しているあいだは、先に食堂に来るよう心しておかないと。

デイヴィッドはあわてて駆けつけてマーガレットのグラスにワインを注ぎ、前菜を取りに行った。ふたりきりになった隙にマーガレットはセバスチャンに報告した。「女中頭のフローレンスはさっそくあなたが誰だか見抜いたわ。年配の使用人のなかにもそういう者が出てくるでしょうね。きちんと発表したほうがいいんじゃないかしら、あなたがなぜお忍びで――」

「その必要はない」とセバスチャンは口をはさんだ。「それぞれに話しておいた。使用人たちはなにも言わないさ」

「ずいぶん自信ありげね。まさか脅しつけたんじゃないでしょうね、しゃべったら寝ているあいだに命をいただくぞとでも？」

「なるほど、そう決めつけるわけか」とセバスチャンはぼそりと言った。「なんならフォークを研いでおこうか？」

マーガレットは顔を赤らめた。自分が神経質になっているというだけで、無礼なことを口走る言い訳にはならない。たしかに彼とふたりきりの夕食になるとは予想外だったけれど。

「謝るわ。冗談が過ぎたわね」

「おれを笑わせようとしたのか？　だったら言っておく。おれは笑わない」

「ばからしい。笑わない人なんていないわ。人間ならあたりまえのことだもの。笑うときには笑うわ」

「じゃあ、いまのおれは人間じゃないのか？」

マーガレットは思わず歯ぎしりをした。不愉快な人ね。それにしても前菜はまだ来ない。きっと人生でいちばん長い夕食になる。

あたりさわりのない会話に持ち込もうと、マーガレットは話題を変えた。「ジョンとティモシーも一緒に食事をするのかと思ったわ。ふたりとも、お腹は空いていないのかしら」

「いや、その逆だ」とセバスチャンは言った。「だが、イングランドに戻ってきたからこれまでとは同じようにはいかないとジョンは思っている。しきたりに従うなら、使用人たちと食事をとらなければならない。結局のところ、おれの近侍だから」

「近侍以上の存在なのかと思っていたわ」

「ああ、そのとおりだ。ジョンとおれは苦労をともにしてきた。とはいえ、あいつを説得しようとしてもだめなんだ。ここがイングランドだというだけの話じゃない。この屋敷にいるということも影響している。習わしやらなにやら古くさいことを気にしている。いわば古巣に帰ったようなもので」

「ジョンが昔どおりの風習に戻ったのがあなたは残念なようね」

「ああ。でも、首に縄をつけてここに連れてくることはできない。それに、ティモシーもジョンに倣《なら》っている」

マーガレットもジョンがいないのは残念だった。つまり、これからはセバスチャンと食事をともにすることが多くなる――ふたりきりで。お客さまを招くわけにもいかない。セバスチャンが正体を隠しているあいだは無理な相談だ。身を隠す期間が長引かないことを祈るばかりだ。苦手意識はあるものの、彼とうまくやっていくよう、その気になればがんばれるだろう。慣れてくれれば、そのうち無関心になるものだ。セバスチャンを相手にしたら、そうなるとは思えないけれど。

「ところで、社交界に出たくなかったのはなぜだったんだ?」とセバスチャンは尋ねた。

マーガレットはセバスチャンをまじまじと見つめた。いつから考えていたのだろう、実際にこうして訊いてくるまで。未婚でいる事情はいろいろあり、世間にも知られている原因はいくつかあるが、長らく故郷を離れていたセバスチャンには知りようがない。べつに隠すことはない、とマーガレットは判断した。

「出たくなかったわけじゃないの」と話しはじめた。「でも、デビューの時期が来たとき、わたしはまだ喪に服していた。父を亡くしたばかりで、あなたのご実家で暮らすようになっていたころだった。喪が明けるころには、結婚しなくてもいいと決心したの。愛につまずいてつらい思いをする実例を姉で見てしまったから。それに、あなたの弟夫婦がけんかに明け暮れている姿も見せつけられてしまった。そう、あれで結婚願望が薄れてしまったわ」

「認めたらどうだ。社交界デビューを拒否したのは、誰にも相手にされないと思ったからだと」

からかおうとしているのだろうか、それとも、本気でそう思っているの？　セバスチャンがなにを考えているのかまったくわからない。けれど、おそらく後者だ。軽口のたたき方も忘れてしまったのではないだろうか。

そう思い、マーガレットは鼻を鳴らした。「ばかなことを言わないで。つづきを聞いてちょうだい」

「じゃあ結婚しないと決めたのか？」

「そう決意した時期もあったわ。でも、小娘の思いつきだった。まだ大人として物事を判断できる年じゃなかったのね。冷静に考えて、姉が失恋したからとか、あなたの弟夫婦のけんかが絶えないからという理由で結婚を躊躇するのはばかげていると気づいたときにはもう、社交界にデビューするには薹《とう》が立っていた」

「おいおい、きみは二十三歳だぞ。薹が立つというにはまだ早い」

「じゃあ、教えて、どこがまだ早いのか」マーガレットはぴしゃりと言った。

セバスチャンは椅子にもたれ、こともなげに言った。「きみがこれまで誰からも言い寄られなかったとは信じられない。このあたりに若い男はもういないのか？」

「そうじゃないの。求愛ならいやというほどされたわ」

「で、誰にも心を動かされなかった？」

「いいなと思った人は何人かいたわ。でも、相手に求める基準がすこし高すぎたのね。ほら、わたしは選べる立場だったから。もしも父が生きていたら、父の勧める人と結婚したでしょうね。自分で選ぶとなると、なにもあわてて結婚を決めなくてもいい気がしたの」

「そうこうするうちに、オールドミスになることにしたと？」

マーガレットは歯ぎしりをした。さっきから侮辱されてばかりだ。「言っておくけれど」にこりともせずにそう切り出した。「そんなに必死になってわたしを楽しませようとしなくてもいいのよ」

「ああ、そうだな。悪い癖だ」

マーガレットはもうすこしで笑ってしまいそうになった。けれど、うっかり笑いでもしたら、セバスチャンをつけあがらせ、もっととんでもないことを言われそうだ。そう思い、なんとか笑いを噛み殺した。

「求愛してくる方はいまもいるわ」取り澄ました口調で言った。

「おれの知っている男か？」

「たぶんね。トーマス・ピアモンのことは憶えているでしょう、リッジモア子爵の息子さんよ」

「トミー坊やか？　おれがここを離れたときはまだ半ズボンを穿《は》いていた。きみと釣り合う年じゃない」

マーガレットは背中をややこわばらせた。「いまの話に年は関係ないでしょう。それに彼はわたしよりひとつ若いだけよ。それからダニエル・コートリーにも求愛されている。たぶんあなたはご存じない方だと思うけど」

「コートリーに求愛《コーティッド》されているのか、こいつはおもしろい」

マーガレットはセバスチャンをにらみつけながらも、話をつづけた。「彼はお母さまと二年前にここに移り住んでこられたばかりよ。メリーウェザー家が住んでいた崖の上の家を買い取ったの。アンガス・メリーウェザーがお孫さんたちの近くに住みたくて、ロンドンに引っ越していったあとにね」

「そのコートニーというやつのことは聞いたことがない」

「そうでしょうよ」

「そのふたりだけか？」

「ふたりもいればじゅうぶんだわ、どちらにも興味はないんだから」

「つまり、オールドミスになる決心がついたということか。そう認めたのも同然だな、マギー」

「そこまで言うなら話すわよ。じつはロンドンに出向いて、選択の幅を広げようかと思っているの。社交界にデビューしたてのお嬢さんたちと張り合うつもりはないけれど」

「社交界にデビューしないで、どうするつもりだ？」

「いくつか厳選した上でパーティに出席して、わたしにふさわしい人に結婚を申し込むわ。あと一年か二年したら、気兼ねしないでそういうことができると思う」

セバスチャンは眉を上げた。「冗談で言っているんじゃないよな？」

「ええ、大まじめよ」

「独り身が長すぎたな、マギー。すっかり正気を失って」

マーガレットは冷ややかな笑みを浮かべた。「悪いけれど、正気は保っているわ」

「だったら、そんなことが噂になったら物笑いの種になると気づかないのか？」

「どうして噂になるの？」とマーガレットは言い返した。「わたしはこれでもとても慎重なの。それに出会う男性に片っぱしから結婚を申し込むつもりもないわ」

「ひとりかふたりにしておくってわけか。おいおい、ひとりだけでもじゅうぶん噂になる。

ないはずがない」

よく考えてみろ。伯爵令嬢が自分から求婚するとはな。そんなおもしろおかしい噂が広まら

「相手の男性に申し出を承諾してもらったら話は別よ。よけいなことは他言しないほうが身のためだと思うんじゃないかしら。あなたって否定的なことばかり言うのね」

「そうじゃない。あらゆる角度から状況を見定める癖がついているからだ。それに、きみは離婚した女性という不利な条件を背負う見込みだ」とセバスチャンはあげつらった。「そういう欠点を大目に見てくれるのは次男坊だけだぞ」

マーガレットはため息をついた。「たとえそうだとしても、決め手になる長所を見落としているわね」

「色っぽい身体か？」

マーガレットは顔を真っ赤にして立ち上がり、ちょうど出されたばかりのデザートの上にナプキンを投げ捨てた。給仕係も顔を赤らめ、そそくさと食堂から出ていった。マーガレットはセバスチャンの言動にあきれてしまった。話が聞こえるところに使用人がいるのにそんなことを言うなんて！

「見下げはてた人だわ、あなたって人は。ここまでひどい人にはお目にかかったことがない。わたしが言おうとしていたのは爵位のことよ。結婚した相手とのあいだに男の子が生まれたら、その子に爵位が継承されることになっているから。そっちのほうが結婚の申し込みを受

け入れようかと心を動かす条件でしょう、あなたの言うその、い、い……」

「色っぽい身体より、か」セバスチャンは代わりにくり返した。

マーガレットは頰をさらに赤く染めた。ためらいもなくクリームとチョコレートクリームで汚れたナプキンをつかみあげ、セバスチャンの頭めがけてほうり投げた。残念ながら、的をはずした。けれど、少なくとも白と茶色のクリームが彼のひたいに飛び散った。それだけは見届け、マーガレットは食堂から出ていこうとした。

「怒って出ていかなくてもいいだろう、マギー」セバスチャンがうしろからそう声を上げた。

「いやな人ね、もうたくさんよ！」

耳に聞こえたのは笑い声だろうか。いや、ただの錯覚だろう、とマーガレットは思い直した。そうよ、セバスチャン・タウンゼントは笑い方を忘れてしまったのだから。

12

厩舎に歩いていくと、さわやかな秋の風にスカートの裾が揺れた。乗馬好きなマーガレットは専用の服を何着も持っていて、曜日ごとにとっかえひっかえするほどの衣装持ちであり、これ以上手持ちの服を増やさないよう、つい新調したくなる衝動を抑えなければならない始末だ。きょうエドナが用意してくれたのはエメラルドグリーンの乗馬服で、それに合わせてかぶる山高帽に白と緑のレースもつけておいてくれたのだった。

せっかく着飾ってみたものの、褒めてくれる相手は誰もいない。マーガレットはため息をついた。今朝は寝坊をしてしまった。ゆうべはセバスチャンに腹が立ち、自分自身の行動にも嫌気が差し、なかなか寝つけなかったのだ。作法を忘れ、ナプキンを投げつけてしまった自分がいまだに信じられない。セバスチャンのせいでつい取り乱してしまった。単純に言えばそういうことだ。

今朝、階下に下りていくと、家のなかは静まり返っていた。フローレンスとガッシーはエッジフォードに買い出しに出かけたのだろう。マーガレットたちが帰ってきたので、食料品を補充するために。いくつか食堂に残っていたペーストリーを、ふたつばかりナプキンに包んだ。ひとつは自分用、もうひとつは愛馬、スウィート・トゥース用に。

ヨーロッパに行く前は、ダニエル・コートリーが毎朝、乗馬に合流するようになっていた。帰ってきたことを知らせるべきだろうか。けれど、長いあいだ留守にしていたから、彼もいまごろは近所で別の女性を追いかけはじめたかもしれない。

地元のこじんまりした社交界にもダニエルが目移りをしてもおかしくない独身女性がまだ大勢いる。実際のところ、もうそれほどこじんまりしているわけではないのだ。すこし足を延ばせばロンドンに遊びに行けるという地の利もあるが、絶景が望める海岸と断崖はさらに近く、エッジフォードの周辺ではここ数年のあいだに新居を建てたり、既存の屋敷を買い取って増築をしたりする住民をある程度受け入れていた。そして、あらたな住民たちの多くはアルバータ・ドリアンの流儀に従っていた。

公爵未亡人という堂々たる肩書を有するアルバータは、かれこれ十五年以上前から地元社交界の中心人物として君臨し、しょっちゅう客を集めてはもてなし、年に二度、ロンドン社交界からも粋な人々を引き寄せる豪華な舞踏会をひらいていた。マーガレットはヨーロッパ旅行に出かけていたため、今年の夏の舞踏会は逃していた。ダニエルとは以前の舞踏会で出会っていたのだ。

ダニエルのことを考えてため息をついた。結婚するつもりはないのに友だちづきあいをつづけるのは身勝手なことだ。夫として申し分ないが、実際に結婚する気にはなれなかった。ダニエルのことは好きであり、自分たちは友人同士だとマーガレットは思っていた。ユーモアのセンスは一致していた。けれど、胸がわくわくすることはなかった。だから気を持たせたり、媚びを売ったりはしない。ふたりの関係が深まることを望んでいると勘ちがいさせるようなこともしなかった。だからダニエルも本格的な交際を申し込んでこなかったのだろう。もしかしたらふたりはただの友だちで、彼から求愛されているというのは思いすごしかもしれない。

厩舎に歩いていくと、ちょうど馬丁頭のネッドがスウィート・トゥースを連れて出てきたところだった。待たずにすんだことにマーガレットは驚いた。

「鞍をつけっぱなしにしなくてもよかったんじゃない？」少々とがめるような口調で尋ねた。

「ちがうんですよ、お嬢さま」とネッドはきっぱりと言った。「そろそろこちらに来られると、エドナから聞いたものでして」

「あらそう？」

マーガレットは愛馬に気を取られていた。スウィート・トゥースはマーガレットのにおいを嗅ぎつけて、ネッドの手から手綱を振りほどく勢いで進み出て、すこしでも早くそばに近づこうとしていた。愛馬のそんな愛情表現に、マーガレットは危うく押し倒されるところだった。

「それはそれはお嬢さまを恋しがっていたんですよ」とネッドが話していた。「お嬢さまが旅行に出た初めのひと月はこいつもすっかりやつれましてね。ものもろくに食べなくなって。近づくたびに噛みつかれそうになりましたよ。しまいに甘いもので釣って、言うことを聞かせる始末でして」

マーガレットも同じ手を使うしかなかった。すぐにペーストリーをふたつとも食べさせて、落ちつかせようとした。効果はわずかだった。スウィート・トゥースは独特のやり方でマーガレットをとがめたり、おかえりなさいの挨拶をしたりしていた。

「もう乗ったらいかがですかね」とネッドが言った。「お嬢さまがお戻りになって興奮しきっちまいましたから、どうやったってじっとはしていませんよ。イアンがすぐにまいりますから。いま鞍をつけてるところで」

もうひとりの馬丁のイアンはマーガレットの付添い役を務めていた。乗馬にダニエルがいつも同行するので、使用人がついていく必要があったのだ。「じゃあ、敷地内をまわってこの子に空気を吸わせたらすぐに戻ってきて、あらためてイアンと一緒に出かけるわ」

「それがいいですね」ネッドは賛成し、手を貸しましょうかと申し出て、マーガレットを持ち上げた。

驚いたことに、鞍に腰をおろすかおろさないかのうちに、早くもスウィート・トゥースは駆けだした。マーガレットはこの馬をかわいがっていたが、愛馬はサラブレッドの血筋を見せつけてくるときがあった。毛並みの優れた競走馬の血統を引き、その毛並みゆえに年に何度も繁殖業者から連絡が来て、最高の種馬と交配させたいという申し出がある。マーガレットはそうした申し出をすべて断っていた。お気に入りの馬が肥えて乗馬に向かなくなるのがいやだったのだ。

屋敷のまわりをすこし走っただけで帽子を飛ばしてしまった。少なくとも振り落とされることはなかったが、危ないところだった。スウィート・トゥースはしばらくの間、じゅうぶんに走ってはいなかったのだろう。マーガレットは落とした帽子を拾ったが、きちんとかぶり直そうとは思わなかった。イアンを迎えに行く前に帽子を置いていこうと、屋敷の正面にまわり込んだ。そこで足止めを食った。

ダニエルが玄関にたたずみ、扉をたたいていた。マーガレットに目を留めると、にっこりと微笑んだ。

「これは驚いたな、マギー、もう帰ってこないのかと思いはじめていたところだ！」

マーガレットは顔を赤らめながら馬から降りた。ダニエルにマギーと呼ばれたのは初めてだった。旧知の仲でなければマギーとは呼ばない。これまでに一度も呼ばれた憶えがないのに、どういうわけで彼が子ども時代の呼び名を使ったのか、マーガレットは想像もつかなかった。つまり愛称で呼ばれたということになるが、ふたりの関係を考えれば立ち入りすぎている。留守にしているあいだに、彼はいったいなにを考えていたのだろう。

ダニエル・コートリーは容姿に恵まれた男性だ。髪はブロンドで、目は青く、背が高くて身体つきもがっちりしている。顔立ちも整っており、こうして目の前にすると、記憶にあるよりもさらに端整だった。もしかしたら、以前はなかった口ひげを生やしているからかもしれない。そのせいか、颯爽とした小粋な雰囲気を醸していた。

マーガレットは笑みを浮かべた。「会えて嬉しいわ、ダニエル。どうしてわたしが家にいるとわかったの？」

「今朝早く、ここをとおりかかって気づいた。毎週何度か立ち寄って、きみが帰ってきていないか確かめていたんだよ。こんなに長旅になるとは思いもしなかったな！」

「わたしも――」

最後まで言い終わらなかった。息が止まるほど驚いたことに、思いがけず作法に反してダニエルに抱きしめられたからだ。それも荒っぽい抱擁だった。最初は馬で、今度はこれだ。朝から立てつづけに熱烈な歓迎を受ければ、もうじゅうぶんすぎるほどだわ！

そんなことを思ったとたん、玄関の扉がひらく音と、不吉な響きのする声がマーガレットの耳に届いた。「まっとうな理由があるといいのだがな、おれの妻を抱きしめるからには」

ダニエルはすぐさまマーガレットの身体から手を離した。マーガレットは息ができなかった。玄関前の階段の上に立ち、その声に劣らず不穏な表情を浮かべたセバスチャンを目にしたとたん、またもや息が止まってしまったからだ。再会したときの彼がとても恐ろしげに見えたことを思い出した。いまはそのときよりも凄味がある。あざやかな黄金色の目には殺意が宿り、そのまっとうな理由が述べられなければ命を奪うことも辞さない、とでもほのめかすような口ぶりだった。

ダニエルも同じ結論を出したにちがいないが、仰天して返事もできないようだった。顔を紅潮させ、あっけにとられたようにセバスチャンをまじまじと見つめるばかりだった。マーガレットも頬を赤らめていたが、それは怒りで頭に血がのぼったせいだった。偽装結婚の手で行くと、いったいいつ決まったの？　わたしはなにか聞き逃した？　誓ってもいいが、結婚したふりをする必要があるかどうか見極める前に下調べをすると彼は言ったはずだ。それに、そもそも最終的な判断はこちらにゆだねるべきではないだろうか。

「あててやろうか？」セバスチャンは緊迫した静けさを破り、ゆっくりとふたりに近づいてきた。「幼なじみか？　家族ぐるみの古い友人か？　おれの知らない親戚か？」

ダニエルは気を取り直し、すみやかに返事をした。「マーガレットとぼくは昔からの友だち同士だ――いや、昔というほどじゃないか、ほんの数年前からだから。でも、ぼくはただ旅から戻った彼女に挨拶をしていただけだ」

「まあ、まっとうだろうな」セバスチャンは腕を組みながら認めたが、こうもつけ加えた。「念のために言っておくが、今後は指一本触れるな。他意はない。どうやら嫉妬深い夫になりそうだとわかって、われながら驚いただけでね」

そう言われてダニエルはすこしほっとしたようだった。うなずくと、丁重に手を差し出して、名乗った。「ダニエル・コートリーだ。おたくは？」

セバスチャンはダニエルたちに背を向けると、返事もせずに屋敷のなかに戻っていった。なんて無作法なのかしら！　しかも、マーガレットを置き去りにして、嘘をつかせようとしている。やれやれ、ドジを踏まなければいいのだけれど。嘘をつくのは得意ではない。

「ごめんなさい、ダニエル。あの人の態度は褒められたものじゃないわね。嫉妬深い性格だったなんて、わたしもびっくりしたのよ。あんなところを見たのは初めてだったから」

「結婚したんだね」ダニエルはぽつりとそう言った。あっけにとられたような表情をまた顔に浮かべていた。「信じられないよ」

つらそうな声で言われ、マーガレットはいたたまれない気持ちになった。「わたし自身も信じられないの」そう認めた。「出発したときはヨーロッパで結婚相手を探すつもりはなかったのよ。そう、ひと目惚れだったの、ひと言で言えば。本当に思いがけないことだったわ」

「でも、外国人じゃないだろう。イングランドの人だね。何者なんだ？」

「ヘンリー・レイヴンよ」

「レイヴン？　聞き憶えのない名前だな。どこの出身だ？　ロンドンか？」

マーガレットは顔を紅潮させた。「勝手に話してはいけないことになっているの」

「冗談だろう？」

「いいえ。もうそっとしておいて。彼のことはそのうちわかるから」

「そうか——でも、べつに知りたくないね」ダニエルは怒ったような口調になっていた。傷ついた彼の表情にマーガレットはうしろめたさを覚えたが、結婚したという嘘をべつにすれば、うしろめたさを覚えることはまったくない。怒りをぶつけられたほうがまだ対処できる。

「がっかりだな、察してもらえなかったのなら」ダニエルは苛立ちをあらわにして言った。

「てっきり——いや、こっちの勘ちがいだったんだな。ぼくはそもそも乗馬なんか好きじゃないんだ！　習慣にしたのはきみと一緒にいるためだった」

そこまで激怒される関係ではなかったでしょう、とマーガレットがいさめようとした矢先、ダニエルは馬に乗り、立ち去った。鞍にまたがり、去りぎわに疎ましそうなまなざしさえ投げてきた。

マーガレットはため息をついた。無用に、こんな不愉快な思いをさせられるとは。セバスチャンのせいだわ！　いったいどう考えたら、こんなふうに突然〝結婚〟を発表できるものだろうか。これで噂が広まる。きょうからもう、訪問客が結婚祝いの挨拶に来て、新郎に会いたがるだろう。いったいどう受け答えをすればいいの？　はい、結婚しました。いいえ、主人には会えません、お引き取りください。やれやれ。どうやら世間を騒がせることになりそうだ。

13

セバスチャンは食堂にいた。戸に背を向け、テーブルに置いてあるさまざまなペーストリーを眺めている。

「昼食が出されるのは何時だ?」

マーガレットはとまどった。ここにいるのがどうしてわかったのだろう。食堂にはいったときには物音ひとつ立てなかった。足音を忍ばせていたので、ご用はないかと出てくる使用人もいない。

「通常の時間よ。ただし、その前にあなたに出されるのは、わたしからのお小言」

セバスチャンは肩越しに振り返り、眉を上げた。「どうかしたか?」

こちらの人生をたったいま乱したばかりだというのに、よくもとぼけた顔をできるものだ。そういう手口なのだろうが、その手は食わないわ。

「どうかしたかじゃないでしょう? あなたは若い男性の希望を打ち砕いた。あまりにも心ないやり方で。長いあいだわたしが友だちづきあいをしてきた人に、あんな知らせ方はないわ。それに知らせた内容だけど、どうして勝手に決めたの……結婚のことをわたしに知らせもせず。はっきり憶えているのよ——」

「落ちつけよ、マギー」セバスチャンは話を遮った。

振り向いて、マーガレットに顔を向けていた。小さなシュークリームを口に入れ、指を舐めた——ゆっくりと。なんてことなの。マーガレットは胸が騒ぎ、脈が速くなった。なにも考えられなくなり、セバスチャンの口もとを見つめた。

「よしてくれ」セバスチャンはぴしゃりと言った。

マーガレットは目をぱちくりさせた。「よしてくれって、なあに?」

「なあにじゃないだろうが」セバスチャンはテーブルに向き直った。

彼がまた背中を向けたので、マーガレットは正気に返った。頭もまた動き出し、ものを考えられるようになった。なにが起きたのかよくわからなかったが、深く考えないほうが身のためだとなんとなく思った。さっきは彼にうまくはぐらかされたが、やっぱり答えを聞きたかった。

「さっきの愚にもつかない話だけれど、あなたが嫉妬深いっていう——」マーガレットはそう切り出した。

「ああ、口から出まかせだ」セバスチャンは振り返ってマーガレットをまっすぐに見た。

「わかっているわよ。でも、どうしてあんなことを? 狙いはなんだったの? それにどうしていきなり夫婦になったの？　偽装結婚する必要があるか決めかねていたくせに」

「ティモシーが今朝、情報をたくさん仕入れてきた。それで芝居を打つ必要があるといまは思っている。いちおう言っておくと、これはきみの提案だった。それに、噂が広まる前にきみがしくじらないように手を打つことが重要だった」

「しくじったりしないわよ」マーガレットはむっとして言った。

「ふつうの意味なら、そうだ」セバスチャンは譲歩してそう言った。「でも、おれが言っているのは、きみがコートリーになにか言ったことがきっかけで、自分たちの関係はなにも変わらないとコートリーが思い込む可能性があるということだ。おれたちが結婚して、すべての事情が変わったことになったとしても。わかるかい、マギー？　この計画を遂行するなら、疑問を持たれたままでいるのはまずい。人前で責められでもすると面倒だからな」

「あなたが言っている問題は起こりそうにないわ。ダニエルとわたしはそこまで親しい関係じゃなかったもの」

「向こうにしてみれば、身体に手をまわしてもいいと思うほど親しかった」

マーガレットは顔から火が出た。「あれは彼が説明していたとおりでしょう。おかえりなさいの挨拶よ」

「それなら握手でじゅうぶんだ」セバスチャンは冷ややかな声で指摘した。「ともかく、のちのち疑いが生じないよう、できるかぎり迅速に手を打ったまでだ。さっきはたまたまきみを捜していたところだった。ティモシーがつかんだ情報を話しておこうと思って。きみがどこかの男の腕に抱かれている姿を目撃して、じつは手遅れかと思った。すでにきみは失言をしたんじゃないかと。だから結婚の話を出すのは、ある程度危険は承知とはいえ賭けだったが、偽装結婚のお膳立てをするにはああするしかなかった」

「握手と自己紹介ではじゅうぶんじゃなかったってこと？」マーガレットはそう言い返した。セバスチャンの口もとがほころびかけた。いや、マーガレットの目にはそう見えた気がしただけだ。「悪いが、そういうのはおれのやり方じゃない」

「そうでしょうよ、あなたのやり方は、揺さぶりをかけて、みんなの感情をかき乱すことだもの」

セバスチャンは肩をすくめた。「それが習慣でね。おれの仕事ではその手を使うとうまくいく。人は怒ると、ふだんなら言わないことまで口をすべらせる」

マーガレットは目をむいた。「わたしはあなたの標的じゃないわよ、セバスチャン。だから、わたしにはその手は使わないでちょうだい」

「だけど、怒っているときのきみはじつに美しく見えるね、マギー」黄金色の目をマーガレットの身体に向け、上から下まで視線を走らせた。「いやでも誘惑に駆られる」

「ばかばかしい」マーガレットは鼻を鳴らし、憤然として食堂から出ていった。

しかし、そう遠くまでは行かなかった。階段ののぼり口まで来たところでなぜ偽装結婚が必要だと見極めたのか理由をまだ聞いていないと気づいた。戻ってくるとわかっていたのだろう、あのいやな人は。なぜならセバスチャンはマーガレットが出ていったときと同じ場所に立ち、入口のほうを向いて、もうひとつシュークリームを口に入れたところだった。

セバスチャンが指を舐める姿を見てしまわないうちにマーガレットは目をそらし、床をにらみながら食堂のなかを行ったり来たりしはじめた。「ティモシーの報告はどういうことだったの？」

「直接聞いたらいい。変装がうまくいったと鼻高々さ」

「どこにいるの？」

「この時分にぼうずがいる場所といえばひとつしかないだろう？　そろそろ昼食を用意してくれと、厨房の使用人についでに言っておいてくれ」

マーガレットは指図されて腹が立ったが、ティモシーを捜しに厨房へ向かった。ちょうど食事を終えたところのようだったので、ティモシーにこう持ちかけた。「一緒に乗馬に出かけない、ティム？　自分の馬の運動をさせないといけないの。それに、イアンが馬に鞍をつけてくれるから、あなたも乗れるわ。わたしの護衛役をお願いね」

ティモシーは顔を輝かせた。あらたな仕事を割り振られるのが好きでたまらないようだ。このくらいの年ごろの子にしてはめずらしい。たいていの子どもたちは用事を言いつけられるよりも遊びたいだろうに。

ふたりはエッジウッド館のほうに馬を走らせ、セバスチャンの生家を見下ろす丘で馬を止めた。

「それで、今朝どんなことがわかったの？　セバスチャンは驚いたようだけど」

「驚いたようには見えなかったよ」

「あの人は驚いても顔には出ないのよ。でも、それはどうでもいいの。なにがわかったの？」

「ええっと、ぼくはあそこの厩舎に行って、仕事はないか訊いてみたんだ。雇ってはもらえなかったけどね。空いている仕事はないんだって。馬丁にフランス人がひとりいた。すごく場ちがいな感じだったよ、その人。なんにもしゃべろうとしないんだ、あっちへ行けと言われただけだった」

「それがセバスチャンを驚かせたの？」

「ううん、この話はしていないよ」

マーガレットは目をぐるりとまわし、もう口をはさむのはやめて、ティモシーに自由に話をさせることにした。「つづけて」

「うん、それで、厩舎を出て、厨房に行って仕事を探すことにした。そのとき、りっぱな紳士が厩舎にやってきて、自分で馬に鞍をつけはじめた。お屋敷の旦那さまだと思うけど、馬丁は誰も寄ってこなかったから、ぼくはさっと近づいて、手伝いますと申し出たんだ、そこで働いているふりをして。本当の馬丁じゃないってことはわかりっこないと思ったんだ。案の定、ばれなかったよ」

「なかなか賢いわね」

ティモシーはにんまりとした。「ぼくも自分でそう思ったよ。それで、いろいろおしゃべりを始めたんだ。あれやこれやと。でも、言っておくけど、身の上話じゃない。気持ちをほぐす程度の雑談だよ、それにほら、ぼくの言うことはほとんど聞いてなかったみたいでね。そのうちぼくは息子のことを話題に出してみたんだ。りっぱな息子さんがふたりいるらしいですね、って。そこは聞こえてたね、まちがいなく。旦那さまは身体をこわばらせたんだ。横に牛乳が置いてあったら、冷えたはずだよ、急に寒けがしたみたいだったからね」

「それだけ？　なにも言わなかったの？」

「ううん、言ったよ。旦那さまはこう言ったんだ、おまえの聞いた話はまちがいだ、わたしには息子はひとりしかいないってね。もうひとりは死んだんだ、って」

死者は玄関からはいることは許されないということね、とマーガレットは自分の胸につぶやいた。なんていうことなの、こんな話を聞いてセバスチャンは傷ついたにちがいない。いいえ、もしかしたらそれほど気にしないかもしれない、自分でもそんなことを言っていたけれど。でも、とにかく彼の言うとおりだった。いまのダグラスにとってセバスチャンは死んだものとみなされているのなら、親子の断絶はさらに深刻化したということだ。マーガレットの夫という立場でなければ、セバスチャンが迎え入れられることはない。たとえ夫婦のふりをしても、相当気まずいことになるだろう。死んだ息子をエッジウッド館に連れ帰ったら、マーガレット自身、もはや歓迎されないかもしれない。

14

　セバスチャンはうまく闇にまぎれた。かなり前に身につけた特技だった。頭上をぐんぐん流れていく灰色の雲の切れ間から、月が時折り姿を現わした。しかし、それも折り込みずみで、ダークグレーの外套を選んだのだ。これなら首もとからブーツまで覆われるし、月明かりが洩れる夜には黒装束よりも目立たない。空気中には、夜のあいだにひと雨来そうな気配が漂っていた。だが、エッジウッド館の敷地をこっそり歩きまわるあいだは持つだろう。

　かつてわが家だった屋敷は夜更けになっても明かりが灯っていた。迎え入れてもらえないとわかっているのに、ここに来て、窓の外から家族の姿を眺めようとするとはマゾヒスト以外の何者でもない。

　子どものころによくデントンとよじ登った木にもたれた。ある夏、木の上に板を引っぱりあげて、ふたりで小さな小屋をつくったことがある。快適な隠れ家だったが、やがてデントンが飾りつけるものを持ち込みすぎて、小屋を支えていた枝が折れてしまった。運よくその枝はゆっくりと落ち、なかにいたふたりにもあまり衝撃はなく、ゆるやかに着地した。しかし、父は肝をつぶし、もう二度と木の上に小屋をつくってはならないと息子たちに厳命を下した。

その古い木は食堂の外にあり、いま食堂には家族が集まっていた。今度ばかりは感情が素直に表に出た。悲しみ、後悔、怒り——誰が見てもわかるほどすべて顔に表われ、窓越しに父を見ると、セバスチャンの警戒心はすっかり消え去った。

父はあまり変わっていなかった。半世紀を生きてきたわりに若々しい。髪はまだセバスチャンと変わらず、黒々としている。白髪がまじっていても、これだけ離れていると、判別はつかないが。祖母のアビゲイルはかなり変わってしまった。いまや髪は真っ白になり、以前よりも猫背になっていた。総白髪になったいまも昔ながらの結い方でまとめられているが、よく似合っている。

会えなくて寂しかった、とセバスチャンはしみじみと思った。アビゲイルは単なる祖母以上の存在だった。九つのときに母親を亡くしてから、セバスチャンたち孫にとってアビゲイルはすべてだったのだ。誇り高く、威厳があり、それでいてはつらつとし、愛情深い人だった。いまはそれほどはつらつとしているようにも、愛情深いようにも見えない。デントンとなごやかに話をしているが、口もとに笑みはなく、テーブルの上座に一度も目を向けない。

そこにダグラスがぽつんと座っていた。アビゲイルはその向かい側の下座で食事をしていた。デントンがアビゲイルのそばで相手をしている。デントンもずいぶんと変わった。セバスチャンが故郷を離れる前から、弟の生活は荒《すさ》みはじめているように見えていた。いまではそれがさらに悪化し、デントンはやつれ、虐《しいた》げられているようにさえ見えた。ジュリエットはまだ姿を現わしていなかったが、どうやら誰も彼女を待つつもりはないようだ。

テーブルの両端につく父と祖母の距離が家庭内の様子を物語っている。目にしているのは幸せな光景ではない。セバスチャンは胸が締めつけられた。それは多分に自分のせいだ。自分に責任があると気づきもしなかったことがたくさんある。自分の家族はもはや家族ではない。ただの同居人で、そこにあるのは温かな家庭ではない。

その落差にセバスチャンは胸が張り裂けそうだった。以前の夕食の場面がまざまざと思い出された。ジャイルズはしょっちゅう同席しており、父親のセシルさえよく招かれていた。笑い声が響き、いつもにぎやかな食卓だった。アビゲイルはしばしば容赦なくからかわれたが、本人はそれを喜んでいた。そしてみんなもっと席を詰めていた。テーブルはもっと小さかったし、席はすべて埋まっていた。会話が途絶えることはけっしてなく、それをいうなら笑いが絶えることもなかった。そこにいたいと誰しも望むような場所であり、さっさと逃げ出したくなる場所ではなかった――いまそうであるように。

最初にダグラスが席を立った。食堂を立ち去り際、デントンになにごとか声を掛けたが、母親には目もくれなかった。セバスチャンは屋敷に沿ってさらに奥へ移動し、書斎の外まで歩を進めた。夕食をすませると、二、三時間ほどそこで過ごすのが父の習慣だった。セシルが息子と連れ立って夕食に訪れたときは、ダグラスと書斎に引き上げたものだ。長年の友人同士は話題が尽きることもなく、ふたりの笑い声は広い屋敷の遠くまでよく聞こえてきたものだった。

書斎のカーテンは閉じられていなかった。ランプがいくつかすでに灯されている。ダグラスが部屋にはいってきて、ドアを閉じた。ブランデーをグラスに注ぎ、グラスと罎を机に運んだ。机の奥に座ると、ブランデーを呷り、おかわりを注いだ。見られているとは気づきもせず、書斎でひとり、椅子に腰かけ、肩をすぼめた。葉巻に火をつけたが、吸わなかった。机の上から紙切れを取り上げたが、それを読むでもなく、椅子に頭を持たせかけた。

どうやら先になんの楽しみもない男になったようだった。なんの興味もなく、日々の喜びをわかち合う友人もいない。そもそもわかち合う喜びもない。いまこの部屋にひとりきりでいるだけではなく、父は孤独なのだ。

そう思うと、セバスチャンはさらに胸が締めつけられた。こんな仕打ちをしてしまった。父を抜け殻のようにさせてしまった。自分と同じく父の胸にもぽっかりと穴が開いているのだとは知りもしなかった。ふたりは似た者同士だった。

なるほど、これでは同居していたあいだ、みんながマーガレットを好きになるはずだ。彼女はきっといつもおしゃべりに花を咲かせ、家のなかを明るくしていたのだろう。

それからすこしして、マーガレットの屋敷に戻ったセバスチャンはベッドに横たわり、頭のうしろで腕を組み合わせた。服は着たままだった。しばらく眠気は来ないとわかっていた。階下からもう一本ブランデーを取ってきて、寝酒に引っかけることになりそうだ。もっとも、一本めはまだほとんど手をつけていなかった。物思いにふけり、酒を飲むのも忘れていたのだ。

死んだ、とはな。父はティモシーに、息子のひとりは死んだと言った。もちろん、死んだようなものだというたとえ話だろうが、それでも、だ。墓はもう建てたのだろうか。ひとたび顔を突き合わせたら、口論になるのはまちがいない、とセバスチャンは思っていた。かなり激しい口論に。だが少なくとも、不安を伝えるいい機会にはなる。マーガレットが感じている不安ということだが、父と協力し、疑念をかき立てている出来事の謎を解明できるかもしれない。

父が親友のセシルとも自分の母親とも仲たがいをしていると聞くまではそう思い込んでいた。長男への憎しみが時の流れとともに消えるどころか増大し、生きていることさえ認めるものかという段階にまで父を追いつめていたとは知らなかった。死んだことにされていたとは。自分のこのやりきれない思いに匹敵するものはないと思っていた。

越えられない壁に直面していた。この壁を破ることはできない。もしかしたらマーガレットならできるかもしれない。家族に受け入れられてきたのだから。本当に救いの手を差し伸べなければならないとなれば、マーガレットは父を救うために奮起するほど親しい関係だ。

もっとも、父は父自身から救い出さないといけないのかもしれない。困ったことに。目下の状況をできるものなら父のせいにしたいところだったが、そうもいかない。なにかも、反応もその先の結果もすべて、結局は自分の肩にかかっている。

変えようのないことを蒸し返した自分にうんざりし、セバスチャンはうめき声を洩らして身体を起こした。そして、マーガレットを捜しに部屋を出た。依頼された仕事をすみやかに遂行し、さっさとフランスに戻れるよう、ふたりで計画を練り上げないと。

今夜は夕食をともにすることをマーガレットに拒まれていた。だから代わりにエッジウッド館へ行ったのだった。べつに驚きはなかった。昨晩のふるまいは非難されても当然だ。わざと非難されるようなことをしたのだが、距離を置くためにああまで無礼にならなくてもよかった。こちらが手を貸さなくても、マーガレットは敵対心を難なく最優先させているようだ。もしかしたら逆だったのかもしれない。こっちこそマーガレットに手を出さないでいる口実が必要だったというわけか。

それこそ問題の核心だ。ゆうべ食堂にはいってきたマーガレットはピーチ色のビロードのドレスに身を包み、驚くほどやわらかな印象で、魅力的だった。そんなマーガレットに心惹かれたが、その思いはまたたく間に肉欲へと変わった。そんなふうにそそられるはずはなかったのだ。マーガレットには嫌われているのだから、それで興味は失せるはずだったが、失せるどころか逆の効果を生んでしまった。

セバスチャンはマーガレットの寝室のドアをたたいた。ドアの下からは明かりが洩れていた。まだ起きている証拠だ。それでも、ドアが開くまで一分ほど間が空いた。やわらかそうな白い部屋着をマーガレットが首もとでしっかりとかき合わせているところを見ると、待たされたのはそれをはおっていたからだろう。ほどいた髪が部屋着に無造作に垂れ、背後のほの暗いランプの明かりのせいか、髪の色はやけに濃く見えた。マーガレットはいまもまたやわらかな印象をまとっていた。セバスチャンは思わず立ち入った方向へ考えがおよんだ。部屋着の下にはなにをつけているのか。

「夜分遅く、なんのご用かしら?」

まじめくさった口ぶりに、部屋着を脱いだ姿を思い浮かべようとしたセバスチャンの想像はかき消された。「あすの予定を相談しないと」とセバスチャンは言った。

「朝まで待てないの?」

「ああ。待っていたら、今朝はコートリーと不愉快なことになった。その後きみが振るった熱弁によれば、きみもああいう事態は二度とごめんのようだ」

マーガレットは舌打ちをした。「わかったわ、応接間で会いましょう」

「ばかを言うなよ、マギー。おれたちは夫婦だ。きみが自分の部屋におれを招き入れても使用人は驚かない。むしろ、それが自然だと思っている」

「女中頭のフローレンスに結婚のことは話したわ。お祝いの挨拶にあしたお客さまが来ても、こちらはまだお相手をする準備ができていないからお断りするように、とね。でも、あとの使用人たちは知らないのよ、わたしたちが偽装――」

「いや、知っている」

マーガレットは勝手な行動に出たセバスチャンをにらんだが、ドアを大きく開け、部屋のなかに引っ込み、セバスチャンから離れた。さらにしっかりと部屋着の前をかき合わせ、腰のところでひもを結んだ。マーガレットの髪は思いのほか長かった。船の上で髪がほつれた様子は見ていたが、お尻に届く長さということまではわからなかった。いまはこちらに背を向けていたので、楽に見て取れた。

部屋の設えは意外なものだった。マーガレットのように気が強い人物は攻撃的な性格にふさわしく男性的な暗い色彩を好むものと思ったが、壁紙はピンクのバラの模様で、鏡台には白いレースが敷いてあり、大きなベッドにはライラック色のカバーが掛けられ、ふんわりとした絹の枕がいくつか並んでいる。ビロードのカーテンははっきりとした濃いピンクだった。椅子が部屋のあちこちに置かれ、同じ系統の生地で統一されていた。詰め物がたっぷりはいった読書用の大きな椅子は紫色とピンク色の花柄で、机の椅子には濃い紫色と赤を配した生地が座面に張られていた。絨毯は赤とピンクの花が渦を巻くようなよくある絵柄だ。一方の壁の半分を覆う大きな書棚には本がぎっしりと詰め込まれている。マーガレットは読書家でもあるのだろうか。家具の木材はすべてホワイトオークだった。そして、そこかしこに花がある。大きな花瓶は床に、小さな花瓶はテーブルの上に飾られ、窓辺は植木鉢で覆われるほどで、部屋のなかにはよい香りが漂っている。このご婦人の庭いじり好きは筋金入りだ。

仕事をしていたのか、机の上には家計簿や領収書が広げられて散らかっていたが、額に入れた小さな絵もいくつか飾られていた。そのなかの一枚はマーガレットの姉の肖像画だった。エレノアが亡くなったことを思い、セバスチャンの胸に悲しみが広がった。魅力的な令嬢だった。ジャイルズと婚約したときはとても幸せそうにしていた。エレノアが死んだのはあなたのせいだとマーガレットに責められて、セバスチャンはいたたまれない気持ちになっていた。

背後でドアを閉めた音を聞いて、マーガレットははっきりわかるほど背中をこわばらせた。セバスチャンのほうを振り向く。部屋着がひらき、ネグリジェの襟もとの白いレースがちらりとのぞいた。セバスチャンはそれを見てほっとした。部屋着の下は裸ではないかと想像をふくらませたら、ひと晩じゅう寝つけなかったところだ。

「先を急ぎすぎている気がするわ、もうこんなことまでするなんて」マーガレットの口調にはセバスチャンへの反感がまだ表われていた。「まずは調査に取りかかるはずじゃなかったの？」

セバスチャンはゆっくりした足取りで部屋のなかを横切った。マーガレットのうしろにある座り心地のよさそうな読書用の椅子に向かっていたのだが、マーガレットがあわてて道を空けたので、セバスチャンは気が変わり、彼女のほうに歩み寄った。

「時間の無駄だ」と彼は言った。「いまはもう、きみが結婚した噂が広まっている。それに勝手ながら、きみの使用人をエッジウッド館にやって、きみが帰国したことを知らせた……夫を連れて帰ってきたと」

「やりたい放題ね」マーガレットはまだセバスチャンから逃げながらそう言った。

「きみはおれを雇った。気前よく報酬を払う約束で、おれの父親の命をねらう陰謀があるのか調べさせている。仕事のやり方には口を出さないでくれ。それでだ、朝になったら、父に言づてを届けさせてほしい。夫を連れて訪問したいという旨の言づてだ」

それを聞いてマーガレットはぴたりと足を止めた。「誰と結婚したか、事前に知らせるべきかしら？」

「いや、知らせないで訪問しよう。さもないと、訪ねていっても家にいないかもしれない」

「あなたと再会するのを避けて、お父さまが外出してしまうとほんとに思うの？」

「あるいは、手っとり早く父はきみに言い渡すか。きみはこれまでどおり歓迎するが、きみの夫はだめだと。そうなると、芝居を打つ目的が台無しになる」

マーガレットはため息をついた。「わかったわ。向こうについたら、具体的にどう話すの？　どういうめぐりあわせだったとか、どこで結婚したのかとか」

「旅行中きみがいちばん長く滞在した国は？」

「ドイツとイタリアにほぼ同じくらいいたわ」

「イタリアにはけっこう長くいたから、たぶんうまくいく。おれたちは同じ宿屋に泊まっていた。きみがおれに気づき、自分が誰なのかおれに思い出させた。おれはすぐに心を奪われ、熱心に口説き出し、きみを夢中にさせ、二週間後、おれたちは結婚した」

「まあ、そんなにすぐ？」

「おれと結婚するべきじゃない理由を思い出す暇をきみにあたえない、というのがおれの作戦だったからだ」

「作戦勝ちね」マーガレットはうなずいた。「でも、もっと単純な話のほうがいいんじゃないかしら、愛がすべての障害を乗り越えたという。そのほうがボロは出ないと思うの。少なくともあなたのお父さまにはそう話すわ」

「どんな話であれ、する必要はたぶんない」

「なぜ？」

「なぜなら、おれをひと目見たら、父はおれと同じ部屋にはいないからだ」

「あなたにひと言もなくお父さまは部屋を出ていくと思うの？」

「そうじゃないと？　父がティモシーになにを言ったか聞いただろうに」

マーガレットの顔色が変わった。まさか同情を示しているのだろうか。嫌っているのに？

いや、それではあまりにも矛盾する。もちろん、セバスチャンの境遇は哀れを誘う。心がやさしければ、気の毒がっても不思議ではない。

「気をつけろよ、マギー」とセバスチャンは警告した。「おれを好きになってはいけない」

マーガレットはセバスチャンをにらみつけ、ドアを指差した。「どういう方針かわかったから、もう帰って。これ以上の侮辱には我慢できないから」

セバスチャンは一歩も動かなかった。「おれの言ったことのいったいどこが侮辱なんだ?」

「いろんなことをしてきたくせに、そんなあなたをいまさら好きになるかもしれないとほのめかされたら侮辱だわ」

「おれだけを悪者にするのか?」セバスチャンは皮肉を込めて言った。「半分はおれの責任ではない。とにかく、それで思い出した。お姉さんから来た二通の手紙はまだあるのか?」

マーガレットは急に話題が変わって面食らったようだった。「どうして?」

「目をとおしたいからだ。手もとにあるか?」

「ええ、あるわ」マーガレットはすみの書き物机のところに行き、引き出しを開け、手紙を取り出した。「なぜ一通めを取っておいたのか自分でもわからないわ」戻ってきて、手紙をセバスチャンに渡しながら言った。「涙で滲んで、文字がほとんど読み取れないの。どうしてこの手紙を読みたいの?」

「奇妙だからさ、出ていった状況が。ジャイルズが死んで三年後だろう? 三年たてば、悲しみから立ち直るのにじゅうぶんだ。突然、なんの挨拶もせず出ていったということは、あらたな理由があったと考えられる、きみが思いつくようなことではなく」

「二通めの手紙にはなにもほのめかされていないわ」

「そうだとしても、一通めを読めば、なにかわかるかもしれない」

マーガレットはセバスチャンを見て首を振った。「ほら、これよ。なにも読めないわ」

セバスチャンは手紙に目をとおした。ほとんどすべての文字は滲んでいるか、消えていた。あたかもエレノアが手紙を書きながら、便箋にぽろぽろと涙をこぼしていたかのように。期待していたとおり、それほど多くはないもののいくつかの文字はきれいに残っていたが、せいぜい判読できる言葉はひとつか、ふたつだ。

「差し支えなければ、しばらく預かって解読してみる」

「どうしてもということならどうぞ。ただし、あとで忘れずに返してね。さあ、そろそろいいかしら、もう夜遅いわ」

「いいか、マギー」セバスチャンはマーガレットの頬にかかった髪をそっと払いのけた。「まわりに人がいるときは、おれが好きでたまらないふりをしないといけない。おれと結婚したことになっているんだからな。練習につきあってやろうか？」

マーガレットは身体を引いて、セバスチャンの手が届かないようあとずさり、もう一度ドアを指差してまくし立てた。「だいじょうぶよ――なんとかなるから。さあ、もう出ていって」

セバスチャンはたくましい肩をすくめた。「好きにしろ。でも、気が変わったら――」

「出ていって！」

もうすこし粘るつもりだったが、セバスチャンは言われたとおりにした。マーガレットのことはまだよくわからないが、彼女を怒らせるのは意外にも楽しい。

15

その日、マーガレットは訪問客との面会を断らざるをえなかった。その数はかなりのものだったが。新婚の夫をひと目見ようと、公爵未亡人さえおでましになった。噂はまたたく間に近隣に広がっていた。フローレンスの話によれば、ヘンリー・レイヴンとは何者か、誰もが知りたがっているという。どこの出身で、伯爵令嬢をどうやって射止めたのか。しかし、マーガレットはむやみに嘘を重ねたくなかった。

空模様は夜通し荒れ、午前中も短いあいだだったが、風が吹き荒れた。夕方近くになると、水平線にあらたな暗雲が垂れ込めた。風がどちらに吹くのかわからなかったが、雨雲が岸の上にかかる前に沖へ吹き戻されてくれないものかとマーガレットは願った。雨のなかよその屋敷を訪問するのは迷惑なばかりか、天候が回復するまでもてなしを主人に強いることになるので悪趣味だった。

エッジウッド館は崖の上に立っているわけではないが、上階から大海原を見渡せるほどには海に近い。マーガレットもそこに住んでいたときはそうした眺望を楽しんでいたものだ。

水面に日が昇る様子を眺められる早朝はとくにそうだった。ホワイトオークス館はもっと内陸にあるので、海岸線の景色は望めないのである。

セバスチャンと向かい合わせに座る馬車のなかでため息をついた。「策を弄するのはいやなものね」とマーガレットは言った。「まだいまなら考え直して、すべて正直に打ち明けることもできるわ」

「正直に告げればうまくいくとはかぎらない。今回の場合はまるっきりだめだ。きみが自分で言っていたんだぞ、マギー、父は事故を単なる偶然だと思っているとね。命がねらわれている、ときみが父に訴えても、一笑に付されるだけだ。おれからそんな話をしたら、取り入る口実だと思われるのがおちだ。痛くもない腹を探られるのはごめんこうむる」

セバスチャンの声色が変わり、恨みがましさが滲むのをマーガレットは察し、顔をしかめた。こういう口ぶりは前にも聞いたことがある。いつもは表に出てこないが、ふとした拍子に声音に表われる。自分が引き起こした悲劇に責任はないのに罪の意識だけ背負わされていると思っているのだろうか。あるいは、ジュリエットと火遊びをした結果、連鎖して起きた出来事のせいで自己嫌悪に陥っている？

到着と同時に雷鳴が轟いた。マーガレットはセバスチャンの手を借りて馬車を降りながら、眉をひそめて空をちらりと見上げた。「断って、あした出直したほうがいいわ。雨降りのときに訪問するのは無作法だもの」

セバスチャンは眉を上げた。「怖気づいたのか、マギー?」

「ちがうわよ」マーガレットはむきになって反論した。「でも、玄関を汚したくないの。天気が悪いから泊まっていったらいいと提案させるのも気が引けるわ」

「きみの靴は泥まみれではないし、泊まっていくようにと誘われるのが狙いだ。頼むから忘れないでくれよ、なぜおれをイングランドに無理やり連れ戻したのか。家の様子を観察して、きみの疑念が正しいのか判断するには短い訪問だけでは時間が足りない。とはいえ、もし選べるのなら、ここ二日間の天気が理想的だったがね」

マーガレットが返答する間もなく、玄関の扉が開いた。エッジウッド館の執事であるヘンリー・ホッブズがそこに立っていた。おっと、こっちもヘンリーだ。ただし、ホッブズは新顔ではなく、三十年以上もエッジウッド館の執事を務めている。背が高く、鉤鼻で、灰色の目は鋭い。ホッブズはひと目でセバスチャンを見破った。それはまちがいない。

だからマーガレットはすかさずこう告げたのだ。「ホッブズさん、わたしの主人のことは知っているわよね、セバスチャン・タウンゼントよ」

「ご主人ですと?」ホッブズは信じられないというようにそう言ったが、かすかに笑みを浮かべた。「なるほど、あらたな嵐に見舞われるというわけですか」

ホッブズは扉を広く開けた。マーガレットはなにをほのめかされたのかわからないふりをして、嵐のことは無視を決め、玄関のなかにはいりながら尋ねた。「アビゲイルに会えるかしら？」

「音楽室にいらっしゃいます。いやはや、まだピアノが弾けるとお考えのようで。もう鍵盤もどれがどれかおぼろげなのに」

たしかにピアノの音が聞こえてきたが、ひどい不協和音だった。「タウンゼント卿は？」

「午後の乗馬にお出かけになりました。とうにお戻りのはずですが。遠回りをするとは聞いておりませんので。お嬢さまが訪問されることはご存じなので、そろそろ戻ってこられるでしょう」

「じゃあまずはアビゲイルに会ってくるわ、ダグラスが帰ってくるまで」

「お茶をご用意しましょうか、マーガレットさま？」

「ええ、よろしくね」

マーガレットは音楽室のほうに向かった。セバスチャンはまだひと言も口をきいていなかったが、マーガレットのあとにすぐにはついていかなかった。ホッブズもまだお茶の用意を命じに立ち去ってはいなかった。

セバスチャンは静かな声で言った。「久しぶりだな、ホッブズ」

「ええ、お懐かしゅうございます、セバスチャンさま」

「お茶と一緒にブランデーも頼む。きょうは強い酒を飲まないとやっていられない気がする」

16

　不協和音の演奏が終わり、アビゲイルが両手を膝におろすまでマーガレットは待った。驚かせないように気を配りながら声を掛けた。「アビー、ようやく戻ってきたわ。あまり寂しがらせていなかったならいいのだけれど」

　すこし間が空いて、部屋の入口にたたずむマーガレットにアビゲイルは気づいた。元気そうだった。真っ白な髪は高々と結い上げられ、まるで前世紀から抜け出してきたようだったが、古風な服装にはよく似合っている。もっとも、様式が古めかしいだけで、古着ではない。流行の服は若い人たち向きだと一蹴するアビゲイルのような年配の婦人は多いものだ。

「あなたなの、マーガレット？　どういうことかしら、寂しがらせたかどうかなんて。あなた、先週ここに来たばかりじゃなかった？」

「えっ、来ていないわ。四カ月旅行に行っていたもの。ヨーロッパに、ほら、憶えているでしょう？」

「ああ、そうだったわね。そうよ、あなたがいなくて寂しかったわ、まったくひどいお嬢さなってから」

「わたし結婚したのよ、アビー」とマーガレットは言った。

のか自然と気づくことはない。

ついた。アビゲイルはセバスチャンの姿がよく見えないようなのだから、どう考えても誰な

マーガレットはセバスチャンに答える隙をあたえたが、彼がなにも言わないのでため息を

を上げた。

「誰なの?」アビゲイルは琥珀色の目を細めて部屋の入口のほうを見て、詰問するような声

「なんの様子だ?」セバスチャンが音楽室に足を踏み入れながら尋ねた。

えていた。

「帰る前に様子を見てみるわね」とマーガレットは言った。訪問のたびにそうひと言つけ加

越す前に、使用人にみずから手ほどきをして、温室の世話を引き継がせていたのだ。

いうことだ。ちなみに、ここの屋敷の温室はちゃんと管理されている。マーガレットは引っ

た。マーガレットが実家のホワイトオークス館に戻ったことを老婦人はそう解釈していると

返される挨拶代わりの言葉であり、アビーを見捨てたとばかりにちくりと言われる小言だっ

はなく、マーガレットが引っ越して自邸に戻ってしまったことだ。これは訪ねるたびにくり

マーガレットは求めに応じながらたじろいだ。アビゲイルが言っているのは旅行のことで

んね。さあ、こっちに来て、抱きしめてちょうだい。温室は荒れ放題よ、あなたがいなく

「結婚? わたしを結婚式に呼ばずに?」

傷ついた声でそう言われ、マーガレットはまたしてもたじろいだ。「ヨーロッパで結婚したの。嵐のような恋に落ちて」そう手早く説明した。「言うまでもなく時間もかぎられていたしね。旅行中で、ひとところに腰を据えていたわけじゃなかった。だから、さっさと決断しないといけなかったの。でも、相性がぴったりだとおたがいに確信を持つまでせいぜい二週間だったわ」

「それは嘘だよ、アビゲイル」とセバスチャンが話に割り込んできた。「マーガレットにようやく結婚を承諾してもらうまで、あとを追いかけまわしてヨーロッパの半分を移動させられた」

マーガレットはセバスチャンをにらみつけた。それは嘘だと彼が言った瞬間、てっきり真実を打ち明けるものと思ったのに。人騒がせな男性だ。

アビゲイルはなおも細めた目でセバスチャンを見ながら眉をひそめている。しばらくしてやっと結論を出したのか、こう言った。「ならず者に見えるわ。この人は盗みを働きに来たわけじゃないのよね、マギー?」

マーガレットはにやりと笑ってセバスチャンを見た。「ええ……」

「だいじょうぶ、マーガレットはちゃんとわかっている」セバスチャンはうなり声にも聞こえる声で言った。

「念のため、銀食器はしまっておくわ」とアビゲイルは言った。

そう言われ、セバスチャンは目をぐるりとまわした。マーガレットはやっとのことで笑いをこらえた。アビゲイルの口から飛び出す言葉は冗談ではないゆえに、とてつもなく滑稽なことがある。本人は大まじめに言っているのだ。

とはいえ、アビゲイルはいまだにセバスチャンが誰だか気づかないので、マーガレットはにんまりとしながら言った。「こちらのならず者さんをとくと眺めてみたらどうかしら、アビー。この人を連れ戻してと提案したのはあなただったのだもの」

「そんなこと言うわけ――」

「セバスチャンと結婚したのよ」

じわじわとアビゲイルは顔をほころばせ、やがて満面に笑みを浮かべた。「ほんとにあなたなの、セビー？」

そう言われたとたん、セバスチャンはぎょっとした顔になった。「まいったな、その呼び方は勘弁してくれ」

アビゲイルはくすくす笑った。本当にくすくす笑っていた！　そしてみずから部屋を横切り、久しぶりに再会した孫を抱擁した。「ああ、よかった、帰ってきてくれて。あなたなら父親の命を危険から守れますとも」

「もう心配はいらない。危険があるのかちゃんと調べるから」

「ほらね、マギー?」とアビゲイルは得意げに言った。「だから言ったでしょう、セバスチャンならなんとかしてくれるって」

彼になんとかしてもらうためにはお金がかかるの、とマーガレットも言うつもりはなかった。アビゲイルは孫が帰ってきて喜んでいるのだから。

「せっかく再会したのだから、応接間に移りましょうよ」とマーガレットは提案した。

「ホッブズさんがお茶を持ってきてくれるわ」

「杖はどこかしら」とアビゲイルが尋ねた。

マーガレットはピアノの端に掛かっていた杖を取ってきて、アビゲイルを音楽室から連れ出した。この老婦人は杖をしょっちゅう使うわけではなかった。それどころか、おそらく杖がなくても歩くのに不自由しないのだが、なにかを指し示すのに便利なので持ち歩きたがっているだけだった。実際によく杖を掲げてものを差していた。やがて三人が応接間にはいっていったとたん、マーガレットの耳に飛び込んできたのは……。

「おっと、ここでなにをしているんだ?」

セバスチャンの弟のデントンの声だった。目がすこし充血しているようだったが、いまに始まったことではない。デントンはしょっちゅう深酒をしては、翌日も酔いを残していた。もっとも、近侍がちゃんと世話を焼くので身なりはいつもと変わらず一分の隙もなく決まっていた。日中用の淡い茶色の上着をはおり、クラヴァットはきちんと結んである。デントンは服装にかけてはけっして手を抜かない。自宅にいるときでさえそうだった。

一方、セバスチャンの装いは、アビゲイルの感想とはうらはらに、きょうのところはならず者じみてはいなかった。家族との再会で調査がうまくいくようジョンが着るものに気を配ってくれたおかげだが、きっちりと結んだ白いクラヴァットをセバスチャンが一、二度引っぱっているのをマーガレットは見逃さなかった。クラヴァットを結ぶようなきちんとした服装から何年も遠ざかっていたってわけね！　兄弟が一緒にいるところを見ていると、マーガレットにもなじみのある、故郷を追われる前のセバスチャンをふと思い出した。幸い、レイヴンの気配はなりをひそめている。

デントンの問いかけに応えたのはアビゲイルだった。近ごろのアビゲイルは目が悪いばかりか、耳も遠くなっていたが、デントンは驚きのあまり声が大きくなっていたのだった。

「帰ってきたのよ、デントン」とアビゲイルは嬉しそうに言った。「それにすてきな知らせもあるの」

「知らせ？」

「セバスチャンはマギーと結婚したのよ！」とアビゲイルは声を張り上げた。

デントンの表情は驚きというようなものではなかった。どちらかというと、打ちひしがれたと呼んだほうがぴったりだ。マーガレットは舌打ちした。うっかりしていたが、そういえばデントンに一方的に好かれていたのだった。夫婦仲が良好ではないとはいえ、仮にも妻がいるというのにデントンは道を踏みはずし、マーガレットに気持ちが傾いた。彼の気持ちに気づくとマーガレットはすぐに距離を置き、それ以来、毅然とした態度を貫いてきたのである。

デントンと気持ちが通い合っているわけではない。家族同然にひとつ屋根の下で暮らしていたときから、マーガレットもデントンに好感はいだいているものの、いかんせん情けない男性としか思えなかった。マーガレットにこき使われている姿は幾度となく見た。たしかにすこぶる美男子かもしれない。ジュリエットよりも男振りは上だけれど、魅力はまったく感じなかった。

しかし、ダグラスさえデントンのマーガレットへの思いに気づき、あいつも人生をやり直し、ふさわしい妻を持てばいいのに、と沈んだ声で洩らしたこともあった。そのときはなんとも返答しなかったが、自分のことを言われているのだとマーガレットはわかっていた。そろそろ実家に帰るつもりだ、とダグラスに話したすぐあとのことだったからだ。自分を引き留める口実がほしかっただけなのだろう。息子しかいないダグラスにとって、マーガレットは娘のような存在になっていたのだから。

「説明するから応接間に行きましょう」とマーガレットは促した。「お茶もそろそろ来るころよ」

兄弟が従うのを待たずにアビゲイルを応接間に連れていき、お気に入りの椅子に座らせた。

結局セバスチャンもデントンもついてこなかったので、どうしてお茶がまだ来ないのか様子を見てくるわとアビゲイルに断って、マーガレットは応接間をあとにした。そして、兄弟が顔を合わせた玄関広間に足早に引き返した。

「父上はもう知っているのか？」とデントンが訊いていた。

「いや、まだだ」

「これで事情が変わると思っているってわけか」デントンが詰問するように言った。

「そうはいかないさ」

「どうかしたの、デントン？」マーガレットはふたりのそばに来て、きっぱりとした口調で尋ねた。

デントンはため息をついた。「どうもこうも信じられない。はっきり言わないとわからないのかな、よくも結婚できたものだな。自分の姉さんの婚約者を殺した男と」

「元婚約者よ。ジャイルズと姉の婚約は解消されたという事実は忘れないでもらいたいものね、ジャイルズがあなたの妻と結婚した時点で——もちろんあなたの妻といっても、あなたと結婚する前の話だけど」

デントンはかっと顔を紅潮させた。ずけずけと言いすぎてしまい、マーガレットも赤面した。

セバスチャンが話に割り込んだ。「まあ、マーガレットに有無を言わせなかったからな」

た。

「なんだって？」とデントンはこわばった口調で言った。兄の言葉を取りちがえたようだった。

「つまりね」マーガレットはじれったそうに言った。「夢中にさせられたの、すてきな人だということ以外は考えられないうちに」

「それが手だったのさ、お嬢さん」セバスチャンは挑発するような笑みをマーガレットに向けて言った。

「お兄さんとはイタリアで偶然会ったのよ、デントン」とマーガレットは話をつづけた。「同じ宿に泊まっていたの。知らんぷりはできなかったわ、ご家族と親しくおつきあいしていることを考えたら。いろいろあったけれど、この人のことは子どものころから知っているわけだしね。それに、再会してからは、なんていうか、過去は遠い昔のことのように思えたわ。いまはどんな人か知っている——そう、よく知っているの」

そう言うと、マーガレットはさらに顔を赤らめた。自分がこんなことを言うとは。どんなことをほのめかしたのかと思うと、とても信じられなかった。「だからね」言い繕うように、先をつづけた。「セバスチャンと結婚して後悔はしていないわ」

「ああ、もちろんさ」

まさかセバスチャンに抱き寄せられるとは思いもしなかったが、実際にそうなった。驚くほどしっかりと抱きしめられた。全身がぴったりと押しつけられ、頰の上のほうまで赤みが差した。胸が騒ぐような奇妙な感覚がまたしてもこみ上げた。彼に抱きしめられても喜ぶ必要はないでしょうに。

マーガレットはセバスチャンの腕から逃れようとしたが、セバスチャンはさらに強く抱きしめて、耳もとでささやいた。「ここまでは上出来だ。乙女ぶって台無しにしないでくれ。これからキスをする、デントンに見せつけるために。調子を合わせろ」

「ちょっと待って」とマーガレットは息を切らして言ったが、セバスチャンは待たなかった。短いキスではなかった。人前でするにははしたないキスだった。たとえ見ているのが弟ひとりだとしても。セバスチャンはマーガレットに両腕をしっかりとまわしたまま、唇を斜《はす》に重ねた。まるで熱を持ったビロードのような感触で、強引に唇を奪われると、マーガレットはすっかり身をゆだねてしまった。キスの衝撃はつま先まで広がった。セバスチャンが舌を差し入れ、マーガレットの歯をこじ開けようとすると、彼の味もした。

セバスチャンは含み笑いを洩らし、無理強いはしなかった。セバスチャンに流されまいとして歯を食いしばっているからだろう。彼もそれはわかっているのだ。それにしても自然に聞こえるものだ、あの含み笑いは。いや、彼はあえて笑っているのだ、とマーガレットはふと気づいた。ひと芝居打っているというわけだ。どんな感情もこうして思いのままに演じわけられるのだろうか。

マーガレットはセバスチャンから離れようとしたが、突如として膝から力が抜けてしまった。全身に力を入れて目をつぶり、深く息を吸い、気を鎮めようとした。目を開けると、ふたりの男性にまじまじと見られていることに気づき、またしても頰が熱くなった。こんなことはもう無理よ！

「ねえ、セバスチャン、人前では行儀よくしないとね」とマーガレットはたしなめるように言った。

「無理だよ。まだ新婚だからね」セバスチャンは微笑みながらそう言った。

あの微笑み。なぜ彼が昔、魔術師と呼ばれていたのかマーガレットはわかりはじめていた。黄金色の目は意味ありげにこちらに向けられている。あたかも秘密をわかち合う間柄であるかのように。それもそのはずだけれど！　とはいえ、デントンにそういう印象をあたえようとしているわけではない。それは確かだ。セバスチャンはわざと行儀が悪い姿を披露し、どう見ても熱々の新婚夫婦だとデントンに思わせようとしている。

デントンが惨めな結婚生活を送っているからだろうか。セバスチャンが弟に含むところがあるとは思えない。それでも、本当はどうなのか、マーガレットには知りようがない。

アビゲイルは別として、タウンゼント家の人々はセバスチャンの話をマーガレットにいっさいしない。あるとき、デントンとダグラスが同席している場でマーガレットはセバスチャンの名前を出してしまい、部屋の空気が凍りついたことがある。触れてはいけない話題であるのはまちがいなく、それ以来、マーガレットもけっしてセバスチャンの話は持ち出さなかった。アビゲイルはしょっちゅうセバスチャンの話をするが、とくに意味がある話題ではなく、ただ単に子どものころの思い出話だったり、会えなくて寂しいという愚痴にすぎなかったりした。

デントンはいま聞いた話にも自分の目で見たことにも喜んでいるようには見えなかった。喜ぶどころか、かなり怒っているようで、それを隠そうともしない。

「父上が戻る前に帰ることだな」冷ややかな口調でそう言った。

セバスチャンは眉を上げてデントンを見た。「なぜだ？　家族の輪に戻ろうとしてここに来たわけじゃない」

「だったらなにをしに？」

「もちろん、お祖母《ばあ》さまに会うためさ」とセバスチャンは言った。マギーにイングランドへ連れ戻されてから、アビゲイルの顔を見たいという気持ちを抑えようとしていた。「それに、せっかく――」

最後まで言い終わらなかった。玄関の扉がいきなりひらき、取り乱した男が駆け込んできて、デントンに叫んだ。「また事故ですよ、デントンさま！　道端に倒れておいででした、雨水が大量に流れ込んだ溝に」

デントンは青ざめた。マーガレットもそうだったが、やがて玄関の外からダグラスが文句を言う声が聞こえてきた。苛立たしげだが、弱々しい声だった。「騒ぐな、自分で歩ける」

「さっきもそれで倒れたじゃないですか、旦那さま」と誰かが言った。

ダグラス・タウンゼントは結局、自力で歩けず、ふたりの男性の手で運び込まれてきた。ひとりが足を持ち、もうひとりが肩をかかえていた。ダグラス本人は汚れて、濡れ鼠になっていた。そして、どこかから血が垂れている……。

「なにがあったんです？」マーガレットが口をひらくより早くセバスチャンが尋ねた。どうとでも取れる口調に聞こえたが、緊張がみなぎっている気配をマーガレットは察した。

苛立ちはまだ残っているが、なおも弱々しい声でダグラスは言った。「馬から落ちたようだ」そして、セバスチャンに顔を上げて尋ねた。「誰だ、おまえは？」

17

あたかも玄関の床から墓石が立ち上がったかのようだった。それがまさしくマーガレットの感じた印象だった。もはや自分の存在すら認めない父親を目の前にしたセバスチャンの心境はいかばかりか想像に難くない。自分だったら傷つくだろう。セバスチャンもそうかもしれないが、それでもそんな気持ちはおくびにも出さず、感情を抑えていた。なにも返答しなかったのはかえってよかったのかもしれない。セバスチャンが口に出しそうな返事はどれも——元息子であれ、亡霊であれ、悪霊であれ——皮肉か脅しに聞こえたはずだ。

緊張に耐えられなくなり、マーガレットは切り出した、「ダグラス」——ところが、そう呼びかけたところで、話を遮られた。

「マギー、きみなのか?」とダグラスが尋ねた。

マーガレットは耳を疑い、一瞬言葉に詰まった。わたしだとわからないの? だったらセバスチャンのことも誰だかわからなかったのね!

「きみがふたりに見える」とダグラスはたどたどしく言った。「それに、輪郭がちょっとぼやけている」

マーガレットが返答をするより早く、事故の知らせを持って駆け込んできた人物がかたわらに来て、声を落として言った。「高熱が出ているんですよ。身体が熱いのがおわかりでしょう」

マーガレットはうなずいた。急病人の扱いには慣れていた。ダグラスを階上に運び上げるよう、ためらうことなく男性たちに指示を出した。並んで歩きながら、ダグラスを安心させるように言った。「そうよ、マギーよ」

「やっぱりそうか」かろうじて聞き取れるほどのか細い声でダグラスは返事をした。ますます弱々しい声になっていた。「泊まっていくか？　旅の話をすっかり聞かせてくれ。きみの心をつかんだ男のこともな」

「ええ、もち――」

マーガレットが最後まで言い終わらないうちに、ダグラスの頭がうしろに倒れ、身体を支えている男性にもたれかかった。意識を失ったのだ。

「ここに来るまで二度、こうなりました」ダグラスを運んでいる者たちのひとりがそう話していた。かすかにフランス訛りがあるとマーガレットは気づいた。「旦那《ムッシュー》さまは長くは起きていられない。熱があるようで」男がそうつけ加えるのを聞きながら、マーガレットはダグラスの身体の下に垂れている血をじっと見ていた。

「お医者さまを呼びにやってちょうだい」

「もう呼びに行っていますよ、お嬢さま」ダグラスの身体をかかえているもうひとりの男がすぐにそう言った。「医者はまもなく来ます」

指示を出すこともなくなると、マーガレットは手がふるえはじめた。熱も気がかりだが、出血にふるえあがった。ひっきりなしに血が流れているわけではなかったが。ダグラスのとおったうしろには確実に血の痕がついている。負傷の程度がわかるまでは気も休まらない。ダグラスをベッドに寝かせるのを手伝うために、男たちのあとから階段をのぼっていった。出血にはセバスチャンも不安になった。声の聞こえなくなるところまでマーガレットが遠ざかったとたん、その場に残っていた男のほうを振り向いた。事故だと知らせに来た男だった。セバスチャンはデントンのほうをちらりと見て、とまどいを覚えた。

弟も床についた血の痕に目を落とし、怯えたような顔をしていた。血を見て気分が悪くなっている姿は憶えがない。顔色が悪いせいとも考えられるが、そういうことではないだろう、とセバスチャンは思った。事故の知らせを聞いた瞬間、デントンは幽霊のように青ざめた。ショックを受けているように見えたのだ。

「しっかりしろ」セバスチャンはいささか厳しい声で弟に言った。「湯を沸かして部屋に運ばせるといい。包帯も手配しろ。それから、あともう何人か使用人をやって、濡れた服を脱がすのを手伝わせろ」

デントンはようやくセバスチャンに目をやった。ひとつうなずくと、厨房のほうに足早に立ち去った。

まだ残っている男とふたりきりになり、セバスチャンはその男にとくと目を向けた。意外ではなかったが、男はあとずさり、セバスチャンから離れた。こういう反応には慣れっこだった。大鴉《レイヴン》が現われると、ほかの鳥たちは一羽残らず飛び去るようなものだ。もっとも、この男を怖がらせたいわけではなかった。人を安心させるコツを忘れてしまっただけだ。

「名前は？　父を見つけたのはおまえか？」

「ああ、もうひとりのご子息で？　勘当されたという――」

男は途中まで言いかけてさらにもう一歩うしろにさがった。いまやただ警戒しているというよりも、見るからに怯えていた。セバスチャンはため息をついた。

「ああ、そうだ。で、そっちは？」

「ロベール・カンテールです。ここで庭師の仕事について五年になります。昼下がりに庭の西側に移って、刈り込みにあたっていました。何人かでまとまって作業をするんです。溝はずいぶん離れているから旦那さまのお姿は見えませんでした。でも、旦那さまの馬がぽつんと立っているのが木立のあいだから見えたんです」

「その場所は正確にはどこだ？」

「ホワイトオークス館に隣接している敷地内で、エッジフォードの町につづく道の端です。エッジフォードから戻ってきたのか、これから出かけるところだったのか、とにかくそこで旦那さまは落馬して、溝にはまったんでしょう」

「出血はどこからだろう？」とセバスチャンは尋ねた。

「頭のうしろをざっくりと。溝にたまっていた水が真っ赤に染まりましたよ、ええ」

「では、大量に出血したのか？」

「そのようです」

「発見現場に案内してもらいたい」

ロベールは階段の上をちらりと見上げた。仲間が誰か下りてきて、用事を押しつけられないものかと期待するような顔をしていた。いつものセバスチャンなら、この男が駆られている不安をなだめてやる忍耐を持ち合わせていたが、きょうはそうはいかない。

「すぐにだ」

脅したわけではない。きわめて穏やかにそう口にしたのだ。とっとと動かなければ拳骨でも飛んでくると思わせてしまったのは、表情のせいだろう。不安に駆り立てられるようにロベールは玄関の外に飛び出していった。振り返ってセバスチャンがついてきているか、ろくに確かめもせずに。

庭師のロベールが説明した場所がだいたいどのあたりか、セバスチャンはわかっていた。

歩いたら十分はかかるところで、厩舎から逃げた馬が見つかるような場所ではない。ロベールを解放して本来の仕事に戻らせてもよかったが、正確な場所を確かめておきたかった。それに、もっと訊きたいことが出てくるかもしれないし、答えを求めてあとからロベールを捜しに行くのも面倒だ。

とはいえ、ダグラスが落馬した場所は明白だった。道端に走る溝に、深さ十センチほどの雨水がたまっていた。水はまだすっかり入れ替わっておらず、血がまじっていた。道の両側には樹木が並び、その並木道はエッジウッド館までつづいている。多くの枝が左右から交わり、木陰をつくっている。敷地内のこのあたりの西端には木立があり、北側の鬱蒼とした森につながっている——そこには〈石の決闘場〉がある。

セバスチャンはふとわれに返り、別のことを考えた。昔は隣り合っていた旧エッジフォード村もエッジウッド館もこの広い森にちなんで名づけられたと言われている。その当時エッジフォード村はタウンゼント家の領地だった。エッジフォードが町になったいまも、土地の大半はタウンゼント家が所有している。

ダグラスが落馬した場所にいちばん近い古い木は低い位置にも枝があり、木のうしろと横に伸びていた。通行の妨げになるほど道に接近しているわけではないが、一、二本は地面に近く、なんらかの理由で馬が道からそれ、ダグラスは溝の近くの枝にあたって鞍から投げ出され、溝に転がり落ちた可能性もある。

セバスチャンは現場をじっくりと調べた。道から溝に傾斜するあたりも、水のたまった溝のなかも。足跡はたくさんあったが、おそらくダグラスを見つけた者たちの足跡だろう。現場に向かった蹄の跡があったとしても、ダグラスを救助した者たちに踏み荒らされていた。ダグラスが頭部に負った怪我の原因は、溝にたまった水からわずかに突き出しているとがった石にちがいない。直接頭をぶつけたら、出血してもおかしくないほど大きな石だった。現場を調べ上げ、父の怪我は事故によるものだと納得した。しかし何者かが現場にいて、事故を引き起こしたわけではないとはかぎらない。その可能性を除外できる人がいるとしたらダグラス本人だけだ。つまり、父の意識が戻り、話ができるようになるまでは確固たる結論は引き出せない。

18

ダグラスの後頭部はまさにざっくりと切れていた。四針は縫わなければならず、こぶのせいでひと針よぶんに縫うことになった。幸い、傷口を縫い合わせているあいだにダグラスが目を覚ますことはなかった。

カルデン医師は切り傷よりも、ダグラスの意識が戻らない原因である発熱のほうを心配していた。カルデンは上流階級に生まれ、みずから医師の道に進んだ。タウンゼント家のことは個人的に知っており、子どものころからマーガレットの主治医でもある。

状況から考えると、どうやらダグラスは冷たい水のたまった溝のなかで意識を失ったまま一時間近くも倒れていたようだ。発熱が感染症によるものなのか、身体が濡れて風邪を引いたからなのか、カルデンは判断に迷った。目下の心配は、意識が戻らない状態に陥るのではないかという可能性だった。

「前にもそういうことはあった」カルデン医師は帰り際にマーガレットにそう話した。「もちろん、しょっちゅう起きることじゃないが、ある患者は三週間目を覚まさず、また別の患者は一生目を覚まさなかった」

「一生？」

「その女性はそのまま亡くなった。かわいそうなことに」

「栄養不足で？」とマーガレットは尋ねた。

「栄養のある飲み物を漏斗《じょうご》で咽喉に流し込んではいたが、それだけではじゅうぶんではなかった。じょじょに衰弱して、およそ一年後に息を引き取った。頭の傷がもとになってね」

尋ねなければよかった、とマーガレットは後悔した。なんて恐ろしい話だろう。それに、いま聞きたい話ではなかった。ダグラスの身にそんなことは起きない。そうさせるものですか。

「心配させるつもりで言ったわけではないよ、マーガレット。ダグラスは丈夫で、健康だ。意識は戻るとも」カルデン医師は話をつづけた。「失血して体力が落ちた。それだけで意識を失うことはある。夕方までには症状もはっきりするだろう。今夜、また診《み》に来よう」

「ありがとうございます」

「しばらくはつきっきりの看護が必要だ。女中をひとり枕もとに付き添わせなさい。目を覚ましてベッドから起き上がろうとしたら、転倒し、さらに怪我を負うかもしれない。それに、目が覚めたとき、ダグラスならきっと、ベッドにじっとしていない。でも、絶対安静だ。きみの言うことならダグラスも聞くだろう。当面、ここに泊まり込むのか？」

「あの――そうしたほうがいいとお考えなら」

「ああ、そのほうがいい」

熱にはどう対処したらいいのか、カルデン医師からさらに指導を受けた。すでに知っている常識的な説明も含まれていた。ダグラスの様子がすこし落ちつくと、マーガレットはアビゲイルを捜しに行った。おそらくデントンから説明しておかないと。デントンからまだなにも聞いていないとしたら。おそらくデントンから説明はない。悪い知らせを伝えるのが苦手なのだ。それはマーガレットも同じだが、誰かが話さないといけない。

アビゲイルはもう応接間にはいなかったが、そこでお茶は飲んだようだった。マーガレットもセバスチャンもお茶に戻ってこなかったので、おそらく気を悪くしているだろう。いや、いまごろはすべて忘れてしまったかもしれない。

ご夕食前の支度のために部屋に戻られました、と聞かされた。ひと眠りするためだろう。そういうわけで、昼寝をしているといけないので、ドアをそっとノックした。

「どうぞ」部屋のなかから声がした。

マーガレットは部屋にはいった。アビゲイルは机についていた。虫めがねを使って、受け取った手紙を読もうとしていた。

「休んでいるのかと思ったわ」とマーガレットは切り出した。

「もう午後の昼寝はやめたの。この年になると、昼寝で時間を無駄にするのはもったいないもの」

心配ごとがなかったら、マーガレットもくすりと笑っていただろう。本人はやめたつもりかもしれないが、実際はというと、椅子に座りながらよくうとうとしている。そして、目が覚めても、居眠りをしてしまったとは頑として認めない。目を休めていただけですよ、というのがアビゲイルの口癖だった。まわりの人たちはみなやさしいので、いびきをかいていたことには触れないでいる。

「話があるのよ、アビー」マーガレットは机のそばに椅子を引き寄せた。

「いいわよ。ほら、あなたとのおしゃべりは大好きだもの。夕食の前に時間もたっぷりあるしね」

「残念だけど、よくない知らせなの。ダグラスが事故にあったのよ」

「セバスチャンが帰ってきてよかったわ！　あの子がなんとかしてくれるでしょう」

「それがね、今度は大変なことになったの——ううん、ダグラスは無事よ」アビゲイルの顔から血の気が引いたのを見て、マーガレットはすかさず言い添えた。「でも、高熱が出ているの」

アビゲイルは眉をひそめた。「前にも熱を出したわ。熱くらい誰でも出るでしょう」

「でも、カルデン先生は発熱の原因がまだわからないそうなの。ダグラスは馬から落ちて、頭に深い切り傷を負った。まずいことに、水がたまった溝に落ちてしまった。そこにどれくらい倒れていたのか誰もわからない。水はそれほど冷えていなかったかもしれないけれど、きょうは冷たい風が吹いていた上に雨も降っていた」

「なにか言いたいことがあるようね。遠まわしな言い方はやめて、はっきりとおっしゃい」

「ただの熱ではないかもしれないの。ダグラスはほんの数分しか起きていられなかった。いまも気を失っている。それに目もかすんでしまったの。ひどくぼやけて、最初、わたしが誰だかもわからなかったのよ。それに、セバスチャンのことはまるっきりわからない」

「わざと、じゃないの？」

「そうね、たしかにその可能性もあるけれど、そうじゃないと思う」

アビゲイルはふんと鼻を鳴らした。「誰なのかわかったとしても、わたしの愚かな息子がセビーと話をするとはかぎらないけれど」

　アビゲイルだけがセバスチャンに使っている呼び名にマーガレットも慣れ親しんでいたものの、本人と再会したいまとなってはしっくりこない気がした。セバスチャン・タウンゼントはもはやセビーという愛称で呼ばれるのが似つかわしい人物ではない。

「それで思い出したわ」とアビゲイルがさらに話をつづけた。「セビーは戻ってきたかしら。さっきはどこにもいなかったのよ。話したいことがたくさんあるの」

「きっともう――」アビゲイルが立ち上がり、ドアのほうへ向かったので、マーガレットは言葉を切った。「ちょっと待って、アビー。ダグラスのことはいいの？　数日はつきっきりで様子を見ないといけないの。意識が戻ったら、ベッドで安静にしているよう気をまぎらわせてあげないと。先生には釘を刺されたわ、絶対安静だとね」

「それで？」

マーガレットは一瞬口ごもったが、アビゲイル親子のあいだの溝を埋めようとするのはこれが初めてではなかった。しかも今回はこれまで以上にちゃんとした理由がある。

「ダグラスの具合が快復に向かうあいだ、お見舞いに行ってあげたら元気になるんじゃないかしら。話しかけてあげたら。もちろん、目を覚ましたらの話だけれど。でも、気を昂《たかぶ》らせるようなことは言っちゃだめよ」

「そうね、わかったわ、一時休戦して、あの愚か者と話をしてもいいわ――いまだけは」

こんなにあっさりと折れてくれるとは予想外だった。けれど、アビゲイルは見るからにじれったそうにしている。会話を終わらせてセバスチャンを捜しに行けるのならば、どんなことにでも賛成するといったところか。

「それならよかったわ、アビー！　ダグラスを動揺させるのはほんとにだめよ。あたりさわりのない話題にしてね。不愉快な話は出さないように」

「冗談でしょう？　不愉快な話のほかにどんな話があるの？」

19

ちょうどそのころ、そういう不愉快な話をセバスチャンは弟に持ち出そうとしていた。事故現場から戻ってみると、デントンの姿は見当たらなかった。しかし、デントンは医師の診断を聞きにいったん戻ってきて、ふたたび姿をくらまそうとした。セバスチャンはそれを逃さず、弟の肩に腕をまわし、誰にもじゃまされずに話をしようと屋敷の外に連れ出したのだった。

「なぜ強引に話をさせられる気がするのかな?」とデントンは尋ねた。肩にまわされたままのセバスチャンの手をあてつけるように見ていた。

「なぜならそうなるからだ」

「もう手を離してもだいじょうぶだよ」デントンは身体をこわばらせて言った。

「冗談さ」セバスチャンは屋敷の横で手を離した。昔、木の上に隠れ家をつくった古い樹木のところだ。

「だろうな」デントンはそっけなく言った。「何年たっても変わらない。どこに行っていたんだ？　ロンドンでばったり会うんじゃないかと何度も思ったけど、一度も会わなかった。ほんとに外国に行ったのか？」

「ああ、戻ってくるつもりもなかった。ずっとヨーロッパに住んでいる。とくにどこというわけではなく。旅行しているときが多いな、仕事柄あちこちに」

「仕事柄？　生活のために働いているのか？」

デントンの愕然とした顔を見て、セバスチャンは笑うしかなかった。特権階級の紳士が見せる典型的な反応だ。「おれが一文無しでここを出たとき、どうやって生きていくつもりだと思ったんだ？」

デントンは赤面した。「てっきり……いや、どうするのか、とくに考えもしなかったけど、まさかふつうの仕事をするとは思わなかった」

「おれがしているのはぜんぜんふつうの仕事じゃない。当事者が自分ではどうにもならないことを、大金と引き換えに解決する仕事だ」

「たとえば？」

セバスチャンは肩をすくめた。「盗まれた貴重品を取り返すこと、悪事を正すこと、対立を解消させること、監禁されている無実の罪の者を救出すること。まあ、いろいろだ。いわば金で雇われる助っ人稼業さ。さあ、今度はおまえの番だ。兄弟が再会したというのに、やけに身構えているじゃないか。なぜだ？」

デントンは黒髪に手を差し入れ、かきあげた。厳密に言えば、こめかみのあたりに何本か白髪があるが、よく見なければわからない。琥珀色の目は充血し、こちらははっきりとわかる。目の下にはくまもできている。デントンの目はもともとセバスチャンの目ほどあざやかではなく、どちらかと言えば茶色に近い色だった。肌は白く、めったに戸外に出ないからか、生白いほどだ。頬とひたいに小さな傷跡があるが、どちらもセバスチャンが勘当される前にはついていなかった。つまり、全体的に自堕落な印象だった。しょっちゅう悪癖にふけっている、くたびれた男に見えた。セバスチャンよりひとつ年下だが、いまはデントンのほうが兄貴のように老けている。

しばらくしてデントンはため息をついた。「びっくりしただけさ、再会して。兄さんともう一度会う日が来るとは夢にも思わなかったから」

「おれもおまえと再会するとは思いもしなかった」とセバスチャンは言った。そして、ぼそっとこうつけ加えた。「いまにして思えば、おまえに会えなくて寂しかった」

「よく言うよ」デントンは怒鳴るように言った。「ぼくをまるで相手にしなかったくせに。兄さんとぼくは仲のいい兄弟じゃなかった」

「ああ、そうだな。すまなかった」セバスチャンは誠意を込めて言った。「でも、おまえと仲良くするのは難しかった。子どものころから敵意をむき出しにされていた」

「なんだってそんな話を持ち出すんだ？　いまさらだろう、もうすんだことだ。過去は変えられないよ、セブ」

「ああ、そんなつもりはない」とセバスチャンは同意した。「でも、身構えているわけじゃないなら、どういうことだ？」

デントンは怪しむような顔をした。「どうもこうも、兄さんがひょっこり登場した。それだけで理由としてはじゅうぶんだろう？　そこへ父上が運ばれてきて、大怪我をして、目もかすんでいる。それにマギーは兄さんと結婚した。まだそれが信じられない。兄さんは豚小屋に落ちたのに、バラの香りをさせて帰ってきたようなものだ、そうだろう？　いろんなことが一度に起きて、まだ消化しきれない。それにぼくは兄さんが帰ってくる前から精神的に参っていた。だいたいなにを期待したんだ？　笑って、抱きしめられるとでも？」

「おまえがおれの妻に気があるとは思わなかった。あるいは、ジャイルズの妻と結婚しているとは」とセバスチャンは厳しい口調で言った。「いずれにしても、あの女はどこだ？」

デントンはセバスチャンの遠慮のない言い草に青ざめたが、こう言い返した。「十一年もたってのこのこ帰ってきて、思い込みでものを言わないでくれ。家庭の事情をなにも知らないくせして」

「だったら、教えてくれ。手始めに、おれの人生を狂わせた決闘をけしかけた浮気女と結婚した顚末から聞かせてもらおうか」

「彼女がけしかけたわけじゃない」とデントンは言った。「断言していたよ、兄さんが――」

「あの女は嘘をついた」セバスチャンは遮って言った。

「たとえそうだとしても、兄さんはここにいて反論したわけじゃないし、当時ぼくはジュリエットの言い分に納得した。彼女は孤独で、気が滅入っていた。ジャイルズが死んだあとすっかり打ちのめされたセシルと同居していたからね。ぼくは元気づけてやろうと思ってジュリエットを訪ねていくようになった」

「元気づけるために結婚したってことか?」

デントンは顔を紅潮させた。「いや、愛人にするつもりしかなかった。実際に愛人になったけれど、その後事情が変わった。妊娠したんだ」

セバスチャンは驚いて眉を上げた。「子どもがいるのか?」

デントンの顔にさらに赤みが差した。「いや、流産した」

「だろうな」セバスチャンは吐き捨てるように言った。

デントンはセバスチャンをにらみつけた。「ぼくもそう思ったさ、そんなに聞きたいなら聞かせてやるけど。結局は自分で蒔いた種だ。できるだけのことはして、なんとかがんばっている」

そうは見えないな、とセバスチャンは結論を下したが、もうじゅうぶん手厳しいことを言っていたので、口に出しはしなかった。「さっき言っていたな、精神的に参っている、と。どういうことだ?」

デントンはため息をついた。「ジュリエットがロンドンに買い物に出かけているからさ。買い物旅行に行くたびに同じことのくり返しだ。ジュリエットは向こうでちゃらちゃらと遊んで、湯水のごとく金をつかう。請求書が届くと、父上に激怒されるというわけさ」

「だったらなぜおまえも一緒に行って、浪費を止めないんだ？」

「ぼくが同行すると、しまいに大げんかになって、何カ月も噂の種にされる。父上はさらにそれが気に入らない」

「おまえたちの夫婦げんかが？」

「マギーから聞いているだろう」

「すこしは。けんかの原因についてはなにも聞いていない」

「けんかの原因ではないことに質問を変えるべきだな。そっちを挙げたほうが話は早い」

セバスチャンは首を振った。デントンの態度から読み取れることをすべて把握するのは難しい。状況が状況だけに、妻への永遠の愛でも告白され、別れられない理由を聞かされるのかと思っていた。ところが、どうやらジュリエットは嫌われ者で、当の夫からもいやがられている。となると、なぜふたりは夫婦でいるのだろう。

答えてもらえるとは期待しなかったが、セバスチャンは訊くだけ訊いてみた。「なぜ離婚しなかったんだ？」

デントンは感情を爆発させた。「いいかげんにしてくれよ、十一年もたって見え透いた口実をつけて帰ってきたかと思えば、いきなり波風を立たせるのか。この際だから言っておく、妻のこともぼくのことも兄さんには関係ない」

「それはどうかな」セバスチャンはうんざりしたという声でつぶやいた。「おまえの妻のせいでおれは親友を死なせ、それまでの人生を棒に振った」

昔とはちがう一面を見せるつもりはなかった。少なくとも弟には。しかし、デントンが警戒するような表情をちらりと浮かべたことから察するに、そうはいかなかったようだ。

はからずも漂わせてしまった脅しの気配を振り払い、微笑みらしき表情さえ顔に浮かべた。

セバスチャンは穏やかな声で言った。「マギーを帰郷させるか悩んだ。マギーはおれと一緒に暮らすことになったが、おれのいるべき場所はここではない。でも、アビーに会えなくて寂しいと思っていた。いい機会だから、手遅れになる前にもう一度会っておきたかった。もう年が年だから会える機会はかぎられている。見え透いた口実と呼びたければ、そう呼べばいいさ」

デントンはきまり悪そうな顔で言った。「悪かった。いまはアビーにたっぷり会えるようだな。父上が回復するまでここに泊まっていくんだろう？　カルデン先生はマギーに看病させたがっている。父上はマギーの言うことなら素直に聞いて、元気になるまで寝ているだろうから」

「そこまでは考えていなかった。アビーに会うためにひとがんばりしないと、とは思っていたが、まさか父上の意識が混濁して、おれが誰だかわからないとはな」

「思いがけない……」

デントンが途中で言葉を濁すと、セバスチャンはふっと笑った。「災難か？　まあ、いずれにしろ、おれはここに長くはいない。おまえの妻はいつ帰ってくる予定だ？」

「数日以内には。たぶん今度の週末だろう」デントンはそう言うと、訝しげに尋ねた。「なぜだ？」

セバスチャンはどうでもいいというように肩をすくめた。「その前に帰る。あの女と平気で顔を突き合わせられるかわからない——殺したりせずに」

「冗談でもそんなことは言うもんじゃないだろう、セブ」

「冗談のつもりはない」とセバスチャンはさらりと言った。「それはそうと、脚をどうしたんだ、引きずっているけれど？」

妻のことを言われたせいか、脚を引きずっていることに触れられたせいかわからないが、デントンはなんとも返答せずに立ち去った。セバスチャンは無理に引き留めなかった。さしあたり考えることがどちらもたっぷりあった。

20

その日の夕方、マーガレットの衣服を詰めた旅行かばんをエドナがいくつも持ってやってきた。エッジウッド館にしばらく逗留するとセバスチャンが言づてを送ったようだった。マーガレットは昔使っていた部屋をあてがわれていた。大きな部屋で必要以上に広々としているが、タウンゼント家に身を寄せていた四年間をそこで過ごしたので、自分の家に帰ったように居心地がよかった。

夕食前に着替えをする時間があった。手持ちの服のほとんどは、社交界にデビューする若い令嬢が好む淡い色の乙女らしい衣装だったが、もっと大人っぽい色のドレスも何枚かあり、来客の予定がないときに自宅で着ていたのだった。いまは〝人妻〟になったのだから、そうした色の濃い衣装のほうがふさわしいだろう。それに、濃い色はたいていマーガレットの髪を明るく、おしゃれに見せてくれるので、もともと好きだったのだ。なにぶん髪は長所とは言えなかった。しゃれているのはブロンドであり、薄茶色の髪となると、どうしてもぱっとしない。

エドナはよく心得ているので、濃い色の服をすべてエッジウッド館に滞在用として荷造りし、夕食の席にそぐうドレスも持ってきてくれたのだった。そのなかからマーガレットはサファイア色のドレスを選んだ。襟もとがほどよい加減で深くくれ、肩の先が控え目にふくらみ、袖は手首までぴったりとしている。ナポレオンが君臨していた時代にフランス人が流行らせた帝政様式《アンピール》の寸胴の衣装がマーガレットはあまり好きではなかったので、腰がくびれ、裾がほっそりとしたドレスの流行が戻ってきたことを喜んでいた。細い腰は自慢のひとつだったが、服飾の流行が最近になって変わるまで披露する機会はめったになかった。エドナに髪を結ってもらい、巻き毛の房をいくつか肩に垂らしたままにした。濃いブルーのドレスに対比させると、ランプの明かりに照らされて、ブロンドのように見えるのだ。

「こちらにおいでのあいだ、ご主人はどこで寝るんです？」とエドナは詮索した。

非難がましい声音に気づき、マーガレットはあえて屈託のない口調で返事をした。「もともと彼が寝ていた部屋じゃないかしら。わたしは昔自分の寝室だった部屋をあてがわれたのだから、彼もきっとそうなるわ。わたしたちの階級では夫婦はふつう、部屋を共有しないものだから。あなたも知っているとおり」

エドナは鼻を鳴らした。「お芝居にはくれぐれも気をつけてくださいよ。夫婦のふりをしているからといって、本来なら許されないところまで踏み込ませてはなりませんよ」

「心配しすぎよ」とマーガレットは応じた。「セバスチャンはここでいったいなにが起きているのか調べに来ただけだもの。それにわたしがあまり彼を好きじゃないと彼も知っている。それについては本人にはっきりと言ったの」

「そうですか。それならよからぬ考えを起こさないでしょうね」

先ほどデントンに見せつける目的でセバスチャンにキスをされていなかったら、マーガレットも異論はなかったかもしれないが、とにかくキスのことをエドナの耳に入れるつもりはない。

階下に下りる前にダグラスの様子をもう一度確かめたかったので、残りの身支度をすばやく終わらせた。ダグラスはまだ意識を失ったままだった。あれから一度も目を覚まさないことにマーガレットも不安になってきたが、カルデン医師が診察に戻ってきてどんな見立てをするのか、いまはそれを待つしかない。ダグラスの熱は上がりこそしないようだが、最初からかなりの高熱が出て、そのまま下がりもしなかった。ふたりの女中を交代で付き添わせ、ダグラスの目が覚めたら何時であろうと、ただちにマーガレットを呼びに来るよう言いつけてあった。ダグラスが実際に目を覚ますまでは、カルデン医師から聞いた前例のように、さらに病状が悪化する不安を頭から追い払えない。

カルデン医師がいったん帰ったあと、セバスチャンとは顔を合わせていなかった。けれども彼は階段の下で待っていた。階段を下りていく姿を目でたどる様子にマーガレットは気を呑まれた。いつもなら男性にそんなふうに見られてもなんとも思わない。相手がセバスチャンだと、やけに意識してしまうのだ。

「きれいだね、お嬢さん」

「観客がいないうちからお芝居を始めなくていいのよ」とマーガレットはたしなめた。

そして、セバスチャンの横をすり抜けようとした。すると、腕をつかまれ、彼の胸に引き寄せられ、耳もとでこうささやかれた。

「ひとたび観客を前にしたら、ちゃんと芝居ができる自信があるってことか？」

「もちろんよ」マーガレットは笑みを浮かべて言った。「さっき玄関でキスをしてわたしを困らせたのはちょっとやりすぎでしょう。理由がどうであれ、場ちがいだったとあなたもよくわかっているはずよ」

「われわれはまだ新婚夫婦だということを忘れないでくれ」

「じゃあ、いやがらせをするのはどうしてなの？」

「全部計算しているのさ。きみは新妻のふりをするのだから、愛の行為に興味津々《しんしん》で、なかなか我慢が利かなくてもあたりまえだ」

マーガレットははっと息を呑み、すかさず言い返そうとしたが、セバスチャンがにやりと笑ったのを見て口を閉じた。またにやにやしているのね！　この家にいるせいで、彼はおかしな影響を受けているようだった。

マーガレットは腹立ちまぎれに腕を振りほどき、食堂にはいっていった。デントンとアビゲイルはすでに着席していた。アビゲイルは浮かない顔をしている。

マーガレットを目に留めたとたんにこう言った。「あなたに言いたいことがあるの。セバスチャンは階下《した》にいなかったわ、あなたはいるって言っていたけれど。すみからすみまで捜したけれど、どこにも──」

「ここにいますよ、お祖母《ばあ》さま」セバスチャンはマーガレットのあとから食堂にはいり、話を遮った。

「まあ！　あなたが帰ってきたのはただの想像だったのかしらと思いはじめていたのよ、セビー」

アビゲイルは自分の隣の椅子をたたいた。セバスチャンはまた昔の愛称で呼ばれてため息をついたものの、祖母に素直に従った。祖母と孫が旧交を温めようとするのを尻目に、マーガレットは離れて席についているデントンの隣に座った。

新婚夫婦だからと言われた怒りはおさまるどころかむしろ高まっていた。セバスチャンはその口実をマーガレットのためではなく、自分のために使おうとしているに決まっているからだ。けれど、子ども時代のあだ名で呼ばれてセバスチャンがため息をつくのを聞き、怒りはぐんとやわらいだ。アビゲイルにセビーと呼ばれたときのセバスチャンの啞然とした顔を思い出し、マーガレットは思わずくすりと笑ってしまった。

ふと気づくと、デントンは兄を見つめながら暗い表情を浮かべていた。「元気を出して、デントン」とマーガレットは言った。「再会を恨めしく思わないでね」

「思っていないよ。兄さんとまた会えてぼくも本当は嬉しい。ただ、こんな気持ちになるとは思いもしなかった。それに――そうだな、自分がこんなことを言うとは思わなかった。でも、兄さんがいなくて寂しいと思っていた。兄弟仲はそんなによくなかったけれど、なんていうか、困ったときにはセバスチャンはいつもそばにいてくれたんだ」

「頼りになったということ？」

「ああ、そうだ」

「だったら、なぜ憂鬱そうな顔をしているの？」

デントンは目を丸くした。「訊かないとわからないのかい？　いまだに信じられないんだよ、きみが兄さんと結婚したっていうことが。よりにもよって兄さんと」

「わたしも彼と結婚するとは夢にも思わなかった」マーガレットは相槌を打った。「じつを言えば、イタリアでばったり会ったとき、すぐに打ち解けたわけじゃなかったわ。でも、同郷の知り合いだから、冷たくあしらうのは心苦しかった」

「本当は相手にしたくなかった？」

「ええ」

「実家に勘当されたからか？」

「ううん、そういうんじゃないの。姉はまだここにいたはずだと思ったからよ。セバスチャンがジャイルズの命を奪っていなければ、姉もまだ生きていたでしょう」

「ああ、そうか。ぼくが思っていたよりも恨みが深いんだな。でも、結局きみは兄さんと結婚した」

そんなふうにまとめられると、マーガレットはたじろいだ。「そうね、彼は相変わらず魅力的でしょう」自分でついた嘘にむせそうになったが、なんとかうまくごまかした。「もちろん昔とは変わったけれど、いまの彼を好きになったの。いまではもう昔の彼といまの彼のちがいはよくわからないけれど」

デントンは悲しげに首を振った。「きみもわかっているだろう、ぼくはできれば——」

マーガレットはすばやく口をはさみ、デントンをいさめた。「あとで後悔することは言わないで」厳しい口調になってしまい、笑みでやわらげて、デントンの手をやさしくたたいた。「またこちらの家族の一員になれてよかったわ。ほら、ダグラスとアビーが大好きだから。それに、あなたのことも好きよ。いま心配なのは、ダグラスが元気になって、セバスチャンが戻ってきたことやわたしと彼が結婚したことを知ったら、わたしはもう歓迎されなくなるかもしれないということなの。どうなるのか様子を見守るしかないわね」

「なにをばかな。父上はきみのことを娘のように思っているじゃないか。セブの魅力に負けたからといって、きみを責めたりしない。その逆にはなるかもしれないな。兄さんにまた罰点がつくかもだ」

マーガレットはため息をついた。それは考えていなかった。それでもべつに問題はない。セバスチャンはこちらが依頼した仕事を片づけたらイングランドに残るつもりはないのだから。それにしても、ダグラスがまた事故にあったことには驚かされた。しかも、こちらが戻ってきたばかりのときに起きるとは。

「わたしがヨーロッパに行っているあいだ、事故は起きなかった？」

「そういえば一度あったな。父上がベッドから落ちた」

「なんですって？」

つい声が大きくなり、セバスチャンの注意を引いてしまった。マーガレットはわずかに首を振り、なんでもないから気にしないでとセバスチャンに合図を送り、またデントンのほうを向いた。「冗談でしょう？」

「言い方がまずかったかな、でも、冗談じゃないんだ。父上はベッドから出るとき、足を挫いて横向きに転倒した。ベッドの枠で背中がひどく擦りむけた。捻挫した足首は二週間ほど治らなかった。ベッドのわきの敷物のせいだと父上は言っていた。ひだが寄っていて、そこに足をおろしてつまずいたらしい」

「なるほどね」

ダグラスが足のおろし方を誤ったせいで起きただけのようだ。何者かが部屋に忍び込み、ダグラスが転んで怪我を負うことを期待して敷物をたるませたとはとても想像できない。ありそうもないことであり、仮に誰かがそんな細工をしたとしても頭がおかしい人物の仕業としか思えない。

ダグラスがいないので、マーガレットは席順を調整し、アビゲイルの席の近くに全員で集まって座った。

セバスチャンは行儀よくふるまっているようだった。まちがいなくアビゲイルのためだ。それにしても、なんというちがいだろう！　マーガレットの屋敷で夕食をともにしたときのように短剣を抜いたりしない。そんなそぶりはまったく見せなかった。ここではどこから見ても貴族らしい風情を醸し、つい見とれてしまうほど麗しい。

しかし、家族が再会し、この十一年のあいだセバスチャンがどうしていたのか誰もが知りたがったが、セバスチャンは質問に答えるよりも、相手に質問をしてやり過ごしていた。ヨーロッパでの暮らしぶりを話しながらも仕事についてはほとんど明かさない話術は見事なものだった。ふだんの表情もそうだが、じつに謎めいた男性だ。セバスチャンのことはひとつかふたつわかるかもしれないと思っていたが、ひとつかふたつどころか、いまや家族よりもマーガレットのほうがくわしいかもしれない。

自分のことはどうでもいいことをすこし話しただけだったが、弟と祖母の話には一語一句耳を傾けていた。そして家族の様子だけでなく、使用人にも目を光らせていた。彼は自分が依頼した仕事をしているだけだ。誰がダグラスの死を願っているのか探り出そうとしているのだ、とマーガレットは自分に言い聞かせた。もっとも、おかしなつながりはまだあぶり出されていない。ジュリエットが帰ってきたらなにが明らかになるか——ダグラスの意識が戻ったらどうなるのか、まちがいなくおもしろいことになるはずだ。

21

夕食のあとアビゲイルはすぐに自分の部屋に引き上げた。セバスチャンも姿を消したが、マーガレットとしては自分が依頼した仕事に向かったのだと思いたかった。いや、正確に言えば、依頼をして報酬を払うことになっている仕事、だ。カルデン医師がもう一度診察に来て——ダグラスの病状について明るい知らせはなかった——帰ったあと、ひとりになったので、マーガレットも早めに就寝することにした。

いろいろなことが起きた一日で、予想以上に消耗していた。ひと芝居打つためにセバスチャンとでっち上げた嘘と事実を取りまぜて、破綻なく説明するのは、身体は疲れなくとも、精神的に疲労した。

部屋に戻ると、湯気の立つ熱いお風呂が用意されていた。エドナが使用人用の部屋が並ぶ一角にあるオリヴァーと使うようあてがわれた一室に引き上げる前に、風呂の準備を整えておいてくれたのだ。エッジウッド館にも水道設備はあったが、ホワイトオークス館を初めとするほとんどの屋敷と同じく二階にまでは配管されておらず、厨房で湯を沸かして、階上まで運び上げなければならなかった。マーガレットの部屋には入浴のための小さな部屋——バスルームと呼ぶのが一般的になりつつあった——が併設され、そこに用意された見事な磁器製の浴槽をその夜使うことになったのだった。

浴槽のなかはとても心地よく、マーガレットがうとうとしそうになったところで、声が聞こえてきた。「いまごろはもう寝ているだろうから、話し合わなくてすむと思ったんだが」

マーガレットはぱっと目を開けた。浴槽に身体を隠そうと、沈めるだけ深く身を沈めた。セバスチャンが入口に立っていることがただただ信じられず、口に出してそう言いもした。「こんなのって信じられないわ」

ドアは閉めていなかった。閉める必要はなかったのだ。寝室のドアは閉まっていたのだから。誰であれノックをせずにはいってくるべきではないし、それがセバスチャンならなおのことだ。

「この部屋をふたりで使うと言いそびれていたかな？　ほら、夫婦らしく見せるために」結婚しているふりを忘れてしまったのかといわんばかりに、やけにそっけない言い草だった。「どこの夫婦も寝室を共有しているとはかぎらないわ」とマーガレットは語気を強めて言った。「あなたもご存じのとおり。だから、わたしたちは夫婦別室派ということにすればいいの！」

セバスチャンはため息をついた。「さっきも言ったが、この話はできればあすの朝にまわしたかった。でも、きみがどうしても——」

「いいから出ていって、セバスチャン。話し合いならいつでもできるけれど、いまはだめよ」

「いや、いまでないとだめだ。出ていくつもりはないから」

マーガレットは浴槽の縁から顔だけ出して、セバスチャンを見た。「出ていかないってどういうこと？　わたしたちはあくまでも夫婦のふりをしているだけよ。だから、夫婦でなければ許されないことまであなたは許されるわけじゃない。そうはうまくいかないの！」

「静かにしろよ、マギー。こうしたほうがいいんだ。娘らしい慎みはちょっとわきに置いて、考えてみたらわかるだろう。おれたちの結婚に疑惑を持たれないためには、同じ部屋で寝て、それを家じゅうの者に知らしめるより効果的な方法はあるのかどうか」

「だからうまくいかないって言っているでしょう！」

「いいから静かにしてくれ、マギー」とセバスチャンは同じことをくり返した。「きみの家では寝室が別々でもかまわないのかもしれないが、夫婦になったのならおれとしては別室など認めないし、もちろん——」

「認めないですって？」マーガレットが途中で遮った。

「だが、ここの者たちはみな、おれたちがしばらく滞在しているだけの客にすぎないとわかっている」セバスチャンはマーガレットの怒りを無視して先をつづけた。「長逗留するつもりはないと――おれがここにいることさえまだ知らない父は別として」

マーガレットはどちらについてもいま話し合うつもりはなかった。セバスチャンの黄金色の目が探るように浴槽のなかの身体に向けられているのがわかったからだ。「何度も言わせないで。もうバスルームから出ていって！　寝室の問題をどうしてもいま話し合うなら、お願いだからお風呂から上がるまで待っててちょうだい」

「お願いだから？」セバスチャンは笑い飛ばそうとした。「おれがそういう思いやりのある男だと買いかぶらないでくれ。だが、話し合いをさっさと終わらせるなら、まあいいか――」うしろを向いて立ち去ろうとしたが、もう一度振り返り、マーガレットの目を見つめた。「見事な胸だな、マギー」

マーガレットが悲鳴を上げる間もなく、セバスチャンは部屋をあとにし、ドアを閉めた。ドアが閉まったままかしばらく様子を見たあと、マーガレットは浴槽から飛び出した。水気をぬぐう間も惜しんだ。すぐに身体を隠したかったのだ。ピンクのバスローブをはおればじゅうぶんだ。着替えは寝室に置いてきてしまったのだから。

腰にまわしたひもをしっかりと結びながらもまだ怒りで身体がすこしふるえていた。ドアにもたれ、何度か深呼吸をした。とんでもない人だ。よくもあんなふうに胸のことを言えるものだわ。思うままに行動に出たり、言葉にしたりする人とどうつきあえばいいのだろう。上流社会を離れ、孤独な生活を長く送りすぎたせいだろうか、とマーガレットは不安に思った。婦人がそばにいるときにどうふるまうべきかという作法を彼は忘れている。それとも、気にしないだけなのか。おそらくそうだろう。

まだ気は鎮まらなかったが、鼓動は落ちついたので、もう一度深く息を吸い、ドアを開けた。願わくはセバスチャンがなけなしの礼儀正しさをかき集め、そもそもしなくてもよかった話し合いを終わらせようと寝室で待ちかまえていることはないかもしれない。そう心から願っていたが、期待するほうがばかだった。

セバスチャンは長椅子に寝ころんでいた。水色と薄緑色の絹地のキルトがかけられた上等な調度品だった。高い背もたれに背中を預け、脚をゆったりと伸ばし、良書に親しむためにつくられたような椅子だった。膝から下は端からはみ出し、足を床につけていたが、女性向けのつくりなので、姿勢を崩さなくても、どっちみちセバスチャンの脚はおさまらないだろう。

腕は頭のうしろで組み合わせている。すっかりくつろぎ、出ていくそぶりはまったくない。この満足げな表情を意地でも曇らせてやるわ。

マーガレットはそう思い立ち、長椅子に近づき、腕を組み、こともなげに言った。「そうはいかないと言ったでしょう。ここでひと晩明かすつもりなの？ じゃまはしないでほしいわ」セバスチャンがなにか言おうとしたので、マーガレットはまくし立てた。「わたしたちがしているのは偽装結婚でしょう。あなたはさもここで寝たふりをすればいいだけだわ」

　セバスチャンは言われたことをいちおう考えてみたようだったが、やがて首を振った。「それじゃうまくいかない。部屋の前を何人もの使用人がとおる。おれがここをこそこそ出入りしているのを誰かに見られかねない」

「なにを気にするの？　それこそあなたが植えつけたがっている印象でしょう、いつでも自由に出入りできるという」

「そうだけど、おれが夜中にここを出ていって、朝になって戻ってくるのを見られたら逆効果だ。それに、おれがここで寝ていると知られたら、寝室は別々にしてもらえないだろう？　そういうわけだから、おれはどこで寝ればいいかな？」

「わざわざ訊く必要はあるの？」マーガレットはつくり笑いを浮かべて尋ねた。

　セバスチャンは吠えるような笑いを一瞬洩らした。「悪いが、馬小屋も犬小屋もだめだ」

「道理をわきまえない人ね」

　セバスチャンは流れるような身のこなしで長椅子からすっくと立ち上がった。そして、あっという間にマーガレットの目の前に来た。あたかも立ちふさがるように、身体をぐっと近づけている。マーガレットをどうしてもとおしたくないのか、左右の肩にそれぞれ手を置いて、その場に押し留めた。

「つまり言い換えれば」セバスチャンはかすれた声で言った。「きみがここに立って文句を言いつづけると、前にも言ったはずだが、じつに刺激的だから、そこのベッドできみと一緒に寝ることになる。賭けてもいいが、おれに口説かれたら、きみは寝室を別々にしたいとうるさく訴えるのをころりとやめて、もっと気持ちいいことに身をゆだねるだろう。だから悪いことは言わない、きみにかき立てられている欲望に溺れないよう、おれがかろうじて自分を抑えているうちに、きみはその魅力的な身体を寝具の下に隠し、おれの目に触れさせないほうが身のためだ」

セバスチャンはマーガレットが言われたとおりにできるよう、肩から手を離した。マーガレットはためらうことなくベッドに急いだ。けれど、ベッドにたどりつくと、いったん立ち止まり、振り返ってセバスチャンをにらみつけた。

「すっかり正気を失ったのね、あなた――」そう言いかけたが、すぐに遮られてしまった。

「マギー、その気にさせないでくれ」とセバスチャンはうなるように言った。

マーガレットはあわててベッドにはいり、上掛けを顎まで引っぱりあげた。鼓動がまた速くなり、腕と脚がふるえた。その後、部屋に沈黙が流れ、十分近くがたち、マーガレットはようやく落ちついた。

そうなるまでセバスチャンは待っていたようで、あっけらかんとこう言いはなった。「今夜はその長椅子で寝るとするかな。ただし、朝起きて首が痛かったら交代しよう」

マーガレットははじかれたようにベッドを下り、分厚い上掛けを引きはがし、遠くの床にほうり投げた。上掛けがきれいに床に広がったのを見届けると、すぐにベッドに戻り、シーツの下にもぐり込んだ。

「ほら、それ」苛立たしげに言った。「ジョンから聞いたわ、寝る場所について船の上で話していたときにね。あなたたちは旅をしているあいだ、やむをえず地面で寝ることもよくあるんですってね」

「寝室の床では寝ないが」セバスチャンはそう訂正した。「まあ、そうだな。長椅子より床のほうがいいだろう。枕は?」

「かしこまりました、どうぞ」とマーガレットはすまして言って、枕を上掛けのほうにほうった。「ほかにほしいものは?」

「おいおい、そそのかすような質問はやめてくれ!」セバスチャンは怒鳴るように言った。

マーガレットは顔を赤らめ、床の上につくったあらたな寝床にセバスチャンが向かう姿からは目をそらした。セバスチャンもそれ以上なにも言わなかった。そして夜更けになり、ようやくマーガレットが眠気に襲われたとき、ふと気づいたのだが、セバスチャンは寝室の共有をめぐる口論を、身体の関係に持ち込むと突然脅しをかけて片をつけたのだった。いやらしい人だ。あれは本心にちがいない。

こっちがどう思ったか、本人に言ってやろう——ただし、あしたでいい。手に負えないほど興奮させられ、理性を奪われるようなことを、今夜はもう言わないでくれるのなら、マーガレットとしてもありがたいのだから。

22

マーガレットはあくびをしながら伸びをした。身体を起こし、ベッドの縁に座った。腰を上げかけたところで、三メートルと離れていない床に横たわる男性に気づき、また座り込み、身動きが取れなくなった。

セバスチャンはマーガレットが差し出した厚手の上掛けにくるまっていた。セバスチャン用によぶんの寝具はないかエドナに探してもらわないと――ちょっと、なにを考えているの？　今夜もまたここで寝かせるわけにはいかない。もう一度話し合って、今度こそ寝室の問題にけりをつけるのだ。

彼は横向きに寝そべり、腕を片方、上掛けの上に出し、まだ眠っていた。マーガレットは腕に向けた視線を肩まで動かし、どちらも素肌がむき出しになっていることに気づいた。上着もシャツも脱いだということか。いちばん近くにある椅子に脱いだ服が置いてある。そこに脱ぎ捨てたようで、しわくしゃになっていた。一緒に置いてあるのはなんだろう？　ちょっと、どういうこと、ズボンも脱いだのね！　とんでもないわ。同じ部屋にいるだけでもよくないのに、彼は服も着ていない。

マーガレットは足早に部屋を横切り、たんすのところに行き、ろくに見もせずに引き出しから下着と長靴下を引っぱり出し、衣装戸棚からドレスをつかみ、バスルームへ駆け込んだ。ドアを閉め、すこし間を置いて気を落ちつけてから、すばやく着替えをした。

ところが、すんなりとはいかなかった。ドレスの背中のボタンを留めようとすれば手が届かないボタンがあり、長靴下を穿いてみたものの、左右がばらばらだった。ドアから顔だけ出し、セバスチャンがまだ寝ているか確かめると、あわてて寝室に戻り、ショールと靴を取り出した。長靴下を穿き替えるのはセバスチャンが起きて、部屋を出ていくまで待たないといけない。

ドアの前にたどりつき、こっそり寝室を抜け出そうとすると、声が聞こえてきた。「ドアを開けてみろ。おれがきみを止めようとしたら、まちがいなくきみの名誉に傷がつく」

マーガレットはドアにひたいをつけ、うめき声を洩らした。脅しだとわかった。しかし、セバスチャンは部屋の奥にいる。追いつかれる前に部屋から逃げ出せるはずだ。そして廊下を追いかけられる？　冗談じゃない。セバスチャンなら本当にやりかねない。

部屋に引き留めようとする彼の行動はまたしても理不尽であり、マーガレットは怒りに駆られ、ひと言言ってやろうと振り返ったが、そこで頭のなかは真っ白になってしまった。

セバスチャンは幸い、ズボンを穿いていたが、シャツははおっておらず、足もとは裸足のままだった。胸板は驚くほど厚い。服を着ているときにも見事な体格だろうと思っていたが、服を脱いだ姿を見ると、もはや疑いようはなかった。古代ギリシャの彫刻のような肉体、よぶんな肉がまったくついていないたくましい筋肉。うっすらと生えた黒い胸毛は、あまり下のほうまでは広がっていない。引き締まったウエストは細い腰につづき、長い脚が伸びている。太腿の厚みのある筋肉は動きに合わせ、波打つように揺れてはなめらかに伸びる。

長い黒髪はいつものようにうなじのあたりできっちりまとめずにおろしてあった。肩と背中に広がっている。うしろに払っても、また戻って来てセバスチャンを煩わせた。彼は野性味にあふれていた。あまりにも雄々しい姿にマーガレットは息もろくにできなかった。

ゆうべ当然のこととして彼に感じた怒りを必死に思い起こそうとした。そして、せっかく思い出したものの、半裸でたたずむ本人を前にして、マーガレットは口をひらくこともできなかった。そこでたんすに歩き、左右がそろった長靴下を取り出しながら、ふたたび面と向かうまでに彼の着替えがすんでいてほしいものだと願った。

着替えはほとんどすんでいた。シャツは着ていた。少なくともボタンは途中まではめてあり、裾はズボンにたくし込まれ、いまは椅子に座って靴を履いている。髪はまだ乱れたままだったが、そういう姿はいつもとはちがって見えた。つけいる隙がないというようではなく、意地が悪そうでもない。髪をまとめてあげたいという衝動にマーガレットは一瞬駆られた。本当のことを言えば、髪をさわってみたい。とてもやわらかそうに見えるからだ。

「床屋に行かないとね」とマーガレットは冷ややかな声で言った。

「一杯引っかけないとだ」セバスチャンはそう言い返し、黄金色の目でマーガレットを見つめた。「たぶん最悪の夜だった」

「硬い床で身体が悲鳴を上げたの？」とマーガレットは言って、くすりと笑った。

「いや、マギー、きみがほしくて、だ」

マーガレットは口をぽかんと開けてしまった。セバスチャンの言葉で身体の奥がざわめいたが、じつのところ心地よいざわめきだった。けれど、またしても息をするのを忘れた。悪い癖がつきそうだ。マーガレットはくるりとうしろを向き、大きく息を吸い、座って長靴下を穿き替えようとベッドに向かいかけたが、すぐにその考えを却下し、長椅子に場所を変更した。

靴も履き、立ち上がってセバスチャンのほうに目を向けてみると、彼も着替えを終えて、髪もうしろで結んでいた。これならずっとましだ。少なくとも文明人に見える。とはいえ、セバスチャンは突っ立ったままマーガレットをまじまじと見つめている。さっきの突拍子もない発言に反応が返ってこないか、待っているのだろうか。まるで返答するのが当然とばかりにね、とマーガレットは胸のなかで憤慨した。

視線を浴びながらも気を落ちつけるだけ落ちつけて、マーガレットは言った。「道理をわきまえてもらわないとね、セバスチャン。この部屋を一緒に使ったらおたがい自由が利かないわ」

「そうだな」

「わかってくれてよかった」マーガレットはほっとして身体から力が抜けた。

「だが、それではジレンマは解決しない」

結局、道理をわきまえるつもりはないということか。マーガレットはそう悟り、かっとなった。「ジレンマなんてないわ！」

「静かにするんだ、マギー」

マーガレットはセバスチャンをにらみつけた。「命令されるのはもうたくさん。しゃべりたいと思ったら、一週間だってしゃべりつづけるわよ」

「声の大きさのことを言ったまでだ。好きなだけおれに文句を垂れればいいさ、ただし、叫ぶのはなしだ。この屋敷の壁は厚いが、怒鳴り声が筒抜けにならないほど厚くはない」

「ああ、そういうこと」マーガレットは顔を赤らめ、ばつが悪そうに言った。

「さて、話のつづきだが、もうひとつ提案がある。ただし、その前に教えてほしいことがある。おれに払う金はどこから手に入れたんだ？」

「じつはお金はないの。でも、どうにかなるわ。両親が所有していた土地がたくさんあるから、すこし売ろうと思うの」

「公爵領の話でもしているのではないかぎり、その土地とやらを売却しても数千ポンドにしかならないぞ」

マーガレットは赤面した。たぶんそのとおりだ。ただ、そこまで考えていなかっただけだった。

答えずにいると、セバスチャンはさらにつづけた。「交換条件を呑めば、それで清算できる」

マーガレットは眉を上げて彼を見た。「交換条件って？　あなたと交換するようなものはなにもないわ」

セバスチャンはマーガレットの全身に視線を這わせた。「身体がある」

マーガレットは息を呑んだ。「浅ましい人ね！」

「いや、淫らな気持ちになっているだけだ」

これ以上顔から火が出ることはあるだろうか。いま言われたようなことは、これまでにただの一度も言われたことはない。それにセバスチャンは悪びれもせず、口にした。この人は上流社会ではどうふるまうべきかすっかり忘れてしまっている。レイヴンになってから歳月が流れすぎたのだろう。荒っぽい助っ人稼業を始めてから。

マーガレットはこわばった口調で言った。「とんでもない。お金はなんとか工面します」

肩をすくめたのはちょっとがっかりしたからだろうか。マーガレットはセバスチャンのしぐさを見てそんなことを思ったが、本人はこう釘を差してきただけだった。「あまり待たせるな、工面できるかさっさと証明してみせてくれ」

「さもないとどうなの？　引き上げるつもり？　仕事を片づけずに」

「仕事といっても、金はまだもらっていない」

「自分の家族のことでしょう」とマーガレットは念を押すように言った。「本当ならわたしがお金を払う筋合いはないわ」

「元家族だ。いまはもう関係ないと前に言っただろうが」

「嘘つきね」とマーガレットはなじった。そしてあきれたような口調でこう言った。「報酬金額は本気で提示したわけじゃないとも言っていたでしょう」

「気が変わった」

セバスチャンはマーガレットのほうに近づいてきた。マーガレットは身をこわばらせた。彼が目の前に来るころには彫像になったように、身動きひとつとれなくなっていた。最悪の事態を予想した。セバスチャンの表情は真剣そのものだ。彼のそばにいるといつもそうなるように、マーガレットは落ちつきを失った。脈が速くなり、胸騒ぎがした。

頬に、セバスチャンが指の背を走らせた。そっと触れられただけだったが、身体じゅうの神経に火がついたようで、マーガレットはまるでとろけそうな心地にさせられた。どうしてたったこれだけのことで膝が崩れそうになるのだろうか。どうしてこの人にこれほど心をかき乱されるの？　自分でもわけがわからなかった。

「〝離婚〟したあと、きみが処女だとは誰も思わないということに気づいているかい？」とセバスチャンは声をやけにひそめて言った。「寝室をともにすれば、われわれがかかえている問題は解決するということも。よく考えてみてくれ、マギー」

そういうことはしないわ。提案するだけでも頭がどうかしている。けれど、身体の熱が感じ取れるほど、息づかいが聞こえるほど近くに立っている彼にそんなことを言う気になれなかった。息をするのを忘れないようにしないと、とマーガレットは自分に言い聞かせた。うしろにさがりたかった。距離を取りたかったが、どうしても足が動かない。恐れ。きっとそのせいだ。彼のことが怖いのだ。そうよ、そう結論づけるほうがずっといい。これまでに味わったことがないほど彼に興奮させられるからだと考えるよりも。

マーガレットがおとなしくしているのでセバスチャンは気をよくしたのか、もう片方の頬にも指をすべらせた。ほんのかすかに触れただけだったので、相手がセバスチャンでなければ、気づきもしなかったかもしれない。

「やわらかいんだな」とセバスチャンはつぶやいた。「きみは石頭だから、肌も硬いのかと思った」

マーガレットは目をぱちくりさせた。動揺して頭がうまく働かないからからかわれているの？　けれど、セバスチャンに話しかけられて夢心地からわれに返り、よろめきながらもどうにか彼から身体を離した——役立たずの膝はまだ力がはいらないけれど。

距離を取ったおかげでようやくものを考えられるようになると、マーガレットはすぐにこう言った。「ほかにも手はあるわ。これがいちばん常識的だと思う。あなたはお父さまが回復するまでホワイトオークス館に戻っていればいいのよ。なにか口実をつけて。どっちみち意識が戻るまではダグラスと話はできないわ。わたしたちがふたりとも、枕もとで付き添っている必要はない」

セバスチャンはその提案をすこし考えてみたようで、ややあってこう言った。「だめだ。ジュリエットがロンドンから帰ってきたときに、おれはここにいないといけない。おれが戻ってきたことにどう反応するか見ておかないと。それに、せっかくはいりこめたのにいまここを離れたら、おれたちが偽装結婚した目的が無駄になる。ホワイトオークス館にいたら、ここでなにが起きているのかあちこちつつきまわって調べることはできない」

マーガレットはため息をついた。「そう。じゃあ、わたしが自分の屋敷に帰るわ。ダグラスの付添いをよろしくね」

「付添いはしない。父が目覚めたときに真っ先に見るのがおれの顔というのはまずいだろう。ショックを受けてまた意識を失いかねない。それについてデントンは正しかったな。きみに看病してもらったほうが父はうんと喜ぶ」

マーガレットは歯嚙みした。ほとほと扱いづらい人だ。そしてなにがなんでも同じ部屋で寝ようとしている。

両手を振り上げ、部屋の入口へ向かった。「わかったわ。ただし、あなたの寝床はバスルームに移します。向こうにも寝る場所はじゅうぶんにあるから。ないとは言わせないわ。それから、ここととバスルームのあいだのドアは閉じておくこと。こっちにはいるときは必ずノックしてもらうわ。この件についてはもう話し合いには応じません。これが最後通牒」

入口にたどりつき、ドアを開けると、そこで振り返り、いま言われたことに反論できるものなら反論してみなさいといわんばかりにセバスチャンをにらみつけた。セバスチャンはなにも言い返さず、いつもの謎めいた表情を浮かべてマーガレットを見ているだけだった。結局は彼の思いどおりになったのだ。ふたりは寝室を共有しているように見えるというわけだ。

彼にすっかり感情をかき乱され、結局、闘いにも敗れてしまった。憎らしい人だ。

「それから、わたしは石頭なんかじゃありませんから！」そしてこうつけ加えてドアを閉めた。「ただ常識的にふるまっているだけなの」

23

ダグラスの熱は下がらなかった。その日の朝、カルデン医師がまた立ち寄った。患者を起こそうとしたがうまくいかず、さすがに顔を曇らせはじめた。漏斗で咽喉に水分を流し込む手段にこそ訴えなかったが、ダグラスが目を覚ましたら、ただちになにか食べさせるようにと指示を出した。

その指示に従い、マーガレットはスープの鍋を厨房からダグラスの寝室に運ばせて、冷めないように暖炉のそばに置いた。さらに、ひたいにあてる湿布に使うため、地下貯蔵庫から氷水を手桶に汲んで運び込ませ、湿布は定期的に交換させた。

カルデン医師はダグラスの頭の怪我をあらためて確認し、傷口はきれいなので、感染の心配はないようだと説明した。もっとも腫れはまだ引いていなかった。腫れが引くまで、熱は依然として不安の種だ。高熱が長引けば、危険な病状である。

マーガレットは午前中いっぱい、ダグラスの部屋で過ごした。ダグラスは睡眠をたっぷりとっていたので、目を覚ますとしたらそろそろだろう。意識が戻ったときに、マーガレットはそばにいたかったのだ。

　午前の半ばころ、アビゲイルがドアから顔をのぞかせた。部屋のなかにははいらず、目を細めてベッドのほうを見ただけだったが、ダグラスがまだ寝ているということまではわからないだろう。

「なにか変化は？」とアビゲイルは尋ねた。

「まだなにも」とマーガレットは言った。

「そうでしょうとも」とアビゲイルは嫌味たっぷりに言った。「病気になっても頑固なのよ」

　積年の恨みを思い起こさせるひと言だった。マーガレットはドアの前に立っているアビゲイル親子が何年も前から口をきかなくなった理由を。「セバスチャンがここにいることをダグラスはまだ知らないわ。そのままにしておこうと思うの、ダグラスが日常生活に戻って、セバスチャンのことに対処できるようになるまでは」

「対処ですって？」とアビゲイルは揚げ足を取るように言った。「またセビーを追放するということね」

　マーガレットは顔をしかめた。「ありうるわ。セバスチャンもそれはわかっている。彼はあなたに会いにここに来たのよ、アビー。自分の父親と仲直りするためではなく」

「そんなこと、やってみるだけ骨折り損でしょうからね」とアビゲイルは先まわりした。

マーガレットは興味をそそられて眉を上げた。「本当にそう思う？　十一年たったあとも？」

「そんなに昔のことだったかしら？　そうね、それくらいたつわね。でも、ダグラスの気持ちが変わるようなことはなにも起きなかった。当時でさえ話題にしなかったのだから、いまさら触れると思う？」

「きっと当時はダグラスなりの理由が——」

「わたしに向かってダグラスの肩を持つのはよして」とアビゲイルは話を遮った。「ダグラスはまちがっていたの、あの子のしたことはまちがいだった。不運に見舞われたセバスチャンの力になりもせず、世間体しか考えなかった」

「セバスチャンはダグラスの命令に背き、その結果として人を殺《あや》めてしまった。ダグラスが取った態度の陰にはそういう理由があったとは思わない？」

「セバスチャンは過ちを犯したわ。でも、自分の家族から責められるほどのことはしていない」

「あなたはやさしいのよ、アビー。そういうふうに考えるなんて。でも、ダグラスはそういう見方はしない。とにかく、もう過ぎてしまったことだわ」

「一度は過ぎても、ぶり返すときにはすぐぶり返すものよ」とアビゲイルは言い捨てると、ドアから離れ、立ち去った。

マーガレットはため息をつき、静かにドアを閉めた。ダグラスもアビゲイルも相当な頑固者だ。デントンはそんな性格ではないと思うけれど、セバスチャンもたぶん……。

「母だったのか?」

「ダグラス!」マーガレットは息を呑んだ。すばやく振り返り、ベッドに駆け寄ってダグラスのひたいに手をあてて熱を確かめた。まだかなり熱い。「まずは栄養をとらないとね。話はそのあとよ。お医者さまからの言いつけだから」

ダグラスの目は半分しか開いていなかった。栄養をあたえる前にまた彼が眠ってしまうのではないかとマーガレットは不安になった。ダグラスは食事のために起き上がろうとしたが、うまく上体を起こしていられなかった。マーガレットは背中に枕をいくつかあててやり、ダグラスが寄りかかれるようにした。マーガレットが運んできたスープの椀にダグラスは手を伸ばしたが、危うくこぼしそうになったので、マーガレットは椀を取り返し、匙をダグラスの口もとに運び、スープを飲ませはじめた。

そこまで世話を焼かれるのがダグラスとしては気に入らないようで、ひと匙ぶんを飲んで、また匙を口もとに運ばれるあいだにこう尋ねた。「なぜこんなに身体が弱っているんだ?」

「大量に出血して、高熱もつづいているのよ。でも、いまは黙っていてね。スープを飲み干したら話しましょう」

しぶしぶながらダグラスは従った。口調と同じく表情にも苛立ちが滲んでいた。マーガレットはこの屋敷で暮らしていたころに、ダグラスが病気になり、ベッドで安静にするよう医師に言い渡されたことが二度ほどあったことを思い出した。あれはまるでライオンをせまい檻に閉じ込めようとするようなものだった。

スープは飲み終えたが、そのころにはまたダグラスの瞼が重くなっていた。「ふつうなら元気になるまでもっと寝たほうがいいと勧めるところだけど」とマーガレットはダグラスに言った。「睡眠はもうたっぷりとっているものね……頭は痛い？」

「割れそうなほどだ」

「まあ、それは大変だわ。じつは頭痛に効く粉薬があるの。痛みをやわらげるお薬をカルデン先生が調合してくださったのよ。お茶にまぜるからちょっと待ってね」

マーガレットは自分が飲むために用意された紅茶が盆に載せて置いてあるテーブルに向かった。「どうして怪我をしたのかしら？」肩越しに尋ねた。「憶えている？」

「よく憶えていないが」とダグラスは話しはじめた。「馬がなにかに驚いたんじゃないだろうか。屋敷に戻る道に馬を走らせていたら、突然、横にそれた。木の枝にぶつかり、そのはずみでわたしは鞍から投げ出された。路上をすこし転がったようだ。道端には傾斜がついているだろう？　転がって、やがて頭にひどい痛みが走った。そのあとはなにも憶えていない。屋敷に近い並木道の低い枝は忘れずにはらわないと。厄介なだけで役立たずだ」

不機嫌そうな声になったり、弱々しい声になったりした。そして目を閉じた。マーガレットは急いで紅茶に薬をまぜた。ダグラスがまた意識を失うのではないかと心配になった。けれど、少なくともいくらかは栄養をとらせてある。カルデン医師の説明によれば、この粉薬は痛みを緩和させるが眠気も誘うらしい。

お茶をダグラスのところに持っていった。不安は的中せず、ダグラスは意識を失っていなかった。枕もとに来たマーガレットの気配を察したのか、ふたたび目を開けた。

「世にも奇妙な夢を見た」紅茶を飲んだあとダグラスは言った。「夢のなかで目が覚めたら、母がベッドの横の椅子に座っていた。話しかけようとすると、そこでなにも見えなくなった。闇に包まれたんだ。そのとき本当に目が覚めたんじゃないかと思う。あるいは、そこで夢から覚めたのか」

「それほど奇妙には思えないわ。ふっつりと終わったり、ちがう場面に切り替わったりする夢はしょっちゅう見るもの」

たぶんアビーはここに来たのだろう、とマーガレットは思った。わが子が心配で、枕もとに座っていたのではないだろうか。あるいはマーガレットとの会話を思い出し、もう一度ダグラスと話をする気になったのか。

「ああ、しかし、それとまったく同じ夢をまた見た」とダグラスはつづけた。「ただ、そのとき夢に出てきたのはセバスチャンで、椅子に座っていた」

マーガレットはなんとか驚きを隠した。どちらの夢も夢ではないかもしれないと、いまは話すつもりはない。

「夢ってたいてい、なんの脈絡もないものだわ」そう返答するだけに留めておいた。「カルデン先生を呼びに行かせるわね」とさらに言った。「あなたの意識が戻ったから、先生もあらためて診察したいでしょうから。治療に必要なことをあれこれお尋ねしたいはずよ」

そう言って出口へ向かいかけると、ダグラスに呼び止められた。「マギー、ちょっといいか」

マーガレットはぴたりと足を止め、不安に駆られた。まだ答える覚悟ができていないことを訊かれるのではないだろうか。

「帰ってきてなによりだ」とダグラスは言った。「それから、急にこんなことになって、きみのご主人に引き合わせてもらう予定が延びてすまない。どんな人物か聞かせてくれないか？　どこで出会った？　よくしてもらっているか？　結婚して幸せかい？」

訊かれたことはどれもセバスチャンと考えた作り話の範囲内だったので、マーガレットは安堵の笑みを浮かべた。振り向いて、でっち上げた話を披露し、夫の名前には触れなかった。もっとも、くわしく話す必要はなかった。簡単な事柄を話しおえないうちにダグラスはまた居眠りを始めた。マーガレットはダグラスの様子を確かめ、そっと肩をゆすった。すやすやと自然に眠りについてくれたらよかったのだが、彼はふたたび気を失ったように寝入っていた。

本当のところマーガレットはほっとしたが、そう思ったことでうしろめたさもひしひしと覚えた。けれど、セバスチャンの帰館をダグラスに告げる立場にはなりたくなかった。ダグラスはそのうち知ることになる、セバスチャンが話をしに来たら。でも、顔を突き合わせたら湧き起こるにちがいない不愉快な感情に折り合いがつけられるほど病状が回復するまでは、できれば知らせたくないとマーガレットは願っていた。

24

マーガレットはまた女中を呼んでダグラスに付き添わせ、従僕にカルデン医師を呼びに行かせると、セバスチャンを捜して、彼の父親と交わした短いやりとりについて知らせておくことにした。温室で、アビゲイルと一緒だった。セバスチャンの笑い声が外まで聞こえ、温室にはいると、マーガレットに気づく前は彼も楽しげな顔をしていた。

祖母と一緒にいるときのセバスチャンはふだんとはまるでちがう。昔の自分だけを、アビゲイルが憶えている自分だけを見せ、ほかの人に見せつけている冷酷な男というあらたな顔は隠したいようだった。ついに顔を突き合わせたとき、父親にはどちらの顔を見せるつもりだろうか。

「ダグラスがすこしのあいだ目を覚ましたの」とマーガレットはふたりに伝えた。「また意識を失う前にどうにかスープを飲ませたわ」

「どうして溝に落ちたのか、いきさつを聞いたか？」とセバスチャンは尋ねた。

「ええ。ダグラスの考えでは、馬が驚いて道を横にそれてしまい、並木の低い枝にあたって、彼は鞍から振り落とされてしまったのだとか」

「現場の証拠がその話を裏づけている。ただ、なんの変哲もない並木道でどうして馬が驚くのか、そこが知りたいものだ」

それについてアビゲイルに思いあたることがあった。「デントンにこう話しているのを聞いたわ、近ごろ乗りはじめた牝馬は前の馬よりもやや臆病な性質らしいとね。ダグラスはその話を一度ならずしていたわ」そう言うと、アビゲイルは顔を赤らめた。口をきこうとしないのに、話には耳を傾けていると、おそらく一語一句洩らさず聞いているのだと認めてしまった恰好だからだ。

マーガレットはそのほかにもダグラスから聞いた話をふたりに伝え、彼が触れていた夢の話もした。そして話しおえると、アビゲイルに尋ねた。「ダグラスの枕もとを訪ねたの？あなたの姿に彼が気づくほど長くそばにいた？」

アビゲイルは認めた。「ええ、今朝、ほんのちょっとだけど。あなたにそうしてと頼まれたから。でも、付き添っているあいだ、気づいたかぎりでは、ダグラスは目を覚まさなかった。だからわたしを本当に見たのか疑わしいわ」

ダグラスの目があまり長くは開いていなかったとしたら、アビゲイルが気づかなかったとしても不思議ではない、とマーガレットは結論づけた。「そう、すばらしい兆候ね。思いのほかダグラスが目を覚ましていたとしたら、あるいは少なくとも目を覚まそうとしていたのだとしたら。熱と闘っているということでしょうから」

デントンがアビゲイルを迎えに来た。ふたりで取り組んでいるある計画のためだった。昨晩夕食の席でアビゲイルが話に出したのだが、もう一度、絵の趣味を始めることにしたのだという。数年に一度、挑戦しては、そのたびに上階にかまえている趣味の部屋の窓を新しく入れ替えたがるのだ。そして、思うような作品が描けないと、光のあたり具合のせいにするのがつねだった。

マーガレットはデントンにもよい知らせのことを報告し、ダグラスとのやりとりを話して聞かせた。父親の意識が回復したことにデントンはあまり興味を示さなかった。「馬が驚いただけだって？　まあ、誰にでも起きることだね」おおいに胸をなでおろしたという口ぶりだった。まるでぜんぜん別の原因で事故が起きたと思っていたかのように。

セバスチャンも弟の不自然な反応が気になったにちがいない。デントンがアビゲイルを連れて温室から出ていったとたん、こう尋ねてきたところを見ると。「おれの思いすごしなのか、それとも、デントンはきみの説明を聞きながら妙なところで喜んでいなかったか？」

「妙とまでは言えないかしら、彼の反応が遅いのはみんな知っているから。ぼんやりしていたってしょっちゅう謝っているわ。いつもそう言い訳するの。デントンがそういう人だって、あなたも憶えているでしょう？」

「いいや、まったく」

マーガレットは驚いた。「本当に？　デントンは前からそうだったわ」

「前からって、どれくらい前からだ？　きみがここで暮らしてからか？　それとも、あいつがジュリエットと結婚してからか？」

「うーん、たぶんそうね。そのころ、わが家はほかの人たちとここに移り住む前は、デントンのことはよく知らなかったわ。父を亡くしてここに移り住む前は、デントンのことはよく知らなかったの。父は長患いの末に他界して、その前はエレノアが三年ものあいだ喪に服してわたしたちを家に閉じ込めていたから」

セバスチャンは沈痛な面持ちになったが、その表情の変化はマーガレットさえ見逃しそうになるほどわずかばかりのものだった。それとも、ただそう見えただけだろうか。

けれど、彼はこう口に出した。「きみはつらい思いをしていたんだな、マギー？」

あらためてそう訊かれると、マーガレットはいたたまれない気持ちになり、冷笑を浮かべた。「ばかばかしい。わたしはまだ子ども同然だった。逃して悔しいことがあったわけじゃない。よその家庭にもその家庭なりの悲劇がある。わが家にもあった。どこも一緒だわ」

「友だちはいたのかい？」

「もちろんいたわ」

そう、女中頭になったフローレンスが親友だったと告白するつもりはないけれど。自分ではそうは思わないけれど、それは友だちがいなかったということだとセバスチャンならみなすだろう。それに、家庭教師に勉強を見てもらう時期が終わったあと、個人経営の教室に通い、そこで友だちも何人かできた。彼女たちとはいまでも連絡を取り合っている。それに近所の女性たちともみな知り合いだが、親しい友人と呼ぶほど気が合う相手はひとりもいなかった。

「デントンの脚はどうしたんだ？」

いきなり話題が変わり、マーガレットは面食らった。「どうして本人に訊かないの？」

「訊いたさ」とセバスチャンが言った。「あいつは顔を真っ赤にして、足を引きずって立ち去った」

「去年のことだったわ」マーガレットは話しはじめた。「ある晩デントンは酔っぱらって、階段から落ちたの。運が悪いことに真夜中だったから、朝まで誰も気づかなかった。発見されたときはすでに大量に出血していて、虫の息だったの。二、三日は予断を許さない状態で、回復するまでにはしばらくかかったわ」

「出血の原因は？」

「階段を転げ落ちる途中で手すりを折ってしまったの。折れた釘で脚をざっくり切って、後遺症になるほどの大怪我を負った。そのせいで足を引きずっているのよ。欠陥人間になってしまったと、デントンはひどくくさくさしているわ。でも、本人に向かって同情したりしないでね。憐れまれているんじゃないかと疑うと、彼はかっかとするから」

「なぜその事故のことを話してくれなかったんだ？」

マーガレットは顔をしかめた。「なぜって、そうね、デントンがお酒を飲みすぎたせいだとしか思っていなかったからかしら」

「では、父の事故と関係があるとは思わないのか？」

マーガレットは目をぱちくりさせた。「言われてみれば関係あるのかもしれない。いままで思いつきもしなかったけれど」

「きみの話では、デントンとジュリエットはけんかが絶えない。デントンが階段から落ちたのは、夫婦げんかの末だったとも考えられるんじゃないか？」

マーガレットは首を振った。「それはどうかしら。そうだとするなら、死にそうになっているデントンを、ジュリエットは置き去りにしたことになるのよ」

「そういう狙いだったのかもしれない」

セバスチャンがそういう考え方をしてもマーガレットに驚きはなかった。「ジュリエットが計算して行動していると？　いったい何人の夫を始末できるものかしら。ううん、いくらなんでもありえ——」

「おれがなにを考えているか、きみは知りたくないんだろう、マギー」

話題がまたしてもがらりと変わったことに気づかなかったとしたら、よほど頭が鈍いということだ。しかも話題にしたくない話題に変わったのだから。声をひそめたセバスチャンの口調は意味ありげだった。そしてその表情は、このときばかりは謎めいていることもなく、マーガレットをじっと見つめていた。いや、もっと正確に言えば、唇に視線を注いでいた。

セバスチャンが一歩前に出て距離を詰めてくると、マーガレットはうしろに飛びのき、あわててこう言った。「ダグラスの付添いに戻らなくちゃ」

「そこを動くな」とセバスチャンは命令した。

命令を無視し、マーガレットはもう一歩うしろにさがった。「でも、お医者さまがじきにここへ――」

最後まで言い終わらなかった。セバスチャンに引き寄せられたからだ。目を下にやり、身体を前に引っぱった手を見た。襟ぐりの深いドレスの下につけた薄手のピンクのシュミゼットをつかまれていた。首すじを覆い、身ごろにも上品にあしらわれた襞飾りだ。無理やり抱き寄せられたのはこれが初めてではない。

信じられない思いでマーガレットは言った。「またやったわね！　こんなことを、よくも二度も！　服をしわくしゃにされたから、報酬から五千ポンド差し引きますからね。だからもうわたしにさわらないほうがいいわよ！」

ところがセバスチャンの返事はキスだった。思わずつま先に力がはいってしまうようなキスで、マーガレットは彼を止めもしなかった。たぶん止めようと思ったとしてもできなかっただろう。とたんに魅了され、なすすべもなく、いまこの瞬間は彼の唇と舌にかき立てられた刺激を味わうしかなかった。

今回は歯を食いしばりはしなかった。セバスチャンの舌がわがもの顔で口のなかにはいってくる。マーガレットはまたしても胸騒ぎを覚え、胸が疼きもした。両脚のあいだが脈を打ちはじめると、怖いような気もした。けれどそれでいてとても気持ちよく、どういうことなのかさっぱりわからない。

マーガレットはセバスチャンの肩にしがみついた。そうしなければ、倒れそうで、膝から力が抜けていた。しかし、腕が背中にまわされて、セバスチャンにしっかりと抱きかかえられていた。彼の筋骨たくましい大きな身体の感触はとても刺激的で……。

「これも差し引きの対象か？」とセバスチャンはいきなり尋ねた。「それとも、五千ポンドは戻すことになるかい？」

マーガレットは異性と駆け引きをするような性格ではなかったが、心が乱されていたので――心地よく――ふだんなら言いそうにないことを口走った。「戻してもいいわ。いまのキスはなかなかすてきだったから。もう一度してくれる？」

「まいったな、そんなことを言うのか、マギー」とセバスチャンはうなるような声で言って、またもや唇を重ね、マーガレットの理性を奪った。

今度はさらに強く抱きしめられ、ふたりのあいだに熱が生じた。眼鏡をかけていたら、湯気で曇ったはずだ。キスをしたらこんなふうになるとはこれまで思いもしなかった。こんなに激しい感覚が生まれるとは……。

ドアのほうから咳払いが聞こえ、ふたりはすばやく身体を離した。「公爵未亡人がお越しになりました」とホップズが淡々と告げた。

25

はしたなく抱き合う姿をタウンゼント家の執事に見られてしまい、マーガレットは顔から火が出た。まさかドアがいっぱいに開いたままだったとは。そう、セバスチャンとキスをしたらわれを忘れてしまうとは思いもしなかった。

恥ずかしさに耐え、マーガレットは尋ねた。「アルバータはアビゲイルに会いに？」

「あなたさまに会いに来られたのですよ」

「まあ」とマーガレットは言って、セバスチャンのほうを振り返ったが、彼は裏口から出ていったのか、もう温室のなかにはいなかった。

「結婚相手がどなたなのか、もうご存じです」とホッブズはマーガレットに予告した。

「もう噂が広まっているの？」

「ええ。それに、公爵未亡人はひとりでお越しになったのではありません、いつもと同じく。ご婦人がたがみなさま応接間でお待ちです。デントンさまが間を持たせておられます。そのお役目から解放して差し上げたら、感謝されるでしょう」

マーガレットはため息をついた。アルバータ・ドリアンの訪問を二度も拒むわけにはいかない。一度なら軽率な対応だったですむが、二度めとなると社交界から抹殺されることになる。

廊下を足早に進み、応接間に向かう途中、鏡の前でいったん足を止め、人前に出ても見苦しくないか自分の様子を確かめた。唇はすこし腫れて、赤みが増しているだろうか、あんなキスをしたあとだから。いいえ、思いすごしに決まっている。それにピンクの縁飾りのついた藤色のドレスは普段着だが、公爵夫人と面会するときに着ていてもおかしくはない。もっともセバスチャンに鷲づかみにされたので、シュミゼットの襞飾りはしわを伸ばさなければならなかったが。

なんとか乗りきれるわ、とマーガレットは自分に言い聞かせた。けれど、そう思うことと、近隣で一目置かれている六人もの婦人たちと顔を合わせることとはまったくちがう。そうした六名の御歴々に、それほど大物ではない婦人も数名ついてきていた。数年前に夫婦でロンドンに引っ越した同級生のベアトリスさえ同席している。

挨拶もそこそこに全員の注目を浴び、マーガレットは早くも顔がほてった。

マーガレットが来たとたんにデントンは口実をつくってそそくさと逃げ出し、すまなそうに顔をしかめて応接間をあとにした。デントンがいなくなると、婦人たちはそれぞれ胸にあったことをぶつけてマーガレットを質問攻めにした。

「ねえ、マーガレット、なにを考えているの？」これは一度ならず訊かれた。

「だけどね、マギー、よりにもよってどうして彼と？」

「あの人が勘当されたことを知らない人は社交界に誰ひとりいないのよ。それに勘当されて当然だったのだから。結局のところ、彼がなにをしたのか考えてごらんなさいよ」

「ダグラスには許してもらえたの？　帰ってきたって、そもそもダグラスは知っているの？」

おかしなものだが、婦人たちにセバスチャンを非難され、マーガレットは腹が立った。彼をかばいたい気持ちになっていた。セバスチャンも自分で反論できるだろうが、そうしようにも本人はいまここにいない。

「彼は変わったわ」とだけマーガレットは言って、それがいいほうに変わったのか悪いほうに変わったのか解釈はそれぞれにまかせた。「それに、彼と恋に落ちるまで時間はかからなかったの。妻たる者はよい時も悪い時も夫の支えにならないといけないでしょう」諭すようにそう言った。

居並ぶ婦人たちはいずれも結婚しているか、未亡人であり、そのうちのふたりにはすでに孫もいる。少なくともひとりがかすかに顔を紅潮させたのを認めてからマーガレットはこうつけ加えた。「でも、セバスチャンが帰ってきたことを彼のお父さまはまだ知らないわ」

「ダグラスはまだ回復していないの？」とアルバータは尋ねた。つまり、事故のことを耳にしているということだ。

「ええ、熱が長引いているんです」

「それじゃ、セバスチャンのことを知ったら、かなり——驚くでしょうね」

控えめに言えばそうだ。けれど、楽観的に考えようとマーガレットは覚悟を決めた。「嬉しい驚きになると願っているわ」

アビゲイルがやってきて、マーガレットは不愉快な質問にこれ以上答えなくてすんだ。アビーがいまでも得意とすることがあるとすれば、それは会話を牛耳りながらも差しさわりのない話題をつづけることだった。セバスチャンが帰ってきたことと結婚したことは喜ばしい、とはっきり口にしたが。

それでも、ベアトリスはマーガレットをすみに引っぱっていって、声をひそめてこう言った。「ずいぶん思いきったものよね、あんな放蕩者と結婚するなんて」

マーガレットはあきれて目をぐるりとまわしたくなる衝動を抑えた。ベアトリスは流行に敏感なブロンドの女性で無類の噂好きとみなされている。ロンドンの社交界にデビューし、その年のシーズンが終わる前に結婚したのだった。夫とのあいだにはすでにふたりの子どもがいる。

「ねえ、そもそもセバスチャンのことは憶えているの？」とマーガレットは詮索するように尋ねた。「そういえば、あなたのご一家がケントに引っ越してきたのは、セバスチャンがイングランドを去って間もなくのことだったわね。それより前にどこかで彼に会ったの？」

「ううん、じつは会ったことはないの。でも、今朝公爵夫人を訪問したときに噂はたっぷり聞いたから」

「想像つくわ。でも、べつに思いきって結婚したわけじゃないのよ。正直に言って、セバスチャンほどハンサムな男性にはほとんど会ったことがないわ。魅力的でもあるしね。恋に落ちずにはいられなかったの」

「あら、そうなの？　でも、ダニエル・コートリーのことはどうなの？　今度のことで肩を落としているそうよ、あなたがヨーロッパ旅行に出かける前から言い寄っていたものね。で、いまはロンドンにいるんですって、傷心旅行で」

「ばかばかしい。ダニエルとわたしはただの友だちだったの。わたしに思いを寄せていたとしても、それは彼の胸にしまわれていた。その気があるそぶりはただの一度も見せなかったわ」

「あら、まあ。じゃあ、ご婦人たちに誤解を正しておくわ」

マーガレットは内心にんまりとした。噂好きな人をうまく使う手があったとは思いもしなかった。ダニエルの心を傷つけたと責められるとも思っていなかったけれど。

婦人たちは当然ながら昼食までゆっくりしていった。時間が時間だったので、お昼はいかがですかと勧めないわけにはいかなかったのだ。そして昼食がすんだあともなかなか帰ろうとしなかった。たぶん一家の厄介者をひと目見られないかと期待していたのだろう。けれど、セバスチャンは姿を見せようとしなかった。

帰り際にアルバータにこう切り出され、マーガレットの疑いは正しかったとわかった。「パーティをしないとね。あなたは外国で結婚してしまったから、婚前のお祝いもできなかったわ。ううん、そうじゃないの、マギー、あなたはこちらでいろいろと忙しいでしょう」マーガレットがぎょっとした顔をしたのを見て、アルバータはこう言い添えた。「わたしが仕切るわ。今週の金曜日にわが家でひらくのはどうかしら？　言い訳はだめよ。あなたたち夫婦を主賓としてお迎えするわ」

「パーティをしている場合じゃないんです。ダグラスは出席できるほど快復していませんから」とマーガレットは指摘した。

しかし、アルバータはなんでも思いどおりにするのがあたりまえの性分で、そんな彼女が折れるはずもなく、ただこう言い張った。「なにをばかなことを言っているの、ダグラスはそれまでに元気になるでしょう。もしならなくても、どっちみちあなたの結婚相手が社交界に戻るじゃまにはなりたくないでしょうしね」

マーガレットはうめき声を洩らした。なにを言っても無駄だ。セバスチャンはたぶん出席に反対しますと訴えるなど論外だ。アルバータ・ドリアンに向かってそういうことは言えないのだ。

けれど、アルバータが最後に声をひそめて言った言葉にマーガレットははっとさせられた。

「あんなにいきいきしたアビーは何年ぶりかしらね。孫が帰ってきたおかげね。だからダグラスがまた元気になったら、なにもかもうまくいくよう願っているわ——アビーのために」

それはマーガレットも同じだ。心からの願いだった。


その日の夕方、ダグラスの世話をひと休みした。ダグラスはまだ眠りつづけていた。もしかしたらすこしは目が覚めたのかもしれないが、マーガレットは気づかなかった。物思いにふけり、気もそぞろだったのだ。頭のなかはセバスチャンのことでいっぱいだった。

母親がいたらこういうことを話せたのに、と残念に思うのはこれが初めてではない。けれど、ずいぶん昔に亡くなったので、母のことは記憶にない。ときどきエレノアが母親代わりを務めようとしてくれたが、まだ若すぎてエレノア自身どういうことかよくわかっていなかった。そして、妹に伝授しようとした〝大人〟になるためのあれこれも、同じくよくわかっていない友人たちからの聞きかじりにすぎなかった。

そういうわけで男女の営みについて噂は聞いていても事実だと断言できることはなにもなく、自然とわかることは別として、知らないも同然だった。けれど、なにかとくらべることはできないのだということはマーガレットもわかっていた。動物は別のルールに従っている。あるいは、本能の赴くままに行なうだけでルールはない。けれど、人間には選ぶことができる。家系を絶やさないために後継ぎが必要だという問題はさておき、好き好んで愛を交わしている。つまり、営み自体が好きにちがいない。そうでなければ、何度もしないはずだ。

自分も好きになるのだろうか。セバスチャンに交換条件を持ち出されて興味をそそられたことを思い出し、マーガレットは赤面した。あんなことはぜったいにだめだ。金銭と引き換えに肌身を許すなど、よくないことだと頭のなかではわかっている。セバスチャンに大金を払わないといけないが、なんとか工面しよう。

だいたい、セバスチャンのことは好きでもないのだ。ただ、美男だとは思う。容姿には惹かれていた。けれど性格は好きになれなかった。それに、セバスチャンに反感をいだくもともとの理由がある。再会してから嫌悪感がさらに増していた。それでも、感覚を刺激されたのは事実だ……。彼に抱きしめられていたあの数分間はすばらしいひとときであり、これまでに味わったことがないほど刺激的だったということはマーガレットも否定できない。

好奇心がどうしても頭をもたげてしまい、あの刺激をもっと探求したくなっていた。これは厄介だ。

26

ちょうどセバスチャンをつかまえたのは、ホッブズが彼を玄関のなかに迎え入れているところだった。アルバータ主催のパーティについてどう話を切り出せばいいのかマーガレットはわからなかったが、前置きとして話すにはちょうどいい別の知らせもあった。けれど、セバスチャンのあとからジョンが荷物を手にはいってきた。

マーガレットは眉を上げて、セバスチャンの近侍を見た。「あと一泊もしないかもしれないのに、いまさら移ってきたの？」

「楽観的ですね。ぼくもそうだけど」

ジョンの切り返しにマーガレットはくすりと笑った。ホッブズがジョンを部屋に案内し、ふたりが玄関広間から立ち去ると、マーガレットはセバスチャンのほうを振り返った。セバスチャンは扉が開いたままの戸口にまだ立っていた。「ホワイトオークス館からきみの馬を連れてきた。夕食前にひと乗りするか？」

名案だわ！「ええ、もちろんよ。ずいぶん気が利くのね、スウィート・トゥースを連れてきてくれるなんて」

「おれにも見どころはある」

セバスチャンがぼそりとそう言ったので、マーガレットは思わず笑ってしまった。「遠出しないのなら、着替えなくてもよさそうね」

「崖まで行くだけだ。ティモシーはあそこの眺めが気に入ったようだから連れていこう」

「いいわね。じゃあ、これから行きましょうか」

長い乗馬ではなかった。ちょっとした遊びで競走することになったので、結局ほんの数分しかかからなかった。マーガレットが眉を上げて合図を送ったのがきっかけだった。セバスチャンはぴたりと察しをつけ、誘いに乗った。崖まで競走をして、マーガレットが勝った。じつに爽快だった。マーガレットが笑い声を立てていると、セバスチャンが追いついた。

「お見事だ、マギー」セバスチャンはマーガレットに手を貸して馬から降ろしてやりながら言った。「なぜきみがサラブレッドに乗っているのか納得した。もちろんおれは勝つ気なんかなかったが」そうつけ加えてにやりとした。

「そうでしょうとも」マーガレットはくすくす笑った。

崖の縁で馬を降り、手綱を持って馬を引いていった。草原を横切っていくと、寒い季節を耐え抜くたくましい野の花がちらほらと咲いていた。セバスチャンは身をかがめて草花を摘み、鼻に近づけたが、甘い香りではなく土のにおいしかしなかったので顔をしかめた。けれども、正式なお辞儀をしてかすかに笑みを浮かべ、花束をマーガレットに差し出した。

「きみが世話をしている花ほどきれいではないが――」途中まで言いかけて、あとは肩をすくめて終わらせた。花を贈ろうとしたことに照れがあるようだった。

マーガレットは大喜びした。「ううん、きれいだわ。ありがとう」

ふたりは散歩をつづけた。セバスチャンは時折り海に目をやり、マーガレットはそんな彼をこっそりと見ていた。彼のこういう一面を見るのは初めてだ。のんびりと、くつろいでいる姿は。いや、祖母と一緒にいるときの彼もそうだった。けれど、あのときはいまとはまたちがう。セバスチャンはアビゲイルのためを思い、レイヴンの顔は見せないようにしていた。

「子どものころよくここに来て、そのへんに座って何時間も船を眺めていた」とセバスチャンが言った。

「本当に？」マーガレットは思わず笑ってしまった。「わたしもそうだったのよ！」

「知っている」

マーガレットは目をぱちくりさせた。「どういうこと、知っているって？」

「きみをここで見かけたことがある。駆けまわっていたよ、ちょうどいまおれたちの幼い友人がそうしているように。おれは馬でとおりかかっただけだから、きみは気づかなかったんだろう」

「そうね、記憶にないわ」

ふたりはしばらくティモシーの様子を眺めた。ティモシーは視線に気づいて手を振ってよこし、石をいくつか崖の向こうにほうり投げた。

セバスチャンの機嫌がよさそうだったので、アルバータが自分たちのために企画したことを話しておくいい機会だろうとマーガレットは思った。「公爵夫人はわたしたちのために近々パーティをひらこうとしているの。思いとどまらせようとしたのだけれど、夫人は頑として譲らなかったわ」

「おれたちのために？」

「そう、結婚祝いのパーティよ、近所の人たちもお呼びして楽しんでもらうというわけ」

セバスチャンはうめき声を隠そうともせずに洩らした。マーガレットが驚いたことに、セバスチャンの反応はこれだけだった。その気になれば、パーティに行かないと決めることもできるのに。

セバスチャンがパーティのことを深く考えないうちにマーガレットは話題を変えた。きょうの彼はやけに感じがよかった。それをどう解釈すればいいのか、よくわからなかったが。

「それはそうと、ここはあなたのお父さまが転落しそうになった場所なのよ」

「ほかの事故についてはくわしい説明を聞いていなかった」とセバスチャンは指摘した。

「いま話してもらおうか」

「ええ、いいわよ。あなたのお父さまの話によれば、崖沿いに馬を走らせていたそうなの。

朝の乗馬でよくとおる道でね。そうしたら、鞍を固定するひもがほどけてしまったのですって。鞍がずれはじめ、彼も鞍ごとずり落ちてしまった。崖っぷちを走っていたのでなければささいな出来事だったでしょうね。ダグラスは岩肌が露出したところからさらに一メートルほど下まで落ちてしまったのだけれど、そこには足をかけるところも、手をついて身体を引き上げるようなところもなかった。人がとおりかかって、馬だけがぽつんとたたずんでいることに気づいて、あたりを調べはじめたのは半時間後のことだった」

セバスチャンはいまや眉をひそめていた。「ひもがほどけたのか。あるいはひもに細工がされていた？」

「それは最初の事故だったの。聞いたときに不安にはならなかったわ、ダグラスは無事に発見されて、怪我もなかったから。本人も崖から落ちたときはぞっとしたでしょうけれど、助け出されると、ついてなかっただけだと片づけたから、鞍をあらためようかとは誰も思わなかった」

「ほかの事故は？」

「ほら、あなたのお母さまの希望でこしらえた三階のバルコニーがあるでしょう？　生前にお母さまがそこでお茶を飲んだり景色を楽しんだりしていた場所よ。あなたのお父さまはいまでもときどきそこに上がっていたの。じつはわたしもそうだったのよ、朝早く起きたときには日の出を眺めていたものだわ」

「きょうじゅうには本題にたどりつくんだろうな?」

からかわれているだけだと口調からわかったが、マーガレットはしかめ面をしてみせて先をつづけた。「ダグラスはバルコニーの床を踏み抜いてしまったの。ちょうど足もとの床が抜けて。幸い床にできた穴のへりに引っかかって、自力で這いあがった。穴に引っかからなければ、転落して命を落としていた可能性もあるわ」

「それで、そのときの死にかけた体験は、どういう理由で問題視されなかったんだ?」

「長年、風雨にさらされてきたのだから、床板が腐ったせいだろうとダグラスは言っていたわ。いまは使用人に言いつけて、定期的にバルコニーの床を調べさせている」

「妥当な解釈だときみも思うんだな?」

「ええ、もちろんよ。でも、事故のあった前日にバルコニーに上がっていたのだけど、床はなんともなかったわ。きしみもしなかったし、床板が傷んでいるようにも見えなかった」

「事故はほかにもあったのか?」

「小さな転倒事故が二度あったけど、どちらもたいしたことないと思ったわ。ダグラスはつまずいて痣ができただけだった。やがてロンドン旅行中、ダグラスは馬車に轢かれそうになった。横をとおりかかった馬車が速度を出しすぎていたのだけれど、御者は馬車を止めて謝りもしなかったらしいわ。ダグラス本人はそのことを話題にもしなかった。ダグラスの御者があとで知らせてくれたのよ。でも、その事故がきっかけで、わたしは不審に思いはじめた。その事故が起きた当時、ジュリエットとデントンもダグラスと一緒にロンドンに行っていたの。陰謀が行なわれていて、それにジュリエットとデントンがかかわっているかもしれないという疑念が芽生えたの」

「なるほど、いまきみから聞いた事故はいまさら調べようがないから、ほかの手立てを講じないと、だ。でも、この話はもういいだろう。きみは一途に悩みすぎだよ、お嬢さん。ここに連れ出したのはのんびりして、ちょっと気晴らしをするためだ、不愉快な出来事を話し合うためじゃなくて」

〝お嬢さん〟と呼ばれてマーガレットは喜んでいる場合ではないのに、胸が温かくなった。機嫌のいいときのセバスチャンはどうしてたって憎めない。

27

マーガレットとセバスチャンが乗馬から戻り、応接間にはいったところで、玄関に馬車がついた音がかすかに聞こえてきた。どちらもホッブズの言葉を聞きまちがえることはなかった。

「おかえりなさいませ、ジュリエットさま」

マーガレットはあわてて玄関へ引き返した。セバスチャンが帰ってきたとジュリエットに事前に知らせようと思ったわけではない。セバスチャンと再会したジュリエットの最初の反応をこの目で見ておきたかったのだ。ジュリエットとデントンが爵位の継承をねらって本当にダグラスを無き者にしようとしているのなら、万が一長男と父親の関係が修復したらジュリエットの目論見は水の泡だ。

「おかえりなさい、ジュリエット」とマーガレットは言った。

ジュリエットは振り返って、微笑んだ。じつに可憐な女性だ。ブロンドの髪を巧みにカールさせ、身体つきは相変わらずほっそりとし、緑の瞳には輝きがある。化粧もしているが、もともとの美しさを引き立てるだけに留め、厚化粧ではない。いつでも最先端の衣装に身を包み、たびたびロンドンの仕立屋を訪ねては流行に後れないよう気を配っていた。

「ただいま、マギー！　もう帰ってきているとは思わなかったわ。ヨーロッパに行ったら、もっとゆっくりしたいもの。でも、あなたが帰ってきたとわかっていたら、ロンドンでこんなにぶらぶらしていなかったわ」

ジュリエットはマーガレットを抱きしめた。それはマーガレットも予期していたことだった。ここエッジウッド館で一緒に暮らしていたころ、ジュリエットはマーガレットを気に入っていたのだ。ジュリエットに友だちだと思われていることはマーガレットも気づいていた。おそらくイングランドでただひとりの友人だ。悲劇に加担したことで、近隣の女性たちはいまだにジュリエットを許していない。タウンゼント家の一員なので、さすがに仲間はずれにされることはなかったが、暖かく迎え入れられることはけっしてなかった。伯爵夫人の座につき、おおかたの近隣住民よりも身分が上になったら、こうした状況が変わるかもしれないと本人は思っているのだろうか。

ジュリエットは身体を引き、勢い込んで尋ねた。「それで、旅行は楽しかった？　パリでわたしが勧めた場所は全部まわった？　ねえ、ぜひ聞かせて……すっかり――」

次第に声が小さくなり、言葉が途切れてしまった。セバスチャンが応接間の入口に立っていたのだ。ジュリエットは彼に気づいたようで、いまにも死にそうなほど真っ青になった。あるいは、セバスチャンの表情に自分の死を予感したかのようだった。マーガレットは振り返ってセバスチャンに目をやり、ぎょっとした。冷酷で恐ろしげなレイヴンに戻っていた。彼がわが家と呼ぶあの廃墟で会ったときよりもさらに威圧的に見える。目のせいだ。想像力が豊かであろうが、そうでなかろうが、誰が見てもあの黄金色の瞳には殺意が宿っている。ホッブズもそう思ったにちがいない。あれほどすばやく動く姿はマーガレットも見たことがない。ホッブズはそそくさと廊下を歩き去ってしまった。たしかにマーガレットも立ち去りたい衝動に駆られた。セバスチャンはこちらを見もしない。そういうわけでジュリエットの心境はマーガレットも想像がついた。

「あっちへ行っていろ、マギー」とセバスチャンは言った。その口調は落ちついていたが、脅すような声でこうつけ加えられた。「デントンの女房とおれは片のついていない一件の話がある」

「ここにいて、マギー、お願いだから」ジュリエットはマーガレットのかたわらで切羽詰まったようにささやいた。

「マギー、行くんだ！」とセバスチャンは声を荒げた。

マーガレットは階段を駆け上がり、デントンの部屋へ飛んでいき、ドアを強くたたいた。デントンがドアを開けると、マーガレットはいきなりこう言った。「階下《した》へ行って、お兄さんが人殺しの罪でつかまるのを阻止したほうがいいわよ」

「人殺し？」

「あなたの奥さんが帰ってきたの」

「なんだって！」とだけ発し、デントンは廊下を走っていった。

マーガレットもあとにつづいたが、階段の下り口で足を止めた。ジュリエットは夫が助けに来たのを見て、階上へ急ぎ、自室に駆け込んだ。

マーガレットの耳に、デントンが兄に話しかける声が聞こえた。「彼女を殺したらだめだ」

「じゃあ訊くが、どうしてあの女と離婚しないんだ？」とセバスチャンは問い詰めた。

「ぼくが離婚したがっていないと思うのかい？」

「それならどうしてだ？」

「できないんだ。だからもうほうっておいてくれよ、セブ。頼むから首を突っ込まないでくれ」

デントンはそれ以上なにも言わず、部屋に引き返した。マーガレットのほうをちらりと見ただけで、無言でとおりすぎた。闘いに負けた男という風情を醸していた。妻から解放されたいとデントンが表明するのは初めて聞いた。

階段をのぼってくるセバスチャンとマーガレットは目が合った。自分の部屋に閉じこもりたいところだったが、彼がついてくると厄介だ。足もとに目を伏せた。デントンを呼びに行き、セバスチャンがジュリエットと話すのを切り上げさせてしまったことにひしひしと罪悪感を覚えていた。

セバスチャンはマーガレットの顎を引き上げ、無理やり目を合わさせた。「どうしてこんなことをした？」

マーガレットは身をよじらせながらも正直に話した。「あなたがジュリエットを殺すのではないかと心配したの」

「殺そうとはしていない。でも、ふたりだけで話ができなければ、どうやって彼女から真相を引き出せる？」

「あなたがなにを訊こうとしているのか、誰も知らないような言い草ね。ふたりだけで話し合う必要はないでしょう」

「その推測には大事な部分が見落とされている。ほかにも人がいたら、あの女は気が大きくなって嘘をつくさ。嘘をついても平気だと思って」

「なるほどね、それは思いつかなかった」マーガレットはばつが悪くなった。

「ああ、きみは自分の雇った男が人殺しをすると思い込んだようだな」

さらにばつが悪くなった。「だってあなたは殺意をみなぎらせた顔をしていたのよ」マーガレットは言い逃れようとした。

「それならよかった、あえてそうしていたからね」セバスチャンはさらりと言って、ため息をついた。「まあ、作戦を変えないとだな。これが爵位継承をねらってのことだとするなら、あいつらがおれを殺そうとするまでどれくらいかかるか」

マーガレットはセバスチャンの言葉を聞いていやな予感がした。「まさかわざと標的になるつもり？」

「それがいちばん手っとり早い。ジュリエットは二度とおれとふたりきりにならないためならどんなことでもやりかねない」

「自分の弟も加担していると本気で思っているの？」

「きみはちがうと思うのか？」

「そうね、前は加担していると思っていたけれど、離婚したいけれどできないとデントンが言うのを聞いて考えが変わったわ。どうして離婚に踏みきれないのかしら？」

「強請《ゆす》られていると考えれば筋がとおる。もっともあの女が相手ならなんでもありだが。ところで、言っておくが、弟が父に危害を加えているのではないかと疑ったことは一度もない。あいつも不満があるかもしれないが、父に恨みがあるわけじゃない。兄貴のおれが気に入らないのさ、父親を慕っているのに、長男がひいきされていると思って。とはいえ、ジュリエットがひとりでやっていることではない気がする」

「じゃあ、誰と？」

「ティモシーの報告によれば、ここの厩舎で働く馬丁のなかにフランス訛りがある者がいる。それについてホッブズに確認してみた。どうやらその馬丁はジュリエットの強い勧めで雇われたらしい。ジュリエットがデントンと結婚した直後のことだ。つまりまちがいなくその馬丁はジュリエットの知り合いだ」

「あるいは共犯者か」

「まさに。そう考えると、きのうはジュリエットがまだロンドンから帰ってきていないのに父が事故にあったこととの説明がつく。ジュリエットのお仲間は並木の陰に隠れ、なにかを通りにほうり投げて馬を驚かせたのかもしれない。そしてそのあと、証拠を持ち去った」

「馬から落ちたら首の骨を折ることもあるというのは誰でも知っている」

「ああ、そのとおり。それでも、そうなる確率はさほど高くない。となるともしかしたら……」

「もしかしたら？」

「実際に父を殺すためではなく、そう見せかけるためかもしれない」

「なんのために？　あなたのお父さまを脅すため？」

セバスチャンは苦笑いを浮かべた。「もしそうなら、やつらの作戦は大失敗だ。その思惑どおりにことが運ぶには父がなにがしかの疑いを持たないといけないが、きみから聞いている話によれば、父はなんの疑いもいだいていない。おれが考えているのはそういうことじゃないんだ。もしかしたらいままでの事故はデントンを脅す目的だったんじゃないだろうか、ジュリエットがデントンを意のままに操るために」

「なんてこと。それはまったく思いつかなかったわ」

「ただの憶測だ」

「こうは考えられない？　ダグラスはなにかがおかしいと認めてわたしたちを不安にさせたくないと思っている」

「そう考えるほうが妥当だろうな、最近身に降りかかったいくつもの事故についてまったく不審がっていないとするよりも。父はばかじゃない。話をすればなにかわかるだろう」

「あなたと話をするならね」

「それについては父の好きにさせるつもりはない」

マーガレットは唇を噛んだ。「ダグラスに質問するのはあと一日二日待ったほうがいいんじゃないかしら、体力がいくらか回復するまでは。出血もそうだけれど、発熱で消耗しているわ。それに、ほぼ一日じゅう眠りつづけているから、元気を取り戻そうにもほとんどなにもお腹に入れていないのよ」

「そんなに寝込むと思うのか？」

「せめてあと数日はお医者さまの指示に従ったほうがいいでしょうね」

「わかった。そのあいだジョンも使用人たちに探りを入れられるか。ところで、マギー、おれの提案した交換条件を考えてみてくれたかい？」

懲りずに持ちかけてくる厚かましさにマーガレットは息を呑んだ。けれども返答をするより早く、セバスチャンに抱き寄せられ、階段の下り口で激しく、怒りにまかせたように唇を奪われてしまった。完全なる不意打ちだった。それまでにふたりが話し合っていた内容を思うと、不謹慎とも言える。まったく気配は見せなかったけれど、セバスチャンはさっきからキスをしようかと考えていたのだろうか。

腕を振りほどこうとしても無駄だ。もっとも、そうしようかとマーガレットも思ったわけではないが。セバスチャンはマーガレットのお尻をつかみ、もう片方の手をしっかりと背中にまわした。その左右の手で引き寄せられ、ぴったりと身体が触れ合ったので、マーガレットは彼の昂りを感じた。

抗おうと思いつつも、たちまち欲望が胸に湧き、しばらくしてからようやく身体を引き離し、返事をした。

「あの提案ほどあきれた話は聞いた憶えがないわ！」

「つまり、だめだということか？」

「そうよ、ぜったいにだめ」

「それなら、もっとましな寝床のためにほかの手を考えないとな」セバスチャンはさりげない口ぶりでそう言った。

そして、どういう意味だろうかと悩むマーガレットを煙に巻いたまま、ぶらりと立ち去った。

28

マーガレットが足を踏み入れると、食堂にはふたりしかいなかった。祖母と孫は笑い合っていた。アビーと一緒にいるときのセバスチャンはやっぱり驚くほど別人だ。まるで昼と夜のようにがらりと変わる。そんな姿を見せつけられると、昔のセバスチャンを知りたくてたまらなくなる……。

マーガレットに目を留めると、セバスチャンは立ち上がった。そしてアビゲイルがこう言った。「あら、来たわね。さあ、ここへ」自分の隣の席をたたいた。

そこに座るのをマーガレットはためらった。セバスチャンの真向かいにあたるからだ。けれど、食堂には三人しかおらず、夕食が始まっても三人のままの可能性が高いとなると、拒むわけにはいかなかった。それにセバスチャンが楽しげな顔をして、マーガレットのために椅子を引いている。マーガレットはふと、この一家が自分を取り合っていたことを思い出した。ダグラスはマーガレットを隣に座らせたがり、ジュリエットはジュリエットでマーガレットの近くに座りたがり、アビゲイルもそうだった。そして当然ながら三者はおたがいに近くには座るまいとしていた。そういうわけで、マーガレットが食堂に現われたときに誰が最初に声を掛けるかで争いは決着するのだった。

マーガレットが席につくと、セバスチャンはすぐにアビゲイルに尋ねた。「あれが聞こえないのかい？」

「もちろん聞こえますとも。でも、この家ではいつもの物音なのよ、厨房で鍋と鍋ががちゃがちゃぶつかり合うような音ですよ」

「〝いつもの物音〟を立てているふたりに誰か注意するべきだな、当主が寝込んでいるのだからすこしは配慮しろとね」とセバスチャンは言った。

アビゲイルはくっくっと笑った。セバスチャンが真顔でそう言うものだから、マーガレットもくすりと笑わずにはいられなかった。言うまでもなく騒音は階上で言い争っているデントンとジュリエットのくぐもった怒鳴り声だった。そして、アビゲイルは大げさに言ったわけではなかった。この家ではたしかにいつも聞こえてくる騒音であり、あたりまえすぎて、ここに住んでいる者たちは気にもしないことがしょっちゅうだった。けれど、セバスチャンの言うことはもっともだ。ダグラスは休養が必要であり、息子夫婦が怒鳴り合う声に迷惑するにちがいない。

「話してくるわ」マーガレットは従僕に差し出された二本のワインのうち一本を選びながらそう申し出た。「けんかをしたければ、あと三日くらいは外でするよう説得できると思うの」

「けんかをするなと言うのではなく?」とセバスチャンは尋ねた。

アビゲイルは鼻で笑った。「それは無理な相談だわね。いままでさんざん言って聞かせたのよ——すべて無駄だったわ」

怒鳴り声はさらに響いてきた。どうやらふたりは階下に下りてくるようだ。実際、デントンがきっぱりとこういう声が聞こえた。「顔を合わせたかろうが、そうでなかろうが、どうでもいい。兄さんはここにいるんだ。自分でなんとかするんだな」

「あとで後悔するわよ——!」

「それももう聞き飽きた。もう一度言うぞ、きみこそぼくを恐れたほうがいい」

「彼に知られてもいいってわけ?」ジュリエットは驚いたような声で言った。

「うるさいな、自分から話したっていいんだ」

嘲るような笑い声がした。「するわけないわ」

デントンはジュリエットを階下に引きずってきているのだろうか。そう、たしかにそうだった。デントンが無理やりジュリエットに前を歩かせて食堂にはいってくると、それははっきりした。ジュリエットは腕をつかむデントンの手を振りほどき、ぎこちない手つきで服のしわを伸ばし、誰にも目をくれず、下座に座るアビゲイルからできるだけ遠く、かといってダグラスの席でもない場所に腰をおろした。

驚いたことにデントンはジュリエットのあとを追い、腕を引っぱって席から立たせた。

「ここはだめだ。たまにはふつうの家族らしくふるまって、一緒に食事をとるんだ」

ひとりならず眉を上げて驚く家族を尻目に、またもや妻を引きずって、マーガレットの隣の席に押しやるようにして座らせた。そして、テーブルをぐるりとまわり、ジュリエットの向かいに腰をおろした。ジュリエットのかっとなりやすい性格を思うと、おとなしくそこに座っているのがマーガレットには驚きだった。これまで見たことのない強引なデントンにジュリエットはすこし怯えているようにも見えた。いつもならジュリエットはデントンを踏みにじり、尻に敷いていた。セバスチャンが帰ってきたことで、デントンはようやく勇気を奮い起こしたのかもしれない。

アビゲイルはふだんどおりに落ちつきはらい、ジュリエットにロンドン旅行のことを尋ね、夕食の席に日常をもたらした。あるいは、もたらそうとした。ところがジュリエットは場の空気を読めず、礼儀をわきまえようとしなかった。

「あの町は汚らしいわ」小ばかにしたように言った。「どうして不快な思いをしないといけないのかわからない。買い物ならパリに行きたいのだけれど、反対されているから」

「きみが褒めたたえているパリだって似たり寄ったりだ」とデントンは言い返した。「貧民街をぶらついてみろ、どっちの町でも小便を引っかけられてびしょ濡れだ」

ジュリエットは大好きな町を夫にけなされて息を呑んだ。「どうこう言えるほどパリにいたことなんかないくせに――！」

「もう二度と行くもんかと思うくらいいたさ——きみももう二度と行くことはあるまい。海峡のこちら側でさんざん金をつかった。この上フランスに買い物旅行に出かけて浪費を重ねるのはだめだ」

「あなたにかたくなに拒否されなければ、わたしだって無駄づかいはしなかったかもしれないわ」とジュリエットは甘えたような声で言った。

デントンの顔が真っ赤になった。つまり、意味ありげなことを言われたのだろう。いったいなにを拒んだ罰として、デントンはジュリエットに浪費を許すことになったのだろう？フランスへの旅行のようなことではないはずだ。拒否というのはジュリエットが真実だとみなしていることをデントンが反論したということだろうか。いや、もしかしたら厳密には拒否という意味ですらないのかもしれない。ジュリエットの英語は流暢だが、ときどき意味を少々取りちがえているせいで、言葉の使い方がおかしいことがある。

アビゲイルはもう一度話題を提供し、全員が会話に参加できるようにした。公爵未亡人が新婚夫婦のために近々ひらくパーティは恰好の話題だった。きょうご婦人たちが帰ったあと、マーガレットはアビゲイルに話しておいたのだ。そしてジュリエットもデントンからあらかじめ聞いていたようで、結婚の話が出ても驚いた顔は見せなかった。

セバスチャンはただマーガレットに眉を上げてみせただけだった。誰が招待されるのか推測したり、名前の挙がった何人かの噂話をしたりといった会話がつづいたが、セバスチャンがどの話題にも参加していないことにマーガレットはいやでも気づいた。ジュリエットが食堂に現われてから、セバスチャンはひと言も口をきいていなかった。けれど、鷹のような目でマーガレットを見つめていた。向かい合わせに座っていたので、一度でも彼に目をやらずにいるのは至難の業だった。

従僕がデザートを運んでくると、テーブルに沈黙が下りたが、気まずい沈黙ではなかった。料理人の得意とする一品で、ふんわりとしたクリームがたっぷりと添えられた濃厚なチョコレート菓子に一同は舌鼓を打った。マーガレットが自分の屋敷でセバスチャンと夕食をともにした最初の夜に出された品によく似ていた。クリームで汚れたナプキンを投げつけたことを思い出し、スプーンを口に入れたままセバスチャンに目を上げると、熱いまなざしを向けられていた。気まずい沈黙なのではなかった？　マーガレットにとってはかなり気まずい沈黙になっていた。

エドナがマーガレットの部屋にいて、ドレスを脱ぐのを手伝ったが、手が届きにくい留め金をはずしてもらうと、マーガレットはエドナをさがらせた。そわそわしているのを悟られて、その理由を知られてしまうのが怖かったのだ。その日の午後、エドナは寝具を運んでバスルームにほうり込んでいたものの、セバスチャンがマーガレットの部屋で寝ているのは不適切だと怒り、文句を言っていたのだ。偽装結婚だということを知っているのはエドナとオリヴァーのふたりだけだ。

まだ宵の口だった。マーガレットはいちばん魅力的な寝巻きに着替えた。旅行中にパリで買ったレースの青いネグリジェだ。驚いたことに、エドナがホワイトオークス館から持ってきた身のまわりの品のなかにこのネグリジェもはいっていたのだが、気づいたのはゆうべのことだった。さらに驚きだったのは、エドナはきょうぶつぶつ言っていたのに、それでもこのネグリジェを着替えの衣類から取り除きはしなかった。

これを着るのは初めてだった。買ってはみたものの、寝るときに着る物にしては上等すぎる気がしたからだ。暖炉で火が燃えていても、この時期に身につけるにはたしかに薄すぎる。透けるほど薄く、レースがあしらわれているものの、身体の線はあらわになりすぎるほどあらわになっている。

姿見でちらりと見て、マーガレットは顔が赤くなり、ネグリジェをまとう前よりもさらにそわそわしてしまった。そこで、実用的な白い木綿のネグリジェにすばやく着替えた。これなら首までしっかりボタンが留まり、男性の気を引くような気配は感じさせない。セバスチャンと愛を交わすのではないか、といかにも期待しているようには見えないはずだ。

そう結論に達すると、ランプをすべて消し、炉にくべた薪をならして火の勢いを弱め、ベッドに上がり、上掛けの下にもぐり込んだ。セバスチャンが床につこうと思うころにはこちらは眠っている。そうなりますように……。

29

静まり返った家のなかをセバスチャンは歩いていた。ジャイルズが恋しかった。この屋敷のどの部屋にも友人との思い出がある。そういう意味では父親のことも恋しい。愛と関心を失う前の父のことも。

昨夜遅く、すこしのあいだだったが父の枕もとに座っていた。マーガレットがすぐ近くで寝ているのだと思ううちに、しばらく部屋を飛び出したくなったのだった。父の黒髪に白髪がまじっていることに気づいた。至極当然だ。デントンにはもっと白髪があるが、年齢を思えば不自然だった。いったいなにが原因だろう？　なにがもなにも、わかりきった疑問だ。弟はジュリエットと結婚している。あの女と一緒にいたら誰でも若白髪が生えてくる。

父は再婚するべきだったのだ。この前の夜、窓の外から様子を眺めながら、父はひどく孤独だとセバスチャンは思った。まわりにいるのは、自慢に思えない次男と、気に入らない次男の妻と、口をきこうともしない母親だ。親友とは絶交し、長男は死んだことにしている。大事な話のできる相手もいない。少なくともセバスチャンにはジョンがいる。

た。ごたごたしている家庭に淑女を連れてくるのは憚《はばか》られたのかもしれないが。マーガレットからおまかせにしたらどうかと持ちかけたが、笑い飛ばされたという。父にも話を聞いた話を思い出した。自分と結婚したらどうかと持ちかけたが、笑い飛ばされたという。

なぜ再婚しなかったのだろう？ あるいは、本人には再婚の意思があるのかもしれないが。マーガレットからおまかに聞いた話を思い出した。自分と結婚したらどうかと持ちかけたが、笑い飛ばされたという。もしかしたらマーガレットもまったくの冗談として言ったわけではないのかもしれない。父にもその気があるとマーガレットに思わせる理由があったのかもしれない……。

そんなことを思って、セバスチャンは一瞬、不安になったが、やがてデントンもマーガレットに惹かれているようだと思い出し、無性に腹が立った。彼女は四年間この家で暮らしていた。そのあいだ、ここではいったいなにが起きていたのか。

父の気持ちがそちらに向いていたことはないだろう、とセバスチャンはすぐに思いいたった。マーガレットの相手として年をとりすぎているわけではないが、マーガレットは恩義を感じて同意せざるをえない立場にある以上、被後見人の弱みにつけ込むことになる、と父は判断しただろう。曲がったことの嫌いな人だからそんなことはしないはずだ。だが、デントンは不義を犯した女と結婚し、夫婦げんかも絶えない。父親の美しい被後見人に慰めを求めたことはあるのだろうか。いや、デントンが彼女に手を出すはずはない……。

階上に行くと、マーガレットの部屋は真っ暗だった。ランプをひとつ廊下から拝借し、テーブルに置いた。マーガレットのベッドに近づいた。彼女は眠っていた。あるいはそう思わせようとしている。やれやれだ。

セバスチャンは上着を脱ぎ、近くの椅子にほうり投げたが、その椅子の座面に置いてあった青い布地に目を留めた。指で触れ、つまみあげ、眉を吊り上げた。もう一度マーガレットに目をやり、その青いネグリジェではなく、彼女がなにを着て寝ることにしたのか見て取ると、思わず笑い出しそうになった。これほどはっきりと拒絶を示すメッセージは見たことがない。そうは思ったが、とにかくベッドに近づいた。

拒むつもりなら、夕食の席でどうしてマーガレットは頰を染めたのだろう？　誓ってもいいが、彼女はこちらの申し出に応じようとしていた。ふたりで交わしたキスを思い出したのか。ただ気まずくなっただけなのか？

理解しがたい女性だ。セバスチャンのことは嫌いだとはっきり言いきっているものの、素直な態度で接してくる。こちらを毛嫌いしているそぶりは見せない。たとえ怒りをあらわにしても一時的なものであり、その時々にセバスチャンが怒らせているだけだ。過去にこだわっているわけではない。ひょっとして嫌いだと言ったのは、嫌いにならないといけないと本人が思っているからだろうか。

マーガレットは自分に心を惹かれている、とセバスチャンは一度ならず感じた。けれど、彼女はその気持ちを抑えようと闘っているのではないだろうか。姉さんのことがあるからか？　マーガレットは筋のとおったものの考え方をするが、その件だけはちがうのだ。あれは屁理屈だ。おのれに非があることならセバスチャンも責めを負ってもいい。しかし、エレノアは理由を偽って出奔《しゅっぽん》したのではないだろうか。エレノアの手紙を調べたところ、ある名前がすぐに判読できた。ジュリエットと書かれていた。あらゆることがジュリエットを指している。

さらにつけ加えると、偽装結婚はもともとマーガレットが言い出したことだった。彼女はやけにあっさりとこの提案を思いついた。そこからいろいろな解釈ができるかもしれないが、あまり深読みしないほうがいい。とどのつまり、マーガレットが実際にしたり、してもいいと同意したりすることはすべて、ダグラスを守りたい一心から生まれている。そして、セバスチャンならなんとかしてくれると信じきっているのだ。

ほんのすこしのあいだだったが、セバスチャンはベッドの端に腰をおろした。マーガレットにはわかりっこない。すやすやと寝ているのだから。けれど、眠りについていても、そこにいるだけでセバスチャンの肉体に大きな影響を即座におよぼした。昨晩苦しめられたマーガレットへの情欲がまたしてもかき立てられたのだ。セバスチャンはうめき声を洩らした。どうやらこれほど近づいたら、ほしくならずにはいられなくなる。マーガレットの唇を初めて味わってからというもの、毎度必ずそうなるのだ。こういう雑念は振り払わなければならない。それもただちに。そうすれば、ここでやるべき仕事に集中できる。

マーガレットは眠りつづけていた。身体を丸め、上掛けの下にもぐり込み、長い髪は頭に敷いた枕に広がっている。部屋の向こうから届くほの暗い明かりのもとでさえ、茶色の髪はところどころ金色がまじり、光り輝いていた。その髪をすくい上げ、顔にこすりつけてみたい、とセバスチャンは思った。それ以上のことをしたいのだから、それだけでは物足りないだろうが。

冷えびえとしたバスルームに引き上げるべきだ。おそらくそこに寝床が用意されている。そして、マーガレットの温かく、官能的な身体を思い浮かべ、またひと晩つらい夜を過ごすのか？　セバスチャンはベッドのそばから動かなかった。無防備に寝ているところにつけこむなど、卑劣な男のすることだ。それは重々わかっている。昔の自分ならけっしてしないが、レイヴンだったら……。

30

マーガレットはベッドに横たわりながら自分の呼吸に意識を集中させていた。セバスチャンが部屋に来る前に眠りに落ちていればよかったが、そうはいかなかった。いまは自然な息づかいに聞こえるように、セバスチャンが近くにいるときの癖で息を止めてしまわないように、全神経を傾けている。

部屋のなかを歩きまわる音は聞こえていたが、寝床を用意した小さな部屋にはいってドアを閉める音がまだ聞こえなかった。すでに一度だけ目を開けて、部屋にランプが持ち込まれたことには気づいていた。なぜ彼がなかなかバスルームに引っ込まないのか知りたいところだが、もう一度目を開ける危険を冒そうとは思わない。

セバスチャンがベッドの横に来たときは、マーガレットもちゃんとわかった。なぜ来たのかさえ推測がついた。それは自分の落ち度だ。きょうは一日じゅう、彼と愛を交わしたらどんな感じなのだろうかと空想していたのだ。こちらがなにを考えているのか、どういうわけか彼にはお見通しということだ。

ベッドが沈んだ。いやだわ、ベッドに腰をおろしたのね! そっちに寝返りを打つべきかしら？　そのほうが自然に見える？　いびきをかいたほうがいいかもしれない。ううん、いびきのまねはどうすればいいのかわからない。もしやろうとしたら、彼に笑われて、狸寝入りがばれるだろう。

セバスチャンに見つめられている。それは気配でわかった。やめてくれないと、そのうち顔を赤らめてしまいそうだ。彼に気づかれてしまうほど部屋は明るいだろうか。いま赤面したら、一生自分を許せない。さあ、呼吸をするのよ！

このようなことをつづけていたら、すぐにでも気が変になりそうだ。ベッドから起き上がって、こんなふうに生殺しの目にあわせるなんて、と金切り声を上げてしまいそうだった。

「寝ているなら、おれの声は聞こえない、そうだろう、マギー？」

セバスチャンの声には気持ちを落ちつかせる効果があった。とても静かな声であり、こちらを起こそうとしているわけではないのだとわかる。いくらか緊張がほどけた。セバスチャンは自分の胸にあることを話そうとしている。だから返事はしなくていい。それならよかった。笑ってしまうようなことを言われないかぎり、なんとか乗りきれる。そのうち彼も出ていくだろう。

「こんなことをされてもなにも感じないだろう。それとも、夢を見ていると思うかもしれない。いい夢を見たいかい、マギー？」

なにかが起きる予感がまたしても高まり、ぴたりと息が止まった。セバスチャンの腕が上掛けの下にもぐり込んできたのだ。木綿のネグリジェは薄手ではないが、お尻にあてられた手のぬくもりを感じないほど厚くもない。こうなったら目を開けて、彼を止めたほうがいいだろう。

「きみという人は、ごまかさなくてもいいときにごまかそうとする。おれにキスをされて喜んだ。もっといろいろあるんだよ、きみには想像もつかない気持ちのいいことが」

よからぬ好奇心がまたマーガレットの胸に戻ってきた! どうしてセバスチャンはそんなことをわざわざ言うの? それに手をじっとさせてはいなかった。マーガレットは身体を丸めて横になっていたので、膝はもともとセバスチャンのほうに折り曲げていた。彼の手は太腿をとおって膝へと下りてきた。そこまで裾がまくれ上がっていることにセバスチャンは気づいたようで、ネグリジェのなかに手をすべらせ、太腿のあいだに向かって手を動かしていった。

そちらへ向かう動きが止まらなかったら気絶してしまうわ、とマーガレットは思った。動きは止まらなかった。脚のつけ根にたどりつくと、ゆっくりとその内側に指がもぐり込んできた。

ぱっと目を開けると、金色に輝く瞳に見つめられていた。マーガレットが目覚めているとはっきりしたので、セバスチャンはそれまでしていたことをやめはしなかった。そしてマーガレットは、やめてという言葉がどうしても出てこなかった。じつのところ、やめてと言いたくなかった。セバスチャンが口にしていた気持ちのいいことにうっとりしてしまったからだ。たしかにこれは気持ちいい。どういうものかわからないけれど、すごく……。

セバスチャンは上掛けをめくり、うなじにもう一方の手をすべらせてマーガレットを膝に引き上げ、胸に抱き寄せてキスをした。情熱的なキスに心地よい興奮がマーガレットの全身を駆け抜ける。満足げなうめき声が聞こえた。セバスチャンの声なの？　それとも自分の声？　セバスチャンに抱きすくめられていたものの、どちらが洩らした声なのか、マーガレットにもよくわからなかった。セバスチャンに負けず劣らず自分もぎゅっと彼を抱きしめていたのだ。そして、熱を帯びた悦びは不思議なことに、あらゆるところからもたらされるようだった。セバスチャンの口からも、触れ合う身体からも、彼の指からも。そして身体の奥深くにもぐり込んだその指がしていることからも。

セバスチャンの味と香りはワインのようで、たちどころにマーガレットを酔わせた。めまいがして、身体がほてり、セバスチャンにあらたな刺激をかき立てられるたびにマーガレットは頭がぼうっとなった。キスでセバスチャンに支配され、意思の力を吸い取られ、舌が濃厚にからみ合った。

どれくらいのあいだこうして抱きしめられているのか、快楽が五感に広がり、彼の生み出した官能の嵐に引き込まれているのか、見当もつかなかった。けれども突然、セバスチャンはマーガレットを抱きかかえたままベッドに寝転がり、ネグリジェをたくし上げた。咽喉もとの結び目もほどき、ネグリジェを頭から脱がせた。

マーガレットの髪があちこちに広がったが、セバスチャンはその髪をそっとうしろに押しやり、首筋から払いのけると、そこに口をつけた。肌を焼くような熱が耳の近くまで広がった。セバスチャンは耳たぶに歯を立て、ほんの一瞬だけ引っぱった。ぞくりとする感覚がマーガレットの肩に広がったかと思うと、彼の口が胸もとにまで下りてきた。片方の乳房に手をあてがい、唇をつけた。濡れた胸の先端に舌が転がされ、そっと歯をこすりつけられると、マーガレットは一度ならず息を呑み、下腹の奥に快感が走った。

セバスチャンは口でマーガレットの身体に火をつけながら、手で愛撫もつづけていた。その愛撫をマーガレットはひとつ残らず意識していた。彼の指がしっかりと熱を帯びていたからだ。いや、そんな気がしただけかもしれない。身体のわきにぴたりとつけられた彼の身体も熱かった。そのぬくもりがなくなってしまうと、とたんに寒けを覚えたほどだ。

目を開けると、セバスチャンはベッドのかたわらに立ち、マーガレットを見下ろしながらきちょうめんにシャツを脱いでいた。マーガレットの身体を眺めまわすセバスチャンの目は熱っぽく、見ているものを気に入っていることは疑うべくもなく、マーガレットは思わず顔を赤らめた。ボタンのひとつに手こずりながらもセバスチャンは目をそらしもしなかった。ただボタンを引きちぎってわきにほうり、シャツも脱ぎ捨てた。彼の胸板は広々としていた。おそらくマーガレットの目には賞賛の表情が浮かび、それは彼女が肌身をさらしたときにセバスチャンが見せたまなざしと同じだったのだろう。セバスチャンの素肌は惚れぼれする眺めだ。そしてあの肌にこれから手を触れる……。

セバスチャンがズボンのボタンをはずしはじめると、マーガレットは顔が赤くなってきた。さらに下に目をやるのが怖くて、ボタンのところに視線を釘づけにしていたが、セバスチャンにじっと見られていることに気づいた。セバスチャンは覚悟を決め、いったん身体を離し、仮にマーガレットが一時的に分別を見失っていたとしたら、その分別を取り戻し、ドアを指差す隙をあたえた。マーガレットは現に分別を失っていたが、今夜は流れに身をまかせようと決めてもいた。その流れはセバスチャンのほうに傾いているようだった。

そして隙を突くチャンスは失われた。セバスチャンはまたベッドに戻り、マーガレットの身体の側面に身体をぴたりと押しあて、ふたたび唇を奪い、この上なく巧みにキスを深めていった。男性としっかり肌身を重ねるというのは、マーガレットにしてみればとても官能的なひとときだった。みずからセバスチャンに合わせるように身体を丸めて首に抱きつきながら、身体のわきの曲線を撫でられるのを感じていた。お尻に手をまわされ、片方の脚を引っぱられて彼の脚にかけると、さらに彼を受け入れる体勢が整った。

硬くて突起したものがお腹に押しあてられたが、やがて少しずらされ、マーガレットの脚のあいだの割れ目に沿ってこすりつけられた。熱く、硬いものはマーガレット自身の興奮のせいですべりがよかった。セバスチャンはマーガレットのお尻をつかみ、ゆっくりと前後に腰を動かし、マーガレットを不安にさせながらも同時に興奮させる心地よい緊張感を高めていった。そうしているうちにもセバスチャンのキスはさらに熱を帯び、独占欲を強め、反応をさらに要求するようになり、マーガレットのキスも鼓動が胸を打つごとに激しさを増していった。

突然、セバスチャンはマーガレットの上に移りながら、身体が離れないように腰を回転させた。マーガレットの腕も脚もまるでひとりでに動くかのように、セバスチャンの身体にからみついた。そしてあらたな圧を感じた。最初はごくかすかに、誘うような気配だった……。

「してもいいと言ってくれ、マギー」セバスチャンは唇を重ねたままささやいた。

「だめよ」とマーガレットはあえぎながら言った。

「わかった。おれたちの知るかぎり、それはしてもいいという意味だね」

たしかにそうだった。ただ、マーガレットは自分の口からそうだとは言えないだけだ。圧はどんどん高まっていた。緊張感もそうだった。すぐにことが起きなければ、マーガレットは爆発しそうな心地がした。

「でも、あとからきみの承諾をもらうことになる」

そう予言され、マーガレットはぞくりとした。彼の声は真剣そのものだったのだ。

承諾なんてするものですか、とマーガレットは思った。愛の交歓に無関心な自分には想像できない。けれど、もうどうでもよかった。セバスチャンの目論見どおり、すでに同意したのも同然なのだから。

そしてことは起きた。待ちかまえていたはずのことが起き、内側が引き裂かれると、マーガレットははっとして一瞬だけ目を開けた。痛くはなかったが、気持ちよくもない。そんな思いが頭によぎったとたん、セバスチャンが奥まで身を沈めた。そして、待っていたのはこれだったのだとマーガレットは悟った。熱が全身を駆けめぐり、活力がみなぎり、あらゆることがひとつにまとまり、そして爆発した。

「そうよ、してもいいわ!」下腹で脈打つ喜悦の波にさらわれながら、マーガレットは息をあえがせ、思わずそう口走っていた。

セバスチャンの低い笑い声が聞こえてきた。いかにも勝ち誇ったような笑いだったが、それでもべつにかまわないとマーガレットは思った。もう一度唇を奪われ、自分のものだと言い張るようなキスだったからだ。そして、さらに何度か突かれ、マーガレットはさらに悦びにひたり、セバスチャン自身も極みに達した。

セバスチャンはもうなにも言わなかったが、顔じゅうにやさしくキスの雨を降らせ、マーガレットのかたわらにまた身を横たえた。そして、まだ終わりにはしなかった。自分の胸にマーガレットをなかば引き寄せ、身体に腕をまわし、じつにやさしく愛撫した。その瞬間にそれ以上すばらしい場所はなかった。うっとりと満ち足りた気持ちで、マーガレットはたちまち眠りに落ちていた。

31

夜と昼が正反対のものとしてまだはっきりと定義されていないとしても、マーガレットはその朝、あらたなちがいを見せつけられた。昨晩セバスチャンとのあいだに起きたことは完全に同意の上だったが、朝になってみると良心がとがめ、顔から火が出た。ベッドの端に座り、背後で寝ているセバスチャンには目を向けまいとした。その代わりに足もとに散らばっている衣服に目を落とした。彼の着ていたものだ。きちょうめんではないということか。床を転がったボタンは部屋の真ん中に落ちつき、朝の光のなかできらきらと輝いている。セバスチャンがボタンを引きちぎった様子が脳裏によみがえってきた……。

マーガレットは投げ捨てられたネグリジェをすばやく見つけて身体を隠し、彼の衣類を拾い上げて椅子に置き、自分の着替えを取り出した。エドナが手伝いに来る前に身支度をすませて部屋を出られるくらいまだ朝早ければいいのだが、いま何時なのか見当もつかない。そして、そうはうまくいかなかった。ドアをたたく小さな音がして、いつものようにエドナがドアから頭を突き出し、マーガレットがもう起きているか様子を見た。ベッドがこんもり盛り上がっていることを見落とすはずはない。マーガレットがそこにはいないこともだ。

マーガレットはすかさずエドナをバスルームに連れ出した。そこで寝たとエドナは思うかもしれない。いや、そうはまったく思っていないとエドナのしかめ面を見ればわかる。エドナが運び入れた状態で重ねたままになっている寝具をひと目見ればなおさらだ。

エドナは目を三角にして尋ねた。「気は確かですか？」

マーガレットはため息をついた。「ええ。ちょっと自信はないけれど。嘘はつかないわ。好奇心に負けたの。でも、わたしたちは結婚していることになっていて、そのうち離婚するから、べつに困らないのよ」

エドナはふんと鼻を鳴らした。「子どもができたら話は別ですよ」

「子どもですって！　まさか……」

最後まで言い終わらなかった。子どもと思っただけで、それもセバスチャンの子どもと思っただけでマーガレットは気持ちが高揚し、言葉がつづかなかった。母親になって赤ちゃんをこの手に抱いてみたい。独身の身の上で唯一残念に思っていたのは自分の子どもがいないことだった。

「もう家に帰るべきですよ、お芝居をつづけるのに寝室を同じくする必要はないでしょう」

エドナの提案は筋がとおっていた。「そもそも遠くに住んでいるわけじゃないんですから、お嬢さまが毎日こちらに通って伯爵さまの様子を見られないほど」

マーガレットはどうするか決めかねて唇を嚙んだ。「もちろん、あなたの言うとおりよ。ただ、セバスチャンはうまく踏み出したところなの。わたしに頼まれた仕事をやり遂げるにはここにいないとだめなのよ。だからダグラスにまた追い出されるまでは……いいえ、そうじゃなくて、わたしたちが歓迎されているかぎりはここに残るわ。でも、ゆうべのことはくり返さない。それはもうちゃんと反省したの」

「ようやく正気に戻ったようですね」とエドナはまだ不服そうな口ぶりで言った。「それから、身支度を急いだほうがいいでしょう。医者が階下《した》でお嬢さまと話がしたいそうですよ。それにアビゲイルさまもお待ちです。お嬢さまとエッジフォードまでくり出す約束があるのだとか」

「あらいやだ、どうしてそれを先に言わなかったの?」とマーガレットは言って、人前に出られる恰好になるやいなや、階下に急いだ。

セバスチャンはあらたな計画を実行に移した。ジュリエットとふたりきりになる唯一の機会になるかもしれない。あす以降はエッジウッド館にいられなくなるはずだ。午前中に父と話をするつもりだからだ。それをさかいにただちに追い出されると直感で思った。頭のなかで墓を建てられているのだから決定的だ。答えがほしいのならきょうしかないと結論を出していた。仕方ないけれど。

マーガレットと祖母にエッジフォードで買い物を楽しんできたらどうかと勧めたのはセバスチャンだった。ひとときダグラスのことを忘れて息抜きをしたらどうかと。ふたりが出かけたらすぐにデントンはジョンから厩舎に呼び出されることになっている。粉の睡眠薬を砂糖にまぜれば、デントンの馬の様子がおかしいと見せかけることができるから、しばらくデントンを馬のそばに引き留めておける。そうすれば、獲物は一時的にひとりになる。デントンが屋敷を出たら、ジュリエットは自室に戻るはずだ。デントンが厩舎から戻る前にセバスチャンと鉢合わせする危険を避けて。

ジュリエットは期待を裏切らなかった。部屋のなかがどうなっているかまず確かめようなどと思いもせず、自室のドアを開けた。そのドアをセバスチャンはジュリエットの代わりに閉めてやった。

「ちょっと！」ジュリエットは息を呑み、背中を向けた。そしてもう一度息を呑んで言った。「出《デ》ていって！　いますぐ出ていかないと、叫ぶわよ！」

すでにそうしていた。叫ぶという程度ではすまない声を出していた。皮肉なことに、デントンとしょっちゅう大げんかをくり広げているせいで、誰も気にしないはずだ。

しかし、ジュリエットがその事実に気づいていない場合に備え、セバスチャンは言った。

「叫びたければ叫べばいい。ただし、きみの首に両手をまわして、すこし静かにしてもらわないとな」

ジュリエットは半狂乱であたりに目を走らせた。セバスチャンを近づかせないよう武器になるものを探しているのだろう。そんなことよりセバスチャンの手の届かないところに移動するべきだったが、そうはしなかった。そういうわけでジュリエットをつかまえて壁に押しつけ、咽喉に手をかけて取りおさえるのは朝飯前だった。

「デントンは言っていたのに、あなたに殺されることはないって！」ジュリエットは反抗するような口調でそう言って、上目遣いにセバスチャンをにらんだ。

「十一年もいなかったんだ。いまのおれをデントンが知るわけない」

ただそれだけのことだったが、たしかに事実であり、ジュリエットの目に恐怖が浮かんだが、それでも口をひらけばジュリエットはまだ反抗的だった。「なんの用なの？」

「答えを知りたい。ジャイルズとおれが決闘するように仕組んだのはなぜなのか話してもらおうか」

「してないわよ、そんな——！」

セバスチャンはジュリエットが声を詰まらせる程度に首を締めつけた。「話を進める前にはっきりさせておこうか。おれは答えを知りたいと言ったんだ。嘘や否定の言葉は聞きたくない。ロンドンでなにがあったかきみもおれも知っている。きみがおれをたぶらかして密会に持ち込んだのには裏があった。本当の狙いはなんだったんだ？」

長い沈黙がつづいた。ジュリエットは頑として答えようとしない。ときとして持ち前の忍耐強さにセバスチャンは救われてきた。ジュリエットの首をへし折りたいのはやまやまだったが、それをなんとか思いとどまっていた。しかし、ジュリエットにはほとほと嫌気が差し、その嫌悪の度合いにセバスチャンはわれながら驚いた。人生がめちゃくちゃになったのはジュリエットのせいだ。ロンドンであの晩彼女と寝たことは悔やんでも悔やみきれない。口説き落としたというだけで、ジュリエットのどこがよかったのか、それさえわからない。あのころは、欲求を満たせるなら相手は誰であろうとかまわなかった。若げの至りだ。

セバスチャンも押し黙っていることが引き金となった。おそらくジュリエットにしてみれば脅しをかけられるよりも恐ろしかったのだろう。とりあえず、腐った豆の缶を開けるように、ジュリエットはぶちまけた。

「あれは――あれは、あの人を懲らしめるためだったの！　どうしても結婚してくれってうるさくせがんだのよ、なのに結婚したら結婚したで、恥ずかしいことでもしたような態度に出た。わたしをロンドンに隠しておいたのよ。自分のしたことを父親と婚約者に打ち明けてくるから隠れていろって。とんでもないことを仕出かしたような騒ぎだった。だからわたしはあの人に腹が立った。あんな臆病者に結婚を申し込まれても応じるんじゃなかったわ」

妙なものだが、これは事実であるように聞こえた。身勝手で、独りよがりな女ならそういう行動に走りそうだ。しかし、判断できるほどこの女のことを知っているわけではない、とセバスチャンは自分に言い聞かせた。そして、ジュリエットの目はまた別のことを物語っていた。そこには打算が現われていたが、必死で頭を働かしている気配もあった。思いつけば、話に嘘も織りまぜられるのではないだろうか。とはいえ、やっぱり彼女のことはよく知らないのだから、どっちなのかはっきりしたことはわからない。

「ということは、早まったことをしたと思ったから、夫を死に追いやることにしたのか？」

セバスチャンはもうひと押ししてみた。

「ちがうわ！　あの決闘は仕組んだわけじゃないの。この国の人たちはああいうことに過剰に反応しすぎるのよ」

「では、どうなると思ったんだ、あなたの親友と寝たわと自分の夫に話したら？」

「だから言ったでしょう、ただ懲らしめるためだったの、恥をかかせてやりたかったのよ。殴り合いになるかもしれないとは思ったわ、あなたと彼が。それで、あなたのほうが大柄だから彼はすこし痛い思いをするだろうとね。もっと大ごとになるとは思いもしなかった。怪我のひとつでもすればいい気味だと思っただけ。死ねばいいなんて思わなかったわ。それはぜったいにちがう」

「それで、おれはどう思うか、きみのたくらみでまったく問題にされていないが、どういうことだ？　きみは夫に教訓をあたえるための道具としておれを利用しただけだった？」

ジュリエットはなんと顔を赤らめた。芝居だろうか。そうは思えないが。セバスチャンも確かなことは知りようがない。

「ひどい話に聞こえるってことはわかってる」とジュリエットは言った。「あなたは――そう、あなたは目的のための手段にすぎなかった。それについては謝るわ。でも、わたしはひどく気が短くて、あのときはかっとなって、ああいうことをしてしまった。それ以上の考えはなかったわ」

「きみはいつも自分のことしか考えないからな、そうだろう？」とデントンが言った。ちょうどドアを開けたところだった。

セバスチャンは肩越しにちらりと目をやった。弟は落ちつきはらっているように見える。

「どこから聞いていたんだ？」

「ふたりのあいだになにがあったのか、ぼくが聞かされていた話とはぜんぜんちがうと言えるくらいのところから」

「なるほど、おれが誘惑したという話か。もちろんおれを相手にそんな話はできないさ、おたがいに事情をよく知っているんだから。まあ、おれとしては、彼女はおれに欲情して、自分を抑えきれなかったとできれば思いたいところだ」

「気分を害したってわけか？」

「ああ、そんなところだ」

「いいかげんにしてよ、ふたりとも！」ジュリエットはイングランド流のユーモアに苛立ちの声を上げ、夫に向き直ってさらに怒鳴った。「ジャイルズを懲らしめるためだったなんてあなたに言えなかったの。あなたはわたしの夫なのよ。自分も同じことをされるんじゃないかってあなたに思われたくなかった」

デントンは眉を上げてジュリエットを見た。「でも、しただろう？　いろいろな方法で」

ジュリエットはその質問には答えず、首にかけられたままのセバスチャンの指を引き離そうとした。セバスチャンはまだ解放するつもりはなかった。問いただしたいことがまだいくつもあったが、こうなってはもう答えは聞き出せない――口を割る覚悟がデントンにあるなら別だが。

ジュリエットの首から手を離した。ジュリエットはすぐさまデントンに走り寄り、思いきり横面をはたいた。「二度と近づかせないで！」

デントンは頬をさすったが、手を上げられたことに驚いた様子は微塵もない。セバスチャンはため息をついた。嘘をつかれただけで、なにも判明しなかったのではないか――弟の結婚生活が呪われていることはわかったが。それはまちがいなくマーガレットの言うとおりだった。

部屋を横切り、出口へ向かった。ジュリエットはあわててセバスチャンの進行方向からわきによけた。セバスチャンはもうジュリエットに用はなかった。その日二度めになるが、弟に尋ねた。「なぜ離婚しないんだ？」

デントンはなにも言わなかった。口をひらいたのはジュリエットだった。嘲笑うような声を上げ、夫をけしかけた。「さあ、言ってやりなさいよ。最悪、どんなことをされると思うの？　殺される？　わたしと結婚しているくらいなら死んだほうがましだって、何度願ったかしらね。そのチャンスがめぐってきたわよ、あなた《シェリ》」

「黙れよ、ジュリー！」

　ジュリエットはさらにけたたましく笑った。セバスチャンはドアにたどりついた。人でも殺したい気持ちにさせられるほどじゅうぶん聞いた。もう立ち去る潮時だ。

だが、またしても口げんかを始めたふたりを残して部屋を出ていく前に、警告した。「父上は事故にあいすぎている。あと一度でも事故にあったら、おれは戻ってきて、おまえたちのどちらかにその代償を払わせる」

「セブ――」デントンはほのめかされたことに反論しようとしたが、セバスチャンは部屋をあとにしてドアを閉めた。

　これ以上言い訳や嘘を聞かされたら、怒りを爆発させてしまうかもしれない。苛立ちを抑えるのは苦手だった。そろそろ厩舎を訪ねて、例のフランス人の馬丁に会ってみるのもいいだろう。顔を合わせたら荒っぽい展開になるに決まっているから、すこしは憂さを晴らせる。

32

エッジフォードからアビゲイルと帰ってくると、セバスチャンが応接間にいることにマーガレットは気づいた。アビゲイルはセバスチャンの姿が目にはいらなかったようで、そのまま階上に向かったが、マーガレットはセバスチャンのところに行くことにした。カルデン医師と話をしたのか、ダグラスの病状はよくなったのか、確かめたかったのだ。

けれど、セバスチャンはマーガレットを待っていたようで、こう言った。「ああ、やっと帰ってきたか、マギー」

そして、マーガレットのほうに近づいてきた。マーガレットはテーブルをはさんで向かい合う位置で足を止めたが、思惑どおりにはいかなかった。セバスチャンがテーブルをまわりこんできたのだ。そこで、そそくさと話を始め、彼の気をそらして自分を追わせまいとした。

「ゆうべダグラスの熱が上がったの。女中は従僕を何人か起こして寝具を変えるのを手伝わせたわ。きょうは何度も目を覚ましたけれど、まだ身体は弱ったままなの。ダグラスと話をするのはあと一日か二日待ってくれない？　それとも、あなたがここにいることをわたしからダグラスに話したほうがいい？　わたしも彼に会うのを避けているの。なにか疑ったり、あなたと玄関で会ったことを思い出したりしているんじゃないかと思う。それでわたしを問い詰めてくるだろうし――」

　セバスチャンは黙らせようとしてマーガレットの唇を奪った。それはうまくいった。昨夜の生々しい記憶がよみがえったのだ。

「きみはしゃべりすぎだ」キスの言い訳をするようにセバスチャンは言った。「父には好きに話せばいいさ、快復の妨げにならないと思うようなら」

　マーガレットはぎこちなく背すじを伸ばして言った。「もうしないで、お願いだから」

「しないで、ってなにをだい？」

「キスよ」マーガレットはもっともらしい顔でささやいた。

　セバスチャンはため息をついた。「振り出しに戻るのか？」

「用心のために。離婚したと人に説明するのに苦労するのは目に見えているわ。あるいは本当に結婚することになったとしても厄介なことになるでしょう。子どもを授かったとしたら、その子は爵位を継承すると世間の人たちは思うけれど、わたしたちが嘘をついていたせいで、法律上、その子は後継ぎになれないのだから」

　その問題にセバスチャンは答えを出している、とマーガレットは心の奥底で願っていた。万が一、子を身ごもったら、正式に結婚してくれるだろう、と。けれど、そうではなかった。

セバスチャンはうなずいたものの、こう言った。「その鋭い洞察力が恨めしいよ、マギー。そこまで深く考えないでほしかったものだね。いいだろう、きみにはもう手を出さない。父にはいまから話をしに行く」

そんな返事が来るとは予想外だった。あるいは、セバスチャンがすぐさま部屋を出て、階上に行くとは。マーガレットはゆっくりとあとをついていった。父親と顔を合わせるのはまだ早いのではないかと気が揉めたが、彼を止めるつもりはない。マーガレットが思うに、息子が帰ってきたことをダグラスは喜ぶ気がする。

廊下で足を止めた。セバスチャンは父親の部屋の外で立っていた。彼はマーガレットに目をやったが、なにも言わなかった。目には不可解な表情を浮かべている。不安なのだろうか。心配になっている？　そういう感情はどちらも本人に似つかわしくない。セバスチャンは砦のような人だ。そう、彼はレイヴンだ。やがてセバスチャンはいきなり部屋にはいり、ドアを閉めた。

マーガレットは唇を嚙んだ。彼と一緒に行けばよかった。同席すれば、なにかできたかもしれない。けれど、いまのセバスチャンに助けはいらないだろう。もしかしたらマーガレットがいたら出そうとはしない感情を出すかもしれない。それに、助けになると思うなら、彼から同席を求めてきたはずだ。マーガレットはセバスチャンの幸運を心から祈りながら、階段を下りた。

ダグラスは眠っていた。セバスチャンは内心ほっとした。いわば死刑執行の延期のようなものだ。ただし、このまま立ち去るつもりはない。長く待つことにはなるまい。ダグラスはベッドで身体を起こして座っていた。さっきまで起きていて、膝に載せた本を読んでいたのだろう。手は本にかけたままだ。

奥で椅子に座っていた女中はセバスチャンが部屋にはいってもなにも言わなかった。彼がドアのほうにうなずくと、女中はすみやかに部屋からさがった。セバスチャンは枕もとの椅子にいったん腰をおろしたが、そこにじっとはしていなかった。部屋のなかをすこし歩きまわった。予想以上に緊張していた。こんな気持ちにさせられる相手はほかに誰もいない。父だけだ。

先刻、厩舎でアントンと取っ組み合いになり、満足のいく結果が得られたが、あの男にはどことなく見憶えがあった。だが、どうしてなのかわからなかった。事故について尋ねたが、収穫はなかった。とにかくジュリエットへの忠誠心は相当なものだ。それに護身術にも長けている。あのずんぐりしたフランス人は殴り合いになってもなかなか引けを取らず、いい運動になった。

そんなことを考えているうちに多少は緊張もほどけ、すこしずつ覚悟を決めていった。ようやく心の準備ができると、枕もとに戻り、ダグラスを起こそうとした。ところが当の父はセバスチャンを見ていた。いつからだろう？　目が覚めていたのなら向こうから話しかけてきたはずだ。ここでなにをしているのかとか、なにかしら尋ねてくるに決まっている。無言のままでいるということは、口をきく気がないということだ。頭のなかで葬り去っている息子とは……。

「まだ死んではいません」セバスチャンはうなるような声で言った。「夢に出てきているわけでもない。進んで戻ってきたわけじゃないから、心配はご無用です。父上が部屋を出て、ひもに足を引っかけて階段から転げ落ちたりしないとマギーを納得させられたらすぐに出ていく」

「いったいなんの話だ？」

「これはこれは」とセバスチャンは皮肉っぽく言った。「亡霊には話しかけるというわけですか」

「セバスチャン」

その警告するような声の響きは効き目があり、子ども時代を思い起こさせた。父が息子ふたりをいさめるにはある決まった口調で名前を呼ぶだけでよかった。それだけで兄弟は叱られたと悟り、けんかをやめて、言い訳を並べ立てたものだった。

「これは失礼」とセバスチャンは言った。「事実だけを挙げて説明します。まずひとつめ。マーガレットのヨーロッパ旅行はじつは物見遊山や買い物目当てではなかった。ぼくを捜してここに戻ってくるよう説得するためにわざわざ計画した旅行だった」

「なぜだ？」

「それはこれから話します。マーガレットは説得に失敗した。ぼくはイングランドに二度と戻らないと誓いを立てていたからだ。ところがマーガレットは言葉巧みにぼくに仕事を引き受けさせた。報酬は気前よく払ってくれた。そういうわけで、きみは想像力がたくましすぎるばかな女にすぎないとマーガレットを納得させられるまで調べてみるつもりです。父上の協力が得られるならば、片がついたらすぐにここを出ていく。その後はまたおたがいに没交渉でいられるでしょう」

「事実だけを挙げるんじゃなかったのか」ダグラスは冷ややかに言った。「いつ本題にはいるんだ？」

セバスチャンは心のなかでいささか怯んだ。出ていけ、二度とイングランドの土を踏むな、と自分に言い渡した夜と父はまったく同じ表情を浮かべている。ひょっとしたら和解できるとでも思ったのか？　おいおい、ずいぶんおめでたいな。

「事実その二。マーガレットは父上に危険が迫っていると考えている」

「ばかを言うな」

「彼女の考えです。ぼくがそう思っているわけではない。それに明らかに父上もそう思っていない。でも、マーガレットが人を雇ってぼくを捜させた理由はそういうことだった。それがうまくいかないとなると、みずからヨーロッパに出向いてぼくを捜そうとした。ここでなにが起きているのかぼくなら真相を究明できる、とマーガレットは思い込んでいる。きっとアビゲイルの入れ知恵でしょう。事情を説明すればぼくが助けを買って出るとマーガレットは思っていた。それは思いちがいだった。彼女が目を向けている疑いも思いちがいだろうが。とにかく、真相を確かめるためにぼくはここにいるというわけです」

ダグラスは興味を惹かれたという顔を見せはじめた。「危険というのはどういう危険なんだ?」

「事実その三。父上は最近、何度も事故にあっている」

父がわずかながら赤面したのを見て、めずらしいこともある、とセバスチャンは不思議に思った。だが、こう返答されただけだった。「おかしなことはない」

返事の前にすこし間が空きすぎた? 「事実その四。父上が住んでいる家には、なにを仕出かすかわからない腹黒い女がいる」

ダグラスはため息をついた。「それは反論できない」

「事実その五。デントンは妻と離婚したがっているが、離婚はできないと言っている。妻に弱みを握られている。それがなんなのかご存じですか?」

「いや。それにおまえのほうが事情をよく知っているようだ。あいつは自分の妻のことをいっさい話題にしようとしない」

「身構えているのだとか、父上に？」

「ああ。妻に関することはとくにそうだ」

「結論としては？」

「デントンは妻を恥じている。あの女とかかわった自分のことも恥じている。家を出ていくと申し出てきたこともあった。わたしは身勝手にも説得してあきらめさせた。もうあいつしか——」

そこで一瞬間が空いた。思わずセバスチャンはあとを引き受けてこう口走っていた。

「——息子はいないから？」

ダグラスは挫折感を滲ませて、顔を仰向けた。その拍子に怪我をした後頭部をヘッドボードにぶつけ、顔をしかめた。「あいつしか母に家族はいない、と言うつもりだった。母とふたりきりになったら、ここは話し声のしない家になる。ほら、母上はわたしと口をきこうとしない」

「そう聞きました」

「デントンがいれば母の話し相手になる。それは感謝している。それに、同居していたときのマーガレットの存在は天使のようだった」

「被後見人に恋愛感情が？」とセバスチャンはずばり尋ねた。

ダグラスはぎょっとしたように瞬きをして、顔をしかめた。「なにをばかな。マーガレットはすばらしい娘さんだが、わたしの娘でもおかしくないほど若い」

「だから？　いつから男が年齢を気にして――」

「もうけっこうだ、セバスチャン。どこからそんなことを思いついたか知らないが、的はずれもいいところだ。マーガレットがここに来たころ、同情はしていた。父親を亡くしたばかりだったのだ。だが、おまえが言うような意味で彼女に惹かれたことはない。あの子はそよ風のようだった。この家に日常を取り戻してくれた。一度ならず願ったものだ、デントンが――」

「マーガレットを口説き落としたらいいのにと？」

「ちがう！」ダグラスは語気を強めてそう言ったあと、ため息をついた。「わたしが願ったのは、マーガレットがいい影響をあたえて、デントンが人生をやり直してくれたら、ということだったが、マーガレットはデントンにそういう興味はないようだった。本音を言えば、マーガレットを家族の輪に引き留めておく方法を探していただけだった。成人になり、彼女がホワイトオークス館に戻ってしまうと、われわれはみな落胆した」

マーガレットが誰と結婚したのか、誰もまだダグラスに話していないのは明らかだった。セバスチャンとしてはここを出ていくまではこのままにしておきたかった。アビゲイルから聞くことはないだろう、ふたりは口をきかないのだから。ジュリエットが見舞いにくるとは思えない。マーガレットの結婚相手のことを父の耳に入れるとしたらデントンしかいない。

弟とまた話をしたほうがいいだろう。

父が状況の話し合いに協力的なので、橋渡しとしての偽装結婚はもう必要ないというわけではない。とはいえ、すべて明かさずに立ち去るつもりはなかった。それに、マーガレットを家族にしたいという父の願望を思うと、彼女と実際には結婚していないと言っても通用しないだろう。偽装結婚だったということを父に知られたらと思うと、セバスチャンはいたたまれない気持ちになった。

「ジュリエットがなぜこの家にはいりこみたいと思ったのか、財産やら爵位やらなにやらを別にして、なにか思いあたる理由はないですか？　どう見てもイングランドを嫌っているようなのに、あえてここに居座りたがる理由はなにか」

ダグラスは眉をひそめた。「なにが言いたいんだ？」

「タウンゼント家に恨みがある可能性は？」

「復讐のためということか？」

「ええ」

「想像もつかない」とダグラスは言った。「そもそもジュリエットのことを聞いたのはあのときが初めて――」

セバスチャンはいきなり話を遮った。「過去のその部分に触れなければ、冷静に話し合える。そういえば、ジュリエットの名字は聞いたことがありません。父上は？」

「知っている。だが、べつにめずらしい名前ではない。たしかプッサンとか、そんな名前だった。一度しか聞いたことはないが」

セバスチャンはフランスでたくさんの人と会ってきたが、その名前の人物はいなかった。一方、ジュリエットの目的が復讐だとするなら、本名を人に明かすとは思えない。

そこでふと思いつき、尋ねた。「フランスに行ったことは？　ジュリエットの家族と出会い、知らず知らずのうちに家族の誰かをなんらかのかたちで怒らせたり、危害を加えたりした可能性は？」

「見当ちがいだ。いわば社会勉強としてみな、若いころに外国へ出かけて見聞を広めるものだが、わたしはそういう旅には出なかった。当時、目の色を変えておまえのお母さんから結婚の約束を取りつけようとしていたから、国外に出ている場合じゃなかった。婚約したあとは、みっともないほどあわてて結婚した」

その話を聞くのは初めてだった。いつもなら根掘り葉掘り聞いたりしないが、せっかくエッジウッド館に滞在しているのだ。おそらく父に会うのもここにいるあいだだけだ。「どうしてです？」とセバスチャンは率直に尋ねた。

ダグラスは肩をすくめた。「そうするしかなかった。いや、そうじゃない、最初に思い浮かんだ理由はそうじゃなかった。おまえのお母さんはその年の社交シーズンの花形で、わたしはひと目惚れをした。ところが、いちばん人気のある花嫁候補だったから、結婚の承諾を得ようとする若者はほかに十人近くいた。じつに悩ましい時期を過ごしたものさ、彼女に選ばれる幸運な男は誰か決まるまでは」

セバスチャンは微笑んだ。デントンと同じく、自分の母親を崇拝していた。ふたりがまだ幼いころに亡くなったが、母のことは憶えている。天使のようであり、聖母のようでもあり、気立てがやさしく、慈悲の心を持ち合わせていた。ほかの女性たちと同じく、人気者の特権をあますところなく享受していたというのは意外なことだった。より人間味を感じられ、母への恋しさがよりいっそう増した。そして、なぜ父が再婚しなかったのか、答えがわかった気がした。亡き妻の思い出話をしたときに父の顔に浮かんだ表情がすべてを物語っている。父はいまでも母を愛しているのだ。その愛が深すぎて、ほかの女性を代わりに妻の座に据えることなど考えられないのだろう。

「そろそろ父上を休ませないと」とセバスチャンは言った。「まだ療養中に疲れさせたくないですから。父上の事故についての話はまたあとで」

「さっきも言ったが――」

「あれではぼくは納得しない」セバスチャンは父の話をあえなく遮った。「つぎに話し合うときに、真相に近づけるようもうすこし考えてみましょう」

部屋を横切ってドアに向かった。そこにたどりつく前にいろいろと反論されるのではないかと思ったが、ダグラスは無言のままで、それは奇妙なことだった。もしかしたら、会話のせいで、ひどく疲れさせてしまったのかもしれない。

セバスチャンはドアを開け、振り返らずに言った。「母上との逸話を聞かせてくれて感謝します。こんなことになるとは予想外だった――すべてを考え合わせると」

33

アビゲイルはその日の午後、初めてティモシーに会った。別段驚くことではないが、愛嬌たっぷりのティモシーは家族の一員のように迎え入れられた。「この子をわが家で預かるわ」とアビゲイルはきっぱりとマーガレットに言った。

預かることはできないのよ、とアビゲイルに打ち明ける勇気はマーガレットになかった。けれど、やんちゃぼうずのティモシーはその提案をおもしろがり、嬉々としてアビゲイルの話し相手になって、フランスの話でアビゲイルを楽しませた。この子には自分のお祖母ちゃんとの触れ合いはなかったのかもしれない。

マーガレットもティモシーの話を聞いていたが、早々に席を立った。不安に苛まれていたので、よい聞き手ではいられないと思ったのだ。ダグラスの部屋でなにが起きているのか知りたくて、神経がぴりぴりしていた。どうしても待ちきれずに階段をのぼり、下り口のところに留まって、近くのテーブルの花瓶に生けた花を何度も手直しした。父親の部屋から出てくるセバスチャンを逃したくなかった。

彼はいきなり部屋から出てきた。レイヴンがいつも見せていた凄味のある表情を顔に浮かべていたが、その表情からはなにも読み取れない。ずいぶんと長い時間部屋にいたが、だからどうだというわけでもない。もしかしたら、ダグラスはそのあいだほとんど眠っていたかもしれない……。

マーガレットに気づくと、セバスチャンはすぐに歩み寄り、こう言った。「馬に乗りに行こう」そして手をつかみ、マーガレットを引きずるようにして階段を下りはじめた。

「乗馬はやめておきましょう」とマーガレットはセバスチャンの背中に向かって言った。不安でたまらない疑問の答えをいますぐ知りたかったのだ。

マーガレットのそんな気持ちを察することもなく、セバスチャンは言った。「馬には運動をさせないとだ。こっちに運動する必要があろうとなかろうと」そのままマーガレットの手を引いて外に出た。

マーガレットはあきらめて、とにかくついていくことにした。手を離してくれないからだ。マーガレットを引きずるようにして庭を横切っていくのは礼儀正しいとは言えないが、考えてみればそんなことでセバスチャンを責める人はいないのだから、文句を言うだけ無駄だった。

厩舎につくと、馬丁たちは蜘蛛の子を散らしたように姿を消した。セバスチャンはそういう反応にまちがいなく慣れているようで、手伝いを呼ぶこともなく、自分で馬に鞍をつけた。

ところがひとりの馬丁が現われて、ご用はないですかとほとんどけんか腰にマーガレットに尋ねた。フランス人だ。ごくかすかな訛りしかなかったので、最近フランスに渡っていなければ、マーガレットも気づかなかったかもしれない。けれど、返事をする前に、ほの暗い明かりのなかでその馬丁の顔をまじまじと見て、息を呑んだ。

「まあ。まるで馬房でうっかり寝て、馬に踏まれて目覚めたような顔ね」自然に気づかいの言葉が出た。馬丁の顔は腫れあがり、ひどい痣をこしらえていた。

「まさにそうでして、お嬢さま《マドモアゼル》。よくぞ気づいてくれました」

皮肉な言い方から察するに、嘘なのだろう。それに馬丁の態度も引っかかる。そういうわけで、セバスチャンがうしろから近づいてくると、当惑していたマーガレットはほっとした。

「失せろ」とセバスチャンは馬丁に冷ややかに言った。「こちらのご婦人の世話はおれが焼く」

馬丁が下卑《げび》た表情でセバスチャンを見た。〝ご婦人の世話〟についていかにも不適切なことを口にしそうな気配だ。そう確信し、マーガレットは顔が赤くなった。しかし、馬丁はマーガレットをちらりと見て、思い直したにちがいない。結局のところ、マーガレットがその気になれば、馬丁をクビにだってできる。そう気づいたのか、馬丁は肩をすくめ、ぶらりと歩き去った。

「失礼な態度」マーガレットは独り言のようにつぶやいた。

「予想はしていた」セバスチャンはそう言って、マーガレットの馬を探そうと、奥の馬房へ進んだ。

マーガレットはあとをついていき、セバスチャンが横鞍を取りに行くあいだ待っていた。彼が戻って来て、スウィート・トゥースに鞍をつける作業に取りかかり、そこでようやく指の関節が腫れていることにマーガレットは気づいた。

「それはあのフランス人のせい？」とマーガレットはあたりをつけた。

セバスチャンは肩をすくめた。「殴りかかってきたのは向こうだ。おれは売られたけんかを買って楽しんだだけさ」

マーガレットはふふんと笑った。「なにか聞き出せたの？」

「なにも。でも、ロンドンにいたジュリエットにおれのことを知らせたのはあいつじゃないかと思う。知らせを受けて、ジュリエットはあわてて帰ってきた。とにかく、殴り合ってすっきりしたけどな」

マーガレットは目を見開いた。「あなたはそう思うでしょうよ。勝ったほうはたいていそういうことを言うものだから。ということは、あなたが勝ったのね？」

セバスチャンはくっくと笑った。「負けたように見えるか？」

愉快そうにしているセバスチャンにマーガレットは驚いた。夏の嵐のようにめずらしいことだ。案の定、その気配は一瞬にして消えてしまった。

手間取ることもなく二頭の支度を整えると、セバスチャンはさっとマーガレットを持ち上げて、鞍の上に座らせた。あまりにもすばやい動きで、まるで手も触れたくないかのようだったが、実際はそうであるはずはなく、マーガレットも気に病むことはなかった。

ほどなく、セバスチャンは馬を全速力で走らせた。マーガレットは難なくついていったが、彼が向かっている先がどこなのか思いあたり、わざと速度を落とし、馬をほぼ停止させ、方向転換させようとした。よりにもよってなぜあそこへ行きたいのか、想像もつかない。

子どものころに一度だけそこに行ったことがある。彼女もフローレンスも肝だめしのつもりだったのだ。近所の子どもたちはみな、一度は同じことを思いつき、足を運んだはずだ。趣味の悪い好奇心に駆られて。それは大人にかぎったことではない。

マーガレットはおのれの好奇心に従い、木立のなかを抜け、よく知られた空き地に出た。長さ六メートルほどのせまい場所には雑草すら生えていなかった。樹木や茂みに囲まれ、まわりには草も生い茂り、近くを走る小道からは遮られている。草地はあるところでぴたりと広がりが止まり、土がむき出しになっている。踏み荒らされたせいではない。いまはもう決闘が行なわれることはめったにない。長年にわたって流された血で土地が枯れてしまったのだろうか。悪趣味な好奇心に釣り合う悪趣味な思いつきだ。

セバスチャンはすでに馬から降り、土がむき出しの空き地の真ん中に立っていた。顔には苦悩が浮かんでいる。それが傍からはっきりと見て取れたことが驚きだった。本人は苦悩の色を隠そうともしていない。あるいは、隠そうとしていたのだとしても、苦悩が深すぎて、隠しきれないのだろう。

マーガレットは胸が張り裂けそうだった。セバスチャンのもとに駆け寄って抱きしめ、自分なりに慰めてあげたいという強い衝動がこみ上げた。いい気味だという気持ちもなければ、苦しむだけのことを彼はしたのだと思いもしなかった。ジャイルズが死んだのは不幸が重なっただけだという話を信じてから、エレノアの死はセバスチャンのせいだと責めることはやめにしたのだった。マーガレットの大好きな一家をばらばらにした責任はセバスチャンにあるが、それは彼本人と父親のあいだのことであり、姉とは関係ない。

もうセバスチャンを憎む理由はないのだと悟りはしたが、だからといって彼を好きだというわけではない。いや、まちがいなくすこしは好意をいだいている。そうでなければ、興味をそそられて身をゆだねはしなかった。けれど、レイヴンは苦手だ。どうしても好きになれない。レイヴンは一緒にいて気が休まらないし、横暴で、冷ややかで、ときとしてきわめて威嚇的だ。

セバスチャンに別の一面があると知らなければ――めったに人に見せない一面で、うっかりするとそこに好感を持ってしまったかもしれない――こういうことを考えもしなかっただろう。幸い、彼は仕事が片づいたあともイングランドに残るつもりはないのだから、心配しなくてもいい。

尋ねるべきではなかったが、とにかくマーガレットは尋ねた。「どうしてここに来たの？」

「柔軟になってきたからかな」

奇妙な答えにマーガレットは驚いた。「そんなに悪いことかしら？」

セバスチャンはなんとも返事をせず、マーガレットに目を向けもしなかった。つまり、彼の心のなかでは悪いことなのだろう。この場所にまつわる記憶のせいでそっけなくなったのだろうか。いや、それよりも無念さをにじませている。あまりよくない感情だ。

「お父さまと和解していないんでしょう？」とマーガレットはとうとう尋ねた。

「和解は一生ない」

短い返事にマーガレットは腹が立ち、つい問い詰めた。「長い歳月が流れてダグラスが会ったのはどっちだったの？　自分の息子？　それともレイヴン？」

ようやくセバスチャンはマーガレットを見た。「なぜそのふたつをなにがなんでもわけたがるのかわからない。おれはおれだ。自分の力で生きて、かたちづくられた人格さ」

「ばかなことを言わないで。談笑しているときに、お祖母さまに言ってごらんなさいよ。あなたのお祖母さまの目に映っているのは昔のあなたよ。あなたが踏みつけるためにここに来た人物」

「昔のおれは幻で、もういない。そういえば、父にはおれたちの〝結婚〟は知らせないでおきたい」

驚いて、マーガレットは顔をしかめた。「でも、それが肝心なところだったのよ」

「もうその段階は過ぎた。おれはこの家に受け入れられ——まあ、しばらくだが——出ていけとは言われていない」

マーガレットは舌打ちをして指摘した。「あなたはなにもかも計画づくめじゃないと気がすまないのね、単純明白な事実が奇跡を起こすとしても」

「いつもそうとはかぎらない。うまくいかなかった場合、行き詰まるだけだ。きみが言うところのたくらみはいくつもの道を残してくれる。きみとの結婚が父の知るところになったとき、そばにいない道をできれば選びたい」

「どうして？」

「父に嘘はつけないと気づいたからだ。平気だと思っていたが、やっぱり無理だ」

マーガレットは目をぱちくりさせた。「じゃあ、お父さまに本当は結婚していないとお父さまに話すの？」唇を噛んで、先をつづけた。「そうね、お父さまに明かすだけですむでしょう。わたしたちがなぜ芝居を打ったか話せば、きっと理解してくださるわ」

セバスチャンはマーガレットに首を振って諭した。「そうなると、きみは理由をなにもかも父に説明する破目になる。なぜおれを憎んでいるのか、なぜおれとは結婚したくないのか。というのも、いいか、よく聞いてくれ、父は偽装結婚を現実のものにしろと迫ってくるはずだ」

「ちがうかい？　そういう解決策を主張する道徳心が仮に父にはなかったとしてもだ、こういうことは考えられる。父はきみを家族の一員にしたいんだよ、マギー。だから、願ってもない口実になる」

「まさか」

マーガレットはいろいろな感情に圧倒された。恐ろしいことに、セバスチャンと本当に結婚する可能性を考えて、興奮がかき立てられもした。頭がおかしくなったにちがいないわ！　たくらみをめぐらすなどという慣れないことをしたツケがまわってきたのだろう。弁解の余地はない。

「結婚したという噂をどうすればダグラスの耳に入れないですむと思っているの？　そんなに長く部屋にこもっているわけじゃないのよ。誰かから聞くわ」

「そうともかぎらない。祖母と弟から聞くことはない。ふたりにはおれから言い含めてある。使用人たちにも口止めしている。それに祖母の話によれば、ジュリエットも父とはめったに話をしない。だから残るはきみだけだ」

マーガレットはしかめ面をした。ややあって、ぎこちなくこう言った。「あなたが予言している強制結婚をするつもりはないわ、はっきり言わせてもらうと。そういう決着のつけ方にはならないんじゃないかしら。とにかくそういうつもりはありません。それはそうと、わざわざここで話し合わないといけないの？　決闘の話をしたかったの？」

「いいや」

「じゃあ、どうして――？」

「マギー、きみはしゃべりすぎだ」

マーガレットは苛立ちを覚え、歯を食いしばった。「こんなに気味の悪い場所でなくたって話はできたわ。なぜここなの？」

「なぜならここしか思いつかなかったからだ、草の上できみのドレスの裾をまくり上げたい誘惑に駆られないのはどこかと考えたら」

34

マーガレットは一瞬言葉を失った。やわらかな草に寝ころび、セバスチャンが横にいて、覆いかぶさってくる場面を想像した。やさしさを浮かべた目で彼は……。

頭に浮かんでいたふたりの姿は、そこでふっつりと消えてしまった。やさしい目をしたセバスチャンは見たことがない。少なくともマーガレットを見るときはちがう。アビゲイルを見ているときだけだ。その場面に一度遭遇し、セバスチャンにもやさしさがあるのだと思い知らされた。あれは芝居ではなかったはずだ。自分の祖母に芝居はしない。

セバスチャンに背を向けて、マーガレットは他人行儀に言った。「ひとつ言っておくわ、セバスチャン、そういう発言は控えていただきます」

「ひとつでもふたつでも言いたいことを言えばいい」

マーガレットは歯ぎしりした。「こんなことを言い合っていてもなんにもならないわ」

「昔から知っていたよ、頭のいい子だとね」

はっとして息を吸った。からかっているの？　肩越しに彼をちらりと見たが、表情に変化はない。陰々滅々たる場所柄が影を落としている。

「こういう話ならエッジウッド館でしてもよかったでしょう」とマーガレットはかたくなに指摘した。

「こんな時間帯に？　確実にふたりきりになれる場所はない――きみの部屋を別にして。自分の部屋にまた呼び戻すつもりかい、マギー？」

声を潜めて尋ねられたその問いかけは厄介なほど思わせぶりだった。手を出さないでほしいというマーガレットの要求を尊重する気はないという警告でもある。

セバスチャンが正気に戻り、ゆうべは大きな危険を冒したと気づくのではないかとなぜ期待したのかしら？　考えてみれば、彼は危険を冒す仕事をしているのであり、それが生活の一部になっている。成り行きで本当に結婚することになるかもしれないが、その危険も進んで冒そうとしているということか。

「エッジウッド館に滞在しているあいだ、わたしの部屋以外の場所で寝ていただくわ」とマーガレットははっきりと言った。

「それはまずい」

マーガレットはいらいらして大きなため息をついた。「じゃあ、あなたが個室を要望する理由を考えないとね。けんかを口実にすればいいかもしれないわ。どうしてけんかしているのか言いたくないことにして」

「うまくいかないさ」

「いくわよ。礼儀をわきまえた人たちは夫婦の問題に首を突っ込んだりしないもの」

驚いたことに、黄金色の瞳に茶目っ気のある表情が浮かんだ。たしかにこの目で見たわ、とマーガレットは思ったが、そうとも言いきれないかもしれない。光の加減でそう見えたにすぎないとも考えられる。

結局、口をひらいたときのセバスチャンの口調に茶目っ気のかけらもなかった。「おれたちが本当に結婚していたとしたら、おれを遠ざけておけると本気で思うのか？　きみの艶めかしい身体にのしかかることを思っただけで理性が吹き飛ぶというのに？」

マーガレットはまたもや息を呑んだ。頰が真っ赤になっているのがわかった。セバスチャンにいまそんなことを言われたからではない。彼の言葉が引き金となって、愛を交わした昨晩のすばらしい出来事が脳裏によみがえったけれど。まさにその愛を交わしたときに、身体の奥で感じたことを思い出して赤面してしまったのだ。そしてこちらを見つめる彼の目は、茶目っ気こそないものの、すさまじい熱を宿している。場所が場所であり、自分の決意も固いけれど、もしセバスチャンが身を寄せてきたら、誘惑に負けてしまうだろう。それはまちがいない。それほど強く彼に惹かれている。

ふたりのあいだに燃え上がる欲望の火を消してくれるのなら、なににだってすがりつこうという気持ちになり、マーガレットはセバスチャンから投げかけられた言葉をうまくきっかけにした。

「わたしがあなたに本気で腹を立てたら、あなたはわたしに手を上げる？」仕返しにこれくらい言わせてもらって当然だという憤りを込めてマーガレットは尋ねた。

「おれたちが本当に結婚したら、口げんかなんかしないさ」とセバスチャンは言った。「ベッドで過ごすのが忙しくて、言い争っている暇はない」

その予想にどれだけ心をそそられるか、マーガレットは信じられないほどだった。レイヴンは手に負えないが、いまのセバスチャンはどう見てもレイヴンで、こちらの決心をうまいことすこしずつ崩していくので、とても抵抗できそうにない。

こうなったら無理にでも怒りの感情に頼るしかない。「いやらしい人ね、質問の答えになっていないでしょう」

「答えはもうひとつある。力ずくではしない。やるならきみの気持ちをうまく操って、おれの希望と一致させる。そういうことはもともと得意だ。ここに来てから、うまくいかないこともあるが」

ベッドのなかではうまく操れるという自信をへし折ってやれたらいいのに、とマーガレットは思った。一瞬だけでも、桁はずれなうぬぼれをへこませてやりたい。けれど、セバスチャンはそれを挑戦と受け取り、自分の正しさを証明してやろうという気になるかもしれない。マーガレットとしては意地にならず、理性を働かせることにして、おとなしく引き下がった。

「うまくいかないことってなんの話なの？　あなたの思惑どおりに運んでいるんじゃなかった？」

ジュリエットとのやりとりで収穫を得られなかったという話だった。セバスチャンから話をひととおり聞くと、マーガレットは考え込むように言った。「そう、つまりジュリエットの目論見よりも復讐が大ごとになったというのね」

「おそらくは」とセバスチャンは言った。「ジャイルズが死んだあと、なぜジュリエットがデントンと結婚したがったのか理解はできる。彼女には夫が必要で、おれが勘当されたあと伯爵家の後継ぎになったデントンが有望な花婿候補者になった。いまあのふたりはいがみ合っているようだが、ジュリエットはデントンが爵位を継承するのを待つつもりだろう。不可解なのは、離婚したいとおれにこぼしてさえいるのに、なぜデントンはジュリエットとの婚姻関係をつづけているんだろう？」セバスチャンは首をひねった。「憎しみ合っているのに、なんらかの個人的な事情で結託しているように見える。あたかも共通する秘密を守っているような。ついでに言うと、父もなにか隠しごとをしている」

マーガレットは耳を疑い、目をぱちくりさせた。ダグラスは、アビゲイルと同じく、真っ正直な人だから、秘密なんてあるわけがない。

「どういうことなの、隠しごとって？」

「はっきりとはわからない。ただ、事故についてきみに話したことと同じことをおれに話したとき、父はすこし気まずそうだった。やや長い間《ま》が空いたんだ」

「つまり?」

「たぶん、答えを迷ったんじゃないかな」

マーガレットは舌打ちをした。「ダグラスは高熱が下がってきたばかりだったのよ。話している途中で間が空いても、体調のせいかもしれないわ。息切れしたとも考えられるでしょう。怪我の痛みにも耐えていただろうし。まだすっかり癒えていないのよ。あなたの質問に答えるには身体が弱りすぎていたのかもしれない」

「それも全部考えたよ、マギー。でも、おれは自分の直感を信じる。父は隠しごとをしている。それがなんなのか明らかになれば、きみの不安はすぐに解消され、おれはここからおさらばできる」

35

セバスチャンが最終的に下した見立てを聞いてもマーガレットの心は休まらなかった。それどころか、〝ここからおさらばできる〟と言われて、そのあと一日じゅう気持ちが沈んだ。彼はイングランドにいるのがいやでたまらない。そうではないそぶりさえしない。たとえ父親と和解できたとしても、その気持ちは変わらないのではないか。セバスチャンは自力であらたな人生を切り拓いてきた。ここイングランドの社交界で求められる役割とは相容れない人生を。

困ったことに、彼の気持ちが変わるのではないかという期待がマーガレットの胸に芽生えていた。いつからだかわからないが、ここ二、三日はまちがいなく、セバスチャンが父親と仲直りできるのではないかという期待がぐんぐん高まっていた。仲直りしたら、セバスチャンはこっちに残りたくなるかもしれない。残りたくなったら、もしかしたらこのまま……。

先走りそうになる考えをマーガレットは頭から押しやった。いったいなにを考えているの？　あの人はいい夫にはならない。少なくとも自分にとっては。マーガレットは自立した生活を長いあいだ満喫してきており、横暴な夫に服従する気はさらさらなかった。自分のことは自分で決めたいし、人に振りまわされる人生はごめんだ。セバスチャンのような男性と結婚したら、そういうことは望むべくもない。おれのやり方でなければならぬということになる。愚かにも本当に彼と結婚したら、ヨーロッパへの移住を余儀なくされるだろう。

それはそんなにまずいことかしら、と問いかける小さな声が頭のなかで聞こえた。セバスチャンと一緒にいられるなら、住む場所はどこであろうとかまわないんじゃない？　そう思うと、胸が高鳴ると同時に恐ろしくもなり、マーガレットはあわててその考えをわきに押しのけた。だめよ、セバスチャンと本当に結婚するなんて論外だ。そもそも結婚を申し込まれたわけではない。彼が求めているのはひとときベッドをともにすることだけで、それ以上の望みをほのめかされてもいない。自分への興味はそれだけではないのではないか、とマーガレットは深読みしようとしていた。もうそんなことはやめないといけない。

セバスチャンに厚かましいまねをされないと安心できる場所はエッジウッド館にはどこにもなかった。玄関でもキスをされ、応接間でも、階段の下り口でも、マーガレットの部屋でもそうだった。ただ、ほかに人がいれば安心だ、とわずかながらも確信は持てた。そういうわけで、そのあと午後はアビゲイルと過ごしたが、夕食の前にダグラスを訪ねた。これ以上避けるわけにはいかなかった。

けれど、ダグラスに会うのは怖かった。部屋まで来たものの、ドアの前で五分近く突っ立っていた。不安でたまらなかったのだ。ほかの人にならなんとか嘘をつけるかもしれないが、ダグラスが相手となると別だった。父親には嘘をつけないとセバスチャンはきょう認めたが、それはうなずける。自分も同じように感じているのだとマーガレットは気づいた。ダグラスは父親のような存在だ。実の父が生きていたとしても、父に嘘をつこうとは思わない。

マーガレットは深く息を吸い、顔に笑みを貼りつけ、ドアをノックした。女中がドアを開け、とおしてくれた。ダグラスは起きていた。もしかして眠っていて、対面を先延ばしにできるのではないか、と期待していたのだがそうはいかなかった。最近は期待どおりにことが運ぶことはめったにない。

ダグラスはベッドで上体を起こし、背をもたれて座っていた。読みかけの本をおろした。夕方の薄日が窓から差し込んでいたが、ベッドの横のランプは灯されていた。もっとも燦々と陽光に照らされているわけではない。マーガレットがセバスチャンと〈石の決闘場〉をあとにしてすぐ、空は分厚い雲に覆われていた。

「マギー、わたしを避けていたね？」

マーガレットは枕もとの椅子に腰をおろし、ため息をついた。「ええ、そうだけれど、わたしの性格ならご存じでしょう？　おしゃべりを始めたら、止まらなくなると。最近、よくそれを思い知らされるの」顔をしかめて、さらにつづけた。「でも、カルデン先生にはきつく言われていたの、いまのあなたは安静にしていることがなによりも大切だと。だから睡眠のじゃまをしたくなかったのよ。そうでなければ、もっと早く会いに来たわ」

「ばかばかしい。これ以上寝ていたらベッドに根が生える」

マーガレットがくすりと笑った。「じっとしているのがつらいのね。でも、せめてあと二、三日は辛抱しないとね。怪我の具合はどう？」

「いまは我慢できる程度だ」

「わたしたちみんな、とても心配したのよ」

ダグラスは眉を上げた。「今度の事故の前からきみは心配していたんだろう？　マギー、不安があるなら、なぜわたしに相談に来なかった？　なにもあいつを捜してヨーロッパをうろうろすることはなかっただろうに」

叱られてマーガレットは顔が赤くなったが、セバスチャンの話が出たことに驚いた。ダグラスはセバスチャンのことを話したいの？　マーガレットは話したくなかった。セバスチャンが回避したがっている話に結びついてしまうかもしれないのだから、それは困る。あたりさわりのない話をつづけて、〝結婚〟の話題には触れないよう、機転を利かせなければ。「セバスチャンが戻ってきたせいで動揺させたのだとしたらごめんなさい、ダグラス。でも、思い出してほしいのだけど、あなたにちゃんと相談に来たわ」

「そして、事故に関しておかしなことはなにもないときみにはっきり言った」

「ええ、そうよ。でも、そうではないような気がしたの。はっきりとはわからないけれど、なにかがおかしいという感じがして、それが頭を離れなかった」ダグラスが眉をひそめたのを見て、そっとしておいてくれないのではないかとマーガレットは思い、取ってつけたように話をつづけた。「セバスチャンは調査の達人だわ。彼の仕事に調査はつきものだから。彼ならできるんじゃないかと、つまり、わたしの不安を解消してくれるのではないかと思っただけなの」

ダグラスはため息をついたが、マーガレットの手に手を伸ばし、やさしくたたいた。「それについては素直にわたしを信じてほしかったが、まあいいだろう。セバスチャンをここに連れてきたことにうしろめたさを覚えることもない」

マーガレットは目をぱちくりさせそうになったのをどうにかこらえた。うしろめたそうに見えたの？　ダグラスにそう思わせてしまったのにちがいない。

ほっとした表情を装い、ダグラスにまた笑みを向けた。「セバスチャンはここに残らないはずよ。その心配はいらない。ここに来るのもいやがったの。無理強いしないといけなかったわ」

妙なことに、ダグラスはまたため息をついた。そんな話は聞きたくなかったというように。「不思議ではないな」そう言ったあと、ややあってダグラスはこうつづけた。「どうやってあいつを見つけたんだ？」

真実を明かしていいものか、マーガレットはすこし悩んだ。ダグラスがセバスチャンからどんな話を聞いたのか知っていればよかったのだが、あの人は父親とのやりとりのことはほとんど教えてくれなかった。それでも、ふたりが結婚したことになっている話には触れていないはずだ。そういうわけで、マーガレットは事実を明かすほうを選んだ。

「じつは冗談みたいな話なの」と切り出した。「セバスチャンを捜してもらおうと思ってセバスチャンを訪ねていたのだもの。そう、支離滅裂だとわかっているわ、でもね、彼はヨーロッパでは別の名前を使っているの。レイヴンでとおっている。なかなか評判がいいのよ、腕がいいとね。頼まれた仕事をけっしてしくじらない」

「けっして？」ダグラスは興味を惹かれたように尋ねた。

「そうよ。顧客から絶大な信頼があるの」

「具体的にどんな仕事をしているんだい、調査は別として？　それとも調査だけなのかい？」

マーガレットは顔をしかめた。「全容は知らないわ、そこまで訊いたことがないから。助っ人稼業のようなことをしているようだわ。万策尽きて駆け込んできた人のためにひと働きするというような。どんな種類の仕事でも引き受けているんじゃないかしら、えり好みしているけれど。女性からの依頼は受けないんですって」あきれたようにそう説明した。「だから無理強いしないといけなかったの、彼に仕事を頼んだときにね、さっきも言ったけれど。あなたならセバスチャンに仕事を頼めるわ」ダグラスがまた眉をひそめたのを見て、マーガレットは逃げを選んで立ち上がり、言い繕った。「頼まないでしょうけれど。あらいやだ、また一方的にしゃべりすぎたわ。夕食がもうすぐ届くころね。わたしは着替えをしないと。あすの朝、また顔を見に来ます」

もうすこしで部屋の外に出るところだった。呼び戻そうとするダグラスの声が聞こえたが、用心を決め込んで聞こえないふりをした。心臓が激しく鼓動を打っていた。あんなにセバスチャンのことを明かすべきではなかったかもしれない。本人はレイヴンのことを父親に知られたくなかっただろう。

緊張のあまり、ついしゃべりすぎてしまった。おしゃべりの癖でいつか身を滅ぼすかもしれない。

36

マーガレットはフォークをテーブルにたたきつけ、セバスチャンをにらみながら険しい声で警告した。「わたしに話しかけないで！」その日の夜、事前に打ち合わせをしておいた夕食の席でのけんかはこうして始まった。セバスチャンはなにも言い返さなかった。ただため息をつき、祖母に目をむいてみせ、マーガレットが突然むっとしたのは自分のせいではない、とほのめかした。

ジュリエットが同席していたら薄ら笑いを浮かべただろうが、食卓を囲んでいなかった。デントンの話によれば、頭が痛いから今夜は家族と一緒に食事はとらないということだった。それは残念だわ、とマーガレットは思った。ジュリエットがいたら、少なくとも気をまぎらわすことができただろうに。表向きはいらいらしていることになっていたので、マーガレットは会話にほとんど参加することもなく、夕食の席は静まり返っていた。

早々に席を立ち、ほかの人たちによけいな緊張を強いることなく、ゆっくりと食事をすませてもらうことにした。いろいろと悩み、天気もぱっとしない憂鬱な一日だったので、一時間ほどのんびりと熱い湯船につかりたくなった。少なくとも計画はうまくいった。セバスチャンには寝室を別にしたいという要望を出す〝理由〟ができた。もっと早くそうしていればよかったのに、本当にいやな人だ。

泡風呂が用意された。泡はたっぷりと浮かんでいる。それに、香油も垂らされていた。エドナはマーガレットのことをよく知っているので、短い滞在であっても、マーガレットが呼ぶところの〝必需品〟を荷物に詰めておいてくれたのだった。

セバスチャンの作戦は袋小路にはいったようなものだった。本当にジュリエットがそういう算段をしているとしても、事故を装って彼を始末するには当然ながらすこしは時間がかかる。セバスチャンがおとりになるという方針を、マーガレットは諸手を挙げて賛成できなかった。もちろんセバスチャンは事故を予期しているわけで、そのぶん優位に立っているけれど、それでもやっぱり……。

もしかしたら一計を案じるよりも、そろそろ正面からぶつかってみてもいいのかもしれない。ジュリエットもこちらにならら心をひらいてくれる――いや、もう敵方とみなされているか。デントンにあたってみるのはどうだろう？ それもひとつの手だ。デントンが離婚を望んでいるとこれまでは知らなかったから、マーガレットも彼に疑問をぶつけはしなかった。慎重に話題を切り出せば……それについてはもうすこし考えを練ったほうがいいだろう。

湯加減は完璧だった。エドナがさがる前に調節してくれたのだ。マーガレットはそろそろと湯に身を沈めた。香油と泡に肌をくすぐられ、浴槽の縁に頭をつけて腕だけを出して湯船に寝そべり、目を閉じて緊張をほどいた。

部屋の片すみには火鉢があり、バスルームをほどよく暖めている。マーガレットが求めるやすらぎをじゃまする隙間風ひとつ吹かなかった――が、風が吹き込んできた。

エドナが用事でも思い出して戻ってきたのだろうか、とマーガレットは目を開けた。エドナではなかった。セバスチャンがいま開けたばかりのドアと浴槽のあいだに立っていた。すでに上着を脱いでいる。

前回も入浴中のひとりの時間に押しかけられたが、そのときとはちがい、今度のマーガレットは息を呑みもしなければ、湯船に深く身を沈めようともしなかった。ただぴんと伸ばした指でドアを差した。「自分の部屋を用意させる完璧な口実をあなたにあげたでしょう」そう指摘した。「ここでなにをしているの？」

「きみは筋書きのお膳立てをした。それを締めくくってあげるよ」とセバスチャンは言った。「ここからふたりで仕上げるところさ」

それ以上の説明はマーガレットに必要なかった。セバスチャンの目を見ればわかった。マーガレットをじっと見つめるその目は胸を焦がすような熱を宿していた。服を脱ぎながらマーガレットを誘惑するその官能的な身のこなしにも表われていた。出ていってと彼に言いなさい。いますぐ言うのよ！　頭のなかで警告の声が聞こえたが、その言葉は出てこなかった。一枚一枚服を脱いでいくセバスチャンに目を奪われるうちに、言い出す機会を逸してしまった。

素肌に灯りがゆらめき、マーガレットは催眠術にかかったようにたくましい身体を眺めた。全身が筋骨隆々としていた。マーガレットはそのたくましさに圧倒されるというよりも、むしろ好ましく思った。ゆっくりと彼の身体に視線を動かした。惚れぼれとさせられ、胸がときめいた。今回はセバスチャンもそそくさと服を脱ぎはせず、おのれの肉体をぞんぶんにマーガレットに見せつけていた。

すっかり裸になると、驚いたことにセバスチャンはマーガレットを風呂から連れ出そうとするのではなく、自分も一緒に風呂にはいろうとした。セバスチャンが実際にそうすると、マーガレットは足をどかし、湯船の向かい側に身を沈める彼に場所を開ける始末だった。湯の高さが上がり、セバスチャンが座り直し、マーガレットの手を取って胸に触れるほど身体を引き寄せると、水面が波立ち、縁から湯がこぼれた。

マーガレットは丸めた膝を見た。ふたりは膝に隔てられている恰好だった。「ここでうまくいくの？」

「ああ、だいじょうぶだ」セバスチャンはマーガレットの顔に手をあてがって引き寄せ、唇を重ねて熱いキスをした。

ひとたび唇を奪われると、そのおかしな体勢もマーガレットはさほど気にならなくなったが、セバスチャンは先まわりして約束した。「なんとかなるさ、マギー」そして、その言葉を証明するようにことを進めた。

そして、なんとかなるどころか、すばらしくうまくいった。湯船につかったままどうやって愛を交わすのか、経験の浅いマーガレットに想像のつくものではなかったが、セバスチャンがすこしだけはいってきてから膝にマーガレットを座らせると、おかしな感じはしなかった。彼はマーガレットをより楽な姿勢に導こうと、自分の肩に膝をつけさせもした。マーガレットの期待は高まりに高まっていたので、すこしくらい体勢が苦しくても気にも留めなかったにちがいないが。

しっかりつかまっていろ、とセバスチャンに指示を出され、マーガレットは思わず笑っていた。彼は胸の泡を舐めて、先端をあらわにした。マーガレットはまた笑い声を上げた。けれど、セバスチャンに膝の裏から脚をなでられ、太腿にまわされた手がさらに上へと伸びてくると、マーガレットはもう笑うのをやめていた。はっと息を呑み、甘い刺激に身体をふるわせた。

「寒いのか、マギー?」とセバスチャンはかすれた声で尋ねた。「温めてあげよう」身を乗り出して唇を貪り、マーガレットの口のなかに舌を入れた。セバスチャンがすっかりはいってくると、マーガレットはこの上ない悦びで満たされた。奥深くまで挿し入れられてはいるものの、なんの苦痛もなく、マーガレットは思わず声を上げていた。セバスチャンは両手でマーガレットの腰をつかみ、身体を揺り動かした。水面が揺れて、ふたりの身体に波のように打ち寄せた。マーガレットは頭をのけぞらせ、快感のうめきを洩らした。セバスチャンはマーガレットの胸の先にそっと歯を立てた。マーガレットは息を呑んだかと思うと、小さな叫び声を上げ、またたく間に高みに昇りつめた。そのあとを追うように二度三度強く腰を突き上げ、お湯をそこらじゅうにまき散らし、セバスチャンも喜悦の極みに達した。

マーガレットはめったに味わったことのない感慨にふけりながら顔をほころばせ、セバスチャンを見下ろした。彼のひたいから汗がしたたっていた。マーガレットは身をかがめ、ひたいを舐めてその汗をぬぐったが、自分の大胆な行動に驚きもしなかった。見つめ返してきたセバスチャンの目には、彼自身が味わった満足感が浮かんでいるだけではなかった。今度こそはっきりとマーガレットは見届けた——彼の目にはやさしさがあった。マーガレットへのやさしさが。そして、幸せな気分でため息を洩らしながら、なぜこんなにすばらしい気持ちになるのかさっぱりわからなかった。

37

セバスチャンは手ぬぐいにさわらせてくれなかった。その代わりに身体をすみずみまできれいに拭いてくれた。マーガレットは抵抗しなかった。そして、セバスチャンに抱き上げられ、ベッドへ運ばれた。そこまでしなくていいと言ってもよかったかもしれないが、セバスチャンに抱きかかえられるのは好きだったので、なにも言わなかった。

セバスチャンは一緒にベッドに上がらなかった。バスルームに引き返し、水浸しにしてしまった床をきれいにしているようだった。掃除が終わる前にマーガレットは寝入ってしまうと彼は思ったかもしれない。あるいは、寝入ってほしいと思ったとも考えられる。けれど、マーガレットは眠りに落ちなかった。すこしも疲れていなかったし、彼がもうすぐ出ていってしまうことはなんとか考えないようにしていた。

セバスチャンはベッドに戻ってくると、にっこりと微笑んでマーガレットを引き寄せた。マーガレットは彼の腕に包まれながら、身をすり寄せた。態度をころりと変えてしまった自分を責めるつもりはない。いまはまだ。けれども、セバスチャンに不評を買いそうな悩みを胸にかかえてもいた。

「打ち明けないといけないことがあるの」

「どうしても？」とセバスチャンはそっけなく言った。「いまはきみと一緒にいられて嬉しいんだよ、マギー。それに水を差そうというわけじゃないだろうな？」

「ことによると」とマーガレットは言った。「じつは、きょうの午後、ダグラスに会ってきたの。あなたのことを話し合ったわ。というか、彼にあなたのことを話したの」

「レイヴンのことを父に話したのか？」

マーガレットはたじろいだ。「ええ。ごめんなさい。あなたが秘密にしたがっているとは思わなかった。でも、もしかしたらそうかもしれないとふと気づいたのだけれど、そう思ったときはもうあとの祭りで——」

「まさかえんえんとしゃべるつもりじゃないだろうな」セバスチャンは話の腰を折った。

マーガレットは彼のわき腹をつねった。「あいにくそのつもりだったわ。怒っている？」

「ちっとも」と彼は言った。「おれは自分が築いた名声を自慢にこそ思っていないが、恥じてもいない。そういう評判を手に入れようと思って仕事をしていたわけじゃない。でも、父に知られるかどうかはどうでもいい。〝結婚〟の話はしなかったんだろう？」

「ええ、していないわ」マーガレットは身体を起こしてベッドに座り、いきり立って言った。「わたしはときどきうっかりするかもしれないけれど、こういう大事な話し合いや、そこで決めたことは忘れたりしない。もしも結婚のことがダグラスの耳にはいったとしても、それはわたしの口からということはけっしてないわ。でも、あなたも気づいているでしょうけれど、ダグラスが臥せっているのはせいぜいあと一日か二日よ。長引いたとしても。体力はどんどん回復しているし、傷も治りかけている」

「要するになにが言いたいんだ？」

いやがらせのつもりでそんなことを言うのかしら。「訊くまでもないでしょう。あなたの名前を出さずにどうにか〝夫〟の話はしたわ。あなたをここに連れ戻したことと、わたしにはいま夫がいるということをダグラスは結びつけて考えなかった。でも、そういえばわたしが誰と結婚したのか知らないなとそのうち気づき、誰かに尋ねることになる。それにあしたの夜は公爵未亡人のパーティがあるわ、〝新郎新婦〟をお祝いする会がね。ダグラスは出席するかもしれないし、そうなれば――」

セバスチャンは強引なキスでマーガレットを黙らせた。「なにが言いたいのかよくわかったよ。きみの不安を解消するため、あしたどう決着をつけるか検討しないとだな。そうすればここでのおれの仕事も終わる。朝になったらもう一度、父と話をする。正午前にはここを出ていけるかもしれない」

マーガレットは息を呑みはしなかった。どうやってこらえられたのか自分でもわからなかったが。そんなに急に？　答えはさようならなの？　セバスチャンを引き留められる言葉はなにもない――彼が聞きたがるような言葉はなにも。

セバスチャンがこういう結論を出すとは、どういうわけかマーガレットの頭にはまったくなく、すっかり意気消沈してしまった。マーガレットはまたベッドに寝そべったが、セバスチャンに背を向けて、横向きになった。セバスチャンはマーガレットに身を寄せて、自分のほうに寝返りを打たせた。

「どうしたんだ？」とセバスチャンは不思議そうに尋ねた。

「どうって――」あなたが帰ってしまうと思って不安になったのと言えなくはないが、こちらの気持ちを、隠したいところまで読まれてしまうかもしれない。咽喉が詰まってしまったが、どうにか声が出て、しかも思いどおりに落ちついた話し方ができた自分が誇らしくなった。

「まだお支払いをしていないわ」

「ばかを言うなよ、マギー。きみから金を取るつもりはなかった」

それを聞いて、マーガレットは暗い気持ちを忘れるほど驚いた。「そうだったの？　交換条件を出されて悩んだのに――」

「それでよかっただろう？」セバスチャンは話を遮って、にやりと笑った。

もう息を呑むのをこらえることも、仕返しをためらうこともなく、マーガレットはセバスチャンを突き飛ばしてベッドから追い出した。「あなたってただのいやな人じゃないわ、ほんとに、とことんいやな人だわ！　あなたなんか向こうで寝ればいいのよ」指を突き立てるようにしてバスルームを指し示した。

セバスチャンはため息をついた。「まあいいか。人間、どんなことも慣れる――」

「四の五の言わないで！」マーガレットは頬を赤く染めて怒ったように言った。

セバスチャンはなにか言いたそうにしたが、気が変わったようだった。けれど、ベッドのマーガレットの横に空いた場所をちらりと見たセバスチャンの目は名残惜しそうだった？ただの思いすごしではないと確信できるほどセバスチャンがぐずぐずと居座ることはなかった。

38

マーガレットはすやすやと眠っていた。朝になると、セバスチャンは彼女を起こさないように服を着た。旅行かばんは部屋の片すみに置いてあった。ジョンは荷解きをするのは気が引けたらしく、そのうえエドナに頼むこともできなかったようだ。

セバスチャンはベッドの横で立ちどまり、手はポケットに入れて、マーガレットに触れたくなる衝動をこらえた。女性に別れを告げるのに苦労したことはない。だが、今度ばかりはそうはいかないとよくわかっていた。

きょういちばん早く乗船できる船に乗ることになるかもしれないと気づいたとたん、マーガレットとのあいだに距離を置かなければならないとわかった。つまり、心の距離を。ゆうべマーガレットをまたしても難なく怒らせ、すこし距離を置くことができた。もっともあとで悔やみはしたが、バスルームの床で寝る破目に陥り、背中が痛くなったせいではない。いまいましいことに彼女の虜になっていた。女性にこれほど惹かれたことも、興味をそそられたこともないというのに、マーガレットにはころりとまいってしまった。そう、たしかに彼女は美しく、艶めかしい身体をしているが、それだけではなく、彼女の勇気や気概にも感心していた。多くの女性たちをしばりつけているつまらない因習に捕らわれない生き方をしている。それでも生粋の淑女であり、セバスチャンもかつては身を置いていた礼儀と名誉を重んじる伝統的な上流階級の生まれだ。もう自分はそこには属していないが。そう思いをあらたにし、さらに後悔を重ねてしまう前に部屋を出た。

父親の部屋の前をとおりすぎたが、室内からはなんの物音も洩れてこなかった。セバスチャンは足を止めなかった。父ともう一度対面する前にジョンに話があった。ジョンは厨房にいた。古い知り合いとお茶を飲んでいる。

厨房は自然と使用人たちのたまり場になるのでにぎやかであり、ここが仕事場ではない者も集まっていた。セバスチャンがはいっていくと、話し声はぴたりとやんだ。ジョンの話し相手はそそくさと姿を消した。ほかの者たちもいっせいに退散し、あとに残ったのは、忙しすぎてみんながいなくなったことに気づきもしない料理人だけだった。

ジョンは使用人たちがすたこら逃げていった戸口のほうを見て、あきれたようにくるりと目をまわし、くっくと笑いながら言った。「威力は健在ですね」

「はみだし者扱いも役に立つことがあるってわけだな。まあ、せっかくだが、外に出よう」

ジョンはうなずいて、セバスチャンについて通用口から外に出ると、裏庭にまわり、生け垣で仕切られたテラスの前をとおり、庭師たちから離れた。エッジウッド館では五人以上の庭師が手入れにかかって、美しい庭園を保っている。

「おまえのほうが情報をつかんでいるといいのだがな」とセバスチャンは切り出した。「子どものころから知っている者もいるのに、口を割ろうとしない」

「身分の差があるからですよ、おぼ――」

「〝お坊ちゃま〟と呼んだら、殴るぞ」

ジョンは噴き出したが、こう言った。「昔の習慣に戻るのは早いものだと認めざるをえないところですが、気をつけます」

「よろしくな。それで、なにがわかった？」

「あいにく、たいしたことは。いずれの事故であれ、不審に思ったという者は、話を聞いたなかでひとりもいませんでした」

「事故の数にもか？」

「ええ。数カ月にわたってぽつぽつと起きているので、とくに目を惹かなかったんですよ。かといって記憶に残っていないというわけでもない。別々の事故の話をいろいろ聞いたけれど、どれも予想できるような返事しか返ってきません。助け出されたんですよとか、足を引きずって帰ってこられましたとか、足を引きずりながらもどうにか自力で部屋までお帰りになりましたねとか、二、三日は足を引きずっておられたけれど、そのあとはお元気になりましたよとか――」

「なぜそんなにしょっちゅう足を引きずっていたんだ？　それは本当に父の話なのかい、デントンではなく？」

「ええ」とジョンは言ってから肩をすくめた。「たいしたことじゃないと思いましたけどね。人は怪我をしたら足を引きずるものですよ。別の場所を怪我したとしても。そういえば肋骨を折ったことがありますけど、身体のそっち側をかばって足を引きずっていましたっけ。旦那さまだって昔――」

「言いたいことはわかった」セバスチャンはそう言ってため息をついた。「もうわらにもすがる思いなんだよ。なんでもいいから、さりげなくほのめかして、知らないことまで知っていると父に買いかぶらせることができるネタがいる」

ジョンは考えをめぐらせるように眉をひそめていたが、やがてぱっと顔を輝かせた。「そうだ、ひとつ話し忘れていることがあった」

「ほう、期待できそうだな」

それを聞いてジョンはためらった。「いや、事故とは関係ないんです。ずいぶん昔の話で、弟さんもまだ結婚する前のことだったようだけれど、これを聞いたらきっとがぜん興味が湧いて――」

「さっさとしゃべらないかぎり、興味の湧きようがない」セバスチャンは待ちきれずに話を遮った。

ジョンは咳払いをして先をつづけた。「庭師から聞いたんですよ、ピーターという男です。そのピーターは屋敷の表側の道端で作業をしていたところ、弟さんが馬に乗って帰ってくる姿に気づいた。エッジフォードのほうからだったのですが、別段めずらしいことではなかった。エッジフォードの酒場の常連客で、それは誰もが知っていることだったので」

「それで?」

「ピーターはつぎに、もう一頭の馬が弟さんのほうへ駆けてくるのに気づいた。道の向かい側の芝生を踏み荒らしながらウィームズ家の敷地方面から疾走してきたんです。ピーターが憶えていたのは、そっちの芝生を直す手間が増えたとうんざりしたからで、思わず馬の乗り手をにらみつけたが、乗り手はどこかの貴婦人だった。そのご婦人はデントンさまに止まるよう大声を上げた。デントンさまはいったん馬を止めたけれど、ご婦人が追いつくと、また馬を走らせ、話はしたくないようだった。ご婦人は仕方なく並んで馬を走らせた。ふたりは明らかに口論になっているようだった。そのご婦人はたしかにジュリエットさまだったとピーターは言っているが、その当時は誰なのか知らなかった」

「結婚する前から言い争っていたのか」とセバスチャンは言った。「関連があるのかわからないが、いまのところ意外でもない――」

「まだつづきがあるんです」と今度はジョンが話を遮ってつづけた。「ふたりがとおりかかったときに、ジュリエットさまの話し声をピーターは聞きつけた。こう言っていたそうですよ。『あなたのために兄を始末した。あなたのお兄さんも始末した。だからあなたはまちがいなく――』」

「まちがいなく？」

「いえ、そこまでだったんです。あいにく話の残りは聞き逃してしまったそうですよ。ちょうどそのとき蜂がすぐそばまで寄ってきて、追い払わないといけなかったらしく」

「なんだ、残念だな。ピーターは耳に入れたことをとりあえず父に話したのだろうか」

「それは確認するまでもない。わかっているでしょう、使用人がどういうものか。波風を立てないようにするものですよ、まわりまわって責めを負わされるともかぎりませんから。いろいろ考えて、しばらくは悩んだとピーターも打ち明けていましたよ。でも、ジュリエットさまが家族の一員になってからは、忘れることにしたそうです」

セバスチャンは顔をしかめて足を止めた。「〝ジャイルズを懲らしめるため〟というジュリエットの言い訳はもう通用しない」

「予想どおり、嘘っぱちでしたね」

「ああ、でも、裏が取れてよかった。ジュリエットの動機がなんであろうと、もはやどうでもいいがね。とにかく仕事を切り上げて、帰りたいだけだ」

「ジュリエットさまの話から弟さんが関与していると思わないんですか？」

「関与しているように聞こえるが、この件については直感に従うつもりだ。デントンはかかわっていない気がする。弟もなにかしらやましいところがあるのだろう。それがなんなのか突き止めてもいいが、そのせいで滞在が長引くようなら話は別だ」

「ということなら、そろそろ荷物をまとめるべきだと?」

セバスチャンはほんの一瞬だけためらって、こう言った。「ああ、そうしてくれ」

39

もう一度父に会っても、さほどの協力は期待できない。一度めは不意打ちだったので、セバスチャンに分《ぶ》があった。イングランドに帰ってきていることを向こうは知らなかったからだ。父の体調もかろうじて回復しただけだったので、昔のことにまで話はおよばなかった。きょうも同じように乗りきれるかといえば、そうはいかないだろう。

セバスチャンはノックした。女中に部屋へとおされはしなかった。どうぞと言うダグラスの声がして、セバスチャンはなかにはいった。室内にさっと目をやると、どうやら父はひとりきりのようだった。もはやベッドに寝ているわけでもない。

「女中はどこです？」とセバスチャンは尋ねた。

「もう見張りはいらない。なにかあれば、自分で呼び鈴のひもに手を伸ばせばいい」

「近侍は？」

ダグラスは鏡の前に立ち、自分でクラヴァットを結んでいた。そうした手の込んだ結び方をセバスチャンでさえ自分でやろうとは思わない。もっとも、きちんとした服装をする機会はめっきり減ったので、ジョンの腕に頼ることもほとんどなかった。

「何年も前にクビにして、あらたに雇うのはやめた。自分で身支度をするほうがいいと気づいた。」とダグラスは言って、鏡の前から振り返り、セバスチャンに目を向けた。「探りを入れているのか？」

そんなにあからさまだったのだろうか。そう訊かれてばつが悪くなりはしなかったが、いまでもこちらの考えを父にあっさりと読まれてしまうのは気に入らなかった。「いや、父上がお元気か見極めようとしているだけですよ」

「またわたしをひどい目にあわせる前にか？」とダグラスは手厳しく言った。

これにはセバスチャンもばつが悪くなった。家族が把握している状態を越えて父の体力は回復している。今度はもう優位に立てる望みはない。それどころか、ここに来た目的の話題をさっさと切り出さなければ、セバスチャンが勘当されたころの話でも始めてしまいそうだった。

「医者の言いつけを父上が無視するとは意外ですね」とセバスチャンは言った。

「無視はしていない――おおかたは守った。だが、時折り頭痛がするのは別として、もういつもどおりだ。ひどく衰弱した状態は脱した。だからもういつまでも床を暖めている必要はない」

父は部屋を出ようとして着替えをしていたのだろう。これはまずい。マーガレットの言うとおりだった。彼女がセバスチャンと結婚したという話を誰かが父の耳に入れてしまうかもしれない。すでに父も知っていると思い込んで。マーガレットが思惑どおりに茶番をつづけられたとしても、セバスチャンは予想もしなかった昔の心情が胸に湧き、同じようにはできない気がした。

こうして父と対面していると、かつて憎しみ合った気持ちは消えており、イングランドを去る前は仲のよい親子だったことがひしひしと思い出された。

父に嘘をついたことは一度もなく、嘘をつく理由もなかった。そんなことをしてもなんにもならないからだ。あのころとは別人ではあるが、それでも——自分は自分だ。嘘をつくことにはやっぱり違和感があった。

「だが、わたしの具合を尋ねに来たわけじゃないだろう?」とダグラスはさらにつづけた。

「ええ、率直に言わせてもらいます。フランス行きの船にきょうじゅうに乗りたいと思っています。ひとつ確認させてもらえれば——」

セバスチャンは思わず言葉を切り、父に背を向けた。失望が父の顔に浮かんでいた——いや、そう思うのは虫がよすぎる。それはセバスチャンもよく心得ている。希望は判断を鈍らせる。しかし、胸が締めつけられ、言葉に詰まった。

「乗馬で災難にあった話なら蒸し返すつもりはないぞ、セバスチャン。外的な作用が働いたわけではないというわたしの話を信じるといい。ここで犯人捜しをするのはばかげている」

やけに身構えるような口調だった。そうでなければセバスチャンも深追いしなかったかもしれない。「では、脚を悪くしていることについて聞かせてもらいましょうか」

振り返ると、ちょうど父の頬にぽっと赤みが差していた。あてずっぽうだったが、勘がはずれなくてなによりだ。

「なぜ知っている?」とダグラスはこわばった口調で尋ねた。

セバスチャンは肩をすくめた。「父上から聞きました」

「それはありえない!」

「じつは、いろいろなことを考え合わせて結論を出すのが得意なんですよ。父上が足を引きずっていたという話をいくつも聞きました。父上の反応から、身体の不調をかかえているけれど、誰にも相談したくないということもわかった。それで、脚はどうしたんですか?」

ダグラスは口をぎゅっと閉じた。頬はまだ紅潮している。窓辺に歩き、読書用の椅子に腰をおろした。そこにたどりつくまで足は引きずっていなかった。セバスチャンは眉間にしわを寄せてじっと見守っていた。あてずっぽうは正しかったのだろうか、それともちがうのだろうか。

「脚がどうしたのか、わたしにもわからない」とダグラスは話しはじめたが、まだどこか弁解がましい口ぶりだった。「始まったのは数年前からだった」

「なにが始まったんです?」

「これから話すところだ！」とダグラスは怒鳴るように言った。父が赤面しているのはきまり悪い思いをしているからなのだとセバスチャンは気づいた。「朝の乗馬に出かけようと厩舎に向かう途中で鞭を忘れたことに気づき、取りに戻ろうとして急に振り向いた。ぽんとはじけた音がはっきりと聞こえた。かなり大きな音だった。てっきり膝の骨が折れたのかと思った。見る見るうちに腫れて、倍になるほど膝が腫れあがった。だが、おかしなことに骨が折れた感じはしなかった。痛いことは痛かったが、耐えられない痛みではなかった」

「カルデン先生の診断は？」

ダグラスはさらに頬を赤く染めながらこう打ち明けた。「呼びにやらなかった」

「なぜです？」

「呼ぼうとしたんだが、手を貸して部屋まで連れ戻してくれた馬丁の話によれば、カルデン先生は隣の州に住む妹を訪ねているから夕方までは戻ってこないということだった。そっちまで呼びに行きましょうかと馬丁は申し出たが、脚を上げたら痛みはすぐにやわらいだから、治療を急ぐことはないと判断した。夕方になるころには腫れも引きはじめていた」

「骨は本当に折れていなかったんですか？」

「ああ、だんだん治ってきたようで、医者にわざわざ診てもらうことはなかった。二日後には腫れもすっかり引いて、また歩けるようになった。その週が終わるころにはもう脚に不安はなかった。ただの肉離れで、自然に治ったのだろうと思った。脚の怪我についてはそれっきり忘れていた」

「でも、それで終わりではなかった？」

ダグラスはため息をついた。「ああ。年に一、二回、膝を痛めている。たいていはなんとか倒れずに持ちこたえているが、急に痛めて転倒することもある。怪我をすると、毎回同じ経過をたどる。二、三日腫れて痛みもあり、痛めた脚に体重をかけられなくなる。やがてなにごともなかったかのように完治するというわけだ」

「崖でも事故にあったのだとか？」

ダグラスはうんざりしたような顔をした。「わたしの落ち度だ、あれは。鞍がゆるんでいると乗りながらわかった。新入りの馬丁は馬が興奮しているときは鞍もろくにつけられないようだった。厩舎を出る前に自分で気づくべきだったんだ。ひもを結び直そうと馬から降りようとして膝を痛めてしまった」

「では、事故はどれも、膝が崩れたせいだったと？」

「ほとんどの場合はそうだった」

「いちばん最近の事故は？」

ダグラスは鼻を鳴らした。「あれもちがう。野ネズミが道に飛び出して、足もとを横切ったものだから、わたしの馬がばかな動きをしたまでだ。うしろ脚で立ったかと思うと、急に全速力で駆け出した。いきなり低い枝が目の前に来て引っかかってしまった。わたしももうすこし反応がよければ、枝の下をくぐれたかもしれないが」

セバスチャンは首を振った。「なぜそういうことをすべて自分の胸にしまっておこうと思ったんです？」

ダグラスは顔をしかめた。「こういうふうに自分の身体が弱っているのがいやでたまらない。でも、なんとか乗りきっていける。万が一に備えて用心することも身をもって学んだ。これは自分だけの問題だから、ほかの者には黙っていてもらいたい、マギーにもだ」

ようやくセバスチャンは納得した。父は怪我をしがちなところが自分の弱点だとみなし、面目なく思っている。自尊心の問題だ。それがあらぬ疑いを招くかたちで表に出てしまった。

「お望みのとおりにしますよ。マーガレットはどうにか説き伏せられるでしょう、きみの心配は取り越し苦労だったと。ここでの仕事は完了したので、ぼくはこれで……」

セバスチャンは立ち去ろうと身体の向きを変えた。ドアの前で一瞬足を止めたが、引き留める言葉は父から出てこなかった。口を閉じていろ、と自分に言い聞かせなければならなかった。さもなければ、恨みごとのひとつも叫んでしまいそうだった。ここで歓迎されてはいなかった。大目に見てもらっていたにすぎなかったというわけだ。

40

マーガレットが遅い朝食をとっていると、セバスチャンが食堂にはいってきた。席につこうともせず、入口で突っ立ったままで、その表情は——不穏ではないものの、愛想がよいとはお世辞にも言えなかった。

「ここを発つ」とセバスチャンは言った。

マーガレットは身体がじっと固まってしまった。正気を失いそうな動揺が胸に湧きあがってくる。

「仕事を終わらせないで？」

「終わった。犯人は見つかったが、きみの予想ははずれた」

「説明して」

セバスチャンは皮肉でも言うように口もとをゆがめた。「父とまた話をしたんだ。父から秘密を打ち明けられ、問題は解決した。ふたりで話したことは口外しないと約束をさせられた。だから、今回の件はおれを信用してもらうしかない。父の命をねらっている者は誰もいない」

マーガレットはほっとしたものの、理由を話そうとしないセバスチャンに腹が立ち、思わずこう口走っていた。「それってすこし無理な相談だと思わない？」

ふりではなく本当に驚いたようで、セバスチャンは眉を上げた。「おれを信じないのか？」

もちろん信じているが、マーガレットはセバスチャンに思い出させるように言った。「あなたは言っていることとやっていることがちがうわ。信じろと言われても、はいそうですかとはいかない」

「なんの話をしているんだ？」

即座に顔が熱くなった。二度と手を出さないと約束したときのやりとりを口にするつもりはなかった。あの約束のあと、夜になったらバスルームに押しかけてきて、入浴中の湯船にはいりこんできたことは。

けれど、セバスチャンは察しをつけたようで、鼻を鳴らした。「男は時として無謀な行動に出るものさ。淫らな欲求に負けるのもそのひとつでね」

身も蓋もない言い草だ。愛ではなく、欲求ときた。ただの性欲を愛にすり替えようとしていたわたしはなんて愚かだったのだろう。

マーガレットは食べかけのマフィンを皿におろし、冷ややかな声で言った。「紳士ならもっと品のある物言いをするでしょうね」

セバスチャンは叫ぶように笑った。「紳士だったらそもそもこんなことは口にしないさ。もうそういう話はやめてくれ、マギー。おれはもう紳士には該当しない」

マーガレットはため息をつき、セバスチャンに従ってその話題は取り下げた。「ダグラスが進んであなたに秘密を打ち明けたとしたら、つまりあなたたちは和解したということ？」

「ちがう」

吐き捨てるような返答のあと、またしてもなにを考えているのかわからない表情がセバスチャンの顔に浮かんだ。いくら詮索しても親子の確執について自分の考えを口にすることはないのだろう。

マーガレットは問題をあげつらうように言った。「ジュリエットのほうはどうなったの？」

「どうなったって？」

「決闘を仕組んだ理由は突き止めたの？」

「いいや」とセバスチャンは答えた。「正直に言うと、彼女の動機が明らかになることはないという結論に達した。だからこれ以上調べをつづけても手詰まりだから意味はない」

「まさか本気で言っているの？」

「マギー、これ以上ここにいたら、しまいには誰かを殺すことになりそうだ、なんの意味もなく。ジュリエットの動機がわかってもジャイルズが帰ってくるわけじゃない。この十一年間がなかったことになるわけでもない」

「じゃあデントンも知らないの？」とマーガレットは言い立てた。「彼に訊いてみた？」

「ああ、訊いたとも。理由はあいつも知らなかった。それとも話す気がないだけなのか。どっちなのかはっきりしない。弟はなにか隠しごとをしていて、そのせいで罪の意識に苦しんでいるわけだから。ところで、いまどこにいるか知っているか？」

「ロンドンよ」とマーガレットはぽつりと言った。

動揺がさらに激しく胸に広がってきた。セバスチャンを引き留める口実がなくなってきた。奥の手がひとつだけ残っているが、功を奏するのか疑わしい。

セバスチャンはマーガレットの返事を聞いてがっかりしたようだった。たぶん弟に別れの挨拶をしたかったのだろう。だとしたら、もうすこしここに残る気になるだろうか。

「いつ出発した？」

「今朝よ。ジュリエットは明け方にロンドンへ発ったの。その一時間後くらいにデントンがあとを追った。ジュリエットを連れ戻すためか、けんかの決着をつけてジュリエットを追い払うためか、誰にもわからないけれど」

「ジュリエットはいつも夫婦げんかをすると、ぷいと家を出てロンドンへ行くのか？　それともおれが出発する前に鉢合わせしないよう用心したとも考えられるか」

「派手な大げんかをしたあと、決まって一週間か二週間ロンドンで過ごすのは周知の事実だけれど、今回はすこし言い合っていた程度のようだから、あなたの予想が当たっているかもしれない」

「だったらおれはもう出立したと誰か知らせてやったほうがいいだろう」

くり延べはないということか。「すぐに発つつもりだということなの？」

「ああ、そうだ」

マーガレットは唇を嚙んだ。奥の手にしてはずいぶん惨めなものだが、焦燥感に駆られ、とにかく切り出すしかなかった。「ひとつだけ……お願いがあるの」

「マギー――」

「最後まで聞いて」とマーガレットは強引につづけた。「あなたにしてみたら、お願いはもうじゅうぶん聞いてやったという気持ちでしょうが、こんなにすぐに発つとは思ってもみなかったの。あなたがこのまま去ってしまったらわたしはかなり困ったことになるのよ」

セバスチャンは怪訝な顔をしていた。「なぜだ？」

「公爵未亡人主催のパーティがあるでしょ。ふたりそろって出席しなかったら、わたしは一生、夫人に許してもらえない」

「だから？」

「だから嫌われたら、社交生活はそこでおしまいよ。アルバータの不興を買ったら社交界から追放されるの。離婚をしても、つまはじきにまではされないけれど」

セバスチャンは眉をひそめたまま、さらに表情を曇らせた。「なぜきみが冗談を言っている気がしないんだろうな」

マーガレットは舌打ちした。「冗談を言っているわけじゃないからよ。あとひと晩だけイングランドに残ってちょうだい、セバスチャン。パーティが終わったあすの朝に発てばいいでしょう」

セバスチャンはしばらくのあいだ黙り込んだが、やがてこう言った。「わかった。ただし、すぐにホワイトオークス館にふたりで戻るなら、条件をのむ。きみは誰かに女中を呼びに行かせて荷造りをさせろ」

「せかせかしすぎじゃない？ すぐにエドナを見つけて女中を呼ぶわ」

「いますぐ取りかかれ、さもないと取引きには応じない」

「お祖母さまのことはどうするの？」とマーガレットは尋ねた。「さよならも言わないつもり？」

苦しげな表情がセバスチャンの顔をよぎった。「どこにいる？ 温室か？」

マーガレットはうなずいた。

「どうしてそんなに急ぐの？」マーガレットは怒りがこみ上げた。腰を上げてテーブルから離れようとしながら尋ねた。

「父がいまにも階段を下りてきそうだからだ。まだ療養中なのだろうが、部屋でじっとしているる気はない。きみの結婚相手がおれだと、まだここにいるあいだに父に知られるのはごめんだ」

「そういうことね」マーガレットはこわばった口調で言って、食堂をあとにした。そして、どういうことかはっきりとわかった。この人は万が一にも本当に結婚する破目に陥らないよう、用心に用心を重ねているということだ。

41

「けっこう元気そうね」その日の午後、ホワイトオークス館でお茶を飲んでいたマーガレットは、応接間にはいってきてソファに腰をおろしたフローレンスを見て、そう言った。「わたしたちがいきなり戻ってきたから、少なくとも一日二日は仕事に追われて疲れさせてしまうかと思ったけれども」

一家の令嬢が女中頭とお茶を飲むのは、ホワイトオークス館ではめずらしいことではない。マーガレットは自宅にいるときは身分のちがいにこだわらなかった。使用人は家族同然であり、実際にそのように扱っていた。そしてフローレンスは昔からいちばんの親友で、秘密を共有してきた間柄だった。

「それに引き換えあなたはちょっと暗そうな顔をしているわね」とフローレンスは言った。

「どうしてなのか、よかったら話を聞くわ」

「そっちの話が先でしょう」

フローレンスはくすりと笑った。子どものころもふたりしてこんなふうに切り返したものだった。

「わかったわ」フローレンスは声を落とし、まだふたりきりか確かめるようにドアのほうにちらりと目をやった。「じつは、ジョンがいなくなって寂しかったの」

「ジョン・リチャーズのこと？」

「そう。仲良くなったと思ったら、荷物をまとめてエッジウッド館に移ってしまったから」

「つまり彼のことが好きなのね？」

フローレンスはにんまりとした。「ほら、好みにぴったりの相手に一生出会わないんじゃないかって、あきらめはじめていたでしょう？」

「あなたは好みがうるさすぎるのよ」とマーガレットはからかった。

「ちがうわ、このあたりの男性たちはわたしには年をとりすぎているか若すぎるかのどちらかなのよ」

「よく言うわね。あなたはえり好みしすぎよ」

フローレンスは笑った。「そうね、一定の基準があるのは確かよ。ジョンはそれをすべて満たしている。あなたがたが帰ってきてからまだ彼とは話をしていないけれど、彼もここに戻ってきたからもっと親しくなれると期待しているのよ」

マーガレットは胸がかき乱された。フローレンスに打ち明けたかったけれど、もし話してしまったら、自分だけではなく、友人にもつらい思いをさせてしまう。けれども、あらかじめ耳に入れておけば、ジョンを説得して引き留める猶予をフローレンスにあたえることができる。セバスチャンは立ち去る決意をすでに固めている。だからといって近侍も一緒にフランスに戻ると決まったものではない。ジョンは身を固めて自分の家庭を持つ道を選ぶかもしれない。

「大事な話があるのよ、フローレンス。折りを見て話そうかと思ったのだけれど、いま聞いてもらうほうがあなたのためになるかもしれない」

「ちょっと待って、あなたがそんな顔をしているってことは、知らないほうがいいのかも」

「そう、それなら――」

「そこまで言って、まさか話さないつもり？」

マーガレットは目をくるりとまわした。「わたしがなぜヨーロッパに行ったか、いまはもう知っているわね。ひそかに行方を捜しに行った相手と結婚して帰ってきたから、あなたもびっくりしたでしょう」

「そうよ、仰天したわ。じつを言えば、このままエッジウッド館で新婚生活を送ることになるんじゃないかと思っていたのよ」

マーガレットは秘密を打ち明ける前から顔を赤らめてしまった。「じつはセバスチャンとは結婚していなかったの」

「えっ？」

「エドナとオリヴァーは知っている。あなたにも秘密を守ってもらうわ。わたしはセバスチャンを雇って、イングランドに連れて帰ろうとしていた。事情を説明しても、彼は戻ってくるのを渋っていたの」

「セバスチャン・タウンゼントらしくないわね」

「昔の彼はジャイルズと一緒に葬られてしまったからじゃないかしら。やりきれない気持ちをかかえていて、まあ、その思いが度を越えていると言うのか。でも、いまはわたしも理解できるのよ、なぜそんな気持ちになるのか。あの人が死を覚悟の上で決闘に出向いたことを知る人はほとんどいない。一方、ジャイルズは怒り狂っていて、セバスチャンを殺すつもりだったと言われている」

「だったら、どうして結果はその逆になったの?」

「ただの偶然だったの。セバスチャンは空に向かって発砲するはずだったのに、ジャイルズの撃った弾丸が腕をかすめたせいで、銃口を向けた先が変わってしまった。誤って親友の命を奪った苦しみに加え、父親に親子の縁を切られた。だからなぜ故郷に戻ってきたくなかったのかわかるでしょう?　実家に帰っても、門前払いを食らうとセバスチャンは思った。そうなると、たとえ陰謀がくわだてられていても、彼がそれを暴くことはまず不可能になる」

「それで、出入りを許してもらうために夫婦のふりをしようとあなたに持ちかけた?」フローレンスは信じられないという顔で尋ねた。

「ううん、持ちかけたのはわたしよ」とマーガレットは言って、顔をさらに赤らめた。「そうね、いまにして思えば突拍子もない解決策だった。白状すると、そのときは深く考えなかったの。セバスチャンはわたしをあきらめさせようとしたわ。でも、わたしは頭ごなしに拒否されて、なにがなんでも阻止しようとする彼に反撃したくなったの。死んだものとみなすほどダグラスがいまでもかたくなにセバスチャンを許すつもりがないと知らなかったら、こういうことにはならなかったと思うわ。ダグラスがセバスチャンを許せないのは、ウィームズ卿と疎遠になってしまったからでしょうね。結局は皮肉なことに、偽装結婚なんてする必要はなかったのだけれど」

「伯爵が最近また事故にあったから？」

「ええ。それに、セバスチャンはダグラスがまだ具合が悪いうちに話をすることができたの。いわば、不意打ちをかけたようなものだから」

フローレンスはにやりとした。「セバスチャンにはある種の力があるのよ。彼に質問されたら人は誰でもさっさと答えたくなる。答えれば彼はどこかに行ってくれるから」

「そういう脅しはダグラスには通用しない。もっとも、実際は知らないことまで知っているとうまく思わせることはできたけれど。結局、ダグラスは誰かに命をねらわれているわけではない、とセバスチャンは保証してくれて、わたしの不安は解消されたわ。ただ、どうして事故が起きたのか、真相はどうしても明かしてくれなかったけれど。不運に見舞われたにすぎないという真相だったのだとしても。なにはともあれ、セバスチャンはわたしに頼まれた仕事を果たし、いまはヨーロッパへ戻りたくてうずうずしている」

「でも、結婚はどうなるの？　偽装だったとしても、みんなは本当に結婚したのだと思っているわ。策を講じただけだと発表して幕を引くの？」

「エッジウッド館で寝室をともにして、芝居をもっともらしく見せようとセバスチャンが言い張らなければ、それもひとつの手だったわ」

「マギー、嘘でしょう？」フローレンスのあきれ顔を見て、マーガレットは恥ずかしさに顔が赤くなった。「そんなとんでもないことを！」

「意図したわけじゃなかったわ。でも、じつはね、ひと目見たときから、なぜだか彼に心を惹かれていたの。なにからなにまで紳士にあるまじきふるまいなのに、あの人にかかると、そんなことはどうでもよくなる」マーガレットはフローレンスに身を寄せて、声をひそめてつづけた。「淫らな欲求に負けたと言われたわ」

「ひどいわね。あなたは淫らな女性なんかじゃないのに」とフローレンスはいきり立って言った。

マーガレットは思わず笑い出し、恥ずかしさがいくらかやわらいだ。「ええ、そう願いたいものだわ。でも、とにかくもうすんだことなの。悔やむつもりもないわ、とても——よかったから。でも、本当は結婚していなかったと告白するのは論外だわ。いまさらそれは無理なの。わたしたちがふつうの夫婦のように寝室をともにしていたと、エッジウッド館の全員に知られているもの、ダグラスは別として。まあ、いずれダグラスにも知られるでしょうね。もともとの計画として、結婚したと見せかけたように、離婚も偽装するつもりだった。どうしてセバスチャンと結婚したのか、明らかにしてもいいと思う。あるいは、しなくてもいいし、それはそのとき決めるわ。どっちみちセバスチャンとの結婚は、近所のご婦人たちにはスキャンダルだとみなされているから、説明すれば安心してもらえるかもしれない。わたしの頭がおかしくなったのではないとわかって」

フローレンスはため息をついた。「離婚はかなり――」

「ええ、わかっている」マーガレットは遮って言った。「不名誉だわ。でも、わたしには財産もあるし、息子が生まれれば爵位を継がせることができる。離婚した女性にはとかく悪い噂が立つものだけれど、そういう影響は心配ない」

フローレンスは鼻を鳴らした。「あなたは最高の花嫁候補なのに、なぜそれを認めようとしないのかさっぱりわからないわ、マギー。お金をちらつかせなくても結婚相手は見つかるのに」

「そうね。わが道を行くことにこだわりすぎて、積極的になれないのよ。せっかちだからしきたりに従って求愛されるのが面倒ということもあるけれど」

「まさか。あなたには聖人並みの辛抱強さがあるわ。さもなければ、きちんとした手順を踏んで花婿を探そうとして、こんなに長く待っているわけないもの。ロンドンに行って、社交生活を楽しんで、自然の流れに身をまかせればよかったのよ。すぐに結婚相手は見つかったはずよ。そうすれば、離婚したとうしろ指をさされることにもならなかったのに」

「そういう嵐を切り抜ける精神力ならあるわ。でも、あなたはどうするの？　セバスチャンと一緒に出ていってしまうジョンを引き留めなくていいの？」

フローレンスは現実を悟って青ざめた。「ジョンは行ってしまうわよね。ほとほとついていないわ、あなたとセバスチャンの結婚がじつは偽装だったなんて」

マーガレットも心のなかでうなずいていたが、それを口にするつもりはない。なぜセバスチャンとの結婚が論外なのか酌量すべき事情がないのなら、フローレンスに促したように自分もセバスチャンを引き留めたかもしれない。とにかくフローレンスにはなにも縛りがない。

「こっちに残ってほしいとジョンに頼んだら？」ともう一度勧めてみた。

「そんなに大胆になれないわ。まだそこまでの仲ではないもの。近いうちにそうなると期待していたけれど。どうしてあなたはセバスチャンを引き留めないの？　本当は引き留めたいくせに」

親友と話していて困るのは、胸のうちを見透かされてしまうことだ。マーガレットはため息をついた。「答えがわかっているからよ。セバスチャンがヨーロッパにさっさと帰りたがっているのは、ダグラスに偽装結婚がばれたら本当に結婚しろと迫られるから。それを恐れているの」

「どうしてダグラスにばれることが前提なの？」

「訊かれたらセバスチャンは話してしまうからよ。どうやらセバスチャンの考えでは、結婚のことを聞きつけたら、ダグラスは喜んで、もう一度セバスチャンを家族として迎え入れようとする。そうなると真実を告白せざるをえなくなり、それがセバスチャンはいやでたまらない。だから、なにがなんでもダグラスと顔を合わせないようにしているの。本当に結婚する破目になるのがいやなのよ」

セバスチャンはここから逃げ出したい一心で、弟がどんな板ばさみで苦しんでいるのか調べようともしない。真相を突き止めることができるのはセバスチャン本人をおいてほかにはいないだろうに。そう思うと、パーティまで残ることに同意してくれたのは驚きだった。

そういえば、セバスチャンに警告するべきだろうか。ダグラスがきょう寝室から出るほど体力が回復しているとは思えないが、顔を出すだけなら公爵未亡人のパーティに出席するかもしれない、と。いや、それはやめておこう、とマーガレットは思い直した。そろそろ運命に身をゆだねてもいいころだ。もしかしたら運命の女神に味方してもらえるかもしれない。

42

アルバータ・ドリアンの住まいは近隣でもひときわ目立つ大邸宅である。建築に何年も要し、屋敷の女主人が実際に引っ越してきたのは建物が完成してからだった。アルバータが初めてひらいた舞踏会は何カ月も語り草になり、それはつぎの会が催されるまでつづいたのだという。マーガレットはまだ幼かったので、どちらの舞踏会にも出席していないが、もちろん噂は耳にしていた。

まさに客人をもてなすために設計されたようなお屋敷だった。舞踏室が大広間であるのはもちろんのこと、応接間も音楽室もビリヤード場も広々としていた。賭けごと専用の大きな部屋もあり、トランプ用のテーブルはにぎわっていた。さほど広くない部屋は食堂だけで、着席して夕食をとる相手は親しい友人にかぎられるからだった。大きなパーティのときには立食形式で大勢の客たちに料理をふるまい、腕の立つ料理人を四人も雇い入れているので、準備に抜かりはない。

招待状は遠方にまで送られ、出席を望む声も多いので、来客の宿泊用に別棟まで立てる念の入れようだ。よくある宿泊施設とちがい、まるで小さな屋敷のような佇まいだった。ふだんはそこも舞踏会に使用されていた。

きょうのパーティは大規模なものではなく、地元の住民だけが集まる会だった。ただし、急な知らせであっても、アルバータが主催するパーティなら全員が出席するものと見込まれた。つまり、先約があってもそちらは取り消される。公爵未亡人の招待を辞退する者などない。王室からの呼び出しに準ずる扱いというわけだった。

それでもマーガレットは馬車がずらりと並ぶ光景は予想していなかった。降りる順番を待つ招待客らが馬車のなかで待機している。あえて言うなら、今夜の注目の的はセバスチャンだろう。近所の住民たちはみな、セバスチャンがもとの地位に戻ったのか知りたいのだ。彼に直接尋ねる勇気のある者ははたしているのか、興味深いところだ。

マーガレットはいまのところセバスチャンと一緒にいられることが嬉しかった。長くはつづかないとわかっていたが、少なくとも彼はあらたまった装いに身を包み、場ちがいには見えない。がちがちの正装ではないが、夜会服であることはまちがいない。

セバスチャンがクラヴァットを締めている姿を見るのはまだ二度めだった。それを言うなら胴着《ウエストコート》をつけた姿もそうだった。ウエストコートは青みを帯びた淡灰色だったが、黒の燕尾服と白いクラヴァットでうまく抑えられていた。明るい色は似合わない。派手な服を着てもしっくりこないだろう。パーティのために髪を切りそろえることもなかった。うしろでひとつに結ぶ髪型をマーガレットも見慣れてしまったから、彼の髪が短くなっていたらかえって奇妙に見えたかもしれない。

シルクハットもかぶっていない。ジョンはせっかく帽子を見つけ出し、出かける間際に玄関に持ってきたのだが、セバスチャンにぎろりとにらみつけられるやこれみよがしに帽子を自分の頭に載せ、足を踏み鳴らすようにして立ち去った。マーガレットが階段を下りていき、セバスチャンと目が合って満足げに眉を吊り上げられると、場の緊張がやわらいだ。けれど、賞賛するようなまなざしを向けられ、マーガレットはすっかりうろたえてしまった。セバスチャンの殺気立った表情には慣れっこになっていたが、あの黄金色の瞳に官能の気配が浮かんだとたん、息の仕方も忘れてしまった。

エドナのおかげで装いにも髪型にもマーガレットは満足していた。イブニングドレスは濃いワインレッドで、白いサテンの畝織りで縁飾りが施されていた。肩のあたりはふんわりとふくらみ、深みのあるビロードを織りまぜた白い飾りひもがあしらわれている。サテンの靴もドレスと同じワインレッドで、たっぷりとした裾からつま先がのぞいていた。

不安になっているのは否定できない。自分の家に戻ってから、セバスチャンと顔を合わせていなかった。一度もだ。だから、不安な気持ちを彼に相談することもできなかった。顔を合わせないどころか、どこにも姿が見えなかったので、ジョンを見かけていなかったら、セバスチャンの気が変わってすでに出立したのではないかと思っていたところだ。

それでよかったのかもしれない。あしたになればセバスチャンは出ていってしまう。彼がいないことに慣れなければ。最後の日であるきょう、もしかしたらふたりきりで過ごせるかもしれないと思ったとしたら、考えが甘すぎるというものだ。

セバスチャンに会えるのも今夜が最後だと思うと、マーガレットは気持ちが沈んだ。その代わりに不安は消えていた。アルバータの屋敷に向かう馬車のなかで、セバスチャンのことを意識しすぎていたのだが、やがて彼も緊張しているのだと気づいた。

馬車がのろのろと列を進むあいだ、マーガレットはセバスチャンに尋ねた。「わたしに全部押しつけて、どこかに消えるつもりじゃないわよね？」

「臆病者みたいにか？　傷つくことを言うね」

マーガレットは鼻を鳴らした。「たしかに傷ついた顔をしているわね。でも、うまくいくわよ」自分に言い聞かせるように言った。「ふつうのパーティのようにふるまっていればいいの。お祝いの言葉をかけられたら愛想よく応じて、なにか訊かれたらうまくはぐらかせば。ねえ、どうってことないでしょう？」

「数台前に並んでいるのはウィームズ家の馬車だ」とセバスチャンははっきりと言った。

「あら、いやだ」マーガレットは眉をひそめた。「セシルはよく来る気になれたわね——アルバータの誘いを無視できなかったということかしら」

「いいように考えてみろよ、マギー。もしかしたらおれを撃ち殺しに来たのかもしれない。

離婚の手間を省いてくれるぞ」

マーガレットはセバスチャンをにらみつけた。「笑えない」

「ありえない話ではない」

「ばかなこと言わないで。セシルはジャイルズの死がこたえて、手を打ってなんとかしなかったと言って、ダグラスを責めもしたわ。あの事件がなければ、セシルとダグラスが仲がいすることもなかった。でも、セシルは自分の人生を送っているわ。聞くところによれば、ロンドンで出会ったどこかの公爵夫人に求愛しているそうよ」

「それはなによりだ」セバスチャンはさして興味もなさそうな口ぶりで言った。

マーガレットは目を細くして疑わしげに彼を見た。「わたしの気をそらそうとしているだけなんじゃない？」

「きみこそいまにも逃げ出しそうに見える」

観察眼の鋭い相手じゃなければよかった、とマーガレットは思った。「あなたのせいよ」言い訳がましく言った。「あなたは無理やりここに連れてこられたわけでしょ。つまり、今夜が滞りなく過ぎるようあなたに気をつかってもらえるとはとても思えない」

「たしか、こういうパーティは夜通しつづくんだろう？　でも、最後まで残らなくてもいいのなら、なんとか乗りきれる」

「そうね。早めに引き上げればいいわ、失礼にならない程度に」

「だったら、そう緊張するなよ、マギー。今夜は誰かを殺したりしないさ」

そんな皮肉は言わずもがなのひと言だ。セバスチャンがそんなことをするとはマーガレットも思ってもいない。けれど、からかわれただけかもしれないと思う間もなく、セバスチャンが身を乗り出してきた。手をつかんだと思うと、マーガレットは隣の席に引き寄せられ、膝に抱き上げられていた。そして、息を呑む隙もなく唇を奪われていた。

どのキスよりもあざやかに心に残るキスだった。官能的どころではなく、血が騒ぐどころでもなかった。もっとロマンティックにたとえるなら、心がこもっていたと言えるかもしれない。抱きしめ方はしっかりと力がこめられているけれど、それでいて細やかに神経が行き届いているようだった。頬にあてた手つきもやさしかった。セバスチャンは欲望をかき立てようとはしなかった。それでも、マーガレットは彼にしがみつき、燃え上がらずにはいられなかった。けれど、あくまでも心が温まるような甘いキスであり、マーガレットは強いられてというよりも、自然に反応を返していた。

自分たちが主賓であるパーティのことはすっかり頭から消えていた。ひと晩じゅうでもセバスチャンの腕に抱かれ、キスの甘いけだるさに酔いしれていられる。

膝の上から向かいの座席に戻されてこう言われると、一気に現実に引き戻された。「さあ、これで生贄《いけにえ》にされる乙女というよりも新妻らしく見える。到着だ。馬車から降りろよ、マギー」

43

キスをされたばかりの顔に仕立てるためにキスをするというセバスチャンの卑劣な手口に馬車のなかで引っかかったあと、マーガレットは怒りで頬を紅潮させ、その赤みはまだ引いていなかった。キスをしたかったからではなく、夫婦を演じる役づくりのために彼はキスをしたのだ。けれど、ふたりが大きな応接間にはいっていったとたん、部屋のなかが静まり返り、マーガレットはばつの悪さからさらに頬をほてらせた。

十一年ぶりにセバスチャンを見て、とうとう隣人たちの好奇心が満たされたこととはなんの関係もなかった。たしかに驚きもあったが、それよりも人々の表情には不安や警戒心が表われていた。セバスチャンと目が合うのを恐れるかのようにあわてて目をそらす男性たちもいた。

「あら、大変。あの人たち、あなたを怖がっているわ」マーガレットは静かに息を呑んだ。「ほんのひと晩くらいレイヴン役はお休みしたらどうなの?」

セバスチャンはちらりと視線をマーガレットにおろし、せせら笑うように言った。「大げさだな、お嬢さん。それに、なぜレイヴンはおれが演じている役だといつまでも思っているんだ？」

「お忘れでしょうけれど、あなたがお祖母さまと一緒にいるところを見たのよ。あのときは昔のあなたに戻っていたわ」

「おれがどんな人間になったか、祖母には必死で隠しとおした。レイヴンにわざとなりすましているわけじゃない。いわば結果だ。この十一年でそういう人物になったという」

「だったらもっと必死になって今夜はその人物像を隠しとおしてくれない？　それとも、答えたくない質問をさけるための作戦なの？　だとしたら名案だわね、威嚇しているように見えれば、誰もあなたに寄りつかない」

セバスチャンはにやりと笑いかけてきた。「マギー、おれと考え方が似てきたな。だがあいにく、今夜はそういう作戦じゃない。ぶしつけに立ち入ったことを訊いてくるやつがいたら、まともに取り合う必要などないから黙殺するだけだ。これならいいだろう？」

さらに頬をほころばせ、歯を見せてにっと笑った。マーガレットはむっつりとして言った。

「だめよ。わたしを困らせるつもりね」

セバスチャンは噴き出した。マーガレットは急に笑い声を上げた彼にとまどっておろおろしてしまった。声を掛けられるまでアルバータが近づいてきたことに気づかないほどの動揺ぶりだった。

「ようこそ、セバスチャン。お父さまはもうお元気になられて、今夜はこちらへいらっしゃるの?」

今度はマーガレットが笑いそうになった。立ち入った質問ではないが、誰もの胸に浮かぶ疑問の答えにはなる——父と息子は仲直りしたのだろうか。

それでも、セバスチャンはどうにか質問をかわして、こう答えるに留めた。「どうでしょうか、訊いてみようと思わなかったので」

あいにくアルバータは引き下がらず、なおも問いかけるような顔を向けられたので、マーガレットもこうつけ加えるしかなかった。「同じく確認していないわ。ダグラスが元気になったので、今朝わたしたちはホワイトオークス館に戻ったんですよ。でも、全快していないので、社交の場に出る気にはまだなれないでしょうけれど」

アルバータは舌打ちをした。「そう、前にあなたに言われたことを考慮して、パーティはあと一、二週間先に延ばすべきだったわね。まあ、あとから言っても始まらないけれど。さあ、今夜いちばんにお祝いを言わせてもらうわ。すばらしい花嫁さんをつかまえたわね、セバスチャン。マギーにふさわしいお相手が見つかるのか、わたしたちは心配になっていたところなのよ。ほら、ご存じでしょうけれど、何人もの男性があたっては砕けていたから」

「いいえ、知らなかった」とセバスチャンは言って、眉を上げてマーガレットを見た。

「まあ、まあ、セバスチャン」とアルバータは言った。「マギーのようなきれいなお嬢さんならあたりまえのことだわ。エッジウッド館で暮らしていたあいだ、玄関先に殿方たちが居座っていたものよ。それを見てダグラスがおもしろがっていたのよ」

マーガレットは頰を染めて言い訳がましく言った。「まだ学業を終えたばかりのころで、結婚なんて考えられなかったの。こんなことを言うのもどうかと思うけれど、ほんとに迷惑だったわ、若い男の人たちがぞろぞろやってきて、半数は知り合いですらなかったんですもの！」

アルバータはくすりと笑った。「若いお嬢さんの結婚適齢期にはそうなるものですよ」

「ダグラスは理解があって、そういうことを指摘せずに、わたしの自由にさせてくれたわ」

「それがぼくにとっては幸運だったというわけです」セバスチャンはそこで話に割ってはいり、マーガレットに助け舟を出した。

「まさにそうね」アルバータは仕方なく賛同を示した。「さあ、そろそろひとまわりするといいわ。あなたたちを独り占めするわけにいかないものね、みなさんお祝いの声を掛けたがっているのだから」

マーガレットは思わず笑ってしまいそうになる衝動をなんとかこらえた。最初の反応からすると、誰もみな、むしろセバスチャンに話しかけたくなさそうだからだ。けれど、驚かされることになった。セバスチャンが笑っていたのを見て、招待客のほとんどは警戒心を解いたのか、つづく一時間ほどのあいだに人々からかけられた祝辞は心からの言葉のようだった。

ただし、婚約者を同伴したセシルだけは話しかけてこなかった。アルバータも良識を働かせ、セシルとセバスチャンを無理に引き合わせようとはしなかった。

アルバータはほどなくマーガレットたちのもとを離れ、ほかの客たちの輪にはいっていった。「やれやれ、そろそろお役御免かな」とセバスチャンが言った。

マーガレットも同じ気持ちだった。「案外うまくいったわね」

「合格か？」とセバスチャンは皮肉っぽく言った。

マーガレットは顔を上げてセバスチャンを見つめ、彼の整った顔立ちにあらためてはっとした。

「もちろんよ。レイヴンというよりもセバスチャン・タウンゼントらしかったわ」

セバスチャンは白目をむいてみせたりはしなかったが、仮に昔のセバスチャンがここに居合わせていたとしたら、そうしていたかもしれない、とマーガレットは思った。けれど、楽しげな気配はふっと消えてしまった。

この上なく真剣な面持ちでセバスチャンは言った。「務めがもうひとつあった」

マーガレットは身体を硬直させた。セバスチャンはセシルをじっと見ている。どういう意味か訊き返すまでもなかった。セバスチャンを説得してやめさせないといけない。どちらにとっても不愉快なことになるのだから。けれど、〝務め〟と言われたら、止める気にはなれない。

「飲みものを取ってくるわね」と言ったあと、おずおずとつけ加えた。「それとも、応援がほしい？」

「きみがいても、場がなごみはしないだろう。セシルは思ったことをそのまま口にする人だったから」

マーガレットはうなずいた。「だったら、彼が穏便にすませることを願いましょう」

44

セシルと一緒にいる女性が誰なのか、セバスチャンはぴんときた。フェルブルクの公爵夫人は上手に年を重ねており、セバスチャンが見せられた二十年以上前に描かれた肖像画にいまでもよく似ていた。

執念深い夫から逃げ出して身を隠している国で公爵夫人であると明かしているとはずいぶん愚かな女性だ。さらに愚かなことに、夫がいるのにイングランドの紳士と結婚しようとしている。セシルは知っているのか？　いや、もちろん知らないだろう。さもなければ、結婚を申し込むはずがない。

「セシル？」

ジャイルズの父親は振り返り、セバスチャンを見ると、かっとなって顔を紅潮させた。

「よくもわたしに話しかけられるな？　ここにいるからといって、きみを許したわけではない。そばに寄らないでくれ！」

こうなることはセバスチャンも覚悟していた。セシルの反応は意外なものではない。

しかし、なにか言い返す間もなく、セシルの隣に立つ女性が声をひそめて懇願した。「セシル、お願いだから騒ぎを起こさないで。わたしはまだここでろくに受け入れられていないのよ」

セシルは自分の腕をつかむ婚約者の手をそっとたたき、安心させるように微笑んだ。パーティに出席したのはひとえに婚約者のためだとはっきりした。

「肝に銘じておくよ」とセシルは彼女に言った。「さあ、悪いけれどちょっと――」

「彼女は残っていたほうがいい」とセバスチャンは言った。「耳寄りな話がある。でも、まずは――申し訳ない、セシル。ジャイルズの死をぼくは誰よりも悔やんでいる」

「やめてくれ」セシルは息を詰まらせるようにして言った。「家に帰ると、息子が死んだと知らされて、すでに埋葬されていた。息子を殺したのはきみで――」

「あれは偶然だった」とセバスチャンは遮ってつづけた。「ぼくがジャイルズを殺そうとするわけないでしょう？　空に向けて発砲するつもりだった。ジャイルズがぼくを殺したいほど怒っていたのだとしたら、それならそれで仕方ない。でも、彼の撃った弾丸はぼくの腕をかすめた。ちょうどそのときぼくは発砲したところで、反射的に腕を下げてしまった。あの場でなにが起きたのか誰からも聞かなかったんですか？」

「事情がわかったところで息子は帰ってくるか？」とセシルは問い詰めるように言った。「ひとり息子だったんだぞ！」

感情をむき出しにした言葉をぶつけられ、セシルの目にはただの怒りではおさまらない気配がよぎるものとセバスチャンは思った。けれど、セシルに投げつけられた言葉ほどセバスチャンの胸に激しく痛みを呼び戻すものはほかになかった。心は引き裂かれてしまった。

「ジャイルズはぼくの親友だった！　彼が結婚したあの薄汚い女のせいで、ぼくは何度死ねばいいんです？」

「ねえ、騒がないで！」公爵夫人はまた泣きついた。

たしかに彼女の言うとおりにしたほうがいい。ふたりのやりとりは人目を引いていた。こんなふうに自制心を失って、心のうちをさらけ出すのは久しぶりのことだった。意思の力を振りしぼり、苦しみをまたもとの場所に戻した。感情を閉じ込めた鉄の楯の裏側に。

さっさとこの場を離れたかったが、この件について言い残していることがあった。どうしても気になっていることを確かめようと、セバスチャンは尋ねた。「なぜぼくの父を責めたんですか？」

セシルから返事は期待できそうになかった。彼の顔はまたしても怒りで赤らんできた。

しかし、敵意をあらわにした低い声でセシルは言った。「わたしは家を離れ、喪に服した。ジャイルズを育てた屋敷にいるのが耐えられなかったんだ。数カ月後に帰ってくると、決闘の原因をつくったあのフランス女がきみの弟と結婚していた。ダグラスはそれを阻止するべきだった。そもそも決闘も止めるべきだったんだ」

「決闘に行くのを父は禁じた。それ以上なにができるんです？」とセバスチャンは言い返した。「ぼくは父の命令を無視した。死ぬ覚悟で出向いたんですよ。まさか、家に帰り、運命のいたずらで逆の結果になったと父に説明することになるとは思いもしなかった」

「ダグラスはわたしにそう話せばよかったんだ。出ていけ、もう二度と来るな、と言う代わりに！　きみはまちがった話を聞いている。友情を終わりにしたのはわたしではない、ダグラスのほうから絶交したんだ」

セバスチャンはその事実に驚き、別件に触れるのを忘れかけてしまった。セシルたちは言い合いを終わらせたいようで、身体の向きを変えて立ち去ろうとした。もうすこしでふたりを呼び止めようとしたが、これ以上セシルを動揺させるのはやめにした。公爵夫人に伝えるべき話は彼女ひとりに伝えればいい。

数分後、ようやく公爵夫人の視線をとらえ、話があると身ぶりで知らせた。さらにゆうに十分ほどたち、公爵夫人は口実を見つけてセシルから離れた。そのころにはマーガレットがセバスチャンのところに戻っていたが、公爵夫人は近づいてこなかった。そのまま部屋から出ていった。セバスチャンも口実をもうけ、応接間をあとにすると、公爵夫人が屋敷の裏手にある無人の舞踏室にはいっていくところを見かけた。

広い部屋は蠟燭も灯されておらず、闇に包まれていた。公爵夫人はセバスチャンが部屋のなかにはいったとたん、腕をつかんだ。

「すぐにすませてもらえるわね？」と彼女は尋ねた。「今夜のセシルはもうじゅうぶん取り乱している。わたしたちが話をしていることは彼に知られたくないの」

セバスチャンの目は暗がりにすぐ慣れたが、公爵夫人の姿はかろうじて輪郭がわかる程度だった。「あなたがすでに結婚していることをセシルは知っているんですか？」

「ええ昔は結婚していたと知っているわ。でも、もう何年も前のことだもの」

「なるほど、だが、ご主人はいまあなたを捜している。離婚したがっているんですよ――もしくは、無き者にしたがっている。ご主人がどちらを望んでいるのかよくわからないが」

「そんな！」公爵夫人ははっと息を詰めた。「ありえないわ。こんなに何年もたったあとで。婚姻関係はとっくに無効になっているとばかりに思っていたわ。あの人には跡継ぎが必要なのだから」

「ちょっと整理させてほしい。つまり、ご主人が自由の身にしてくれたはずだという想定だけを頼りに、セシルと再婚する気でいたということですか？」

「どうしてこんなばかな話をしているの？」と公爵夫人はいきり立った。「断言してもいいけれど、あの人は立場上、再婚して跡継ぎをもうけないといけないの」

セバスチャンは肩をすくめたが、暗闇のなかでそのしぐさが相手に見えたとは思えない。「あなたのご主人はべつにことを急いでいなかったようだが、ここにきて事情が変わった。公爵夫人の座につこうとしている女性は最初の婚姻が終了している確証を求めている。おそらく公爵が離婚の手続きをするだけでは納得しない。あなたの同意を自分で確認したいのでしょう。あとからあなたに出てこられると困りますからね。公爵とのあいだに生まれた跡継ぎが非嫡出子になるというのは」

「わたしはまだ結婚しているということ？」公爵夫人は疑うようなか細い声で言った。

「心配するべきことはそれだけじゃない。ご主人は人を雇ってあなたを捜し出し、場合によってはオーストリアに連れ戻そうとしている。この国に来た足取りもつかんでいる。ここでぐずぐずしていたのは失敗でしたね。あるいは、名称をそのままにしていたのは」

「名前は変えたわ」

「だったら称号は捨てるべきだった」

公爵夫人はしばらく黙り込んだが、やがて疲れたようにこう言った。「そうね、ばかだったわ、虚栄心に負けて。でも、ここにずっといたわけじゃないの。ほとんどのあいだほかの国で暮らしていたわ。つねに旅をしていたのだけれど、もう飽きちゃったのよ。たまたまおりかかったときにこの国に魅了されたの。またここに戻ってきて、身を落ちつけたいと願っていた。それでとうとう、その願いを実現させることにしたのよ」

「じゃあ、間が悪かったということですね。公爵はここであなたを捜そうとしている」

公爵夫人は泣き出した。セバスチャンは逃亡中の夫人に同情せずにはいられなかった。

「セシルに問題を打ち明けたらどうですか。彼なら、誰に頼めばすぐに離婚の手続きに取りかかってくれるか知っているでしょう。書類をすみやかに送れば、公爵も満足するはずだ」

「あなたはどうして事情を知っているの？」

「公爵に雇われそうになったんだ、妻を捜せと言われて」レイヴンの顔をのぞかせて、にたりと笑った。「だが、頼み方が気に入らなかった」

45

「焼きもちを焼くべき？」セバスチャンがまた応接間に戻ってくると、マーガレットがそう尋ねてきた。

「どうしてだ？　ああ、なるほど」セバスチャンはマーガレットの視線の先をたどった。マーガレットはセバスチャンのすぐあとに部屋に戻ってきたフェルブルクの公爵夫人をじっと見ていた。すこしも嫉妬している声ではなかったが。ただ好奇心に駆られているように聞こえた。

「未解決の古い問題について、あのご婦人に話があった」とセバスチャンは説明した。「善き行ないをしたのさ、言ってみれば――一世紀ぶんの」

「一世紀ぶんですって？　善行をする機会はそんなにたまにしか訪れないの？」

「いや、そういうわけじゃないが」

マーガレットは口もとをゆがめた。セバスチャンはそんな彼女を抱きしめたい衝動に駆られた。マーガレットは人をからかうのが得意ではない。まあ、がんばってはいるけれど、無防備に心をひらいているからからかわれる一方になるものの、受け流し方を知らないと来ている。もちろん、ほかの人が相手のときはからかわれてもうまくあしらっているのかもしれない。セバスチャンのような変わったユーモア感覚の持ち主と出会ったことはなかったのだろう。あるいは、ユーモアのかけらもない人物とは。

彼女と会えなくなったらきっと寂しくなる。家族やジャイルズ以外の相手にそんなふうに感じるのは初めてだ、とセバスチャンはふと気づいた。いつのまにかマーガレットに好感を寄せるようになっていた。ばか正直なまでのまじめさや、話し出したら止まらないところ、素直なものの考え方にも慣らされてきた。すばらしい女性だ、マギーという人は。大切な人の命を守りたいという並々ならぬ決意を胸にセバスチャンを訪ねてきたのはまさに思いがけないことだった。

そういう彼女に頭が下がる思いが最初からしていたが、煩わしくてそれを本人に認めるつもりはなかった。そして、困ったことに、おたがいに惹かれ合う気持ちに悩まされている。出発を延期して、このパーティにそろって出席してもいいと折れるべきではなかった。イングランドでの最後の時間をマーガレットと親密に過ごしたいという願望をいだきながら、ほぼまる一日離れているのは地獄の苦しみだった。

あたりまえだが、マーガレットに差し出せるものはなにもない。本心に気づき、セバスチャンはとまどった。これまで出会ったほかの女性たちとはちがい、マーガレットは別格だった。つまり、そばに置いておきたいという気持ちが湧いたのだ。だが、マーガレットには安定した暮らしが必要だ。頼りになり、いつもそばにいる男が――昔の自分のような男が。

「ちょっと、これはいったい……」

セバスチャンはマーガレットの視線をたどり、入口に目を向けた。そこで身体が固まってしまった。父と祖母が腕を組んで応接間にはいってきた。マーガレットはうめき声を洩らした。アビゲイルは息子と口もきかない仲であるが、ロンドンに行ってしまったデントンをあてにできないわけで、例外として息子に同伴役を求め、孫の結婚祝いに駆けつけたのだろう。

役目を果たしたダグラスは母親の手をそっとたたいた。それを潮にアビゲイルはとりあえず目に留まった知り合いの輪に移動し、ダグラスはセバスチャンとマーガレットのほうにまっすぐ足を向けた。その途中で、声を掛けたくてうずうずしている何人もの人に呼び止められ、家族が増えたお祝いを言われたり、体調について尋ねられたりしていた。

「ちくしょう、なんてことだよ」とセバスチャンは毒づいた。

「がんばって」マーガレットはきっぱりとした声で言った。「あなたなら持ちこたえられるわ」

セバスチャンはマーガレットに視線をおろし、首を振った。「わかっていないな、マギー。おれたちは最低のごまかしを働いた。父は自分の信念を捨ててきたんだ――おれたちの芝居を真に受けて。この芝居に同意したとき、父から喜んで認めてもらえるとは思わなかった。

きみのために協力したまでだ。父がきみを家族にしたがっているとは思いもしなかった。おれを許してもいいと思うほど切望しているとは。父が許せないということではない。事実と異なる理由で父に受け入れられることに耐えられないんだ」

「あなたのお父さまが信念を捨てたかどうかまだわからないわ。世間の手前、りっぱな父親の役まわりを演じなければならないのは当然でしょう。あなたが許された息子のふりをしていたように」

「そうともかぎらない」

「だったら、すぐに立ち去るべきだわ、いますぐに」とマーガレットは急き立てた。「言い訳はわたしがなにか考えて――」

遅かった。ダグラスがふたりのもとにたどりつき、マーガレットを抱擁したあと、こう言った。「この前話をしたときに、結婚のことをふたりとも教えてくれなかったのが信じられないよ。まだ体力が回復していなかったから、ショックに耐えられないと思ったのか？」

ダグラスはにこやかにしていた。まずいことに、つくり笑いではない、心からの笑みのようだった。琥珀色の目には温かみがあった。セバスチャンの憶えている父だ、かつての――決闘の事件が起きる前の父に戻ったようだった。

「話があります」とセバスチャンは硬い口調で手短に言った。

「いいだろう」とダグラスは同意した。

「ふたりきりで」とセバスチャンはつけ加えた。

マーガレットはそう聞いて深いため息をついた。ダグラスは怪訝な顔をしていたが、こう言った。「図書室の隣にアルバータの書斎がある。そこを使わせてもらうと彼女に断っておくから、向こうで落ち合おう」

「わたしも行くわ」ダグラスがアルバータと話をつけに立ち去るとすぐ、マーガレットはそう言った。

「だめだ」とセバスチャンは言った。「ここにいろ」

マーガレットが躍起になってどうしても同席すると言い張らないうちに、応接間をあとにした。書斎の場所はすぐにわかった。事務仕事を処理するための実用的な小さな部屋で、いかにも公爵未亡人が好みそうな装飾はいっさいなかった。

ほどなくダグラスがはいってきて、ドアを閉めた。心を閉ざしたような表情に変わっていた。「ここまでしなくてもよかったんじゃないか」

「いいえ」とセバスチャンは言った。「ふたりきりで話をする必要があるんです。あとで後悔するようなことを父上が口にする前にひと言知らせておかないと。じつはマギーとは結婚していません」

ダグラスは身体をこわばらせた。「なんの話だ？　まだ夫婦の契りを交わしていないということか？　寝室をともにしていたと聞いたが――」

「いや、誤解しているようですね」セバスチャンは口をはさんだ。「ぼくたちはそもそも結婚していないということです。偽装結婚をもくろみました」

「冗談ですまされる問題じゃないぞ、セバスチャン」

「わかっています。マーガレットに雇われたと話しましたね。その理由も。結婚したふりをしたのは調査をやりやすくするためだった。エッジウッド館から締め出されたままだったらマーガレットの要望どおりの働きはできなかったでしょう」

ダグラスは頬を真っ赤に染めていた。「ばかを言うな、こんなことはとても信じられない、わたしの息子ともあろう者が――」

「死んだことになっているのでしょう？」

「なにを言っているんだ？　おまえはあの子を傷ものにし、あの子の人生をめちゃくちゃにしたのか、どうでもいい理由で？」

「計画した時点では妥当な理由だった。父上がまた事故にあうとは思いもしなかったのだから。あるいは、高熱が出て、命を脅かすほどの重病になるとは。父上がぴんぴんしていたら、話し合おうともせずにぼくを家からたたき出したでしょう――十一年前にそうしたように！」

セバスチャンは背中を向けた。感情を覆い隠した楯にひびがはいりはじめていた。それを修復しないといけない。十一年前に口にしなかった言い訳がある。ジャイルズの死は不幸な偶然だったという言い訳だ。その言い訳をいまさら口にしようとは思わない。

「ぼくがいなくなったらマーガレットはすぐに離婚を公表する。ぼくに捨てられて、彼女は同情を集め、世間の理解も得られるはずですよ」

「出ていくのか？」

父の声には驚きが隠されている？　セバスチャンは振り返ってダグラスに目をやったが、表情に変化はなかった。おそらく父はだまされたことに怒り、マーガレットが義理の娘ではなかった事実にひどく落胆しているのだろう。

「もちろん出ていきますよ。もともとここには二度と帰ってきたくなかった」

「それなら、まずはマーガレットと結婚することだ。それとも、彼女には指一本触れなかったと抜かすつもりか？」

「そこまでずうずうしいことは言えません」

ダグラスの頬がさらに怒りで赤らんだ。「だったら、結婚しないとだめだ」

「なんのために？　マーガレットが離婚の手続きをするまで、彼女を義理の娘と呼べるからですか？」

「なぜならそれこそが正しい行ないだからだ」とダグラスは言って、セバスチャンをにらみつけた。

46

マーガレットは何度か会話に参加したが、なにを話したかひと言も思い出せなかった。セバスチャンはダグラスとの話し合いからまだ戻ってこない。どうしてこんなに長引いているのだろう。

自分も同席すると言い張ればよかった。なんといっても偽装結婚の発案者なのだから。セバスチャンが去ったあとで、ダグラスに自分からすべてを打ち明けるはずだった。離婚を公表したら、どっちみちそうせざるをえなくなるのだから。できればいま説明して、セバスチャンがまちがいなく父親から向けられる反感をすこしでもやわらげてあげたかったのに。

夫婦のふりをしたのはマーガレットの思いつきだったとはセバスチャンは言わないのではないかしら。その理由もなんとなくわかる気がした。セバスチャンはダグラスの怒りを自分に向けさせたがっているようだった。そうしておけば、本当に和解できるのかどうかを探らなくてもすむ、と最初から考えていた。もしかしたらセバスチャンは父親からけっして許されないと確信しているからこそ、ついひらき直った態度に出てしまうのかもしれない。そこまではあいにくマーガレットも考えがおよばなかった。なぜ彼が一度もイングランドに帰ろうとしなかったのか、それで説明がつくかもしれない。

書斎でどうなっているのか、気が気ではなかった。きっと不安が顔にも出ているはずであり、セバスチャンが戻ってきたらすぐにお暇《いとま》することにして、マーガレットはひと言断っておこうと、アルバータを捜した。公爵未亡人は了承し、マーガレットに同情さえ示した。

「若い女性たちはみんなそうなのよね」とアルバータはマーガレットに言った。「神経質になってしまうものだわ。せっかくパーティをひらいてあげても、その前後に気絶してしまった主役のお嬢さんたちが何人もいるわ」そしてマーガレットをじろじろと見て、さらにつづけた。「あなた、倒れてしまわないわね？」

マーガレットはなんとか笑いをこらえた。「床に倒れ込むなんてごめんだわ。だから、どうにか耐えられると思います。でも、疲れているので、自分のベッドにはいりたいところなの。すてきなパーティをひらいてくださったお礼を言いたかったんです。それにわたしの具合が悪そうだとセバスチャンがひとたび気づいたら、引きずってでもすぐに家に連れて帰ろうとするということもお耳に入れておこうと思って。そういう人なんですよ」

「あら、そうなの？」アルバータはくすくすと笑った。「そう、心配すると過剰に反応する男性たちっているわよね。もう気にしないでね。じつを言うと、今夜のパーティはどうなるものかとわたしもすこしぴりぴりしていたのよ。でも、言わせてもらうと、大成功だった。

いいえ、訂正しないといけないわね」アルバータは入口のほうを振り向き、驚いた顔でつけ加えた。「大成功になりそうだった、と」

アルバータがなにを言っているのか、マーガレットは振り返らなくてもわかった。ジュリエットの甲高い声が背後から聞こえ、思わずたじろいだ。半時間ほど前にアビゲイルと話をしたときに、デントンが妻同伴でパーティに出席するつもりでいると知らされていたのだった。ロンドンから戻ってくるのが遅れているのだろう、と。

アルバータはいかにも不愉快そうに舌打ちし、こうぶちまけた。「あの人にはわが家への出入りをお断りしてあるの。タウンゼント家を招待する義務はないけれど、いずれにしても招待したわ、アビゲイルが好きだから。でも、デントンの奥さんは歓迎できない。それを本人にできるだけ丁重に伝えたのよ。それでも通じないから、かなりぶしつけに言ってやったわ。この界隈の女主人はみんな、あの人を持てあましている。断言してもいいけれど、あの人は自分の都合の悪いときにだけ英語が理解できなくなるの。だから、いまだにパーティに顔を出しては、騒ぎを起こしているでしょ」

ジュリエットが社交界の鼻つまみ者になっていると聞いて、マーガレットは驚いた。タウンゼント家を疎外しようと思う者はいないが、ジュリエットは誰からも嫌われており、無作法なふるまいが顰蹙《ひんしゅく》を買っているようだった。おそらくデントンは、妻をきちんと監督するよう求められたはずだが、結局手に負えないのだろう。ジュリエットの尻に敷かれているようなのだから。アルバータは社交の場でけっして腹を立てないことで知られていたので、憤慨した様子を見て、マーガレットの胸におかしさがこみ上げた。

「少なくともしばらくのあいだ、おしゃべり好きな人たちのあいだでは彼女の噂で持ちきりになりそうね」とマーガレットは言って、同情を示そうとした。

「それは肝心なところね。みなさんが話題にするのはわたしのパーティのことに決まっているものね、招待客の恥ずべきふるまいではなく。ついでに言っておくと、招かれざる招待客のということだけれど。あなたはタウンゼント家の一員になったのだから、言葉の壁を乗り越えて、あの人に奇行は自宅のなかだけにするよう言いふくめてくれるものと期待するわ」

「できるだけのことはします」とマーガレットは約束した。

「よろしくね」アルバータは勢いよく息を吐き、眉根を寄せて、ジュリエットのほうを一瞥すると、仲のよい友人に慰めを求めに行った。

いつもならマーガレットもジュリエットのそばに行って、おとなしくさせようとするのだが、マーガレットが結婚したと聞いてから、ジュリエットはまったく話しかけてこなくなった。一度にらみつけられ、それが友情らしきものの終わりを告げるには不充分だったとしても、部屋に響き渡る文句の声がその役目を果たしていた。

「あの裏切り者は結婚して、持ち上げられているわ。どうしてわたしがあなたと結婚したときはちやほやされなかったの、ねえ？」

デントンは気まずそうには見えなかった。口やかましい妻のせいでパーティの席で注目を浴びることに慣れきっていた。けれど、アビゲイルは赤面している。ジュリエットの声が大きすぎて、耳が遠いアビゲイルにもすべて聞こえてしまったということだ。

つまり、ジュリエットに裏切り者と思われているの？　これは傑作だわ、とマーガレットは思った。ジュリエットがさらに侮辱的な言葉を吐き、パーティを混乱に陥れる前に部屋を抜け出して、どうしてセバスチャンがなかなか戻ってこないのか確かめに行くことにした。

マーガレットを残して先に帰ってしまっていたとしても、驚きはしない。正式に結婚するべきだとダグラスに叱責されたとしたらなおのこと。

応接間から出ようかというところで、ジュリエットがつぎなる標的を罵倒する声が聞こえてきた。「その結婚相手ときたら！」とげとげしい声で小ばかにしたように言った。「勘当されて、まだ――」

言葉がぷつりと途切れた。マーガレットは振り向きざまにジュリエットに目をやって、驚きのあまり足を止めた。デントンが妻の口を手でふさいで黙らせていたのだ。自分に浴びせられる侮辱には免疫があるとしても、兄への中傷は許せないのだろう。よくやったわ、デントン！　セバスチャンが帰ってきて、勇気づけられたのだろうか。そろそろ妻をきちんとしつけてもいいころだ。そして、そう思ったのはマーガレットひとりではないようだった。

誰かが手をたたいた。大きく音を響かせて。すると、また別の誰かも手をたたきはじめた。

何秒もしないうちに、部屋じゅうの人々が拍手喝采していた。ジュリエットは怒り狂い、恥をかかされたという顔をしていた。デントンの手を払い、マーガレットにはひと言も理解できないフランス語でわめき散らし、走って部屋から出ていった。

わきによけきれずにジュリエットに突き飛ばされ、マーガレットはうしろによろめいてがっしりとした身体をした人にぶつかった。振り返って謝ろうとしたが、言葉が出てこなかった。そこに立っていたのはかりそめの夫で、彼はひどく苛立った顔をしている。

すこし前からそこにいてジュリエットの言葉を耳にしたせいで顔色を変えたのだろうか、とマーガレットは一瞬思ったが、驚いたことに彼の声は穏やかだった。「なにか見ものを逃したのかな?」

「あなたの弟さんがみんなの前で妻があなたの悪口を言いそうになったのを止めたのよ」

「デントンもやるもんだな」とセバスチャンは言った。「さて、そろそろ帰ろうか」

マーガレットは顔をしかめた。関心の薄さが不可解だった。けれど、表情は変わらない。この人はなにかに怒っている。ジュリエットに対してでないとしたら……。

原因を突き止めるのが怖かったので、それには触れなかった。「ええ。もう家に帰ることにしたと主催者に話してあるわ」

「帰るわけじゃないが」とセバスチャンは言って、マーガレットの腕を取り、屋敷の外へ連れ出した。

玄関先の階段でジュリエットに出くわすのではないかとマーガレットは身構えたが、幸いジュリエットは馬車が迎えに来るのを待っていなかった。自分で馬車を見つけ、そちらへ駆け寄っていた。

そこでふと、セバスチャンがいましがた口にしたことが気になった。「どういう意味なの、帰るわけじゃないって？」

「ジョンとティモシーを拾うんだよ。連れていきたければ、きみのお付きの者も」

「連れていくって、どこに？　付添いが必要になるなんて、いったいどこへ行くつもりなの？」

「スコットランド以外、どこがある？　向こうに行けば、いまでもすぐに結婚できるんだろう？」

マーガレットは強く息を吸った。「そういうことなら話し合わないと」

「話し合いはしない」

「しないでいいわけないでしょう」とマーガレットは言い返した。「こんな夜中にあわててスコットランドへ行く人なんていないわ。せめて朝まで待って、わざわざ行く必要があるのか様子を見ればいいわ」

「待てない」セバスチャンは玄関前に用意された馬車のなかにマーガレットを押し込んだ。

「ひと晩考えたら、〝正しい行ない〟ができなくなる」

「でも――」

「もう反論はいっさいなしだ、マギー。さもないと道中ずっとおれの膝の上で過ごすことになるぞ」

マーガレットは口をひらいたが、脅しつけるように光らせているセバスチャンの目を見て、思いとどまり、すばやく口を閉じた。いま相手にしているのはレイヴンであり、彼の脅しは本気だった。

47

「あなたに文句があるの」崖につづく東側の小道でダグラスをつかまえて、マーガレットはそう宣言した。

ダグラスは朝の乗馬を再開していた。マーガレットは早朝から馬に乗り、エッジウッド館に赴いたのだが、ダグラスはちょうど出かけたところだと知らされたのだった。アルバータが主催したパーティの夜以降、どんどん増えていく悩みのリストにまたひとついらいらの種が追加されてしまった。

いまだに信じられないのだが、スコットランドへの長旅のあいだ、セバスチャンは――少なくともまともなセバスチャンは――一度も現われず、道中ずっとレイヴンと一緒にいる破目になった。金のために頼まれ仕事をこなす冷徹な男性という風情で、セバスチャンはむっつりと黙りこくっていた。仮にこちらが口論を吹っかけようとしたら、事前に警告していたとおりのことをあの人は実行したにちがいない。そしてお人よしのマーガレットは彼と口げんかをしたくなかったので、試してみもしなかった。

おめでたいことに、結婚の手続きをしたら彼はイングランドに残り、本当の夫婦になるのではないかと期待をいだいたのだった。婚姻関係を結ぶ書類に署名をしたあと教会でセバスチャンからキスをされるや、その期待は高まった。情熱的な激しいキスで、疑いはすっかりわきへ追いやられた。先に教会から出ていくセバスチャンに抱きしめられたとき、愛しているとつぶやかれたような気さえしたのだった。

けれどもマーガレットが外に出てみると、セバスチャンはもういなかった。ジョンもティモシーの姿もなく、三人の馬も消えていた。そこでマーガレットは泣き崩れた。こうなることは心の奥でわかっていた。教会へ向かう道すがらセバスチャンも馬車に一緒に乗っていたけれど、馬も連れてきていた。〝正しい行ない〟をすませたあと、最寄りの波止場に馬で乗りつけて、ヨーロッパに戻る船に乗ったのだろう。

「もっと早く戻ってくるかと思っていた」マーガレットの顔が興奮して赤らんでいるので、ダグラスはためらいがちにそう言った。

「そう？　さて、どこから始めましょうか。まず、スコットランドに大あわてで向かった道中は頭がおかしくなりそうだった。途中で宿に泊まって睡眠をとることもなく、走りどおしだったのよ。食べものを手に入れたり、自然の欲求を満たしたりするときだけ馬車を止めたけれど。国を縦断して飛ばしに飛ばす馬車で眠るのは不可能に等しいわ、いちおう言わせてもらうと」

「それで、あいつはきみと結婚したのか？」

その問いかけにマーガレットはいらいらした。「あなたと話をしたあとで、彼が手続きをしないと思う？」

「確信は持てなかった」とダグラスは認めた。「それを言うなら、セバスチャンが帰ってきてからなにもかも確信を持てなくなった。あいつは――変わった。あいつの気持ちがまるでわからなかった」

「見知らぬ他人を相手にしているようだった？　そうね、わかるわ。でも、あれがいまの姿なのよ。彼の心に昔のセバスチャンはもういない。ジャイルズと一緒に死んだのよ」

味もそっけもない言い方だと、マーガレットも自分で思った。けれど、苛立ちがつのり、言葉を選ぶ余裕がなかった。ダグラスは打ちひしがれたように見えたけれど、思いすごしかもしれない。そうであっても不思議ではなかった。最近は判断を見誤ってばかりだ。

「話を戻すわ」とマーガレットはつづけた。「もっと早く戻ってくるはずだったけれど、休みなくひた走る馬車に揺られた疲れをとるためにまる一日ベッドで寝たの。そのあと馬車の車輪が壊れてしまった。ベッドで一日つぶす前に壊れるわけはないわね、そのあとでなくちゃ、さらに出発が遅れるわけないもの！」

ダグラスはきまり悪そうな顔をしていたが、やがて意外なことを口にした。「短い新婚旅行を楽しんだ言い訳はしなくていい」

マーガレットは目をぱちくりさせた。タウンゼント家の親子にいらいらさせられていなかったら、大笑いしていたかもしれない。

「教会でセバスチャンに捨てられたって言うのは忘れていたかしら？　どうせなら結婚する前に捨てられたほうがよかったわ。でも、彼はまず書類に署名して、そのあとなんの断りもなくわたしを置き去りにしたの。離婚したとみんなに言うだけで簡単にすませるつもりだったのに、こっちはいまや大迷惑をこうむっているのよ、それはわかっている？　ロンドンに出向かないといけないわ。弁護士を雇って、裁判を起こして――」

「だったら、離婚しなければいい」

「なんですって？　どうして二度と会わない人と婚姻関係をつづけないといけないの？」

「なぜならわたしが思うに、きみがセバスチャンと二度と会わないことはない。あいつはきみに夢中になり、きみの世間体を損なう行為におよんだ、そうだろう？」

無遠慮な言い草にマーガレットは鼻を鳴らした。「世間体は問題ないわ、おかげさまで」

「離婚をしたらそうはいかない」

「ばかばかしい。世間の同情を引くもっともな理由があるからだいじょうぶよ。わたしは捨てられたの。セバスチャンがわたしに気があったと思っているなら、それはあなたの勘ちがいだわ。彼がわたしにいだいたのは性的欲求にすぎなかった」

そこまであけすけにしゃべるつもりはなかった。

「欲求に負けただけだと思わせようとしてもだめだよ、マギー。きみはセバスチャンを愛している、そうだね？」

マーガレットはため息をついた。「いまとなってはどうでもいいわ。でも、あなたの言うとおりよ、愚かにもね」

「あいつに言ったのか？」

「まさか！　たしかにわたしは愚かだけれど、そこまで愚かじゃないわ。わたしの気持ちに応えてくれるような気配はまったくなかった。女性は背中を押されないと胸のうちを明かさないものだわ。さあ、今度はあなたに正直なところを聞かせてもらう番よ、ダグラス。正式に結婚をすれば、セバスチャンをイングランドに引き留められると期待したの？」

「それはたしかに考えたが、思いついたのはきみたちがあの夜パーティから引き上げたあとだった。きみと結婚しろとあいつに迫った理由はそれじゃなかったんだ」

「だったら、どういう理由だったの？」

「訊かないとわからないか？　セバスチャンはタウンゼント家の人間だ。わたしの息子たるもの、きみのような高貴な淑女を辱めて、きみに犯した過ちを正さないということは許されないからだ」

マーガレットは信じられない思いでダグラスをまじまじと見つめた。「いま自分でなにを言ったかわかっている？　息子たるもの？　あなたの息子という自覚はセバスチャンにはもうないのだとわかっていないの？　勘当されてもそうは思っていなかったとしても、彼はここに戻ってきて思い知らされ――」

「マギー、聞いてくれ」ダグラスは自分の気に迷いが生じるのを恐れるかのように、あわてて話を遮った。「きみはあいつの妻だ、少なくとも離婚するまではだが、わたしにはこういう話を打ち明けられる相手はいない、世間から孤立しているから」

「どういうこと、孤立しているって？」

「念のために言っておくが、あえて世間から距離を置いたということだ。愚痴をこぼす資格はないと思った」

マーガレットはどういうことかよく呑み込めず、眉をひそめたが、やがて合点が行った。

「つまり、セバスチャンを勘当したことを後悔しているのね？」

「もちろんだとも」

「なぜそれをセバスチャンに話さなかったの？　それを言うなら、ご自分のお母さまにもなぜ打ち明けないの？　あれから何年も、口もきかない状態で暮らしていないで」

「なぜなら母から軽蔑されて当然だが、それだけではじゅうぶんに罰を受けることにならないからだ。たとえ母が慰めてくれようとしても、わたしには許されないことだ。セバスチャンは出ていってしまった。その責めから一生解放されることはない」

「そんなに長いあいだ後悔していたの？」

「ああ、そうだ。それにセバスチャンに怒ってもいなかった。あれの身になって怒りを感じただけだ。自分のしたことのせいで人生を棒に振ることになるとわかっていたからだ。だが、わたしは怒りを抑えられなかった。あの決闘の日の朝、ひどい二日酔いだったこともなんの助けにもならなかった。前の晩に大げんかをして、深酒をしてしまったからだ。だが、ひとたび怒りが冷めて、頭痛も治まると、自分がなにを言ったのかはっきりと認識した。それでもまさかセバスチャンが真に受けるとは思わなかった。だが、本気で言ったわけじゃないといちおう伝えておこうとセバスチャンを捜しに行ったら、すでに家を出たあとだとわかった」

「人をやってあとを追わせなかったの？」

「いいや、自分であとを追った。行き先は読みどおりだったが、わたしがドーヴァーにたどりついたときには、あいつの乗った船はすでに出港したあとだった。次の船に乗ったが――言うまでもなくあいつは見つからなかった。それから何年も、人捜しがもっと得意な連中を送り込んだが、セバスチャンは忽然と姿を消してしまったかのようだった」

「あるいは、名前を変えたんでしょうね。ねえ、どうしてセバスチャンがこっちに戻ってきていたあいだに、それを全部打ち明けなかったの？」

「どうしてかわからないか？　きみも同じことを言っていただろうに。わたしも自分の胸のうちを明かすつもりはなかったんだ。その件についてセバスチャンがわたしの話に耳を貸す気はまったく見られなかった。それどころか、わたしと一緒にいるときはまるで密閉した棺《ひつぎ》さながらに心を閉ざしていた。わたしを許す気はないのだ。とはいえ、責められるものではない。わたし自身、自分を許せないのだから」

48

「戻ってからずっと、えらく不機嫌だな」ジョンが焜炉の鍋にがちゃりとふたを戻すのを聞きつけて、セバスチャンは言った。

一日、調理で使っていたわりに、厨房は冷えびえとしていた。夕食に向けて鍋がぐつぐつと煮えているだけでは、広い部屋は暖まらない。ぱちぱちと音を立てている暖炉の火も食卓からは遠かった。テーブルを暖炉に近づけたほうがよかったが、セバスチャンはなにもやる気が湧かなかった。仕事の問い合わせが九件、留守をまかせたモーリスのもとに届いていたが、どの手紙も読む気になれずにいた。

「あなたのまねをしているだけですよ」とろりとしたシチューをよそった椀をテーブルに運びながらジョンが言った。

「ちがうだろうが」とセバスチャンは言い返した。「おれがむっつりすると、なんとか気を紛らわそうとしてくれるのがおまえだ」

「今回はうまくいきましたか？」

「だめだ」

「なるほど。夕食が冷めますよ。それとも今夜はそのブランデーを夕食代わりにするつもりですか？」とジョンは尋ね、セバスチャンの目の前のブランデーをじっと見た。

「考え中だ」

その返事でジョンはにやりと笑ったが、それも一瞬のことだった。友がこんなふうになるのは初めてだった。セバスチャンは気分屋だが、ジョンは楽天的であり、落ち込んでもどん底から引っぱりあげてくれるといつもあてにしているのに。

「もやもやしているなら、吐き出したらどうだ、ジョン」

「ぼうずがしょんぼりしている。あなたのお祖母さまにすっかりなついたから、寂しがっているんですよ」

「だからおまえはこの二日間、いらいらしているのか？」

ジョンはため息をついた。「てっきりあのままイングランドに残るのかと思っていたんですよ。なぜかって？　あなたがレディ・マーガレットと結婚したからですよ！　あなたはお父上と口をきかないかもしれないが、レディ・マーガレットがいるわけですから、それだけで向こうに残るじゅうぶんな理由になる。そうするつもりがなかったのなら、結婚するべきではありませんでしたよ」

「なるほど」とセバスチャンは考え込むように言った。「おまえがものにあたっているのは、おれの決定が気に入らないからか？　それとも、ティモシーと同じく、別れ別れになった誰かさんのことが恋しいからか？」

ジョンは怒ったように顔を紅潮させた。「どこかの誰かとはちがって、ぼくは一生をともにしたい女性と出会ったことを否定しませんよ」

「おれにつきあうことはないぞ、ジョン。向こうに戻って、そのご婦人を手に入れればいい」

「過ちを悔やむあなたをほうって？」

「過ちなど犯していない」

「ここにいるのに？」

そう言い返されてセバスチャンは思わず笑っていた。いらいらしているジョンはおもしろい。でも、ジョンに黙っているべきではなかったな。

「マギーが離婚手続きに着手するのか、一週間だけ待つつもりだ」とセバスチャンは説明を始めた。「紳士としてそうするべきだから。だが、着手していなかったら、おれと別れる機会をマギーは一生失うことになる」

「つまり、確かめに戻ると？」

「もちろんだとも」

「へえ、これは驚いた。それならそうと、もっと早く教えてくれてもよかったんじゃないですか?」とジョンは文句をつけた。

セバスチャンは肩をすくめた。「簡単に決められることじゃなかった。マギーはおれにはもったいない女性だ。でも、たまには身勝手になってみるよ」

「レディ・マーガレットが手続きを始めていなかったらの話ですよね。始めていたらどうするんです?」

「そのときは運命にまかせるだけだ」

ジョンは目をむいた。「なぜ運頼みに? レディ・マーガレットはあなたとはもう一生会えないと思っている。離婚を先延ばしにする理由なんかひとつもありませんよ」

セバスチャンは口を一文字に結んだ。決心がついたのは今朝だった。マーガレットとは別れない——彼女がそそくさと離婚手続きに踏み切ったのでなければ。本当はせいぜい二、三日しか待つつもりはなかった。柄にもなく紳士然としても意味はない。どうして運頼みになどできる?

「離婚されていなかったら、片膝をついて、今度こそ結婚を申し込む。彼女にどれくらい笑われるかな?」

ジョンはセバスチャンに顔をしかめた。「なぜそんなことを? なぜ自分の人生を軽んじるんです? 望みをなくし、あなたがいなければ運にも見放されてどうにもならなかった人たちを大勢助けてきたというのに」

「金を稼ぐために無意味な仕事もたくさんやったし、頼まれて報復行為にもいろいろと手を染めた」

「たしかに正義のためばかりではなく、うしろ暗い仕事もいくつかありましたよ。それでも善行は善行です。レディ・マーガレットにはなじみのない人生を差し出したら拒絶されるとどうして思うんですか？」

「向こうに戻ると言っただろうが」とセバスチャンは言い訳がましく言った。

「でも、結婚の申し込みについて冗談めかした。昔のあなたではなく、いまのあなたとの結婚に応じるのかどうか。レディ・マーガレットに拒まれるとどうして思うんです？」

「どうして応じると思うんだ？　マギーとの関わりはすべて、彼女にとってやむをえないことだった。実際に結婚したことも含めて。おれと結婚したくない理由はマギーにはいくらでもあった。訊いたら、すべて答えただろうよ」

「あなたが結婚を望んでいると伝えなかったからでは？　それともぼくの勘ちがいなんですかね。ご自分の気持ちをレディ・マーガレットに話したんですか？」

セバスチャンはグラスに残っていたブランデーを呷った。「おまえの言うことも一理あるな、ジョン。よく考えてみるよ」

「ところで」とジョンは興味深げにつけ加えた。「弟さんはどういう用件だったんです？」

「用件？」

「手紙ですよ」

「手紙って？」

ジョンはあきれ顔で目をくるりとまわした。「なるほど、物思いにふけって、ぼくの声は聞こえなかったわけですか、弟さんからの手紙を部屋に届けておいたとお伝えしてあったのに。手紙は今朝来たんですよ」

好奇心に駆られ、セバスチャンは手紙を取りに立ったが、中身を読んでがっかりした。厨房に戻ってくると、吐き捨てるようにジョンに言った。「相変わらず、わけがわからない。デントンがどういう悩みをかかえているのかさっぱりわからない。なぜ問題から逃げまわらないといけないのかということも」

「それなら、なぜあなたに手紙を書いたんです？」

セバスチャンは鼻を鳴らした。「答えを知りたければ、ジュリエットの兄貴に訊けばわかるらしい。なんだってデントンはおれに教えないんだ？」

「自分でもよくわからないんじゃないですか？」とジョンは憶測で言った。

そう言われ、セバスチャンはすこし考え込んだ。そして手紙を読み返した。

セブへ
こんなにすぐに出発するとは思わなかった。考えをまとめる時間がぼくには必要だった。ずいぶん長いあいだ、兄さんが悪いとジュリエットから信じ込まされていた。そのせいで兄さんを敬う気持ちをなくしてしまった。

そう、もっと早く打ち明けるべきだったけれど、父上が災難にあっていたのはジュリエットのせいだった。父上本人はなにも疑っていないし、ただの事故だと言い張っているけれど、それにジュリエットも自分が引き起こしたとははっきり言わないけれど、ほのめかしてはいる。そして、ぼくに離婚されたらもっと大変なことが起きると警告している。でも、その前に、ジュリエットに脅されていることがほかにもある。

ああ、この期《ご》におよんでまだ兄さんに打ち明ける勇気がない。でも、ジュリエットの兄貴ならたぶん事情を知っている。ピエール・プッサンという男だ。ジュリエットは罪をでっちあげ、兄貴に濡れ衣を着せて牢屋に入れた。自分のやることをじゃまされそうになったからだ。少なくともジュリエットはぼくにそうぶちまけた。ぼくのために自分の兄貴を始末した、と。たぶんそのピエールはまだ出獄していない。もしかしたら、ジュリエットの話はなにもかも嘘かもしれない。情けないことだが、ぼくにはわからない。

「要するに」セバスチャンは手紙をジョンにまわしながら言った。「本当のところはデントンにもわからないということだ。ジュリエットは父が事故にあうよう細工をしているとデントンに思い込ませているようだが、それも事実なのかはっきりしない。もっとも、それを利用してジュリエットはデントンを手玉に取っているが」

ジョンは手紙から顔を上げた。「なるほど、ジュリエットの兄さんは獄中か……エッジウッド館の庭師が小耳にはさんだ話がどういうことだったのか、これでつながってきましたね」

「デントンのためにジュリエットは自分の兄を始末し、おれも始末したという話だったな。デントンのために。冗談じゃない。腹にこぶしをたたき込んでやらないとだな。腹が据わっていないようだから」

ジョンはくっくっと笑ったが、ほんの一瞬のことだった。「デントンさまはわれわれの想像以上に巻き込まれているようですね。あるいは、過去に巻き込まれていたか。でも、明るみに出ることを望んでいるようにも取れますね。さもなければ、ジュリエットの兄を捜して事情を聞いたらどうかとは勧めないでしょう。どこの牢獄か書いてありましたっけ?」

セバスチャンは首を振った。「デントンも知らないんだろう」

「まあ、すべてはジュリエットと出会ったパリで始まったのだから、おそらくパリ近郊とあたりをつけてもいいでしょう。ジュリエットの兄を訪ねるつもりですか?」

セバスチャンは顔をしかめた。「いいか、奇妙な事件に関連してジュリエットの名前は何度も浮上している——決闘、マギーの姉さんの出奔、父上の事故。なんであれ、これは複雑にからみ合ったひとつの陰謀で、おれたちの想像を超える大きな事件だ」

「因果関係は？」ジョンは考え込むような顔で言った。「最初はひとつのたくらみとして始まったのかもしれないけれど、いろいろなことを巻き込んでいったとも考えられますね」

「そんなに単純か？」

ジョンはくすりと笑った。「そうじゃないかもしれませんが、でも――」

門番がドアを開けて、ひどく困った様子でこう告げた。「お客ですよ、旦那《ムッシュー》。あした、もっとまともな時間に出直すよう言ったんですがね、どうしても帰ろうとしない。旦那と知り合いだって言ってますけど、名乗ろうともしませんで」

「どこにいるんだ？」とセバスチャンが尋ねた。

モーリスは親指を立てて、背後を指差した。「表でさ。びっくりしちまうが、外の階段で律儀に待つお方はけっこういるもんですね、まるで玄関扉がまだそこについていて、勝手にはいれないと思っているような。このにおいはシチューですかね？」

「食べていいぞ、モーリス。その客の相手はおれがする」

「一緒に行きましょうか？」とジョンが尋ねた。「知り合いだという連中の半数はただ近づきになりたいだけですよ」

「それならお引き取り願うのは簡単だ。外の灯りはついているか、モーリス？　それとも灯りは持っていったほうがいいかい？」

「角灯がありますよ。階段に置いてきました」

セバスチャンはうなずいて、厨房を出た。灯りの心配はいらなかった。晴れた夜だった。廃墟と化した旧大広間をとおり抜けると、月明かりが満ちていた。そして、モーリスの角灯の光がかつて城の出入り口だった場所に残されたアーチ形の門の輪郭を照らし出していた。訪ねてきた男はそこに立っていた。門に背を向けて、月光に照らされる田園風景を見つめながら待っていた。段のついた暖かそうな外套を着て、分厚いスカーフを首に巻き、帽子を目深にかぶっている。

やがて背後で近づくセバスチャンの足音が聞こえたようで、男は振り返った。セバスチャンは男が誰なのかすぐにわかった。ただ、自分が目にしている光景が信じられなかった。

「ぼくは幽霊じゃない」と男はセバスチャンに断言した。「肉も骨もある生身の人間さ」

「血は通っているのか？　あんたが霞ではないか確かめてみようか」セバスチャンはそう言って、ジャイルズの顔面にこぶしをたたき込んだ。

49

セバスチャンは厨房のテーブルについて座り、ブランデーの瓶に手を伸ばした。グラスは無視し、ぐいっとそのまま飲んだ。ものを考えたくなかった。知りたくもなかった。かろうじて保っている人間性を失いかけていたので、ささいなことでも状況はがらりと変わりかねない。

ジョンは、セバスチャンが肩に担いできて、そのままうつ伏せに床にほうり出した男をしげしげと見ていた。「起こしますか？」

「おれが人を殺すのを見たいのなら、起こせばいい」

ジョンはぎょっとした顔でセバスチャンをちらりと見た。「この男はいったいなにをしたんです？」

「ひっくり返してみろ」

ジョンは言われたとおりに男の身体を仰向けにし、はっと息を呑んであとずさった。「なんと。ジャイルズさまによく似ていますね。気味が悪いほど瓜ふたつじゃないですか？　知らなかったなあ、ウィームズ卿に隠し子がいたとは。庶子ということですかね」

「ちがう」

「でも、他人の空似にしてはそっくりですよ！」

「他人の空似ではないからだ」

「でも――」ジョンは途中で思わず口ごもった。ただひとつ残された結論に思いあたったからだ。きっぱりと首を振って言った。「幽霊は信じません」

「おれもだ」

「でも、あなたに殺されたんですよ！」

「ああ、目を覚ましたらすぐにまた殺すつもりだ」

「加勢しますよ」ジョンは憤りもあらわに言った。「ジャイルズさまの死にともなう影響をすべて考え合わせたら、しかも実際には死んでいなかったということなら、ぼう然とするしかないですよ。ところで、どうやってのしたんですか？」

「ジャイルズは昔から射撃の名手だったが、殴り合いは得意じゃなかった」セバスチャンはうんざりしたように言った。「軽く一発お見舞いしただけでのびた」

「正確にはそうじゃない」ジャイルズは身体を起こしながらそう言って、顎をさすった。

「殴られても持ちこたえられるが、きみから殴られたら話は別だ。ぼくを殺す前に説明させてくれるだろう？」

「いや、たぶんだめだな。十一年前に説明してくれたら、喜んで耳を傾けていた。いまさらなにを言われても正当化は——」

「やつらに殺されそうになっていたんだ！」とジャイルズは遮った。「パリに来たとき、すでに命をねらわれていた」

「誰が？」

「父だ。なあ、セブ、父が賭けごとに溺れて家族をどんな目にあわせたか、ぼくはまったく知らなかった。親父のせいで落ちぶれて、わが家は一文無しになった」

「藪から棒になんだよ」セバスチャンはうなるように言った。「話すなら一から話してくれ！」

ジャイルズはうなずいて、よろよろと立ち上がった。歳月はジャイルズにやさしくなかった。茶色の髪はつやがなくなり、白髪だらけだ。顔面は羊皮紙のようで、ひどく日に焼けて、しわも刻まれている。貴族の面影はほとんどない。

「座ってもいいか？」ジャイルズはテーブルの空いている椅子に手を振り向けた。

「調子に乗ってそばに寄るな」

「わかった」ジャイルズは引き下がり、厨房のなかを歩きはじめた。「それで、どこから始めればいい？」

「はっきりしているだろう」

「なるほど。われわれはパリにいた、デントンとぼくだ。旅行はあと残り一週間だった。旅行中デントンは楽しそうではなかった。たいてい飲みすぎて酔っぱらっていた。成人になったが、次男坊という現実にむしゃくしゃしていた」

「弟が黒幕だという話なら――」

「そうじゃない」とジャイルズはすかさず言った。

「だったら事実だけにしぼってくれ、それなら聞いてもいい」

「ぼくたちは宿の食堂で夕食をとっていた。プッサンきょうだいは――兄と妹だ――隣のテーブルで食事をしていて、話しかけてきた。一緒にどうか、とぼくたちに声を掛けてきたんだ。まあ、よくあることだ、べつにおかしなことじゃない」

「そっちのふたりはそこでなにをしていたんだ？」

「ただ夕食を食べていただけさ。プッサン兄妹は近くに住んでいて、その宿によく食事に来ているという。兄のピエールはわりとすぐに席を立ったが、妹も一緒に連れて帰ろうとしなかった。それで、おや、とは思ったんだ。自分たちをフランス貴族のように見せかけ、そういう身なりもしていたが、じつはちがうのではないか、と。でも、とにかく兄が立ち去るとすぐ、ジュリエットはデントンに露骨に色目を使いはじめた。デントンはかなり酔っていたからろくに気づきもしなかったが、最後にはジュリエットと自分の部屋に消えた」

「なぜ止めなかった？」

「なんのために？　そのころにはジュリエットは高級娼婦だろうと結論を出していた。小銭ではなく、そこそこの金は請求するのだろうと。デントンは旅行中ずっとくさくさしていたから、いい気晴らしになるんじゃないかと思ったんだ。相手は美人だったからな。それで、ふたりは一夜を明かした」

「それなのに、結局おまえと結婚した？　顔面にもう一度こぶしを食らう前に、さっさと説明したほうがいいぞ」

「ぼくはジュリエットと結婚しなかった。でも、順序ばらばらに聞きたいか？　それとも順を追って話をつづけようか？」

セバスチャンは歯をむいた。「つづけろ」

「つぎの日、親父がやってきた。夕食の着替えに戻ると、部屋で待っていたんだ。会えて嬉しかったが、よくよく顔を見て驚いた。すっかり取り乱した様子だったんだ。いやはや、恐怖のにおいさえ嗅ぎ取れそうなほどだったよ。当然、ぼくは不安になった。そんな親父を見たことがなかったから」

「賭博で身代をつぶせばそうなるものだろう」ジャイルズの話を引き合いに出してセバスチャンは結論づけた。

「それだけですめばよかったが、そうじゃなかった。親父本人の財産だけではなく、ぼくのぶんもすべて失ったが、負けを取り戻すために賭けをつづけていたんだ！」

「資金は？」

「もちろん借金をして。きみの父上から何年にもわたって金を借りていたようだ。借金の額がふくらんで、屋敷の権利書を父上に譲渡せざるをえない事態にまで陥った。だが、いくらダグラスのように寛大な御仁でも、さすがにどこかで線を引かなければならず、金を都合するのを拒むようになった。親父はそれに腹を立てた。ことの顚末をぼくにすっかり説明しながら、恨み言もつぶやいていた。

『ダグラスはすべてを手にしている』と親父はぼくに言った。『りっぱな爵位があって、息子思いのすばらしい母親がいて、ありあまる金を持っている』と。なぜダグラスに見捨てられなきゃいけないのか親父は納得がいかなかった」

「さっき言っていたが、セシルは命をねらわれていた？」

ジャイルズはため息をついた。「落ちるところまで落ちて、ロンドンのよからぬ連中から金を借りた。ああいう連中は借金の取り立てが容赦ない。返済期日を設定され、耳をそろえて払えなければ死んで償ってもらうと言い渡された。親父は期日までに金を用意できなかった」

「おまえは事前になにも聞いていなかったのか？」

「ああ、まったく。でも、そのころ一、二年前から親父とはほとんど顔を合わせていなかった。金づかいが荒いと親父にすごい剣幕で怒られて、驚いたことがあった。でも、ぼくはたいして真剣に受け取らなかった。そのとき親父が酔っぱらっていたということもあって。ほら、親父は必死になっていたんだよ、なにごともないかのように生活をつづけようとして。だいたい、ぼくが旅行に行くのも許可したくらいだ。そんな金なんかなかったのに。ちなみに旅行代を出してくれたのはきみの父上だ。頼まれもしないのに。うちの親父が賭けごとにつかう金はもう用立てようとはしなかったが、それでもふたりはまだ友人同士だった——少なくともきみの父上のほうではそのつもりだった」

「なにが言いたいんだ？」

「親父がきみの父上にいだいていた恨みがそのころには憎しみに変わっていたんだと思う。そうでなければ、あんなとんでもない手口は思いつかないだろう、借金から逃れるために踏み台にしたのだから」

「おまえを死んだことにする手口だったというわけか」とセバスチャンは答えを引き出した。

「それでどうして借金から逃れられると踏んだんだ？」

「罪の意識を利用しようとしたのさ。親父はどうなるか確信していたんだ、ダグラスは借金を棒引きにして、さらには賠償金さえ払って、罪の意識をぬぐおうとするとね。親父の読みは正しかった。きみの父上はまさにそうした」

「そしておれを勘当した」セバスチャンはうなるように言って、椅子から立ち上がった。

ジャイルズは落ちついてくれといわんばかりに片手を上げた。「ちょっと待ってくれ、そこまでは計画になかった。きみが勘当されたことは、何年もたつまでぼくは知りもしなかった。そういう結果が起こりうるという話は一度も出なかった。とにかく親父からすべて打ち明けられ、解決策を聞かされた日は驚いたなんてものじゃなかった。自分が死んだことにされる計画に喜んで加担したと思うか？」

「いまおれがなにを考えているか知りたいか？」とセバスチャンは言ったが、また椅子に腰をおろした。「つづけろ」

「親父が命をねらわれていたというのは本当だった。パリに来たときにはまだ計画を練り上げていたわけではなかった。数日前にパリに来て、偶然ジュリエットと知り合ったようだった。ジュリエットは親父をだまして金を巻き上げようとしたが、失敗に終わった。親父はジュリエットの目論見を笑い飛ばした。金なんかないからだ。やがて、ジュリエットがぼくたちと食事をして、デントンに媚びを売っている様子を親父は目にした。ジュリエットがデントンのこともカモにしようとしているのだと気づき、親父は計画を思いついた。ジュリエットを使ってきみとぼくの決闘を仕組むという計画を」

「それで、セシルはおまえに会いに来る前にジュリエットと話をつけていた？」とセバスチャンは尋ねた。

「そうだ」

「どうやってセシルはその計画とやらにジュリエットを引き込んだんだ？」

「言うことを聞かなかったら牢屋にほうり込むと彼女を脅した。でもあとになって、ジュリエットがデントンと結婚したと知って、手を貸した本当の理由はそれだったとわかった」

「弟のことはちょっとわきに置いておこう」とセバスチャンは言った。「つまり、決闘とその原因は、つまりおまえの〝妻〟とおれが寝ることはあらかじめ計画されていたんだな？」

「ああ。で、きみは計画どおりの行動に走った。きみがジュリエットと関係を持たなければ――いいか、ぼくはそうなってほしいと願っていた。これでも悩みに悩んだんだよ。きみは親友だったから！　ぼくを殺したときみに思わせて、ぼくは一生姿をくらますことになっていた。姿を消すことはべつにかまわなかった。借金を清算した上で、父から金が送られてくる予定だった。エレノアとはまだ結婚するつもりはなかったから、この計画を実行したら彼女を失うとわかっていたけれど、胸が張り裂けるほど苦しむこともなかった」

「エレノアは苦しんだ」

「ああ、知っている。ぼくもあとになって苦しい気持ちになった。いや、ちょっと話が先に行きすぎた。決闘の日の朝、ぼくは血を仕込んだ革の小さな袋を忍ばせていた。本当に死んだように見せかけるために、その革袋を切り裂くことになっていた。それはジュリエットの発案だった。彼女が調達してきたんだ。ぼくはきみに発砲するつもりはなかった。でも、きみは！」ジャイルズは急に感情を爆発させた。「ただ突っ立って、見るからにぼくを撃つ気はなさそうだった。それじゃ計画はまるつぶれだ」

「おまえはおれに発砲しただろうが」とセバスチャンはジャイルズに思い出させた。

「仕方なくだよ。でも、ぼくの射撃の腕前を知っているだろう。きみに腕を下げさせるために腕をかすめるようにして撃った。そうすれば少なくともきみは銃口をぼくに向ける恰好になる。ところが、きみは本当にぼくを撃った！」

ジャイルズはシャツの前をひらき、セバスチャンに傷跡を見せた。

セバスチャンは動じなかった。「急所ははずれている」

ジャイルズは耳を疑うとでもいうような顔でセバスチャンをじっと見たが、やがて静かに言った。「この怪我で本当に死にかけた。ジュリエットは医者を呼んでくれなかった。父はそばにいなかった。ことがすべて片づくまでフランスで身を隠していたからだ。その時点でぼくが死んでも、ジュリエットは気にも留めなかっただろう。悲しみに暮れる未亡人という役を演じていた。アントンにぼくを海岸へ運ばせて、フランスに戻る船に乗せただけだった」

「そうか、それで見覚えがあったのか。アントンは決闘でおまえの介添人だっただろう？」

「ああ、ジュリエットの手下のひとりだ」

「それで、結果としておれが親から勘当されたのは、おまえにとって取るに足りないことだった？」不穏な気配の漂う声でセバスチャンは言った。

ジャイルズはたじろぎ、あわてて言い繕った。「あのとき起きたことはぼくにとって取るに足りないことなどひとつもない。でも、話はまだこれで終わりじゃない。フランスに戻る船のなかのことはほとんど憶えていない。船長は自分の船で死人が出るのをいやがって、どこかの波止場でぼくを降ろした。年寄りの女がぼくを見つけ、結婚して自分の農場で働くなら、看病してもいいと約束してくれた。じつに不思議ないきさつだけれど、結局ぼくはその老女と結婚した。世話を焼いてもらい、怪我も治った」

話はもうじゅうぶん聞いた。セバスチャンは立ち上がり、ジャイルズのほうに歩を進めた。ジャイルズはセバスチャンの意図を読み取り、あとずさりを始めた。

「ひとつ言っておく」セバスチャンは冷ややかな声で言った。「おまえの父親が危険な目にあう前に、どういうことになっているのかおれに打ち明ける機会はいくらでもあった」

「それでなにをしてくれたんだ? 親父の借金を肩代わりしてくれる金があったわけじゃない。それはぼくにもなかった。それに返済できなければ、金を借りた連中に親父は本当に殺されるところだった」

「それで、自分のばかさ加減をおれの父に打ち明けず、事情がわかれば父は見捨てないだろうとはすこしも思わず、こんなひどい裏切りを犯さないといけなかったというわけか? おまえもおれに話せばよかったんだよ、ジャイルズ!」

「きみは知らないんだよ! ぼくがどれだけ悩み苦しんだか、なにか手を打てるんじゃないかと何度自分の胸に尋ねたか。でも、きみの父上はもう助けてくれないと親父は思い込んでいた」

「でも、おれの人生をめちゃめちゃにしてもよかったのか？」

「きみが勘当されたことは知らなかった。何年もあとになるまで。親父は教えてくれなかった。連絡は取り合っていたのだけれど。問いただすと、親父にとっても予期せぬ展開だったと言われたよ。それにきみの人生はめちゃめちゃにはならなかった。数年たったあと、きみをここフランスで見かけた。挨拶でもしようかという気持ちに駆られたけど、きみが元気そうで、金まわりもよさそうに見えたから声はかけずにそっと立ち去った。それでしばらくは胸のつかえが下りた。きみはどうしているか、その日までずっと気がとがめていたから」

「人は見た目どおりとはかぎらない」

「よく言うよ。きみはきっとうまくやっていくと思っていた。ぼくはただ確証がほしかっただけさ。きみは昔からそつがなかった。やろうと決めたらできないことはなにひとつなかった。ぼくはきみを崇拝していた。きみのようになりたくてたまらなかったが、結局なれなかったよ」

「もうひとつ言いたいことがある」とセバスチャンは言った。「おまえはおれの人生をめちゃめちゃにしただけでなく、おれの父の人生もめちゃめちゃにした」

「まさか！　それはないだろう」ジャイルズは息を呑んだ。「ぼくはきみの家族とぼくの家族のことを調べていた。親父は賭けごとから足を洗った。罪滅ぼしのつもりできみの父上から差し出された金で投資にも成功した。自分の過ちから学んだのさ。でも、地元の人たちはかたくなで——」

「おいおい、そこまでまぬけなのか？　その調べとやらで、おれの父が決闘以降、自分の母親と仲たがいしていることはわからなかったのか？　おまえの父親とも仲たがいしていることも？　あれからずっと口もきいていないんだぞ！　それに、結局ジュリエットはデントンの妻の座におさまったが、そのせいで弟は惨憺たる人生を歩んでいる」

ジャイルズの顔から血の気が引いていた。「なんと、それは驚いたな。ちっとも知らなかった」

「おまえは友人失格だが、調査もまともにできないってわけか！」その厳しい言葉にジョンでさえ顔を青ざめさせた。「この十年以上、逃げ隠れする以外になにをしていた？」

「息子を育てていた」とジャイルズはぽつりと言った。

それにはセバスチャンも意表を突かれた。「結婚したというその老女とのあいだに子をもうけたのか？」信じられない思いで尋ねた。

「いや、ちがう。エレノアと結婚したんだ」

50

「もう一度殴り倒す必要はあったんですか？」とジョンが文句をつけた。「話がちょうどおもしろいところだったのに」

セバスチャンは返事をしなかった。

「起こしますか？」

「起こしたければ起こせばいい。ただし、顎の骨が折れていなかったら、もう一度殴らないとな」

ジョンはたじろいで、床でのびているジャイルズをそのままにしておいた。「なにを考えているかわかりますよ」すこしして、そう言った。「これまでのあいだ、こちらは幸せに暮らしてきた。愛する女性と結婚し、息子さんを育てた。一方あなたは大金を稼いでいただけで――」

「この男が働いた悪事をあたかもささいなことのように話をすり替えるな！」セバスチャンはすごい剣幕で話を遮った。「こいつとこいつの父親がしたことに翻弄されたのはおれひとりではない」

「父親の命を救うために、慣れ親しんだ暮らしを手放したんですよ」とジョンは諭すように言った。「見方を変えれば、りっぱな行ないかもしれません」

「りっぱだと?」セバスチャンは鼻を鳴らした。「ほかの手立ては探りもしなかったんだぞ。こいつはセシルのくわだてたばかな計画に乗った。その結果、とんでもない事態を招いた。それなのにこいつは万事うまくいったと思い込んでいた。自分が犠牲になったからほかの者は失うものはなにもなかったと。まったくあきれた話だ。こいつはなにを犠牲にした? 自分の生活を送り、その暮らしには安らぎや喜びさえあった」

ジャイルズはうめき声を洩らしながら身体を起こし、部屋の向こうにいるセバスチャンをじっと見つめた。「もう一度殴らなくてもよかったんじゃないか?」

「殴るか、咽喉をかき切るかのどちらかだった」とセバスチャンはさらりと言ってのけた。

「まだましだったわけか」ジャイルズは怯んだような顔で言った。「でも、わかるだろう、色んな波紋を起こしてしまったことを知っていたら――」

「どうしていた? 自分は死んでいないと証明するために出てきたか? いいか、よく聞けよ。たとえそんなことをしても、父とおれとのあいだに生まれた溝は埋まらなかった。勇気を示すなら、決闘前に示すべきだった。自分の父親のせいで周囲の人間関係を引き裂く前に」

「そうだな、セバスチャン、すまなかった。でも、あのときはそうしなければ、親父を見殺しにしてしまうと思った。それはできなかったんだ。自分が加担したことは褒められたものではないし、親父の弱さがたくさんの人を傷つけたことを恥ずかしく思う。親父はいま安泰だが、あんなことを引き起こした親父を一生許すつもりはない。二度と会えなくてもかまわない」

「おれにまだ聞く気があるうちに、話を終わらせろ」

ジャイルズはため息をついた。「もうほとんど話したよ。三年後に老女は死に、農場が残された。そのころにはぼくも農夫の生活に慣れていた。あえて言うなら、楽しんでさえいた。でも、エレノアを失ったことを悔やみはじめ、彼女をどれだけ愛していたかようやく気づいた。忘れたことは一度もなかった。ぼくはとうとうエレノアに連絡を取った。そうせずにはいられなかったんだ。彼女はぼくと一緒になるために家出をした。ぼくたちはスコットランドで結婚した」

「ということは、エレノアが死んだと知らせてきた親戚からの手紙は嘘だったのか？」

ジャイルズは顔を背け、声を詰まらせた。「いや――事実だ。エレノアはスコットランドに残りたがった。スコットランドが気に入ったし、農夫の妻になるのもいやだった。それで、ぼくたちはエレノアの遠縁のところに身を寄せた。でも、その親戚のハリエットが住んでいるところは町からひどく遠かった。エレノアは出産で命を落とした。医者を呼びに行ったけれど、間に合わなかったんだ。ぼくは生まれた息子を連れて農場に戻り、それ以来ずっとこっちで暮らしている。皮肉にも、農場はここからさほど遠くない。南に行ったところだ。数年前のことだが、最寄りの町で農作物を売っていたときに初めてレイヴンの噂を耳にした」

「それで訪ねてきたのか？　レイヴンを雇おうとして？」

「きみがレイヴンだと知っていたら、もっと早く会いに来たさ。そう、噂を初めて聞きつけたときは、雇おうかとたしかに考えた。実際、そのために金を貯めてもいた。言い値を払えるとは思わなかったが」

「雇ってなにをさせようと思ったんだ？」

「きみを捜してもらうつもりだった。ことの顚末を洗いざらい打ち明けたいとずっと思っていた。数日前にル・アーヴルできみを見かけて、きみがレイヴンだとわかって驚いた。いや、腰を抜かすほど驚いた。というわけで、これですべて話した」

「十一年遅かった」

「でも、父上との関係は修復できるんじゃないか？」

「もう遅すぎるだろう。おれと父とのあいだにはいった亀裂はかなり深くなった。だが、修復可能か確かめる前に、まずは矛盾を解き明かさないとな」

「つまり？」

「つまり、なぜデントンはおまえの父親が手を結んだ共犯者と結婚したのか。なぜそれ以来、彼女はデントンに悲惨な毎日を送らせているのか」

「なにが言いたいんだ?」

「なにも。でも、納得がいかないまま放置するのはまっぴらごめんだ。ジュリエットから答えを引き出すのは無理だろう。口を割らせようとしてみたが、嘘ばかり聞かされた」

「あすの朝、調べに行ってきますよ」とジョンが提案した。「ジュリエットの兄さんがどこの牢獄にいるのか。どうやら頼みの綱はその兄さん――」

「ピエール・プッサンは獄中なのか?」とジャイルズが口をはさんだ。

セバスチャンはうなずいた。「デントンによると、ジュリエットに仕組まれたようだ。明朝、全員で出かける」

「全員?」とジャイルズは尋ねた。

「片がつくまでおれがおまえから目を離すと思うのか? 最後の手段に出るかどうかはおまえ次第だ」

「というと?」

「おいおい、おまえの命を奪うかどうかに決まっているだろうが。おまえを殺した代償はすでに払ったのだから、もう一度殺すのをためらう理由はないだろう?」

「やれやれ」とジャイルズはつぶやいた。「理由をひとつだけ挙げられる。きみにちなんで名づけたんだ。息子の名前は」

セバスチャンはブランデーを飲み干した空のグラスをジャイルズの頭めがけて投げつけた。

「息子におれの名前をつけたのか。なぜだ?」

「理由はわかりきっているだろ。こういう展開はきみにしてみたら気に入らないだろうが、ぼくにとっていまでもきみは親《しん》――」

「よせ。聞きたくもないし、そう考えるのもやめてくれ。血を流さずにあしたを乗りきるつもりなら、二度と口にするな」

51

その牢獄は中世の要塞のような外観で、村の片すみにぽつんと立っていた。馬に乗って近づいていくと、装飾の類いはいっさいない、正方形をした石造りの二階建ての建造物のようだった。まわりは高い壁で囲われ、入口への通行を阻む唯一の門に守衛が立っていた。

ピエール・プッサンがそこに投獄されているという調べはあっさりとついた。面会の許可を取りつけるのは簡単にはいかなかった。訪問者を受け入れる時間帯が決められているということもあるが、ピエールが病気だからだった。

「待ってみたらどうだね」と守衛はざっくばらんにセバスチャンたちに言った。「酒場には泊まれる部屋もある。お客さんは大歓迎だろう。でも、正直なところ、医者の話によれば、プッサンはあと一週間も持たないってことだがね」

「まったくついてないな」その夜、酒場のテーブルでエールをちびちびやりながらジョンはぼやいた。そしてセバスチャンに尋ねた。「こっそり忍び込みますか、それとも強行突破ですか?」

「なんだって？」ジャイルズは話に割り込んだ。「なにか聞き逃したのかな。われわれはここで待機するのか、それともしないのか？」

「しない」とセバスチャンは言った。「話を聞く前に死なれたら困る」

「彼が快復しなかったら、どうするつもりだ？」

「あそこから連れ出すに決まっているだろ」

「なるほど、そうするに決まっているな！」とジャイルズは皮肉っぽく言った。「どうして思いつかなかったんだろう。となるとたぶん――」そこで口ごもり、はたと気づいたのか赤面した。「ああ、そういうことか、こっそりとか、あるいは強行にか。きみはその手のことに慣れている、そうなんだろう？」

セバスチャンはなんとも返答しなかった。ジャイルズはまるでこの十一年がなかったかのようにふるまっているが、セバスチャンはなかったことにはしていない。そういうわけで元友人とはできるだけ口をきかなかった。怒りを乗り越えて、ほかの事情を考慮してみようとするたびに、どうしても許せないことがひとつだけあったのだ。巻き込まれたほかの者はみな相当苦しんでいるというのに、ジャイルズは自分がみすみす引き起こしたことにまったく苦しんでいなかった。ジャイルズが生きていて、本当は嬉しいのかもしれないが、その気持ちは心の奥底にしまい込まれ、そこに放置されていた。

セバスチャンが口をひらこうとしないので、ジョンが代わりに答えた。「そう、前にも何度かやりました。そのときの対象者は脱出に自分から協力できたけれど」そう言ってからセバスチャンに尋ねた。「それは考えました？　ピエールを運び出さなければならなくなるかもしれないことは？」

「考えた。だが、村はずれに死体置き場があった。あそこは二、三人あらたに人を雇わないといけないようだな」

「ああ、なるほど。それならうまくいく」

「うまくいくって、なにが？」ジャイルズは知りたがったが、無視された。

「夜中に獄門の守衛が交代するまで待とう」とセバスチャンは言った。「帰りがけの守衛に知らされて、死体を運び出すことになったという口実が使える。勤務を交代したばかりの看守はピエールが死んだことをまだ聞いていなくても不思議ではないというわけだ」

ジョンはうなずいた。「殴り倒しながら突破するよりずっと良心的だ」

ジャイルズは渋い顔をして椅子にもたれた。「きみたちふたりがいま話し合っていることをしているあいだ、ぼくはどうすればいいんだい？」

「ジョンは参加しない」とセバスチャンが言った。「おまえがおれと一緒に来るんだ。危険はある。われわれがつかまったら、ジョンは対処方法を知っている。酔っぱらってここでめそめそしているしか能がないおまえとちがって」

ジャイルズは顔を紅潮させた。「そんなにだめなやつだと思われているのか」

「やっと気づいたか？」

数時間後、セバスチャンとジャイルズは調達した死体置き場の荷馬車で牢獄の門に乗りつけた。予想どおり、死体を運び出すなら朝になってから出直して来いとふたりの守衛に文句をつけられた。宿直の連中は怠け者だ。たいていは持ち場で居眠りをし、じゃまされるのをいやがるものだ。驚いたことにジャイルズは抜群の演技力を発揮し、せっかく仕事にありついたばかりなのに、指示されたとおりに死体を持って帰らないとクビになるかもしれないと泣きついたのだった。

セバスチャンはふたりの守衛の頭と頭をかち合わせてやろうとしていたのだが、守衛の片割れが医務室に案内してくれることになり、場所を探す手間暇が省け、見張りに立っていた看守の前もすんなりと通過できたのだった。あいにく、病気の囚人が収容されている部屋に四人が寝ていた。夜間のため看守や看護人はいなかったが、案内に立った親切な守衛は死体を見つけてやると言って聞かず、囚人たちが横たわる寝台を調べてまわりはじめた。

ピエールを捜しあてると、守衛は叫んだ。「死んでないぞ！　いったい――」

ジャイルズはおそらくここでも役に立とうとして、ピエールの寝台の横にあったブリキの水差しをつかみ、守衛の頭に振りおろそうとした。結局、全員が水をかぶってびしょ濡れになっただけで、守衛は怒りのうなり声を上げて振り向いた。セバスチャンは寒い時期に服が濡れて閉口したが、守衛がピストルを抜いて背中を向けたので、かえって功を奏した。背後から守衛に近づき、ピストルをもぎ取って、その奪ったピストルで頭を殴りつけるのはたやすいことだった。

そうした騒ぎが起きているあいだ、幸いにもほかの囚人たちは目を覚まさなかった。守衛を手近な寝台に横たわらせた。頭が痛くなるかもしれないが、眠れば治るだろう。守衛を片づけると、用意した担架にすばやくピエールを載せた。

「外に運ぶ途中、起きたらどうする？」とジャイルズが尋ねた。「なにかしゃべりだしたら、黄泉《よみ》の国から奇跡的に生還したと看守たちが思うか疑問だな」

「担架に移したときにわからなかったか？　ピエールは高熱を出している。目を覚ましたら、それだけで奇跡かもしれない」

「おいおい、まさか伝染病に冒されて死にかけているんじゃないだろうな？」

「だとしたら、隔離されていた」とセバスチャンはさらりと言った。「担架の足もとのほうをおれが持つ。差し迫った事態が起きたら担架から手を離すことになるが、彼を落とさないように気をつけてくれ」

廊下に戻ると、連絡通路の端にいた看守はまじめに仕事をしていた。セバスチャンたちがとおったあと、ドアに鍵をかけていたのだった。

「ジャンはどこだ？」置いてきた守衛のことを訊いてきた。

　セバスチャンは肩をすくめて言った。「空いている寝台を見て眠気を誘われたようだな。ひと眠りすることにしたってさ」

　その言い訳が通用するとはセバスチャンも思っていなかった。案の定だった。「ここで待ってろ」看守は医務室のほうに向かいかけた。

　担架の端が床に落ちた。セバスチャンは足を出し、とおりかかった看守に足を引っかけさせた。看守は倒れ、床を転がりながらピストルに手を伸ばした。右手の強烈なパンチを浴び、看守は床に頭を打ちつけた。もう一発パンチをたたき込まれ、気絶した。

「よく手を痛めないもんだな」とジャイルズは言った。

「生皮をむかないよう、これでもまだ手加減してある」とセバスチャンは平然と言って、鍵を看守から奪い、ドアを開けて廊下を引き返した。

「ついていたな」

　セバスチャンは思わず頬をゆるそうになった。

　外に出ると、案内役に立った守衛が一緒に戻ってこなかったことに残っていた守衛が気づき、門の前から近づいてきた。仲間はどこだと尋ねる暇をセバスチャンはあたえなかった。また担架を下におろした。

「やけに簡単だったな」獄門の外に停めておいた荷馬車にピエールをふたりで運び込みながらジャイルズは言った。

「ここはふつうの牢獄じゃない」

「いろいろ種類があるのかい？」

「ジョンがパリで記録を調べてきたんだが、あいつの話によると、ここには人殺しは送り込まれてこない。だから昼間でも看守が少なかったんだ。危険性が低いから、看守も少人数で、業務の手順もずっとぬるいというわけだ」

「それを先に言ってくれればよかったのに」ジャイルズはぶつぶつ言いながら、ジョンが馬車で待機している死体置き場に荷馬車を向かわせた。

「なぜだ？ 危険がないとわかっていれば、おまえは気楽に参加できたってわけか？ 危険はないわけじゃなかった。それにまだ終わったわけじゃない。守衛や看守が目を覚ます前にこのあたりを引き払わないといけない。それにピエールにわが家まで持ちこたえてもらわないとな」

「きみがわが家と呼ぶ廃墟からここまでは長旅だった」とジャイルズが言った。「ぼくの農場ならここから二、三時間でつくと思う。勘ちがいかもしれないが。海岸をこんなに東のほうまで足を延ばしたことはなかったから。牢獄がここにあることも知らなかった。でも、前にパリに行ったとき、ここに来る道を南に向かって家に帰った」

「だから？」

「息子の家庭教師は昔、医者だった」とジャイルズは言った。「それとも、死にかけている男が元気になるまで自分で看病するつもりだったのか？」

「道案内してくれ。答えを知りたいだけだ。こっちの質問に答えたらあとは死んでもらってかまわない」

52

「ピンクのチュールはいかがです？」エドナはマーガレットの手持ちの衣装を調べ、乗馬服から着替えるドレスを選びながらそう尋ねた。

「もっと暗い色がいいわ。喪服は片づけてしまったのよね？」

「もちろんですよ」とエドナは言った。「喪中ではないんですから」

「おかしなものだけど、まるで喪に服している気分なの」マーガレットはため息まじりに言った。

「さては朝の乗馬で元気は出なかったようですね？」とエドナは推測して言った。

「元気が出るはずだったの？」

「ええ、前はそうでしたよね」エドナはやれやれとばかりに息を吐いた。「こちらのドレスはいかがです、ベージュのバチスト織で――」

マーガレットは説明のつづきをしばらく待ったが、なぜ急に口をつぐんだのかとうしろをちらりと見た。するとエドナはそそくさと部屋から出ていくところだった――セバスチャンの横をすり抜けて。マーガレットは身体が固まってしまった。セバスチャンがそこにいることに倒れそうなほどのめまいを覚え、喜びが胸に広がった。もう二度と会えないかと思っていたのに、少なくともイングランドでは。それもこんなに早く、彼が去ってほんの二週間で再会するとは思いもしなかった。

もっとも、いつかもう一度会うとすでに心に決めてはいた。何年かかろうとも必ず居場所を突き止めて、これだけは伝えたい――いや、そこまではまだ決心はついていない。

だから間の悪いことに、当の本人を前にして、なにを話せばいいかわからなかった。結局動転のあまり、思ったことを口に出していた。「忘れ物をして、取りに戻ってきたの？」

「ああ」

なんだ、がっかりだわ！　けれど、がっかりしている暇はなかった。セバスチャンは返事をするやいなや、決然とした足取りで部屋を横切り、近づいてきた。マーガレットは頭のなかが真っ白になったが、やがてセバスチャンが目の前に来たとたん、抱き寄せられ、まるで飢えに苦しむように唇を奪われた。

まあ！　これならぜんぜんがっかりじゃない。それどころか、彼の腕に飛び込みたいという衝動が満たされた。マーガレットもどうやら飢えに苦しんでいた。セバスチャンに会いたくて、彼を味わいたくてたまらなかったのだ。

着替えの途中でベッドの横に立っていたので、いともたやすくベッドに引き倒された。セバスチャンはマーガレットの脚のあいだに膝を割り込ませ、胸もとを覆うシュミゼットを引き下ろした。そして胸のあいだに顔をうずめ、深く息を吸った。

「ああ、懐かしいな、きみのにおいや味や——」

「いやらしい言葉でどぎまぎさせないでくれる？」マーガレットはあわてて話を遮った。

セバスチャンは身体を起こし、にやりと笑いかけてきた。「そういう言葉でどぎまぎするのか？」

ほくそえんでいるセバスチャンにそうよと肯定する度胸はマーガレットになかった。「ううん、たぶんしないわ」

「やっぱりな。でも、まあいいだろう」セバスチャンはそう言って、耳もとまで舌を這わせた。「離婚手続きはもう始めたのか？」

舌で愛撫されて身体がふるえ、マーガレットはものもろくに考えられなかった。さもなければ、その話題におろおろしただろう。なんとか声は出た。「まだよ」

「それなら、離婚しないというのはどうだろうか、マギー？」そう言われ、マーガレットは驚きで口もきけなかった。セバスチャンはさらにこうつづけた。「つまり、結婚を申し込んでいるという意味だ」

セバスチャン自身も身体が固まってしまったようで、返事をじっと待っていた。一方マーガレットは、いきなり舞い降りてきた幸せにとまどうばかりだった。

「ドアを閉めたらどうかしら？」とうとう言葉が口から出た。

セバスチャンは肩越しにドアのほうを振り返り、開けっ放しにしていたと気づいた。マーガレットはさらにこう言った。「つまり、同意したという意味よ」

セバスチャンの視線がもとに戻り、またマーガレットの視線をとらえた。マーガレットを見つめたときに一度だけセバスチャンの目に浮かんだものがまたそこにあった。やさしさだ。彼の目にはやさしさがあふれていた。それを見て、マーガレットは息ができなくなった。

「愛していると言うつもり？」

「言おうと思っていたところだ」

マーガレットは息を呑み、口ごもった。セバスチャンは笑って、マーガレットにしっかりとキスをした。そしてすばやくベッドを下りて、ドアを閉めた。ベッドに引き返しながら上着とシャツを脱ぎ捨てた。

「確信はしていたけれど――」とセバスチャンは言いかけた。

「もちろんそうでしょう」

「きみに愛されているのはじつに嬉しいもんだな、マギー」

「わたしの口から聞かなくていいの？」

「ああ、べつにけっこうだ。でも、言いたいなら止めはしない」

マーガレットは笑った。「いやな人ね、もちろん言いたいわ」

セバスチャンはベッドに戻り、マーガレットを抱き寄せた。この上なくやさしく唇を重ねたが、あっという間に情熱的なキスに変わり、ふたりのあいだに炎を燃え上がらせた。こんなことをいともたやすくやってのけるとは驚きだ。

「ああ、マギー。こういう幸せをもう一度味わうとは思いもしなかった。きみを愛している。こんなに人を愛せるとはわれながら予想外のことだ」

この人をもっと幸せにしてあげられるわ、とマーガレットは気づいた。そしてこう言いかけた。「話があるの――」

「あとにしよう」セバスチャンはキスをつづけながら、その合間に手早くマーガレットの服を脱がせ、自分の服も脱いだ。「エッジウッド館で集まりがあるからふたりで行かないといけないが、それもあとでいい。なにもかもあとまわしでかまわない――これがすむまで」

セバスチャンはそう言いながらマーガレットに身を沈め、マーガレットの洩らした悦びのあえぎを口で受け止めた。エッジウッド館での集まりがなんなのか、マーガレットは好奇心に駆られないでもなかったが、たしかに彼の言うとおりだ。その集まりもほかのこともすべてあとまわしにすればいい。

53

マーガレットは生まれてこの方これほど急かされたことはなかった。愛を交わしているあいだにではない。いや、展開はすこぶる早かった。マーガレットの情熱はほとばしり、あっという間に高みに昇りつめ、そのすばやさにあとから赤面するほどだった。けれど、たがいに飢えたように求め合っていたのだから、落ちつく余裕などありはしない。

そのままベッドに横たわり、余韻にひたりたいところだったが、セバスチャンは小声でなにやらつぶやき、マーガレットに言った。「こんなことしている場合じゃなかった。馬で先に出てきたが、それでも遅刻だな。さあ急いでくれ」

マーガレットも急ごうとした。たしかにがんばろうとはしたが、なぜ急かされるのかわからないので、ただ急げと言われてもその気になれない。「ねえ、なぜ急ぐのかひと言で――」

「だめだ。時間がないのに、きみはきっと山ほど質問してくる。謎はすぐに解ける。だから、急いでくれ！」

セバスチャンは脱いだときと同じ手際ですばやく服を身につけると、マーガレットに手を貸して、ベッドの足もとに脱ぎ捨てられたサファイア色の乗馬服を手近にあったので身につけさせた。並んだボタンはひとつ取れ、ブーツの下は素足のままだったが、なにはともあれマーガレットを引きずるようにして部屋から連れ出した。

あらかじめ手配しておいたようで、マーガレットの馬が厩舎から連れ出されていた。それにはマーガレットもがっかりだった。馬車に一緒に乗っていくなら、道々セバスチャンからなにか聞き出せるかもしれないと思っていたのだが、野原を馬で駆けていくとなると、会話は無理だ。

エッジウッド館が視界にはいるころには、マーガレットは遅れを取っていた。馬車が一台、敷地内の小道を屋敷へと近づいていた。セバスチャンはいっきに玄関前まで馬を乗りつけた。けれど、そこでちゃんと待っていて、マーガレットを馬から降ろした。

「結局、間に合った」と彼はマーガレットに言った。「驚きだよ、きみのせいで遅れたのに」

「わたしのせいですって！」マーガレットは早口で言った。「わたしが押し倒したわけじゃないでしょう、まったくなんて人かしら」

「でも、それがきみの望みだった」

「関係ないわ」マーガレットはふんと鼻を鳴らした。

セバスチャンはにっこりと笑い、マーガレットの頬を撫でた。「約束する、今度ふたりでベッドにはいったら、何時間もベッドから出ない。ことによると、何日も」

マーガレットは顔がほてった。うしろで馬車が停まったので、ちょうど降りてきたジョンとティモシーにセバスチャンがいま言ったことを聞かれても不思議ではない。もっとも、なにか聞こえたとしてもふたりともおくびにも出さず、マーガレットとの再会を喜んだ。そして馬車からつづいて降りてきた人たちにマーガレットは気を取られた。三人の男性たちで、ふたりはどことなく役人の風情を漂わせ、フランス憲兵がかぶっているような帽子をかぶっていた。

まだ誰か馬車に残っているようだった。人影だけが見えたが、ヘンリーがすでに玄関の扉を開けて、声を掛けてきた。「お帰りなさいませ。ご一家で昼食を召し上がっているところですよ」

「みんなそろっているのか？」とセバスチャンが尋ねた。

「ええ、めずらしく」

「すばらしい。おれたちが来たことは知らせなくていい」

セバスチャンはマーガレットの腕を取り、付き添って食堂に向かった。ほかの者たちもあとにつづいた。セバスチャンは無言のままマーガレットに椅子を引いてそこに座らせ、隣の席に腰をおろした。

ティモシーはアビゲイルのもとにまっすぐ向かい、抱きついた。アビゲイルはぱっと顔を輝かせた。ダグラスがマーガレットに打ち明けていた話をアビゲイルに告白したあと、アビゲイルはダグラスと和解したのだが、それでもアビゲイルがふさぎ込んでいたのはなぜだったのか、マーガレットはようやくわかった。ティモシーがここに滞在していたあいだに、アビゲイルはティモシーに心から愛着を抱くようになっていたのだ。

ジョンは厨房に通じるドアの前に移動していた。三人の男性のうちひとりは裏庭に面したフランス窓の前に移動し、あとのふたりは玄関広間で待機していた。すべての出口がふさがれたとすぐにわかったが、なぜなのかはわからなかった。

ダグラスは立ち上がり、説明を求めた。「いったいなにごとだ？」

「大掃除ですよ」とセバスチャンが答えた。「延び延びになっていた」

「もっときちんと説明をしてもらわないと」

「たしかにそうですね。すぐに説明します。ただし、まずはがらくたを片づけましょう」セバスチャンはジュリエットを見てうなずいた。

マーガレットはこのときになって初めてジュリエットを見た。ジュリエットは病的なまでに顔を青ざめさせ、窓辺の男性をまじまじと見つめていた。べつの男性がジュリエットの背後に進み出て、罪状をつらつらと読み上げたあとにジュリエットを逮捕し、食堂から連れ出した。ジュリエットは無言のまま引っ立てられていった。癇癪を起こしもせず、悪態をつきもせず、いつものように芝居がかったふるまいも見せなかった。めずらしく怯えきっていた。視線を釘づけにしていた男性が原因であるのは明らかだった。

「いちおう言っておくとな、デントン」とセバスチャンは言って、一枚の紙切れを弟に手渡した。「離婚の判決が出たから、おまえはここに署名するだけでいい。おまえの妻が強請っていた男のおかげだ。彼は自分が罪を犯したと思い込んでいたが、疑いが晴れて喜んで協力してくれた。おまえがまだ離婚を希望している前提で動いたが、それでよかったんだろう？」

デントンは認めていいものか警戒しているようだった。「ああ。だけど、不思議だと思って——こんなことできるものなのか、裁判もひらかずに？」

「ジュリエットが裁判なしで自分の兄を投獄させたのと同じやり方だ。彼女が手玉に取っていた男たちのなかにフランスの高級役人がいたのさ。とにかく、さっきも言ったが、大掃除にかかるぞ。ピエール、始めてくれるかい？」

「了解だ」とピエール・プッサンは言って、身分を明かした。「まずは妹のことを説明させてもらう。ジュリエットは女優になり、何不自由ない生活をしていたが、舞台に立っていたわけではなかった。パリの裕福な市民を強請って暮らしていた。相手は少なくとも六人はいた。彼らはみな、実際に悪事を働いたわけではなかった。ジュリエットがちょっとした騒ぎをお膳立てしておき、巧みに芝居をして、法に触れることをしたと本人に思い込ませていた。芝居を手助けする一味もかかえていた。十八番《おはこ》はその悪い仲間を使ってカモに因縁をつける手口だった。カモはけんかを吹っかけてきた相手を押しやるか殴るかして逃げようとする。

けんかを仕掛けた男は倒れ、血を仕込んだ袋を破って、派手な芝居を打つ。そこでジュリエットは男が死んだと言って、人殺しだとカモを責める。そして、当然ながら尻拭いを申し出る。ひと月ほどたってからカモのもとに出向き、金を要求するというわけだ」

「あんたも加担していたのか?」とデントンが尋ねた。

「いや、妹の行為を黙認もしなかった。だが、妹はぼくを大事な観客とみなしていた。あんなことをしたこんなことをしたと、なにもかもぼくに自慢しないと気がすまなかった。妹の働く詐欺行為の程度にぼくはうんざりしていた。どれだけ非道なことをしているのか、自分がなにをしているのか、ぼくが言って聞かせようとしても妹は耳を貸さなかった。へらへらと聞き流していた。人がころりとだまされるのがおもしろくて仕方なかったようだ。だから妹を止めないといけないと、ぼくはすでに決心していた。何週間も妹のあとをつけることさえして、妹が強請っている男たちの名前を調べ上げた。カモにされている男たちをひとところに集めて、妹を取っちめるつもりだった。その矢先、妹がぼくのところに来た。妹は様子が変わっていた。どこがちがうのかよくわからなかったが、やがて妹は彼のことを話した」

ピエールはデントンにうなずいた。部屋にいる全員の目が注がれ、デントンは顔を真っ赤にした。「勘弁してくれよ、ジュリエットと出会ったときのことはほとんど憶えていないんだ！　ぐでんぐでんに酔っぱらっていたから。あとから彼女に言われて——」

「知っている」とセバスチャンは話を遮った。「ピエールの話を最後まで聞こう」

「妹は彼に会った瞬間に恋に落ちた」とピエールは話をつづけた。「いわば胸で炎がかき立てられたようなものだった。にわかには信じがたいが、疑いようがなかった。情けも道徳心もない妹が突然、恋に落ちるとは――真っ先に胸に浮かんだのは妹が愛を傾ける相手への同情だった。そして、彼のような上流階級の男性がおまえとの結婚に同意するはずはないと、妹に警告した。妹はとにかくイングランドに行くと言った。タウンゼント卿を罠にかけて結婚に持ち込む方法が目の前に転がってきたの、と。うまくいけばりっぱな爵位さえ手にはいるかもしれないという。妹を説得して思いとどまらせようとしたのはまちがいだった。説得に失敗し、おまえのやることを阻止しないといけないと妹に告げたのもだ。三時間後、ぼくは逮捕され、そのまま投獄された。それ以来ずっと獄中にいた」

「ジュリエットはじつの兄を牢獄に送り込んだのか？」ダグラスは信じられないというように尋ねた。

「ぼくを牢屋に入れておけば目的達成のじゃまをされることもないわけで、申し分ない手はずだと妹は考えたのでしょう」とピエールは言った。「ぼくに罰を受けさせているという意識は妹になかったはずだ」

「妹をかばっているのか？」

「いや、そういうわけじゃありません。ただジュリエットは自分のことしか考えていなかったんです」

「そんな妹を持ってかわいそうだわ」アビゲイルは同情を示した。

「いいえ、奥さま《マダム》、牢獄も住み心地は悪くありませんでしたよ。ジュリエットに加担した役人がさすがにうしろめたくなって、そのあたりのことに手をまわしてくれましてね。拘留はされていたけれど、そこは本格的な牢獄ではなかった。友好的な集団で、大きな家族のようでした。でも、足を切ってしまい、傷口が化膿して、そこから重い病気を患ってしまった」

セバスチャンが言った。「われわれが脱獄させなかったら、あと一日か二日で命を落としていたかもしれない」

ピエールは咳払いをした。アビゲイルは尋ねた。「でも、どうして〝脱獄〟させないといけないとわかったの？」

「デントンに送り込まれたんですよ」

「ぼくもようやく正しいことをしたってわけかい？」デントンは自己嫌悪をにじませて言った。

「デントンを罠にかける方法がジュリエットの目の前に転がってきたというのはどういうことなんだ？」とダグラスが尋ねた。

ピエールはふたたびデントンに向かってうなずいた。「デントンと知り合えば、彼がお兄さんに恨みをいだいていると誰でもわかるでしょう。妹にしてみれば、正攻法で結婚に持ち込めなかった場合、デントンを強請って無理やり結婚させるネタを差し出されたようなものぼくはあの夜泥酔して、なにも憶えていない。だから彼女を嘘つき呼ばわりすることもできない」

セバスチャンは眉を上げた。「これほど忌まわしい取引きを結んだと本当に思うのか？」

「まさか！　どんな状況でも、そんなことに同意はしないし、こっちから提案だってしない。でも、ジュリエットがしたことで深みにはまってしまった。彼女はジャイルズと結婚し、兄さんを誘惑してふたりが決闘するように仕向けた。なにかしら利益を得られるという約束もないのにジュリエットがこういうことをすべてしたと誰が信じる？　これはぼくの思いつきだとみんなに言ってやるとジュリエットに脅されていた。そのことで悩んでぼくがどれだけ苦しんだか兄さんにはわかるまい。もしかしたらぼくがなにか言ってしまい、ジュリエットを誤解させてしまったのかもしれないし、それとも——」

「自分を責めるのはやめるんだ、デントン。ジュリエットは約束をしたと思い込んでいるだけで、おまえは約束していない」

「それでも、全部ぼくのせいだ」とデントンは言った。「ジュリエットがしたことはすべてぼくに愛されたくてしたことだった。ただ皮肉なのは、何年も前から彼女はぼくを憎むようになった。ここにいつまでも居座っていたのは、ぼくに悲惨な人生を送らせるためというただそれだけの理由だった」

「なんてことだ」デントンは青くなった。「たしかにジュリエットはそうした。だった」

「おそらく理由はそれだけじゃない」とピエールが言った。「妹とぼくはパリの貧民街で育った。このお宅も」手を振り動かし、豪奢な設えの室内を指し示した。「ご一族の社会的名声も、妹が昔から憧れていたものです。どんな理由があっても、自分からここを立ち去りはしなかったでしょう。でも、妹の心のなかには、ふたりのあいだに芽生えるものと思っていた大いなる愛しかなかった。妹の愛にあなたが応えなかったとしたら、妹は自分の夢を壊したあなたを責め、復讐したいと思ったことでしょう。あなたが言うように、あなたに悲惨な人生を送らせて」

デントンはうめき声を洩らした。「なんて歪んだ愛なんだ、人の命を犠牲にして――」

セバスチャンは話を遮った。「ジュリエットはいくつか罪を犯し、しばらく投獄されることになるだろうが、誰かを死に至らしめたことはなかった」

「ジャイルズは死んだ」とデントンが言った。「直接手は下さなかったとしても――」

「そろそろぼくの出番かな」とジャイルズが入口で言った。

54

とても信じられないという反応がおさまると、質問が飛びかった。ジャイルズが身の上話をくり返すのをセバスチャンはうわの空で聞いていたが、ピエールがいくつか補足して謎がすべて明らかになった。おもな話としては、セシルはどうやってデントンをだませば結婚にこぎつけるかジュリエットに手口を吹き込んだだけではなかった。いずれはりっぱな爵位も手にはいると期待させもした。決闘が原因でダグラスがセバスチャンを勘当するとセシルは深い確信を持っていたのだ。そして、爵位をちらつかせてまんまとジュリエットを協力させたことは、息子には伏せていた。

ジャイルズは父親のことはいっさいかばい立てせず、セバスチャンに打ち明けたことをそのまま一同に話しただけだった。もっとも最後にひとつだけ父親のために労をとった。故郷に帰り、自分とセバスチャンの長きにわたる追放生活に終止符を打つとあらかじめ知らせておいたのだった。驚くにはあたらないが、セシルは自分の所業を世間の人々から非難されるのを恐れ、みずからイングランドをあとにした。ジャイルズが現われただけで長年の確執が奇跡的に解消されたことに、セバスチャンは内心おもしろくない気持ちがあった。

「ダグラスとアビゲイルはすでに仲直りしていたのよ」隣でマーガレットが言った。心のなかを読んだのか？　マーガレットはテーブルの下でセバスチャンの手を握っていた。というか、セバスチャンが彼女の手を握っていた。ここをふたりで抜け出したくてたまらなかった。やるべきことはすでにすませていた。ジャイルズがあっさりと許され、帰郷を歓迎されているのを見せつけられても、不愉快な気持ちにさせられるだけだ。

「あなたのお父さまを説得したわ、もうご自分を責めるのはやめるようにと」とマーガレットはつづけた。自分がなにを話しているのかセバスチャンは当然わかっているという口ぶりだった。

「なんだって？」

「ほら、お父さまはこの十一年間ずっとそうしていたのよ。自分を慰めてくれそうなふたりの人からあえて距離を置いたの。まあ、どっちみちセシルは慰めてくれなかったでしょうけれど。でも――」そこまで言いかけてマーガレットは息を呑んだ。なぜなら彼女もまたジャイルズの話を聞くとはなしに聞いていたからだ。「息子ですって！　わたしには甥がいるの？」

マーガレットは喜びのあまり泣き出した。セバスチャンは目をむいたが、椅子を引き寄せてマーガレットに腕をまわした。泣いているのは彼女ひとりではなかった。アビゲイルも目から嬉し涙をあふれさせていた。そして父はさっきから頬がゆるみっぱなしだった。とんでもない。にこにこした顔をこちらに向けられないうちにさっさとここを出ないと。

セバスチャンは席を立ち、マーガレットに言った。「さあ、行くぞ」

マーガレットはきょとんとした顔でセバスチャンを見上げた。「嘘でしょう？」

「いや、本気だ」

「でも——ああ、なるほどね」マーガレットは察しをつけた。「まだジャイルズを許していない、そうなのね？」

「許さないといけないのか？」

「うーん——そうだと思うわ」マーガレットはセバスチャンを引っぱって、また椅子に座らせた。「あなたは弟さんにだまされたけれど、責めていないわ。ジャイルズはどうちがうというの？彼は自分の父親への愛情と忠誠心からことを起こしたのに」

「デントンの唯一の落ち度はきれいな顔立ちをしていることだけだ。そのせいでジュリエットにひと目惚れされた。あいつはおれと同じくらいずっと苦しんで、そこから逃れる出口も見えなかった。それに引き換えジャイルズは苦しみもしなかった。その気になればいつでも故郷に戻り、すべてを終わらせることができる立場だった」

マーガレットは顔をしかめた。「問題はジャイルズじゃないんじゃない？」

「ごちゃごちゃ口を出さないでくれ、マギー」

「もちろん出すわよ」マーガレットは言い返した。「あなたの妻なんですから。それに、あなたが不幸でいるのは耐えられないわ」

セバスチャンはマーガレットをまじまじと見つめ、噴き出していた。やれやれ、彼女は大まじめだ。そして、なにものにも代えがたい存在である。自分は彼女にふさわしい男ではない。だが、彼女こそ幸せにつながる頼みの綱であり、そこから手を離すつもりはない。

やっぱりまたセバスチャンは腰を上げ、マーガレットを立ち上がらせてキスをした。「そういう話はうちに帰ってすればいい」

「でも、ここはあなたの家よ」

「いまはもうちがう。しーっ、わかったよ、マギー。いまはきみと一緒にいられるだけで、ほかのことはどうでもいいんだ」

マーガレットはセバスチャンの頬にそっと手をあてがった。「泣かせるつもりなのね、そんなことを言うなんて」

「笑顔で泣くのなら、涙がぽろりとこぼれてもまだましかな」とセバスチャンはさらりと切り返した。

「どうかしたのか？」ダグラスがうしろから声を掛けてきた。

セバスチャンは身体をこわばらせた。「いいえ。ただふたりで失礼するところです」

「なぜだ？」

セバスチャンは目をつぶった。あとほんの数秒だ。そうすればもうかかわらないですむ。「なぜなら、こういうことになっても」ジャイルズのほうに手を振り向けた。「なにも変わらないからですよ」

「それはそうだ」ダグラスはそう言ってセバスチャンを驚かせた。「当時、わたしはセシルの弱さや自制心に欠けるところにすでに嫌気が差していた。金がなくなっても賭博をやめないのだからな。すでに全財産を失っていたのにだ。屋敷の権利書を預かったのも、そこまですればさすがにセシルも客観的に状況を見て、自分がなにをしているのか悟り、賭けごとから足を洗うのではないかと望みを託したからだった。もちろん、セシルが相談に来て、命をねらわれていると打ち明けてくれたらもう一度手を差し伸べていた。だが、ジャイルズの言うとおりだった。セシルに恨みを買うようになったことはうすうす気づいていた。くらべると、わたしのほうが恵まれているという理由で。もう一度助けてくれと頭を下げるのではなく、わたしをだまして借金を棒引きさせたのは意外でもなんでもない。ただ、セシルがこれほど破壊的なことを仕出かすとは夢にも思わなかった。ジャイルズが死んだと思われたあとにセシルがここに来て、まるでわたしが罪悪感をじゅうぶんいだいていないかのように、さらに罪悪感を植えつけようとした。それでわたしは友人関係に終止符を打った。セシルの厚かましさはとても理解できなかったが、おまえのおかげですっかり謎が解けた。それを自分の手柄にしないのか？」

「それというのは？　死んでいたはずのジャイルズを連れ戻したことですか？　本人さえその気になれば自分からいつでも出てこられた。それとも、デントンの首から枷をはずしたことですか？　それも自分でできたことです」

「だが、おそらくふたりとも自分からは行動に出なかっただろう。おまえが立ち上がらなければ、この悪夢は終わらなかった」

「では、ぼくは英雄なんですかね？　不思議なことに、ちっともそんな気はしませんよ、父上。死んだ息子という気分のままだ」

さらりと言ってのけたが、痛みがまだ胸にあり、ぐんぐんせり上がって咽喉を詰まらせた。セバスチャンはマーガレットの手をぎゅっと握り、連れ立ってテーブルから立ち去った。マーガレットは止めようとしたが、誰がなにをしようと、止めることはできない。どうしてもここを離れないと……。

「セバスチャン！」

またあの口調だ。昔から効果があったが、いまもまだそうだった。セバスチャンは足を止めた。けれど、振り返りはしなかった。

「おまえはこの話をする機会をくれなかった」ダグラスは話をつづけた。「相変わらずいまもそうだが、今度こそ話を聞くまではここから出ていかせない」

「やめてくれ」セバスチャンはささやくように言った。

ダグラスには聞こえなかった。「あの日、わたしが怒ったのは、おまえの心痛を思ってのことだった。おまえが感じていた痛みを。それを口にはしなかった。その点、セシルの読みははずれていた。結婚したい相手がわたしの後継ぎになるとジュリエットに期待を持たせたけれど。セシルはわたしのことをよく知っているから、わたしの反応はそうなるものと思った。実際にそういう展開になったが、理由はセシルの予想どおりではなかった。おまえを見つけ出せていたら、その日のうちに撤回していた。でも、おまえはあっという間に去ってしまった」

セバスチャンは頭をのけぞらせ、天井を見た。嘘でもいいからすがりついて——いや、だめだ。いずれ父との関係はじょじょに蝕《むしば》まれ、あともどりはできなくなる。解決策はないのだ。ジャイルズは死者の国から帰ってきたが、セバスチャンはまだ帰ってきていない。

黙りこくっていた。部屋のなかは答えを待って静まり返ったが、なにか口にしたら、心がずたずたに引き裂かれそうだった。

「だから言っただろう、マギー、息子はわたしの話を信じないと」とダグラスは言った。

「ええ、そうだったわね」マーガレットはそう言って、セバスチャンのわき腹をつついた。

「ねえ、聞いているの、石頭さん？　あなたのお父さまが先週、話してくれたのよ。ジャイルズが生きているとまだ知らないときにね」

「あれれ！」ティモシーが部屋の向こうから叫んだ。「この人がお父さんなのかい？　でも、ぼくが厩舎で話をした紳士はこの人じゃないよ、息子さんが死んだと言っていた人は」

セバスチャンが信じられないという顔で振り返ると、ティモシーは顔を真っ赤にしていた。

ジョンがティモシーのうしろに歩み寄り、髪をそっと引っぱった。

「調査はもうまかせられないな、ぼうず」とジョンは言った。

「しくじったのはこれが初めてだよ！」とティモシーはぼやいた。

「でも、大しくじりだ」

「もう納得した？」マーガレットはきっぱりとした口調でセバスチャンに尋ねた。

「思い込みに引っぱられて、確かめもせず真に受けたと？」

「ジャイルズもそうだったんじゃない？」

「あいつの話と一緒にするな」

マーガレットはため息をついた。「一歩ずつ進まないとね。でも、あなたがお父さまを抱きしめて、いますぐ許さないのなら、結局わたしはあなたと離婚しないといけなくなるわ」

「その機会をきみはもう逃したよ」

「あなたは機会を逃さないで」

セバスチャンは父に目をやった。ダグラスは無表情になり、身構えていた。ひとつまちがえたらまずいことになりはしないかと、ものを言うのもためらっているようだった。ああ、なんてことだ、セバスチャンも殻をつくって自分の感情を閉じ込め、父に同じことをしていした。その殻にひびがはいりはじめた。

「ずっと会いたかった」セバスチャンはダグラスにただそうひと言言った。ダグラスは顔をほころばせた。セバスチャンに両腕をまわし、しっかりと抱きしめた。

「おかえり」

そのひと言で、つらかった歳月が水に流された。こらえようとしても涙がこみ上げた。やがて、父の肩越しに元友人の姿が目に映った。幸せそうに微笑んでこちらを見ている。

「ジャイルズ、もう一度殺すぞ」とセバスチャンは言ったが、興奮した口調ではなかった。

ジャイルズはにやりとこしゃくな笑みを浮かべた。「これで何度めかな、そう言われるのは？　ぼくが戻ってきて嬉しいだろ」

デントンも近づいてきて、セバスチャンを抱きしめた。「兄さんが戻ってきてくれてよかった。こいつを殺すなら手を貸すよ」

セバスチャンは思わず笑った。「もうすんだことだ。おまえも人生をやり直すといい。今度こそいい娘を見つけて結婚しろ——おっと、マギーはだめだぞ。おれのものだ」

マーガレットは顔を輝かせてセバスチャンたちを見ていた。ばらばらになっていた一家をまたひとつにする役目を果たせて、誇らしい気持ちで胸がいっぱいだった。思えば不思議なものだ。ダグラスの命が危ないと思わなかったら、アビゲイルの勧めに耳を傾けなかったら、悪名高いレイヴンを雇おうとはしなかっただろう——最後に愛が生まれる結果にもならなかったはずだ。

「それで、あなたが家に帰ってきたというのは本当なの？」しばらくしてマーガレットは夫に尋ねた。

母親のお気に入りの場所だったというバルコニーにセバスチャンを連れ出していた。彼に背中を向け、うしろから抱きすくめられる恰好でたたずみ、冬の海を眺めていた。波が打ち寄せては海辺で砕けていた。肌寒かったが、セバスチャンのぬくもりでふたりは暖を取っていた。

「愛しているときみに言われた瞬間、家に帰ってきたのさ。きみのいる場所がおれの家だ」

マーガレットは振り向いて、セバスチャンを抱きしめた。「姉がジャイルズと幸せになってよかったわ、短いあいだだったけれど。事情を話してくれるくらい、妹のわたしを信頼してほしかったけれどね」

「きみが誰かにしゃべるかもしれないとジャイルズが心配し、その心配にエレノアも感化されたのかもしれない」

マーガレットはセバスチャンを見上げた。「みんながみんな、あなたのようにはなれない」

セバスチャンは眉を上げた。「おれのように？」

「命知らずの生き方よ」

セバスチャンは鼻を鳴らした。「生きがいがなければ、たやすく勇敢になれる。おれにも生きがいができたから、これからは筋金入りの臆病者になる」

マーガレットはくすりと笑った。「ばかを言わないで。でも、あなたはジャイルズを許したのね？　あの人はわたしの甥っ子のお父さんなのよ。甥に会うのが楽しみなの、ちょくちょく会えたらいいなと思うわ」

セバスチャンはため息をついた。「許すよ。ただし、あいつがおれの名前を息子につけたからという理由で」

「そうだったの？　だったら、わたしたちの息子にはなんて名づけようかしら？」

「できたのか——？」

「ううん、そうじゃないの。でも、赤ちゃんができたら嬉しいわ」

「おいおい、マギー」とセバスチャンは言って、マーガレットの意表を突いて抱き上げた。「そういうことを夕食前に言うべきじゃなかったな。そろそろ食事をしたいのなら」

笑っているうちにマーガレットが運び込まれたのは昔の自分の部屋で、セバスチャンがかつて使っていた部屋でもあった。これからは文句なくふたりの部屋だ。

訳者あとがき

十九世紀初頭のイングランドとフランスを舞台にしたジョアンナ・リンジーの『この恋がおわるまでは』をお届けします。

かつて名門貴族の麗しき御曹司として理想の結婚相手ともてはやされたセバスチャン・タウンゼントは、運命のいたずらで故郷を追われ、近侍ひとりをともにして放浪生活を送っていました。イングランド南東部ケントの伯爵家を無一文でたたき出されたあと、ヨーロッパで助っ人稼業に乗り出し、財を成したのです。いかなる難題も解決するという評判が広まり、いつしか大鴉《レイヴン》の異名を取り、世間から恐れられる一方、万策尽きて途方に暮れた人々からは頼りにされる存在になっていました。

ときには強引な手段で仕事の請負いを迫る依頼人もおり、ひと仕事終えた帰り道のオーストリアで地下牢に監禁されるという災難に遭遇します。持ち前の機転を利かせてどうにか脱出し、住まいにしているフランス北部の古城に戻ってきたところ、若い貴婦人がレイヴンを訪ねてきました。女性から頼まれる仕事は引き受けないという主義を理由に門前払いを食らわせようとしますが、なんとそのご婦人マーガレット・ランドーは昔の隣人で、消息不明のセバスチャンを捜してほしいという依頼を携えていたのです——。

マーガレットは元後見人の身を案じていました。セバスチャンの父である第八代エッジウッド伯爵ダグラス・タウンゼントが、爵位継承を急ぐ次男夫婦、デントンとジュリエットに命をねらわれているのではないかと疑っていたのです。

そもそもセバスチャンが家族と絶縁した原因は、父の制止を振り切り、決闘に赴いたためでした。相手のジャイルズ・ウィームズは幼なじみで、無二の親友。父親同士も親友であり、両家には家族ぐるみの交流がありました。ジャイルズはマーガレットの姉と婚約していたのですが、どういうわけかパリで知り合ったフランス人女性ジュリエットとひそかに結婚し、世間体を考えて周囲に公表を控えていました。そのあいだにセバスチャンはロンドンの夜会でジュリエットと出会い、親友の妻とは知らずに一夜をともにしました。やがて不貞行為を新妻から告白されたジャイルズは怒りに駆られてセバスチャンに決闘を申し込んだというわけです。

事情を知らなかったとはいえ、悔やんでも悔やみきれない過ちを犯したセバスチャンは死ぬ覚悟で決闘の朝を迎えます。ところが土壇場で手違いが起き、悲劇的な結末を迎えてしまいました。

父の命に背いたセバスチャンは勘当されたあげく、二度と祖国の地を踏むなと言い渡され、それから十一年の歳月が流れていました。セバスチャン自身も一生イングランドに帰らないつもりでいたのですが、ダグラスの身辺に起きている不審な出来事を調べてほしいというマーガレットの依頼を策に溺れて引き受ける破目に陥ります。調査のためにふたりはいがみ合いながらも偽装結婚をするのですが、やがてたがいに気になる存在になっていきます――。


本書のヒロイン、マーガレットは容姿端麗な伯爵令嬢で、結婚適齢期を迎えてからあまたの求愛者が現われたのですが、家庭の事情により婚期を逃しつつあるという厳しい状況に置かれていることは否めません。もっとも、独立心旺盛な性格のためか、まわりの心配をよそに本人は結婚を焦らず、父親を亡くしたあと後見人になったダグラスをじつの父のように慕い、セバスチャンが勘当されて心がばらばらになったタウンゼント家をなんとか盛り立ててきました。天使のようなやさしさと逆境にも負けない芯の強さを合わせ持った彼女がダグラス親子のためにとことん尽くす姿はとても健気であり、思わず応援したくなるヒロインと言えるのではないでしょうか。

少女のころに憧れをいだいたセバスチャンと久しぶりに再会し、ときめきを覚えつつも、紳士らしさを失い、すっかり変わってしまった彼にとまどいも隠せません。夫婦のふりをしているだけだとけじめをつけようとするのですが、セバスチャンは家族の目を欺くために同じ部屋で寝ると言い張り、マーガレットの入浴中にもずかずかとバスルームにはいってくる始末。偽装結婚をつづけるふたりの危うい関係はどうなっていくのでしょうか。

そしてもうひとつの読みどころは、度重なるダグラスの事故にまつわる真相が解き明かされていく過程です。十一年前の忌まわしい出来事はなぜ起きたのか、そこに端を発する謎はどう明らかになるのか、主人公ふたりの恋愛模様と合わせてそちらの行方も最後までどうぞお楽しみください。

ちなみに、著者のジョアンナ・リンジーは一九五二年生まれ。結婚後の一九七七年に作家デビューしたあと五十作以上の作品を上梓し、〈ニューヨーク・タイムズ〉ベストセラー・リスト常連作家の地位を築いています。現在は家族とともにメイン州在住。日本でも翻訳紹介されている人気シリーズ〈華麗なるマロリー一族〉（ヴィレッジブックス刊）で、ロマンス小説ファンのみなさんにはすでにおなじみの作家ではないでしょうか。

二〇一五年十二月

ザ・ミステリ・コレクション

この恋《こい》がおわるまでは

著者　ジョアンナ・リンジー

訳者　小林《こばやし》さゆり

発行所　株式会社 二見書房
東京都千代田区三崎町2-18-11
電話 03(3515)2311［営業］
03(3515)2313［編集］
振替 00170-4-2639

印刷　株式会社 堀内印刷所
製本　株式会社 村上製本所

落丁・乱丁本はお取り替えいたします。
定価は、カバーに表示してあります。
© Sayuri Kobayashi 2016, Printed in Japan.
ISBN978-4-576-16004-7
http://www.futami.co.jp/

ダークな騎士に魅せられて
ケリガン・バーン
長瀬夏実［訳］

愛を誓った初恋の少年を失ったファラ。十七年後、死んだはずの彼を知る危険な男ドリアンに誘惑されて――。情熱と官能が交錯する、傑作ヒストリカル・ロマンス!!

禁じられた愛のいざない
ダーシー・ワイルド
石原まどか［訳］

厳格だった父が亡くなり、キャロラインは結婚に縛られず恋を楽しもうと決心する。プレイボーイと名高いモンカーム卿としがらみのない関係を満喫するが、やがて…!?

真珠の涙がかわくとき
トレイシー・アン・ウォレン
久野郁子［訳］

元夫の企てで悪女と噂されて社交界を追われ、友も財産も失ったタリア。若き貴族レオに求愛され、戸惑いながらも心を開くが…？ ヒストリカル新シリーズ第一弾！

その唇に触れたくて
サブリナ・ジェフリーズ
石原未奈子［訳］

父親の仇と言われる伯爵を看病する羽目になったミナ。だが高熱にうなされる彼の美しい裸体を目にしたミナは憎しみを忘れ…。ベストセラー作家サブリナが描く禁断の恋！

眠れない夜の秘密
ジェイン・アン・クレンツ
喜須海理子［訳］

グレースは上司が殺害されているのを発見し、失職したうえとある殺人事件にかかわってしまった過去の悪夢にうなされ始める。その後身の周りで不思議なことが起こりはじめ…

愛の炎が消せなくて
カレン・ローズ
辻早苗［訳］

かつて劇的な一夜を共にし、ある事件で再会した刑事オリヴィアと消防士デイヴィッド。運命に導かれた二人が挑む放火殺人事件の真相は？ RITA賞受賞作、待望の邦訳!!

二見文庫 ロマンス・コレクション